U0115882

福建師範大學文學院百年學術論叢　第六輯

清人宋詩選與清代文化論稿

謝海林　著

本成果受「開明慈善基金會」資助

第六輯
總序

　　庚子之歲，正值「露從今夜白」的秋季，福建師範大學文學院又邁出兩岸學術交流的堅執步伐，與臺北萬卷樓圖書公司繼續聯手，刊印了本院「百年學術論叢」第六輯。

　　學科隊伍的內外組合、旁通互聯，是高校學術發展的良好趨勢。我發現，本輯十部專書的十位作者，有八位屬於文學院的外聘博士生導師及特聘教授。他們或聘自本校其他學院，或來自省內外各高教、出版、科研部門，或是海峽彼岸遠孚眾望的學術名家。儘管他們履踐各殊，而齊心協力，切磋商量，共為本學院「百年學術」增光添彩的目標則無不一致。這種大學科團隊建設的新形態，充滿生機，令人欣悅。

　　泛觀本輯十種著作，其儻論之謹嚴，新見之卓犖，蓋與前五輯無異。茲就此十書，依次稱列如下：其一，劉登翰《中華文化與閩臺社會》，採用文化地理學和文化史學交叉的研究方法，提出閩臺文化是從內陸走向海洋的多元交匯的「海口型」文化重要觀點；其二，林玉山《漢語語法教程》，系統性地引證綜論漢語之語法學，以拓展語法研究者的學術窺探視野；其三，林繼中《王維——生命在寂靜裡躍動》，勾畫出唐代文藝天才王維的深廣藝術影響，揭示其詩藝風格之奧秘；其四，顏純鈞《中斷與連續——電影美學的一對基本範疇》，研討電影美學的核心理論問題，提出「中斷與連續」這一對新的美學範疇，稽論此新範疇與其他傳統範疇之間的關係；其五，林慶彰《圖書考辨與文獻整理》，辨析臺灣「戒嚴時期」出版大陸「違禁」著述的情實，兼涉經史研究、日本漢學、圖書文獻學之多方評識，用力廣

博周詳；其六，汪毅夫《閩臺區域社會研究》，從社會、文化和文學
三個部分，分析閩臺文化的同一性和差異性，並及中華文化由中心向
閩臺的瀰動情狀；其七，謝必震《明清中琉交往中的中國傳統涉外制
度研究》，結合中琉交往中相關的中國涉外制度作多方梳理，揭明中
國封建王朝的對外思想、對外政策的本質特徵，以及對世界格局的影
響作用；其八，管寧《文藝創新與文化視域》，把脈世紀之交文學與
消費社會及大眾傳播之間的關係，分析獨具視角，識見精審；其九，
謝海林《清人宋詩選與清代文化論稿》，全面梳理有清一代宋詩選
本，對於深化宋詩研究乃至清代詩學研究有一定的參考價值；其十，
周雲龍《別處另有世界在──邁向開放的比較文學形象學》，在不同
類型的文本中擷取有關異域形象的素材，以跨文化、跨學科的視角，
對其中的話語構型進行解析，探究中西、歐亞在現代性話語中的遭
遇。從學科領域觀之，這十種著作已廣泛涉及文學、歷史、語言、區
域文化、電影美學等不同學科，其抒論角度、方法、觀點之新穎特
出，尤使人於心往神馳的學術享受中獲得諸多啟迪。

　　晚清黃遵憲詩云：「大千世界共此月，今夕只照人兩三」（《人境廬
詩草》卷一），句中透露著無奈的孤獨感。藉此比照今日兩岸學術文化
溝通交流的情景，我們無疑已經遠離了孤獨，迎來了眾所共享的光風
霽月。我校文學院「百年學術論叢」在臺灣印行到第六輯，持續受到
歡迎稱道，兩岸學者相與研磨，便是切實的印證。我感受到，在清朗
的月色下，海峽兩岸的學術合作之路，將散發出更加迷人的炫彩。

福建師範大學汪文頂

西元二○二○年歲在庚子仲夏序於福州

初版序

　　宋詩自元、明以來，頗經歷了一番世態炎涼。元人承南宋嚴羽盛唐氣象之說，倡為唐音，由宋返唐，宋詩地位已遠不能與唐詩相比。明初雖宋濂、方孝孺等人對宋詩較為看重，然先有高棅等閩中十子倡為詩宗盛唐，次則有李東陽等提出軼宋窺唐，至李夢陽、何景明、王世貞和李攀龍等前後七子出，更謂「文自西京、詩自天寶而下，俱無足觀」，宋詩地位遂一落千丈。待到明中期以後，王慎中、唐順之、茅坤和歸有光等唐宋派出，情況稍有轉機。明末清初，世事巨變，士人的思想、心態和眼界也發生了很大變化。比如，受程孟陽的影響，錢謙益對宋詩尤其是陸放翁的詩，就頗為推崇。錢謙益對宋詩的態度，後來又影響到王士禎中年時期詩學的由唐轉宋，並蔓延到當日詩壇。黃宗羲出入東林、復社，學根經術，主張經世應務，認為文章的好壞，在於是否與道相合，又認為詩應表現性情，故反對以朝代論詩，而以為宋詩與唐詩同樣應在歷史上占一席之地。與黃宗羲論詩的主張相同，呂留良、吳之振等更認為「宋人之詩變化于唐，而出其所自得，皮毛落盡，精神獨存」，並編成《宋詩鈔》百餘卷，收兩宋詩人八十四家，力矯崇唐抑宋的風氣，一時廣為流傳。從而和之者，又有宋犖、汪琬、葉燮等人，於是宋詩稍能與唐詩分庭抗禮。然從此宗唐、宗宋也成為清代詩壇上最令人困擾的問題。朱彝尊固是宗唐，查慎行則宗宋；沈德潛、袁枚主唐，而厲鶚、趙翼、蔣士銓、翁方綱則師法宋人；高密詩派推舉中晚唐詩，桐城派中人則又多崇宋詩。不過，從清詩發展的整體趨勢來看，從宗唐到兼學唐宋，再到宋詩派的出現，宋詩最終還是占了上風。清初的顧炎武，詩學唐人，然他主張

行己有恥，明道救世，博學於文，詩一變而為學人之詩，已與宋人相近。朱彝尊主張宗唐抑宋，然看他《曝書亭集》中的詩，言志述學，博採經史，鋪排典故，受宋人的影響也很明顯。至於清道咸、同光之世，宋詩派和同光體詩人先後相承，出現了程恩澤、何紹基、祁寯藻、魏源、曾國藩、鄭珍、莫友芝、陳寶琛、鄭孝胥、陳三立、沈曾植和陳衍等一大批詩人，宗宋蔚成風氣，流風所被，至現代未息。

　　宋詩之所以遭遇如此經歷，之所以逐漸被清人接受，自然有多方面的原因。像清初經世致用思潮的出現、有清一代啟蒙思潮的興起，影響到清詩的創作，就與宋詩中表現出的淑世精神相合；而乾嘉考據之風的興盛，既直接影響了清代詩學中的「肌理派」，也與宋人的以學問為詩、以議論為詩相近；更不用說從文學思潮的演變和文學自身的通變規律來看，宗唐宗宋，盛衰相繼，往復嬗變，原本也是有其充分理由的。

　　宋詩為清人所接受的過程，也是清代文學思潮自身演變的過程，而宋詩選本的編纂，則往往在很大程度上反映著這種文學思潮。比如，清初呂留良、吳之振等編纂《宋詩鈔》，就反映了當日詩壇風氣的變化；清中期厲鶚編《宋詩紀事》，則與浙派詩的發展有密切的聯繫。因此，對清代宋詩選本的研究，既是宋詩接受史研究的重要內容，又是清代詩學不可或缺的組成部分，其意義不言而喻。

　　海林博士一眼覷定此題，孜孜矻矻，兩度寒暑，從文獻出發，多方尋訪、搜集資料，歸納排比，細心辨析，雖前人已有研究者，仍重新加以考察，多所補正。如前人對厲鶚等所編的《宋詩紀事》一書，雖已有很多研究，然仍存在問題。海林對前人的研究成績和不足，皆有通達的認識和細緻的分析。他對前人注意不夠的以厲鶚為首的《宋詩紀事》編纂群體內外的交游關係和特點等問題，作了更深入的探討，同樣十分可取。尤值得稱道的是，他透過對大量的清代宋詩選本的調查和代表性選本的個案研究，更進而提出了一些關涉清代宋詩選

本編選的帶有整體性的問題，如宋詩選本與江南私家藏書及江浙地域文化的關係、宋詩選本的編纂與清代宋詩學的建構等，他認為江浙藏書家的藏書直接影響了《宋詩紀事》等書的編纂，辨體、推宗等問題是清代宋詩學建構中的核心問題，等等，這些觀點，不僅頗有識見，而且也是很富有啟發性的。

　　海林是一個做事很有計劃和很踏實的人，凡事總是預作準備，而且極為勤奮。他在讀碩士的時候，目標已確定了讀博；進入南京大學後，在其同門中也是最早結束專書研讀，而順利進入博士學位論文選題和撰寫階段的；現在，他雖然畢業走上工作崗位不久，但在教學之外，早已確立了自己的研究目標，那就是繼續對宋代和清代的詩學進行探索。凡事預則立，不預則廢。我相信，以海林的個性和勤奮，假以時日，是一定能做出成績來的。海林勉旃！

　　是為序。

翟本棟

辛卯春於水木秦淮

目次

前言

　　選本，是最能體現文獻學與文藝學結合的一種形式。這種頗具民族特色的文學批評樣式，將多種形式融為一體，極富包容性。以詩選為例，它幾乎囊括了所有的批評元素，如名聯摘句、詩話本事、評點圈注、詩人傳記等[1]，由此也表現出中國文化、古典文學的兼包並蓄與博大精深。從文學接受理論來看，詩選是介於作者與讀者之間文學鑒賞、批評的紐帶，三者共同構成了文學批評的多元結構。詩選的出現與介入，從文獻學的角度而言，它保存了大量珍貴、原始的詩歌文獻；從文藝學的角度來看，它保留了編者和詩評家豐富的評論資料，彰顯了「當代」的批評話語與個體意識，這些都極大地拓展了文學史書寫的空間與維度。詩選是選家編輯詩人作品，宣揚詩學主張的重要載體。詩選，不僅可透視出選家的文學思想和審美趨向，也可折射出時代詩壇中的風氣轉向與演變軌跡，直接或間接地影響著時人、後世的創作旨趣與審美取向。在中國文學的長河中，從奉為經典的《詩經》到士子熟誦的《文選》，從本朝人選本朝詩到後人編前代詩，選本的歷史源遠流長。經典文本與文學傳統觀念的建構也隨著選本而賡續興替，作家的歷史地位也隨其消長起伏。簡言之，詩選是中國文學研究中頗值得注意的一個對象。它的作用與意義，愈來愈受到當今學人的關注與重視。

　　本書研究的對象是清人所編的宋詩選。清人宋詩選形式多樣，有通代、斷代之分，也有群體、個人之別，還有某一詩體的專門之選。

1　詳見張伯偉：《中國古代文學批評方法研究》外篇〈選本論〉（北京市：中華書局，2002年5月），頁277-325。

它不僅承載著宋賢詩作在後世傳播與接受的歷史，也足以讓人對作家作品經典化過程的複雜形貌饒富興味。一首宋詩、一位宋代詩人在清代的接受與傳播，便是一部豐富的文學小史。而清人極具「當代」的批評意識與經典解讀，又構成了清代詩學、宋詩學演進中有意義的一部分。詩人和作品，歷史與當代，共同交織著清代宋詩選與宋詩學極為豐富而生動的畫面。也就是說，清人宋詩選本既包含著對作者的定位，又包含著對作品的賞鑒，還包含著對詩史發展的看法。

　　進入正題之前，有必要對研究對象——選本的定義與背景作一個基本的交代。雖然近年來關於選本如詩選、詞選、曲選等的研究層出不窮，但對選本的定義還是仁者見仁，智者見智。大多數人還是把選本與總集等同起來，也多從各種書目的總集類中去翻檢、搜羅、甄錄選本，但這無疑將兩個不是同一範疇的概念混淆了。選本與總集各有領屬而又有交叉。我以為，選本是與全集相對而言的概念，總集則是相對於別集來說的。正如王運熙所說，選本（或稱選集）是選錄作品的集子，總集與別集中都含有選本。[2]本書主要關注的是一六四四至一九一一年之間清人編纂、刊行總集類的宋詩選本，側重於斷代詩選，偶爾也涉及唐宋兼錄的通代詩選，別集類的專人詩選概不涉及。值得說明的是，因為選本的出發點不同，選家編纂的宗旨不一，選本的功能也是多維的。李長之說：「我的主要意思是選本的出發點有三種，一是文學史的，二是文學批評的，三是為了實用，也就是為寫作時找一範文。這三種出發點是完全不同的，結果也是迥異的。」[3]翻檢有清一代的宋詩選本，許多無名氏的抄本，既無編纂凡例也無統一的選錄標準，大抵是其信手謄錄，隨意為之，純屬個人孤芳自賞之

2　王運熙：〈總集與選本〉，《古典文學知識》2004年第5期。又參賀嚴關於選本的詮釋，見〈文學選本的形成：關於第一部文學選本的辨析——兼論早期文學選本的意義和功能〉，《河北大學成人教育學院學報》2005第3期。

3　李長之：〈談選本〉，《北京師範大學學報》1980年第5期。

物，選本批評中的「群體」意識和選家觀念基本無從顯現，故本書不
多加以探討。

一　研究意義與方法

　　清代是中國傳統學術的總結期，也是中國詩學批評史的總結期。
清人所編的宋詩選，是承續南宋、元、明諸代而發展起來的。經歷
元、明兩朝的低落與消歇，宋詩終在清代重放光芒，宗宋詩風也愈發
昌熾，道咸以降尤著。清代宋詩選本大綻異彩，蔚為大觀，不僅數量
龐多，類型繁複，而且與清代詩學思潮的演進、宋詩學體系的建構息
息相關。研究清代宋詩選本，對於人們瞭解宋詩在清代的傳播與接
受、編纂與批評，乃至清詩整體風貌的演變，揭示清代宋詩選本的文
獻、文學和文化價值，推動清代詩學、宋詩學研究的深入，都具有十
分重要的學術意義。

（一）保存了大量的宋詩文獻

　　自南宋誕生第一部宋詩選本以來，大抵經歷了百餘年的萌芽與發
展，而金、元國運短祚，所編的宋詩選本寥寥無幾。到了明朝，特別
是「七子」及其追隨者提出「宋無詩」、「詩壞於宋」、「詩衰於宋」等
貶宋論調，宋詩選本的編纂更是陷入了低潮。概言之，因戰亂災害、
文學思潮以及詩苑選壇等原因，宋詩選本的發展較為緩慢。迄及清
代，在民族情結、詩學思潮和詩史內在發展諸因素的影響下，宋詩作
為一種有意味的形式重新進入了詩人的視野。在清人總結、反思、重
構中國詩學史的過程中，宋詩得到了進一步的推舉與發揚。這一點尤
其表現在清人對宋詩文獻孜孜不倦的搜集、編纂與刊行上。因自然、
兵燹、人為等因素而難得一見的宋詩珍本秘籍重現人間，如康熙十年
（1671），吳之振、呂留良、吳自牧等人編纂《宋詩鈔初集》，吳之振

自序曰：「自嘉、隆以還，言詩家尊唐而黜宋，宋人集，覆瓿糊壁，棄之若不克盡，故今日蒐購最難得。」[4]雖然十餘家有目無書，但此集極大地推進了宋詩在清人的傳播，宋犖曰：「明自嘉、隆以後，稱詩家皆諱言宋，至舉以相訾謷；故宋人詩集，庋閣不行。近二十年來，乃專尚宋詩。至余友吳孟舉《宋詩鈔》出，幾于家有其書矣。」[5]至若雍乾間厲鶚等人編纂《宋詩紀事》，採擇詩人三千八百餘家，煌煌百卷之鉅，所保存的大量詩作與評論資料至今尤為學林所倚重，部分詩人詩作幸賴此書得以流傳於世，吉光片羽，彌足珍貴。後來陸心源依託自家豐富的藏書，在厲著的基礎上又增輯詩人三千餘家，詩作八千餘首，如《會稽掇英續集》、《宋詩拾遺》皆因陸書而於數百年後才為世人所熟識。清代尤其是康乾時期的宋詩選本，以詩存史，以詩傳人，保存文獻的意識較為突出。

（二）彰顯著詩學思潮的離合消長

清人所編宋詩選，可看作是清代詩學思潮演進的一個窗口。不少選家借助所編的選本，張揚一家之說，或開宗立派，或專尊一體，或兼及數代，極大地促進了清代詩學的繁榮，尤其是唐宋詩之爭的發展與深入。如潘問奇、祖應世合編的《宋詩啜醨集》，一方面深受遺民思潮的影響，尤為推重愛國詩篇；另一方面，以唐存宋而不廢宋，既譏詆學唐之平庸和滑熟，又頌揚宋詩之境界與章法。[6]又如康熙詩壇盟主王士禎編的《古詩選》，認為七古章法「須波瀾壯闊，頓挫激昂，大開大闔耳」[7]，在推崇唐人杜甫、韓愈七古之法的同時，亦不

4　吳之振等編：《宋詩鈔》卷首（北京市：中華書局，1986年12月），頁3。

5　宋犖：《漫堂說詩》，丁福保輯：《清詩話》（上海市：上海古籍出版社，1978年9月），頁416。

6　謝海林：〈潘問奇《宋詩啜醨集》考論〉，《中國韻文學刊》2009年第2期。

7　劉大勤編：《師友詩傳續錄》，丁福保輯：《清詩話》（上海市：上海古籍出版社，1978年9月），頁149。

廢宋以後之詩，尤其推重宋歐、王、蘇、黃、陸等人，如稱歐詩「撥流俗」、「追昌黎」；稱蘇詩「七言長句之妙，自子美、退之後，一人而已」；稱黃詩「脫胎于杜，顧其天姿之高，筆力之雄，自闢庭戶」[8]。這些對宋人七古獨到而精闢的見解，超邁眾人，表明了王氏在七古上融鑄列代、不囿一唐的通識。這對清人體認宋詩詩體也是極有裨益的。他如「格調派」領袖沈德潛，平生推崇唐詩不遺餘力，直到晚年臨終前仍在編纂《宋金三家詩選》以補論詩之失，雖有以唐論宋之嫌，但不廢宋詩之意顯矣。[9]乾隆中後期，詩壇唐宋兼綜的風氣愈演愈烈。桐城詩派鼻祖姚鼐，便是倡導融通詩學的代表人物。[10]王士禎《古詩選》影響甚大，但只錄古體，不選今體，姚氏編選《今體詩鈔》以補其闕。姚氏擔任書院山長多年，此選即出於「維持詩教，啟迪後學」之計，與其日常教導門生學詩當隨其性情、融採眾家的教育觀念相吻合的是，對宋人蘇、黃、陸七律詩頗為推重，如稱黃詩：「山谷刻意少陵，雖不能到，然其兀傲磊落之氣，足與古今作俗詩者，澡濯胸胃，導啟性靈。」稱陸詩：「放翁激發忠憤，橫極才力，上法子美，下攬子瞻，裁制既富，變境亦多，其七律固為南渡後一

8　王士禎：〈凡例〉，聞人倓箋《古詩箋》卷首（上海市：上海古籍出版社，1980年5月），頁5。

9　顧宗泰〈宋金三家詩選序〉曰：「吾師沈歸愚先生所選《古詩源》、《唐詩別裁》、《明詩別裁》諸集，久已膾炙海內，士人奉為圭臬，而獨宋、金、元詩久未之及，非必如嘉、隆以後，言詩家尊唐黜宋，概以宋以後詩為不足存而棄之也。……先生始選蘇東坡、陸放翁、元遺山三家詩，補前此所未及……竊嘗取三家詩讀之，東坡於韓吏部後獨開生面，其才之大，如金、銀、銅、錫合為一冶；其筆之超曠，如天馬行空，不可羈勒，洵巨手也。放翁，南渡後推第一，胸懷磊落，光氣凌暴，其志節所見，直可上追少陵，不得以詩人盡也。……各有面目，各具精神，非擇之至精，無以存其真，此先生遲之數十年，久而論定，庶不與唐岐趨而存宋以後之詩也。」沈德潛：《宋金三家詩選》卷首，齊魯書社一九八三年影印清乾隆三十四年（1769）刻本。

10　關於姚鼐融通的詩學觀念，詳參本書第三章第二節〈桐城詩學與宋詩選本〉。

人。」[11]綜上所述，清人所編宋詩選本，特別是通代詩選，與清代詩學思潮的關係息息相關，是觀照其離合消長的重要窗口。

（三）反映了清代宋詩學體系的建構歷程

清代宋詩選本中承載著大量辨析宋詩詩體、推舉宋詩家法、塑造宋詩經典的一手資料，如選家與題序者的跋識、評語、批點等。因而，宋詩選本是反映清人建構宋詩學體系的重要載體之一。借助這個載體，我們可以考察出清人大致從性情真偽、淵源正變以及學問境界等角度來辨宋詩之體，推宋詩之宗。由吳之振〈宋詩鈔序〉、陸次雲〈善鳴集選例〉、王鳴盛〈宋詩略序〉、許耀〈宋詩三百首序〉等可看出，清人是如何回應、反撥尊唐派貶斥宋詩之論調，進而倡導「真」宋詩，推舉蘇、黃、陸等大家的。從清初宋詩選家在尊唐的大氛圍下小心翼翼地謀求宋詩的地位，到清中葉宋詩與唐詩的並駕齊驅，再到晚清唐宋兼融、分體各師，我們大抵可以觀照出宋詩在清人視野中逐漸被確立與提升的軌跡，也更深地體認到異於唐音的「宋調」之特質以及學宋末流誤入歧途，沾染弊病的不良傾向。另外，透過宋詩選本，我們還可考察出選壇與詩界互動之關係。

不單單從選家、題序者的跋識等批評資料，還可從選本的選目來觀照清人建構宋詩學體系的進程，體認宋詩在清代得到逐漸提升的歷史。以通代選本而言，如乾隆十五年（1750）御選反映乾隆朝官方意識形態、詩學思想的《唐宋詩醇》，在濃郁的崇杜傾向下，於宋選有蘇軾、陸游兩位大家，蘇、陸詩分別有十卷、六卷之多，選詩各達五四一首、五六一首，僅低於杜詩的十卷七二二首，遠遠超過唐之李白、白居易、韓愈。[12]《唐宋詩醇》影響頗大，一方面折中調停了唐

---

11 姚鼐：〈五七言今體詩鈔序目〉，曹光甫標點：《今體詩鈔》卷首（上海市：上海古籍
　　出版社，1986年3月），頁3-4。

12 莫礪鋒：〈《唐宋詩醇》的編選宗旨與詩學思想〉，《古典詩學的文化觀照》（北京

宋詩之爭，另一方面，蘇、陸作為兩宋大家的地位也藉此得以確立與
發揚。梁章鉅（1775-1849）《退庵隨筆》云：「唐以李、杜、韓、白
為四大家，宋以蘇、陸兩大家，自御選《唐宋詩醇》，其論始定，《四
庫提要》闡繹之，其義益明。」[13]他如翁方綱乾隆四十七年（1782）
編選《七言律詩鈔》十八卷，收錄唐、宋、金、元四朝一〇九位詩人
七六七首，其中宋詩六卷五十六家三四七首，分別約占詩人與作品總
數的百分之五十一、百分之四十五。其《小石帆亭五言詩續鈔》選
唐、宋、金、元四朝五古九卷，凡二十二家二七四首，其中唐人四卷
十家一一一首，宋人四卷十家一三七首。總之，翁氏二選對宋詩的倚
重已淩駕於唐詩之上。又如同治十三年（1874）曾國藩編選的《十八
家詩鈔》二十八卷，所選宋人僅蘇、黃、陸三家，不及唐人八家，但
七古、七律、七絕所錄三家詩數遠遠超過唐人。就斷代選本而言，諸
多卷帙浩繁的宋詩選本陸續誕生，它們為宋詩在清代的流布奠定了文
獻的基礎，提供了批評的載體。據筆者粗略翻檢，大型的宋詩選本達
數十種，詳見下表：

清代重要的大型宋詩選本一覽表

編刻時間	選本名稱	主要編纂者	卷數	詩人	詩作
康熙十年	《宋詩鈔》	吳之振、呂留良、吳自牧	九十四	八十四	上千首
康熙三十二年	《宋十五家詩選》	陳訏	十六	十五	上千首
康熙三十二年	《宋四名家詩選》	周之麟、柴升	二十七	四	二五五〇
康熙三十五年	《積書巖宋詩選》	顧貞觀	二十五	三一八	二五〇〇
康熙四十八年	《御選宋詩》	張豫章等	七十八	八八六	上千首

市：中華書局，2005年9月），頁281。

13 郭紹虞編選、富壽蓀點校：《清詩話續編》（上海市：上海古籍出版社，1983年12
月），頁1977。

編刻時間	選本名稱	主要編纂者	卷數	詩人	詩作
康熙五十一年	《宋詩類選》	王史鑑	二十四	三三九	一六二二
乾隆十一年	《宋詩紀事》	厲鶚等	一〇〇	三八一二	上千首
乾隆五、六年	《宋百家詩存》	曹庭棟	二十	一〇〇	上千首
乾隆二十六年	《宋詩百一鈔》	姚培謙、張景星、王永祺	八	一三七	六四五
乾隆三十五年	《千首宋人絕句》	嚴長明	十	二八九	一〇〇〇
道光五年	《宋詩選粹》	侯廷銓	十五	三四一	九六二
咸、同年間	《宋詩鈔補》	管庭芬、蔣光煦	八十六	八十五	約二七八〇
光緒十九年	《宋詩紀事補遺》	陸心源	一〇〇	三千餘	八千餘

綜上所述，作為重要載體的宋詩選本，大體能反映出清人辨體宋詩，推舉宋詩，建構宋詩學體系的歷程。

當然，清人宋詩選與清朝文治、地域文化、文士交游的關係也較為密切，值得深入探討，此不贅述，詳見下文。

在研究方法上，本書主要運用程千帆先生倡導的「文獻學與文藝學相結合」，即「將考證與批評密切地結合起來」的方法。摸查清代宋詩選本的著錄、存佚情況，以個案為研究對象，考察編者的審美傾向、編纂動機、文獻來源、選錄標準、選目編排等，透過文本細讀、比勘校對、計量分析及其他方法，解決具體的問題，盡可能挖掘每一個選本所蘊含的詩學價值與意義，觀照有清一代宋詩選本的整體面貌與演進歷程，進而將詩選學與文獻學、文藝學、社會學、歷史學等諸學科綜合起來研究，還原選本所處的歷史形態與背景，準確把握清代宋詩選本與社會、文化、思想、選家之間的關係，得出全面、客觀且有價值的論斷。

二　研究現狀和設想

自宋迄今，對宋集的整理代不乏人。相對而言，宋金元明四朝對宋詩選本的輯錄較少。降至清初，隨著右文政策、文士風氣和文壇思潮的演進，清人漸對宋人精神和天水一朝文化仰慕有加，宋集整理也方興未艾。一大批宋詩選本相繼面世，為今人研究清人宋詩選、宋詩學奠定了堅實的基礎。

二十世紀大多數的研究集中在某一部選本的文獻學研究，如錢鍾書、孔凡禮對《宋詩紀事》的釐正、輯佚，又有方建新、王利民、劉漢忠、凌朝棟、朱傑人、岳振國等人撰文對其部分詩人的小傳和作品進行辨誤。他如王友勝、房日晰、文翰等對《宋詩別裁集》、《宋百家詩存》的訂正。或是對選本版本的考察，如卞孝萱〈兩本《唐宋詩醇》之比較研究〉（《中國典籍與文化》1999年第4期）。也有如王友勝簡略評述《宋詩鈔》、《宋百家詩存》和《宋詩紀事》的論文〈清人編撰的三部宋詩總集述評〉（《湘潭師範學院學報》1998年第4期）。總體來說，二十世紀關於清代宋詩選本的研究，從文藝學角度來探討的論著少之又少。

二十一世紀初，隨著學人對選本的日益關注，尤其是詩選的研究成果層出不窮。單論清代的唐詩選本，二〇〇五年便有賀嚴、韓勝兩篇同題博士學位論文面世。這間接推動著學界對清代宋詩選本的關注與深入。較之二十世紀，近十年來關於清代宋詩選本、唐宋詩合選本的研究，在研究的廣度、深度、角度上都有了重大突破。

從文獻學層面的研究來看，對選家的生平籍貫、交游雅集、編選背景的考訂漸趨細化。高磊發表了一系列論文，比如圍繞《宋詩別裁集》，考述選家生平，梳理選源，訂正疏誤。對選本的刊刻年代、續選補編的考訂也更為深入。如高磊〈《宋詩鈔選》刊刻年代考〉（《中南大學學報》2008年第6期）稽考出世人鮮知的康熙十年三餘堂刻

本，申屠青松〈《宋詩鈔》續補編考〉（《韶關學院學報》2009年第2
期）考證了《宋詩鈔》的四部續補之作。

申屠青松《清初宋詩選本研究》（南京大學2008年博士學位論文）
附錄〈清人編宋詩選本經眼錄〉、〈清人編宋詩選本待訪書目〉著錄宋
詩選（限斷代）四十八種，對選本規模、編纂體例、文獻來源、選詩
宗旨、編者生平、版本源流等加以述評，為後來研究者省去諸多翻檢
之苦，但選家生平、館藏著錄、版本刊刻等方面尚須訂補。高磊《清
代知見宋詩選本敘錄》、《清人宋詩選本敘錄》[14]著錄清代宋詩選（限
斷代）六十餘種，大體勾勒了現存清代宋詩選本的概況，偶有漏誤。

從文藝學角度的研究來看，對選家詩學思想、輯纂宗旨、選目編
排以及與社會風氣、詩學思潮之關係的探討更為精細和全面，如莫礪
鋒〈《唐宋詩醇》的編選宗旨與詩學思想〉（《南京大學學報》2002年
第3期），透過《唐宋詩醇》來著重探討乾隆朝官方編纂者的詩學審美
傾向。王順貴〈沈德潛與《宋金三家詩選》〉（《文學遺產》2006年第6
期）借助詩選以觀照選家詩學思想之演變。申屠青松〈論《宋詩百一
鈔》〉（《常州工學院學報》2009年第5期）從時代思潮的角度出發，認
為此選是「廟堂化的必然結果」；高磊〈《宋詩別裁集》批評主張管
窺〉（《西華大學學報》2008年第5期）、〈從《宋詩別裁集》的選目看
該書唐宋兼採的批評宗旨〉（《大連大學學報》2009年第5期）、〈從
《宋詩類選》的編選看王史鑑的詩學思想〉（《內蒙古大學學報》2013
年第6期）分別探討了詩選的宗旨和選家的詩學思想。申屠青松〈清
初宋詩選本與遺民思潮〉（《南京師範大學文學院學報》2009年第4
期）就清初這一具體歷史時段的宋詩選本與社會思潮之關係作了詳實

---

14 分別載於《西華大學學報》2009年第1期、《中國韻文學刊》2010年第1期。前文所
　著錄有待商榷，像沈曾植所編《西江詩派韓饒二集》實為二人之全集，斷非選本。
　後文則有將全集視為選本者。詳參謝海林：〈《清人宋詩選本敘錄》補正〉，《中國韻
　文學刊》2011年第3期。

的考察。高磊〈從宋詩選本看唐宋詩之爭〉（《山西大學學報》2008年
第5期）從宋詩選的角度梳理歷代唐宋詩之爭的演變；〈論清人編斷代
宋詩選本的時間不平衡性〉（《山西師大學報》2011年第4期）、〈清人
編宋詩選本動因初探〉（《湖北大學學報》2012年第1期）、〈論清人編
宋詩選本的稿源多樣性〉（《內蒙古大學學報》2012年第2期）、〈論清
人編宋詩選本的地域不平衡性〉（《蘇州大學學報》2012年第5期）四
文分別就清人宋詩選的特點和成因進行了探討。

　　透過選本來考察某位宋代詩人在清代的傳播接受，也有幾部相關
的論著，如蔣寅〈陸游詩歌在明末清初的流行〉（《中國韻文學刊》
2006年第1期）、李由〈清初陸游詩歌選本〉（南京大學2009年學士學
位論文）關注清初，而張毅〈陸游詩傳播、閱讀專題研究〉（復旦大
學2008年博士學位論文）將整個清代納入其研究視域，分別論述了清
代陸詩的傳播史、具體詩選的影響史、經典詩作的闡釋史。他如王友
勝《蘇詩研究史稿（修訂版）》（北京市：中華書局，2010年7月）、邱
美瓊《黃庭堅詩歌傳播與接受研究》（南昌市：江西人民出版社，
2009年9月）等書專門探討蘇、黃詩在清人所編選本中的接受情況。

　　《宋詩鈔》是清人宋詩選的經典。學界對此關注較多。申屠青松
《清初宋詩選本研究》（南京大學2008年博士學位論文）深入考察了
《宋詩鈔》、《宋十五家詩選》及《宋詩啜醨集》，尤其對《宋詩鈔》
用力甚勤。趙煒霞〈《宋詩鈔》研究〉（華中師範大學2014年碩士學位
論文）、吳戩〈試論《宋詩鈔》的編選宗旨與詩學祈向〉（《中國韻文
學刊》2011年第1期）對此選也作了有益的探討。趙娜〈《宋詩鈔》與
清初宋詩風的興起〉（《內蒙古大學學報》2009年第3期）主要探討選
本與詩學風氣之關係。蔣寅〈《宋詩鈔》編纂經過及其詩學史意義〉
（《清代文學研究集刊》第二輯，北京市：人民文學出版社，2009年
10月）詳細考察此選的編纂歷程，並置於具體語境中探求其詩學史意
義。鞏本棟師在此基礎之上作了進一步的探究：〈關於《宋詩鈔》編

纂的兩個問題〉(《西南大學學報》2015年第1期)一文提出,晚明潘是仁所編《宋元詩集》對《宋詩鈔》有直接影響。明末清初江浙藏書之風很盛,黃宗羲、呂留良、吳之振等皆致力於宋集的搜集,這也從文獻上為《宋詩鈔》的編纂提供了必要條件和準備。〈《宋詩鈔》的編纂及其詩學史意義〉(《南京大學學報》2015年第3期)一文則深入考察編選者的思想學術背景、編撰與出版的時代契機、入選詩人及其篇章的去取別裁,探幽索隱,頗多新義。

　　總的來看,清代宋詩選本的研究尚有可開拓的學術空間,已有的研究成果存在以下兩點不足之處:首先,因囿於聞見,對清代宋詩選本整體情況的摸查也不夠清楚全面。申屠青松、高磊關於清人所編宋詩選本的敘錄尚有誤漏。筆者稽考出清代宋詩選本(限斷代)約八十六種,遠遠多出上述二人的著錄總數,著重對選家履歷、版本內容、選本特點、文獻來源、編刊年代、館藏著錄等諸方面進行詳實地敘錄。藉此,我們才可對清代宋詩選本作出較為準確的總體觀照,探討近三百年宋詩選本的軌跡,考察清人建構宋詩學體系的歷程。其次,當前的清代宋詩選本研究,基本上還處於一種較為零散的狀態。除對《宋詩鈔》、《宋詩別裁集》等關注較多以外,大多數重要選本的中微觀研究還有待深入。系統又全面的探討還處於初步階段,穩定且龐大的研究隊伍尚未形成,成熟而良好的研究局面也有待時日。清代宋詩選本研究是一個大課題。不僅要熟諳宋詩文獻,還須稔知清代詩學。清代近三百年,詩學思潮之離合消長,詩界選壇之盛衰興替,若要整體把握其錯綜複雜的態勢,洞悉清代宋詩選本的發展歷程,談何容易!就是每一個選本的具體研究,也絕非易事。蔣寅稱:「每一部著名選本背後,都有一個極大的詩學背景和閱讀人群,還有一個本身往往就很複雜的選家;而每一個不著名的選本背後,更有許多待發之

覆，許多待解之惑，可以說是牽一髮動全身。」[15]

　　本書在原有的研究基礎之上，詳人所略，略人所詳，不求完整體系，力求解決問題，綜合考察有清一代宋詩選，擇取王朝文治、詩學思潮、地域文化、文士交游及詩學建構等維度作一番較為深入而細緻地探討。

---

15 蔣寅：〈清代唐詩選本研究序〉，賀嚴：《清代唐詩選本研究》卷首（北京市：人民出版社，2007年3月），頁3。

第一章
宋詩選本概述

　　陳寅恪說：「華夏民族之文化，歷數千載之演進，造極于趙宋之世。」[1]宋代是中華傳統文化的鼎盛時期，也是中國詩歌的黃金時代。作為宋詩重要載體的宋詩選本，從趙宋迄及滿清，一脈相承，綿延不絕，既承繼前代之基礎，又具有自身的特色，與當時之學術風氣、文化環境、文學思潮等相為表裡。申屠青松《清初宋詩選本研究》專闢一節〈宋詩選本歷史發展簡述〉對此進行梳理，說：「宋、元、明是緩慢發展期，至清代，始進入興盛階段。」[2]所論大體妥當，惜過於簡略，且部分宋詩選本尚未提及，如卞東波《南宋詩選與宋代詩學考論》[3]一書中所稽考的宋詩選。簡言之，宋詩選本近千年發展史之詳細形態與特徵還有待進一步的探討。茲分兩節而述之，宋金元明為一期，清代為一期。

第一節　清前宋詩選本述略

　　中國是詩的國度。選本，是最富包容性並具中國民族特色的文學批評方法。詩選，囊括了選詩、摘句、詩格、論詩、詩話及評點等眾多詩學批評方式。[4]另外，正文前所附詩人行實的小傳，又可熔鑄了史

1　陳寅恪：〈鄧廣銘宋史職官志考證序〉，《金明館叢稿二編》（北京市：生活‧讀書‧
　　新知三聯書店，2001年7月），頁277。
2　申屠青松：《清初宋詩選本研究》，南京大學2008年博士學位論文，頁3-10。
3　卞東波：《南宋詩選與宋代詩學考論》，北京市：中華書局，2009年4月。
4　參見張伯偉：《中國古代文學批評方法研究》下編諸章之論述，北京市：中華書局，
　　2002年5月。

家述論之體。由詩選的功能來看，或存史，或傳人，或立派，或標格，或兼具數例。就詩選的編纂方式而言，有分人、分體和分類之選。從詩選的結集形式出發，則有郡邑、家族、唱和等詩選。自先秦以降，從《詩經》、《文選》、《玉臺新詠》到唐人選唐詩，再到明清兩代數以百計、形式各樣的詩選，它們在中國文學史、批評史中扮演了極為重要的角色，可謂是聯接詩人、詩論家及讀者之間不可或缺的載體。

　　自唐詩定型、體裁完備以後，迄及天水一朝，宋人出於唐而異於唐，遂有「唐音」與「宋調」兩大範型之稱。後人雖處時代不同，好尚各別，但情動於中，發言為詩，大體不出此兩大之畛域。唐詩選本，據陳尚君統計，唐代唐詩選本就已達一三七種之多，現存十來種。[5]孫琴安《唐詩選本提要》著錄唐五代唐詩選本四十一種，宋金元有四十二種，明朝近百種。[6]相比之下，宋金元時期的宋詩選本約有八十餘種，明代約三十九種。[7]現就宋金元明時期宋詩選本的形態與特徵作一概述，根據選家所屬的時代以及對宋詩的體認態度、審美趣尚，茲將其分為宋元與明代兩個階段論之。

5　陳尚君：〈唐人編選詩歌總集敘錄〉，《中國詩學》第2輯，南京市：南京大學出版社，1992年12月。

6　孫琴安：《唐詩選本提要》，上海市：上海書店出版社，2005年1月。

7　參見張智華〈南宋詩歌選本敘錄〉（《文獻》2000年第1期，又載氏著《南宋詩文選本研究：南宋人所編詩文選本與詩文批評》，北京市：北京師範大學出版社，2002年6月，頁15-33），淩郁之〈《南宋詩歌選本敘錄》訂補〉《蘇州鐵道師範學院學報》2002年第4期），祝尚書《宋人總集敘錄》（北京市：中華書局，2004年5月）有關詩選的著錄，卞東波《南宋詩選與宋代詩學考論》（北京市：中華書局，2009年4月）所論及的宋詩選本。而申屠青松的〈明代宋詩選本論略〉（《南京師範大學文學院學報》2007年第4期）著錄僅十三種，尚有遺漏，筆者對其增補數十種，詳見謝海林：〈明代宋詩選本補錄〉，《中國詩學》第14輯，北京市：人民文學出版社，2010年3月。

一　宋元時期的宋詩選本

　　蘇、黃以後，宋詩自為面目，別樹一格。宋詩異於唐詩之論，肇於南宋。宋詩選也始自南宋時期。綜觀趙宋一代，卞東波認為南宋以來的詩選有如下特色：一、以「分門纂類」來編撰詩選；二、出現了一些介於詩話和詩選之間的選本；三、誕生了融詩選、詩格、詩話及評點合一的選本；四、還有分體的詩選；五、尚有以某一類人為中心的選本，如僧詩選、理學家詩選；六、南宋詩選有一定的地域色彩，多與福建有關。[8]所論洵為的當，但多就詩選編纂的形式與內容而言，尚有待發之覆。統觀有宋一代之宋詩選，置之於整個宋詩選本史來考量，筆者以為宋人所編宋詩選有以下重要特徵：

　　（一）基本囊括了選本的諸多形態，後世宋詩選皆可在此找到濫觴或範本。宋人南渡，隨著詩學批評意識的增強與詩歌編選工作的進展，所編宋詩選形式多樣，不一而足。

　　從詩選的編纂方式來看，有分人詩選，如曾慥《皇宋百家詩選》、無名氏《宋二百家詩》、謝翺《天地間集》等。元杜本《谷音》、明潘是仁《宋元名家詩選》、清陳訏《宋十五家詩選》、周之鱗等《宋四名家詩選》一類，或專錄遺民詩，或只收名家詩，皆是以人為綱的詩選。有分類詩選，如孫紹遠所編專收題畫詩的《聲畫集》，無名氏的《紅梅集》專收詠梅詩，他如蒲積中《古今歲時雜詠》、舊題劉克莊《分門纂類唐宋時賢千家詩選》等。宋末元初方回《瀛奎律髓》、明王化醇《宋元名家梅花鼓吹》、清王史鑑《宋詩類選》之類可由此找到濫觴。還有分體詩選，絕句則有吳說《古今絕句》，收有杜甫、王安石等人之絕句，劉克莊所編尤多，如《本朝五七言絕句》、《中興五七言絕句》、《本朝絕句續選》、《中興絕句續選》等；樂府則

8　詳見卞東波：《南宋詩選與宋代詩學考論》導論一〈南宋詩歌選本的形態與特徵〉（北京市：中華書局，2009年4月），頁2-5。

有周紫芝《古今諸家樂府》、楊冠卿《群公樂府》等；近體如劉瑄《詩苑眾芳》等。後世依仿的選本也較多，如元郝經《唐宋近體詩選》，明符觀《宋詩正體》，清嚴長明《千首宋人絕句》、彭元瑞《宋四家律選》、陸式玉《今體宋詩選》、翁石瓠所藏《宋詩七言古詩選》之流，或古詩，或近體，近體之中又分律絕。

從詩選的結集形態來看，則有郡邑、家族、體派等詩選。郡邑詩選如李庚諸人所編《天臺集》、《續集》、《別編》等，嚴璞等人所編的《會稽紀詠》，董棻《嚴陵集》，宋攽《唐山集》、《後集》，趙彥琇《桃花源集》等；家族詩選如洪適等《盤洲編》；彰顯體派的詩選更為繁富，詳見下文所述。

（二）頗具文學批評的當代意識，存史、立派、蒙學等選詩意圖皆有彰顯。宋人在承緒唐人文學批評遺產的基礎上，文學宗派意識初具雛形，詩歌流派的文學觀念得到長足的發展。選本已成為張揚宗派意識、宣傳詩學主張、串通詩壇同人的一個重要載體。易言之，宋人所編宋詩選與詩人集群、詩歌流派之間有著不可分割的關係。從宋初迄及宋末，這種現象皆可得到印證。《九僧詩集》之於宋初「晚唐體」，《西昆酬唱集》之於「西昆體」派，《江西宗派詩集》之於「江西詩派」，《四靈詩選》之於「四靈詩派」，《江湖集》、《江湖詩續選》之於「江湖詩派」，《中興禪林風月集》之於江湖詩僧群，《月泉吟社》、《天地間集》之於遺民詩群，《濂洛風雅》之於理學家詩群，等等。這種存史立派的選詩結集的意圖尤其明顯。又以呂本中《江西詩社宗派圖》為著。呂氏大倡黃庭堅、陳師道等人之詩，後人推衍而有「江西詩派」和「一祖三宗」之說。事實也的確如此，自蘇、黃以降，無意不可入，無事不可言，宋詩在唐詩的基礎上，體裁、題材、風格、語言諸方面有了新的拓展和延伸而別具特色。史上第一部宋詩選本便是曾慥（？-1155）編纂並帶有江西詩派色彩的《皇宋百家詩

選》。[9]另外，隨著詩歌的推廣與普及，用於蒙學的宋詩選也日漸增多，如假託大家劉克莊所編的《千家詩》。劉氏所編多種絕句亦是用於蒙學授講之資，其〈唐五七言絕句序〉云：「余家童子初入塾，始選五七言各百首授之。」[10]〈本朝五七言絕句序〉又曰：「《唐絕句詩選》成，童子復以本朝詩為請。……姑取所嘗記誦南渡前五七言亦各百首授童子。」[11]

　　南宋人所編的詩選頗具當代意識，其中一個顯例即是題名「中興」的詩選較多。「中興」不只表現在南宋文士對政治內涵上的體認與期盼，還呈現在對詩壇中興的追慕與推崇。這種自覺意識頗為流行，與南宋理宗時期詞選、詩話好以「中興」命名的時尚相應，選壇諸家亦喜取名「中興」。例如，「泉南林洪字龍發，號可山，肄業杭泮，粗有詩名。理宗朝，上書言事，自稱為和靖七世孫，冒杭貫取鄉薦。刊中興以來諸公詩，號《大雅復古集》，亦以己作附於後」[12]。陳起所編的《中興群公吟稿》，收錄南宋中興以來一百五十三人詩。陳氏還有《中興江湖集》。孔汝霖編、蕭瀚校正《中興禪林風月集》，鄭景龍《中興詩選》，皆作如是觀。他如，劉克莊認為不可詳汴京而略江左，「乃取中興以後諸家五七言，各選百首……此編則一一精善矣。窮鄉無借書處，所見少，所取狹可恨，惟此一條爾。至於江湖諸人，約而在下，如姜夔、劉翰、趙蕃、師秀、徐照之流，自當別選」[13]，選編了〈中興五七言絕句〉二百首，之後又有續作《中興絕句續選》，其序曰：「南渡詩尤盛於東都。炎、紹初，則王履道、陳去非、

9　詳見卞東波：《南宋詩選與宋代詩學考論》第一章〈第一部宋人選宋詩〉（北京市：中華書局，2009年4月），頁25-53。

10　劉克莊：《後村先生大全集》卷九十四，《四部叢刊初編》本。

11　劉克莊：《後村先生大全集》卷九十四，《四部叢刊初編》本。

12　韋居安：《梅磵詩話》卷中，丁福保輯：《歷代詩話續編》（北京市：中華書局，1983年8月），頁568。

13　劉克莊：〈中興五七言絕句序〉，《後村先生大全集》卷九十四，《四部叢刊初編》本。

江彥章、呂居仁、韓子蒼、徐師川、曾吉甫、劉彥沖、朱新仲、希貢。乾、淳間，則范致能、陸放翁、楊廷秀、蕭東夫、張安國一二十公，皆大家數，內放翁自有萬詩。稍後如項平父、李秀章諸賢，以至江西一派，永嘉四靈占畢於燈窗，鳴號於江湖，約而在下，以詩名世者不可殫紀。如之何限以二百篇也？《續選》如東都之數。」[14]也就是說，宋人所編宋詩選還有一個大局的整體觀，前後許多詩選可串成為同一系統。結集時所取的名稱諸如前、後、別、續集（編／選）一類，皆可印證這一點。

（三）宋人所編宋詩選本的體例漸趨完備。南宋人所編宋詩選本在體例上的創制，亦不可輕忽，為後世宋詩選本提供了眾多參照的範式。最為明顯的一點，即宋人所編宋詩選本融攝了多種文學批評方式，除選詩以外，還有詩選正文之前所附的詩人小傳，詩選中又綴以選家的評語，詩本事的介紹，有的還在諸詩人後附以佳句名聯。簡言之，基本涵蓋了文學批評中選詩、摘句、詩話和評點及史傳等方式。編排方式上，大體又多以時代先後為序，以人為綱，或以類為次，或以體相從。文獻來源上，基本上據詩人別集、專書採摭，所錄者一般為過世詩人。以第一部宋詩選本《皇宋百家詩選》為例。是書正編五十九卷，又附《拾遺詩話》一卷，除歐、王、蘇、黃四大家之外，收錄自寇準以下二百餘家。以人為綱，時代為序，詩人名下係以小傳，記其行事。雖頗受時人譏鄙，但在今天看來，其文獻保存、文學批評、詩選母本等方面的價值不容小覷。以評點為主的詩選，則有晚宋評點大家劉辰翁所選王安石、蘇軾、陳與義、陸游四人詩選——《王荊公詩文評》、《蘇東坡詩評》、《須溪批點簡齋集》、《須溪精選陸放翁詩集評》。另外，高似孫《選詩句圖》、葉庭珪《海錄警句圖》摘句論詩，後世朱梓《宋元明三百首》、陳衍《宋詩精華錄》等所附摘句的選詩體例皆可在此尋繹到範式。

14 劉克莊：《後村先生大全集》卷九十七，《四部叢刊初編》本。

　　在整個宋詩選史中，宋人宋詩選具有重要的意義與價值：一、宋人編宋詩，選家能目覩一手資料，擁有後人無法比擬的便利條件，故所保存的原始文獻之價值不菲。有的甚至直接徵錄存世詩人的作品，如陳起編刊《江湖集》，張至龍〈雪林刪餘自序〉：「芸居先生又為摘為小編，特不過十中之一耳。……芸居先生就摘稿中拈出律絕各數首，名曰刪餘。」[15]清顧修曰：「南宋寶慶、紹定間，錢塘陳起設書肆于臨安府棚北大街，一時士大夫多與往還，起為刻《群賢小集》。」[16]張至龍詩全璧今已無從得見，僅能從《雪林刪餘》中窺之一二。二、眾多的詩人行跡與文學批評材料，依仗宋人所編宋詩選得以稽存。如《皇宋百家詩選》中關於詩作的品評、《中興禪林風月集》中關於詩僧的小傳，這些資料彌足珍貴，具有較高的價值。三、宋人所編宋詩選，是後世宋詩選文獻採錄的重要來源，是不可多得的「母本」。朝代遞衍，因水火、兵燹、人為等原因，宋集文獻散佚較為嚴重。雖然某些宋人所編選本參考過類書、選本、詩話、別集等，帶有「二次選本」的印跡，但宋代之後所出的宋詩選則又多是從中採擇的，可謂「二次選本」的「再選本」。例如卞東波從《宋詩紀事》中輯錄出何新之的《詩林萬選》，考證出何著是一部大型的唐宋詩合選本，宋末元初的《唐宋千家聯珠詩格》、明初的《詩淵》，包括清中期的《宋詩紀事》皆與之有著源流的關係。他如，謝翱《天地間集》被清初陳焯《宋詩會》廣泛甄錄，乾隆初年曹庭棟《宋百家詩存》大量採擇《群賢小集》。總之，從體例、形態、意義及價值諸方面來看，宋人所編宋詩選在宋詩選史上占有開創性的地位。

　　濃厚的當代意識，映襯出南宋人所編宋詩選對「中興」詩人、「四靈」詩派、江湖詩群的倚重，如葉適《永嘉四靈詩》，陳起《中興江湖集》、《中興群公吟稿戊集》，鄭景龍《中興詩選》、《江湖詩續

15　張至龍：《雪林刪餘》卷首，汲古閣景宋鈔《南宋群賢六十家小集》明末群碧樓藏本。
16　顧修：〈讀畫齋重刊群賢小集例〉，《南宋群賢小集》卷首，清嘉慶間顧氏讀畫齋刊本。

選》，孔汝霖《中興禪林風月集》，等等。從詩學審美傾向來看，南宋詩人尤其是永嘉四靈、江湖詩群（包括江湖詩僧），無疑是對「宋調」代表的「江西詩派」之反撥，是對「唐音」特別是晚唐詩風的回歸。例如《詩家鼎臠》是一部反映南宋宗尚晚唐詩風的唐宋詩合選本，而像劉克莊之流的大家所編的詩選也是唐宋並舉。金源、蒙元承襲趙宋江左之風。所誕生的十一部宋詩選本中，大體也呈現出這一特點。如至今影響深遠的《瀛奎律髓》，即是一部唐宋詩合選本。是選遵循以唐人杜甫為主，宋代江西詩派承緒的詩學譜系。儘管方回在唐宋詩遴錄的比例上，宋詩遠高於唐詩，所錄詩人三八〇家，其中宋人二一七家，占總數的百分之五十七；入選詩作二九九二首，其中宋詩一七六五首，占總數的百分之五十九，也難以掩飾其極重老杜的詩學觀。[17]這一時期宋詩選本的一大新創是詩格類選本的出現，以蔡正孫等人所輯的《精選唐宋千家聯珠詩格》與《詩林廣記》為著。唐人詩格著作繁富，而將宋詩入選其中，這還是一個創舉。另外，這一時期的宋詩選偏重於對宋末遺民詩人、詩僧以及中小詩人的蒐集與甄錄，如陳世隆所編的一系列著作《宋詩補遺》、《宋詩拾遺》、《宋僧詩選補》、《宋詩外集》，對於後人瞭解宋人、編選宋詩助益良多。陸心源《宋詩紀事補遺》便大量利用了《宋詩拾遺》。陳思《兩宋名賢小集》、杜本《谷音》，皆作如是觀。

二　明人所編的宋詩選本

　　針對宋金詩學的流弊，元代詩壇棄宋返唐。此種審美趣尚在創作上尤為明顯，如戴表元、袁桷、楊載、虞集、楊維楨等人對唐詩的喜好與推崇。明人承繼元風，對「主理」的宋詩大加貶抑、撻伐。特別

---

17 莫礪鋒：〈從《瀛奎律髓》看方回的宋詩觀〉，《唐宋詩歌論集》（南京市：鳳凰出版　　社，2007年4月），頁511。

是前後「七子」摹擬「唐音」，倡導格調，跨時最長，人員最多，影響最大。師法盛唐無疑是明代詩壇的主流，然在此之外仍有別派。在崇尚理學的學術背景下，在貴真、主情、重變、好奇的性靈思潮下，唐風主宰下的宋詩也時而得以彰顯與弘揚。明人所編的近四十部宋詩選本亦隨此兩條軌跡，在逼仄又狹小的時空中殘現於世人面前。簡言之，明代是宋詩選本發展歷程中的低迷期。明代宋詩選本大致以萬曆年間性靈思潮的興起為分水嶺，可分為兩期。前期主要是理學家對宋儒如邵雍、朱熹等人的推崇，進而褒揚宋詩的義理教化，或不滿於舉世皆唐而作出反撥。後期主要是性靈思潮波及詩壇、選壇，主真重變的審美趣尚影響著選家對宋詩的反思、認同和整理，為清代宋詩選本之繁盛的到來夯實了文獻基礎。

　　宗唐貶宋是明初詩壇的主潮。大儒方孝孺（1357-1402），基於儒家道統詩學觀，為宋詩大聲疾呼：「前宋文章配兩周，盛時詩律亦無儔。今人未識崑崙派，卻笑黃河是濁流。　發揮道德乃成文，枝葉何曾離本根。末俗競工繁縟體，千秋精意與誰論？」[18]理學家情動於中，發言為詩，是對天理、性命等「本根」的自然流露，是追配兩周的詩性表達。在崇仰宋儒之下，其詩無疑也在融攝範圍之中。永樂十一年（1413），黃容在〈江雨軒詩序〉中以蘇軾、黃庭堅比附李白、杜甫，高舉大儒朱熹「一本於理」之論，痛斥劉崧「以一言斷絕宋代，曰宋絕無詩」為「詬天吠月」：

　　　錢唐瞿宗吉則為《鼓吹續音》，蓋以宋、金、元律詩並稱，至云舉世宗唐，恐未公為言。數子者之言皆行世，必有知詩者明辨而去取之。黃容一文，傳者恐不多，茲亦錄之于左。〈江雨軒詩序〉：……至宋蘇文忠公與先文節公，獨宗少陵、謫仙二

18 方孝孺：《談詩五首》其二、其三，《遜志齋集》卷二十四，《四部叢刊初編》本。

家之妙，雖不拘拘其似，而其意遠義該，是有蘇、黃並李、杜
之稱。當時如臨川、後山諸公，皆傑然無讓古者。至朱子則洞
然諸家之短長，其〈感興〉等作，日光玉潔，未易論也。何
者？一本於理爾。聖人一言以蔽之論，豈非所謂平易和正，足
以形是理而已。任高任奇，能外是乎？[19]

瞿佑（1341-1427）透過編撰詩選來對「詩盛於唐壞於宋」的謬論進
行反擊。其曰：「元遺山編《唐鼓吹》，專取七言律詩，郝天挺為之
注，世皆傳誦。少日效其制，取宋金元三朝名人所作，得一千二百
首，分為十二卷，號《鼓吹續音》。大家數有全集者，則約取之。其
或一二首僅為世所傳，其人可重，其事可記者，雖所作未盡善，則不
忍棄去，存之以備述，此著述本意也。又謂世人但知宗唐，于宋則棄
不取。眾口一辭，至有『詩盛于唐壞于宋』之說。私獨不謂然，故于
序文備舉前、後二朝諸家所長，不減于唐者，附以己見，而請觀者參
焉……既成，求觀者眾，轉相傳借。或有嫉之者，藏匿其半，因是遂
散失不存。再欲裒集，無復是心矣。」[20]瞿選「求觀者眾」，說明其影
響較大，但也因勢單力薄，難成氣候，終為宗唐主流所掩。但瞿氏凸
顯了宋詩「變」的詩學意義與價值，首開明代宗宋派之端緒。[21]

　　洪熙至成化年間，深受儒家性理影響的文士如張寧（1406-？）、
羅倫（1431-1478）、楊一清（1454-1530）等人對以理趣、義理見長的
宋詩多加肯定與認同，掀起了一股不小的宗宋風氣。羅倫曰：「宋氏
有國三百餘年，治教之美，遠過漢、唐。道德之懿，上承孔、孟。南

---

19 葉盛撰，魏中平點校：《水東日記》卷二十六（北京市：中華書局，1980年10月），
頁256。

20 瞿佑：《歸田詩話》卷上，丁福保輯：《歷代詩話續編》（北京市：中華書局，1983
年8月），頁1249。

21 查清華：《明代唐詩接受史》（上海市：上海古籍出版社，2006年7月），頁16、27-
28。

渡以後，國土日蹙，文氣日卑，而道德忠義之士，接踵于東南，其間
以詩詞鳴者，格律之工雖未及唐，而周規折矩不越乎禮義之大閑，又
非流連光景者可同日語也。」[22]茶陵詩派盟主的李東陽（1447-1516）
也認為「今之為詩者，能軼宋窺唐，已為極致」[23]，尤其對理學大儒
朱熹詩備加推崇：「晦翁深於古詩，其效漢、魏，至字字句句，平側
高下，亦相依仿。命意托興，則得之《三百篇》者為多。觀所著《詩
傳》，簡當精密，殆無遺憾，是可見已。感興之作，蓋以經史事理，
播之吟詠，豈可以後世詩家者流例論哉！」[24]吳訥所編朱熹詩亦作如
是觀。《百川書志》卷十五著錄：「《晦菴詩鈔》一卷。皇明海虞吳訥
于《晦翁全集》手鈔五言古體二百首以訓子弟。今梓行。」[25]曾任宰
輔的楊一清則對風骨逼近老杜的江西「二宗」黃、陳推崇備至。[26]這
種風氣直接影響著操觚染翰者。符觀有唐、宋、元明四朝正體之選，
其〈宋詩正體序〉便稱宋詩「名家繼起，或模寫景物，或鋪敘事情，
至於發性命之淵微，闡忠義之大節，亦時間出，意興殆未為淺，而賦
事精切則超然遠到」[27]。符氏所論宋詩，一重其「性命」、「忠義」，二
重其寫景、摹物、賦事，這些恰是宋詩所長。

　　降至嘉靖，這股倡導以理趣、義理見長的宋詩之音漸趨明晰而洪
亮。都穆（1459-1552）曰：「昔人謂『詩盛于唐壞于宋』，近亦有謂
『元詩過宋詩』者，陋哉見也！劉後村云：『宋詩豈惟不愧于唐，蓋
過之矣。』予觀歐、梅、蘇、黃、二陳至石湖、放翁諸公，其詩視唐

22　羅倫：《一峰文集》卷二〈蕭冰厓詩集序〉，影印文淵閣《四庫全書》第1251冊，頁
　　662。

23　李東陽：《懷麓堂集‧文前稿》卷八〈鏡川先生詩集序〉，清嘉慶刻本。

24　李東陽著，李慶立校釋：《懷麓堂詩話校釋》（北京市：人民文學出版社，2009年10
　　月），頁100。

25　高儒：《百川書志》，1915年長沙葉氏刻本。

26　查清華：《明代唐詩接受史》（上海市：上海古籍出版社，2006年7月），頁59-60。

27　符觀：《宋詩正體》卷首，明正德元年（1506）刻本。

未可便謂之過，然真無愧色者也。……方正學詩云：……非具正法眼者，烏能道此？」[28]他如張琦「若宋元詩則又當別看」、俞弁「豈可以唐宋輕重論」之論，皆以為宋源於唐，舉唐而不應廢宋。這種論調雖多以唐觀宋，但對宋詩地位的提升還是有利的，推動了人們對宋詩的進一步認識與傳播。

「前七子擬古詩潮由盛轉衰的真正標誌，是『唐宋派』的崛起。」[29]唐順之（1507-1560）在〈答皇甫百泉郎中〉中曰：「其為詩也，率意信口，不調不格。大率似以寒山、擊壤為宗，而欲摹效之，而又不能摹效之。……追思向日請教于兄，詩必唐、文必秦與漢云云者，則已茫然如隔世事，亦自不省其為何語矣。」[30]對「詩必唐」、「文必秦漢」的反思，對「率意信口」以寫胸臆的嚮往，直接敦促了對宋詩代表蘇、黃之詩的稱揚。其〈讀東坡詩戲作〉曰：「公詩句句寫胸臆，一滴水成大海翻。方皋牝牡無定相，曼倩滑稽有至言。掃除李杜芻狗語，出入鬼神傀儡門。異代或疑後身在，告終此地招其魂。」[31]其〈書黃山谷詩後〉云：「黃豫章詩，真有憑虛欲仙之意，此人似一生未嘗食煙火者。唐人蓋絕未見有到此者也。雖韋蘇州之高潔，亦須讓出一頭地耳。試具眼參之。」[32]唐氏不惜貶抑李、杜、韋來褒舉蘇、黃，在「七子」看來，這猶如驚天之雷。不僅如此，唐氏與弟子萬士和等人還親自編撰詩選。《四庫全書總目》著錄《二妙集》，其云：「初，唐順之選漢、魏至明之詩為《二妙集》，蓋取陳獻章論詩法與理俱妙之語以名其書。士和受業於順之，因摘其中七言律詩、七言絕句二體，……唐取杜甫、王維、劉長卿、韋應物、王建、

28　都穆：《南濠詩話》，丁福保輯：《歷代詩話續編》（北京市：中華書局，1983年8月），頁1344-1345。

29　查清華：《明代唐詩接受史》（上海市：上海古籍出版社，2006年7月），頁104。

30　唐順之：《荊川先生文集》卷六，《四部叢刊初編》本。

31　唐順之：《荊川先生文集》卷三，《四部叢刊初編》本。

32　唐順之：《荊川先生文集》卷十七，《四部叢刊初編》本。

張籍、呂嵒七人，宋取王安石、黃庭堅、邵子、朱子四人，元取劉因一人，明取莊杲、王守仁二人。順之長於古文，至詩道則全然不解。持論以談理為宗，尤不可與口舌爭。士和序中亦稱集成而世無好者，則是非之心，人皆有之矣。」[33]《絳雲樓書目》又載：「唐荊川選《東坡二妙集》。荊川門人選《二妙集》，專以白沙、定山、荊川三家詩，繼草堂、擊壤之後。牧翁深非之。是又荊川門之醉人耳。」[34]此選影響式微，但至少說明在舉世宗唐的風氣下，明代中後期文士拓展宋詩生存空間之艱難。唐氏及其門生選詩所採取的策略，既延續了前期性理學家論詩的腔調，又開拓出宋詩直抒性靈的一片天地，也催發著宋詩重現於世的早日到來。楊慎（1488-1559）編有《宋詩選》，其《升庵詩話》卷四「宋人絕句」條云：「宋詩信不及唐，然其中豈無可匹體者，在選者之眼力耳。」並舉蘇舜欽、王安石、孔文仲、寇平仲、郭功甫、蘇子由、朱文公、張南軒等人絕句數首，末曰：「五詩有王維輞川遺意，誰謂宋無詩乎？」[35]宋詩並非絕無可觀，還有待於選家憑仗眼力，識其妙處。儘管楊慎以唐存宋之意顯然，卻為宋詩爭得了一席之地，也使宋詩「復活」成為可能。後「七子」耆宿王世貞（1526-1590）極其重視接受主體之才情，因此對接受對象的不同風貌多能表示理解和寬容，故對前「七子」如李夢陽、李攀龍等人全盤否定宋詩頗有微辭，這也使宋詩在格調派的話語中有了轉機。慎蒙也以為：「學士大夫于詩尊唐而斥宋，宋且廢，是惡可盡廢乎？作《宋詩選》。」[36]王氏作序曰：

---

33 永瑢等：《四庫全書總目》卷一九二《二妙集提要》（北京市：中華書局，1965年6月），頁1749。

34 錢謙益等：《稿抄本明清藏書目三種》（北京市：北京圖書館出版社，2003年5月），頁579。

35 楊慎：《升庵詩話》，丁福保輯：《歷代詩話續編》（北京市：中華書局，1983年8月），頁717-718。

36 王世貞：《弇州續稿》卷九十〈文林郎南京道監察御史山泉慎君墓誌銘〉，影印文淵閣《四庫全書》第1283冊，頁299。

自楊、劉作而有西崑體，永叔、聖俞思以淡易裁之，魯直出而
又有江西派，眉山氏睥睨其間，最號為雄豪，而不能無利鈍。
南渡而後，務觀、萬里輩亦遂彬彬矣。……吳興慎侍御子正顧
獨取《宋詩選》而梓之，以序屬余。余故嘗從二三君子後抑宋
者也，子正何以梓之？余何以從子正之請而序之？余所以抑宋
者，為惜格也。然而代不能廢人，人不能廢篇，篇不能廢句，
蓋不止前數公而已。此語於格之外者也，今夫取食色之重者與
禮之輕者比之，奚嘗食色重？夫醫師不以參苓而捐溲勃，大官
不以八珍而捐胡祿、障泥，為能善用之也。雖然以彼為我則可，
以我為彼則不可，子正非求為伸宋者也，將善用宋者也。[37]

所抑者在於宋詩格調不高。若能善用，宋詩便不可廢棄。與楊慎實同
一腔調。宋詩在復古派內部都打破了缺口，更遑論高揚主體性靈、力
摒格調擬古的公安派。性靈思潮如春風吹拂大地，一掃久滯的陰霾，
為毫無生氣的詩壇注入了新鮮的活力，也給宋詩的復蘇、宋詩選編纂
的興起帶來了無限生機。

　　公安派主將袁宏道（1568-1610）〈雪濤閣集序〉曰：「有宋歐、
蘇輩出，大變晚習，於物無所不收，於法無所不有，於情無所不暢，
於境無所不取，滔滔莽莽，有若江河。今之人徒見宋之不唐法，而不
知宋因唐而有法者也，如淡非濃，而濃實因於淡。然其敝至以文為
詩，流而為理學，流而為歌訣，流而為偈誦，詩之弊又有不可勝言者
矣。」[38]袁氏看到了宋詩承唐而變又生弊端的現象，故認為宋詩自有
面目，不可貶抑：「大抵物真則貴，真則我面不能同君面，而況古人

---

37 王世貞：《弇州續稿》卷四十一〈宋詩選序〉，影印文淵閣《四庫全書》本，第1283
　　冊，頁549。
38 袁宏道著，錢伯城箋校：《袁宏道集箋校》卷十八（上海市：上海古籍出版社，
　　1981年版），頁710。

之面貌乎？……趙宋亦然。陳、歐、蘇、黃諸人，有一字襲唐者乎？
又有一字相襲者乎？至其不能為唐，殆是氣運使然，猶唐之不能為
《選》，《選》之不能為漢魏耳。今之君子，乃欲概天下而唐之，又且
以不唐病宋。夫既以不唐病宋矣，何不以不《選》病唐，不漢魏病
《選》，不《三百篇》病漢，不結繩鳥跡病《三百篇》耶？果爾，反
不如一張白紙。」[39]袁氏極力反對以唐一律天下的襲古論調，主真重
情求變的詩學思想為宋詩尋求了一條解放之路。如袁氏尤好蘇詩，曾
云：「蘇公詩高古不如老杜，而超脫變怪過之，有天地來，一人而
已。……蘇，詩之神也。彼謂宋不如唐者，觀場之見耳，豈直真知詩
何物哉！」[40]今有袁宏道選評、譚元春增刪《東坡詩選》十二卷，選
錄蘇詩四百餘首。

　　深受公安派影響的潘是仁，編有《宋元名家詩選》二百多卷，其
中收宋代詩人二十六家，一百三十五卷。初刻於萬曆四十三年
（1615），天啟間又有重修本，袁中道序曰：「文章關乎氣運，如此等
語，非謂才不如，學不如，直為氣運所限，不能強同。故夫漢魏之不
《三百篇》也，唐之不漢魏也，與宋元之不唐也，豈人力也哉！然執
此遂謂宋元無詩焉，則過矣。……宋元承三唐之後，殫工極巧，天地
之英華幾瀉盡無餘。……總之，取裁吟臆，受法性靈，意動而鳴，意
止而寂，即不得與唐爭盛，而其精采不可磨滅之處，自當與唐並存於
天地之間，此宋元詩所以刻也。」[41]除求真性情之外，重變尚奇的詩
學思想也影響到宋詩選的編纂。婁堅推揚宋人新變於杜、韓，肯定宋
詩意趣之高妙、議論之閎偉、筆力之雄秀；何喬遠稱頌宋詩求深造

---

39 袁宏道著，錢伯城箋校：《袁宏道集箋校》卷六〈丘長孺〉（上海市：上海古籍出版
　　社，1981年7月），頁284。

40 袁宏道著，錢伯城箋校：《袁宏道集箋校》卷二十一〈與李龍湖〉（上海市：上海古
　　籍出版社，1981年7月），頁750。

41 袁中道：《宋元詩序》，黃宗羲編：《明文海》卷二二七，（北京市：中華書局，1987
　　年2月），頁2332-2333。

奇，自開堂廡。[42]與此崇宋抑唐論調相聲應，大致和潘選的同時，畢自嚴編刊《類選四時絕句》，自序曰：「顧今世論詩者多尊盛唐而卑中晚，況宋元乎？是選兼取宋元者何？夫宋元醞藉聲響，間或不無少遜李唐，至匠心變幻，則愈出愈奇矣。昔人謂唐人絕句至中晚始盛，余亦妄謂中晚絕句至宋元尤盛。如眉山之雄渾，荊公之清麗，康節之瀟灑。山谷之蒼鬱，均自膾炙人口，獨步千古，安可遺也！袁石公〈貽張幼于書〉云：『世人喜唐，僕則曰唐無詩；世人卑宋黜元，僕則曰詩文在宋元諸大家。』此雖有激之言，抑亦足為二季解嘲矣。」[43]與此相呼應，周詩雅編有《宋元詩選》，是選影響還不小，曾三次付梓。周氏〈宋元詩三刻序〉曰：

> 今之言詩者，首漢魏以及唐，輒云：其道大備，至宋以後無詩矣。非無詩也，格卑氣弱，世運使然。噫！此矮人觀場貴耳賤目之論也。……夫宋人詩之大不滿人意者，因諸君篤于講學，以致注訓入之八識田中，故往往以誠意正心之譚，譜入風雲月露之什，其氣詁，其色腐。……即如坡公、山谷兩公，蘇之奔流浩放，黃之峭激嚴覈，雜之于唐，且踰晚而中盛矣，何渠以宋屏之？若臨川性即倔傲，詩政不嫌於高深，孤山目無古今，意寧復知有晉、魏，是又可以宋而少之耶？……今之舉口而蔑宋元者，舉體具宋元局相，不過啜標榜之猥語欺人耳，可歎亦可憐也。予因有感而點定刊之，殆有未可深言者在噫。」[44]

此選乃有激於七子派深黜宋詩之風而作。周氏更接近袁中道的調和論，對宋詩的內在缺陷也有客觀的認識。對蘇、黃、王諸宋調代表者

---

42 查清華：《明代唐詩接受史》（上海市：上海古籍出版社，2006年7月），頁185-187。

43 畢自嚴：《石隱園藏稿》卷二，影印文淵閣《四庫全書》第1293冊，頁404-405。

44 黃宗羲編：《明文海》卷二二六（北京市：中華書局，1987年2月），頁2318。

多加讚賞，由此使得宋詩與漢、魏、唐詩同列。[45]這種卓見無不來自於對宋詩的朝夕觀覽，精研細磨。性靈思潮所被之下，貴真、主情、重變、求奇的詩學觀念得到發揚，明人將宋集棄置不觀的局面也有所扭轉。諸多詩選所附詩人行實、詩風簡論文字的湧現，如潘是仁《宋元名家》部分集前所附選家小引，曹學佺《石倉宋詩選》所錄集前之序跋或傳記，便是宋人宋詩重返文人視域的直接寫照。

概言之，從對明代格調派「宋無詩」的反撥，為宋詩爭取與唐詩平等的地位，到對宋人生平、宋詩風格的研討和評騭，明人所編宋詩選大體與明代以性理、性靈論詩兩條軌跡相並行。尤其值得一提的是，宗宋風氣在晚明詩壇形成一股不小的思潮，直衍入清，為宋詩在清初的強勢「反彈」埋下了伏筆。晚明幾部宋詩選本如《宋藝圃集》、《宋元名家詩選》、《石倉宋詩選》的編纂刊布，錯訛雖有不少，卻為清代選家提供了不可或缺的龐富的文獻依據，為清代宗宋詩風的愈發昌熾，為清代宋詩選本的大量湧現奠定了堅實的基礎。

第二節　清代宋詩選本概說

清代是中國傳統學術的總結期，也是詩學批評的總結期。清人對詩歌的體認態度與師法途徑也漸趨理性、融通。這一點在宋詩上表現得尤為明顯，而不像明人棄置宋集，鄙斥宋詩。從順康之際到同光年間，清人對宋詩的接受時起彼伏，但總體趨勢是愈發昌熾。可以說，清代是宋詩復興的時代，也是宋詩選本的繁榮時期。申屠青松《清初宋詩選本研究》主要著眼於清初順、康、雍三朝宋詩選本的探討，篳路藍縷，功不可沒。而對有清一代宋詩選本的發展歷程與形態特徵的論述，惜過於簡略。蓋因所見宋詩選本尚有疏漏，這導致了在統計、

45　查清華：《明代唐詩接受史》（上海市：上海古籍出版社，2006年7月），頁187-188。

分析的過程中存有失實或偏頗之嫌。因此，梳理清代宋詩選本的發展
歷程，探討其形態特徵，是大有必要的。

一　清代宋詩選本的發展歷程

　　據申屠青松統計，清人所編宋詩斷代選本、宋金元詩合選本、唐
宋詩合選本，這三類為主體的宋詩選本現存至少有六十餘種，其中刻
本三十四種。[46]高磊《清代知見宋詩選本敍錄》[47]著錄現存的宋詩斷
代選本五十九種。筆者在此基礎上剔除重收復見者，翻檢海內外圖書
館館藏及清代目錄題跋、詩文集中所提及的，約計得清人所編宋詩選
本（含選有宋詩的通代選本、專人詩選）一七二種，其中宋詩斷代選
本八十六種。請看下表：

清代宋詩選本各朝數量分布表

詩選 ＼ 朝代	順康雍	乾嘉道	咸同光宣	時代不詳	總數
斷代詩選	二十四	二十一	十四	二十七	八十六
通代詩選	二十三	二十六	十二	二十五	八十六

（注：此表所列不包括各書後世的翻刻本的數目在內。限於學識目力，此數量定有
　　　遺漏。）

　　清人編纂宋詩選的高峰期在康熙朝，其次是乾隆、嘉慶、同治三
朝。這種形態與清代的政治、文化及詩學思潮之消長息息相關，下面
分而述之。

　　滿清入關後，迨至康熙前期，政權才得以穩固，方有時間與精力

46　申屠青松：《清初宋詩選本研究》，南京大學2008年博士學位論文，頁6。

47　高磊：〈清代知見宋詩選本敍錄〉，《西華大學學報》2009年第1期。

對文化乃至文學進行整飭、融合，而對明朝特別是「七子」詩學觀念的反思、批判也隨即湧現。承繼明末性靈思潮的餘緒，宋詩日漸獲得清初文士的接受、認同，甚至青睞。明末清初之際，詩壇耆宿錢謙益等人對明代如李夢陽之輩直謂唐後無詩的說法進行了無情地譏詆。而錢謙益、黃宗羲諸人對宋末遺民詩群的推揚，加速了宋詩尤其是在人文淵藪的江南的廣泛傳播。康熙三十二年（1693），遺民潘問奇〈宋詩啜醨集自序〉稱：「于鱗崛起嘉隆間，與婁江、天目輩倡為七子之號，主盟壇坫旗鼓中原，迄今百有餘年，其熖尚未熸也。余亦常讀其詩，大抵命意則膚立而無神，遣詞則貌妍而少骨，雄矣而乏幽深之趣，亮矣而無雋永之思。三四乞墦于姓氏之一編，五六取給於廣輿之一篋，甚至『東方千騎』、『起草明光』以及『黃金白璧』等語，陳陳相因，不一而足，洵有如虞山錢氏所譏評者，非過也。」[48]康熙五十一年（1712）中秋，王史鑑為所編《宋詩類選》作序中回憶道：「宋人三百年之詩更變遞興，稱極盛矣。自獻吉謂唐後無詩，嘉隆以來紛然附會，然李川父已斥為輕狂，錢牧齋又詆為耳食，則宋人一代之詩，誠足以繼統三唐而衣被詞人也。」[49]概言之，宋詩是在清初詩壇對明「七子」獨尊格調、專擬唐音的反思下逐步展開的。宋詩也日漸進入操觚染翰者之視域，冀此來拯救學唐末流膚廓空泛之弊。康熙前期，選壇誕生了一批旨在凸顯「真」宋詩的選本，其中以康熙十年（1671）吳之振等人編纂的《宋詩鈔》為著。吳氏自序曰：「自嘉、隆以還，言詩家尊唐而黜宋。宋人集，覆瓿糊壁，棄之若不克盡，故今日蒐購最難得。黜宋詩者曰『腐』，此未見宋詩也。宋人詩，變化于唐而出其所自得，皮毛落盡，精神獨存。不知者或以為『腐』，後人無識，倦于講求，喜其說之省事，而地位高也，則群奉『腐』之一

---

48 潘問奇、祖應世：《宋詩啜醨集》卷首，清乾隆刻本。
49 王史鑑：《宋詩類選》卷首，道光十九年（1839）樂古齋修補康熙本。

字，以廢全宋之詩。故今之黜宋者，皆未見宋詩者也。雖見之而不能
辨其原流，則見與不見等。此病不在黜宋，而在尊唐。」[50]這種宋出
於唐而自成面目的論調，加之吳氏攜此選遍贈京師詩友，無疑推快了
宋詩在康熙前期的流布，也迎來了宋詩選本在康熙二三十年代大量湧
現的高潮，如陳焯《宋詩會》，陸次雲《宋詩善鳴集》，吳曹直、儲右
文《宋詩選》，陳訏《宋十五家詩選》，周之鱗、柴升《宋四名家詩
選》，邵昰、柯弘祚《宋詩刪》，顧貞觀《積書巖宋詩選》等。這些詩
選或以詩存史，或推舉名家。

　　矯枉必過正，習久則弊生。敏感的詩人和選家皆意識到這一點。
康熙二十六年（1687），陸次雲作《宋詩善鳴集選例》云：「宋詩之弊
有三：曰庸，曰腐，曰拖遝。庸者，大約出手信手拈來者也；腐者，
大約出於墮入理障者也；拖遝者，大約出於才有餘而少錘鍊者也。去
此三弊，而後宋詩可選焉，而後不同乎唐人之宋詩，與不異乎唐人之
宋詩始出焉。」[51]康熙三十三年（1694），邵昰〈宋詩刪序〉亦曰：
「詩之由唐而宋也，風氣為之也。風氣有殊而性情不異，宋烏得無詩
也？往時人皆尊唐而詘宋，一時左袒，百年耳食，使一代著作久為臘
月之筆。究之，尊唐而不能為唐，時或逗而之宋。於是，一二騷壇之
士更取宋詩而尸祝之，然不無矯枉過正。向之選唐詩者，濟南裁數百
首，或病其隘。高廷禮取材極富，不過數千。而今《宋詩初集》之
鈔，已至萬餘首，幾欲多宋而少唐，學者望洋向若，茫無津涯，奚止
不辨牛馬而已。……暇日，輒為刪其繁冗，擷其精實，使宋人之習氣
去而英華存。宋不為詘唐不為少觀者，知風氣之有在而性情以出，上
下千載，風人之致，不至於宋獨亡焉。」[52]康熙詩壇盟主王士禛詩學
的數次轉變亦其顯例。康熙三十年前後，王氏所編《十種唐詩選》、

---

50 吳之振等：《宋詩鈔》卷首，北京市：中華書局，1986年12月。

51 陸次雲：《宋詩善鳴集》卷首，康熙間刻本。

52 邵昰、柯弘祚：《宋詩刪》卷首，康熙三十三年（1694）刻本。

《唐賢三昧集》的刊行，對熾熱的宗宋風氣來說，是有力的扭轉。反過來，這同時也敦使著選家對宋詩的重新體認。康熙四十年之後，沈德潛《唐詩別裁集》等十餘種唐詩選本，提倡盛唐的神韻說的流行，這些選本促成康熙後期的宗唐詩風[53]，也直接導致了康熙後期宋詩選本的萎縮。

　　據韓勝統計，康熙一朝的唐詩（斷代）選本達三十九種。[54]宋詩選本在康熙朝的大量湧現，與唐詩選本遙為呼應。這不僅是自由繁榮的詩學爭鳴之生動寫照，也是康熙朝集大成的右文政策之具體反映。康熙四十五年（1706），聖祖勅編《全唐詩》，未到兩年便由揚州詩局付梓刊行於世。隨後，又欽命文臣編纂《四朝詩》。康熙帝序曰：「朕夙興夜寐，永圖治安，念養士育才，國家盛典，考言詢事，曩代良規，亦既試之制藝，使通經術，兼以論表判策，俾達古今，而於科目之外，時以詩賦取人。……近得《全唐詩》，已命儒臣校訂刊布海內。由唐以來，千有餘年之久，流傳自昔未見之書，亦可謂斯文之厚幸矣。遂又命博采宋金元明之詩，每代分體各編，自名篇鉅集以及斷簡殘章，罔有闕遺，稍擇而錄之，付之剞劂，用以標詩人之極致，擴後進之見聞。譬猶六代遞奏八音之律無爽，九流並遡一致之理同歸。然則唐以後之詩，又自今而傳矣。夫詩之日遠而日新如此，而皆本於人之一心。」[55]《御選宋詩》是一部篇帙宏富的詩選，雖然深藏秘府，但在一定程度上尤其是在天子近臣文士中，間接地推廣了宋詩。譬如，參與編纂的顧嗣立曾選有《宋詩删》。

　　雍正短祚，宋詩選本的編纂又是一陣低迷，至乾嘉年間才掀起了一股不小的浪潮。這一時期的宋詩選本，主要是從保存宋詩文獻與彰顯宋代詩史來展開的。前者以曹庭棟《宋百家詩存》、厲鶚《宋詩紀

---

53 韓勝：《清代唐詩選本研究》（北京市：中國社會科學出版社，2010年9月），頁12。

54 韓勝：《清代唐詩選本研究》（北京市：中國社會科學出版社，2010年9月），頁10。

55 張豫章等：《御選四朝詩》卷首，康熙四十八年（1709）揚州詩局刻本。

事》、熊為霖《宋詩鈔補》為著。乾隆六年（1741），曹庭棟作序曰：
「譚詩者大都侈口三唐，間有旁獵兩宋，僅舉一二選本輒自為宋人之
詩在是。縱或好事者廣購遺僻，囊鑠籤牙，密置書櫝，終年不一展
卷，且秘不示人。於是宋人之詩，雖傳世尚多，勢必日晦日亡，漸就
淪滅而莫可考。……獨有宋一代之詩，諸選本所采寥寥，並不獲媲美
元、明，豈見聞儉陋亦侈口三唐者，附頰逐響，莫為兩宋一揭塵翳
也？……余復馳書四方朋好，曲折羅致，一時薈萃，因加決擇次第
分，編刻既竣，題曰『宋百家詩存』。蓋取存什一於千百之意，並以
竟我先人未竟之事。」[56]厲鶚編纂《宋詩紀事》也是如此：「前明諸公
剿擬唐人太甚，凡遇宋人集，概置不問，迄今流傳者，僅數百家。即
名公巨手，亦多散逸無存，江湖林藪之士，誰復發其幽光者，良可歎
也！」[57]由此可見，至乾嘉之際，宋集抑或宋詩選在文士間的流傳還
是頗為有限，故也催生了部分欲彰顯宋代詩史的選本。乾隆三十五年
（1770），汪景龍〈宋詩略自序〉曰：

> 編唐詩者不下數十家，兩宋之計獨少專選，東萊《文鑑》所錄
> 寥寥，王半山、曾端伯曾有緝錄前賢，嘗病其偏任己見，今已
> 罕有流傳，若《西崑酬唱》、《濂洛風雅》亦集僅數家，精而未
> 備。內鄉李于田《藝圃集》，搜采頗多，然以五代、金源諸家
> 廁其間，體例未合。曹石倉《十二代詩選》，去取尤為草率，
> 而潘訒庵、吳薗次、吳以巽、王子任之所選詳略雖殊，其未能
> 厭人意則均也。惟石門吳孟舉之《宋詩鈔》、嘉善曹六圃之
> 《宋詩存》有功于宋人之集而未經決擇；屬樊榭《宋詩紀事》
> 網羅遺佚，殆無掛漏，然以備一代之掌故，非以未學者之準

---

56 曹庭棟：《宋百家詩存》卷首，乾隆六年（1741）二六書堂刻本。
57 厲鶚：《宋詩紀事》卷首，上海市：上海古籍出版社，2008年4月。

則。苟非掇其菁英，歸諸簡要，何以別裁偽體而新風雅哉？余
故與姚子和伯取宋人全集暨諸家選本，采其佳什，而俚俗淺率
者俱汰焉。書既成，釐為十八卷，雖不克盡宋詩之美，然其崖
略已具於此，求宋詩之專選者，或有取焉。[58]

　　由趙宋迄清中葉，宋詩選本代不乏存，但或偏於文獻輯遺，或體
例駁雜，或「精而未備」。概言之，能凸顯一部宋詩史的簡明選本寥
寥無幾，也醞釀了諸如章薇《歷朝詩選簡金集》、劉大櫆《歷朝詩約
選》、蔣重光《漢魏六朝唐宋元明詩選》、施鍠《唐宋元明詩選》等眾
多彰顯詩史的通代選本的誕生。

　　道光以降，宗宋詩風愈演愈烈。但與詩壇的熱鬧截然相反的是，
宋詩選壇備加冷寂，多是對前賢所編詩選的補續之作，如羅以智與陸
心源的同名作《宋詩紀事補遺》、貝信三《宋詩紀事鈔》、蔣光煦與管
庭芬合輯的《宋詩鈔補》、張雲間《宋詩鈔》，等等；或是專為孩童編
纂的蒙學選本，如朱梓與冷昌言同編的《宋元明詩三百首》、許耀
《宋詩三百首》以及坐春書塾所選的《宋代五十六家詩集》。自此，
清代宋詩選本劃上了一個並不十分圓滿的句號。

二　清代宋詩選本的形態特徵

　　清代是宋詩選本的繁榮期。從上述可知，除數量超過以往數代的
總和之外，與前代相比，清人所編宋詩選本在種類、宗旨等方面都有
較大的變化，具有自身的形態特徵：

　　（一）內容豐富、形式多樣、種類繁多。從時代來說，或通選兩
宋，或專選某一時段，如汪景龍《宋詩略》統觀南北兩宋，陸鍾輝

---

58 汪景龍、姚塤：《宋詩略》卷首，乾隆三十五年（1770）竹雨山房刻本。

《南宋群賢詩選》專取南宋一代。從體式上說，或各體並包，或專選一體，如張景星、姚培謙、王永祺合選的《宋詩百一鈔》，除習見的詩體外，律排也囊括其中；陸式玉《今體宋詩選》專選近體，甚至還有按韻編排的近體詩選，如盧世㴆《宋人近體分韻詩鈔》、佚名《分韻近體宋詩》；而律體中又細分之，如彭元瑞《宋四家律選》只錄律詩，趙彥傅《宋七言律詩注略》僅錄七律，嚴長明《千首宋人絕句》只錄絕句，管世銘《宋人七言絕句詩選》、況澄《宋七絕選錄》僅選七絕。從題材來說，又有分類詩選，如王史鑑《宋詩類選》以類分次，凡二十四類，分為天、地、歲時、詠物（又分為草木、禽獸、昆蟲、飲食、器用五類）、詠史、慶賀、及第、落第、宴集、懷約、呈獻、贈、寄、酬和、閒適、自詠、品目、題詠、游覽、行旅、送別、雜詩、寺院、哀輓等。他如邵塾《詠古詩鈔》、俞琰《分類詠物詩選》、張玉書等輯《佩文齋詠物詩》等。從選本形式來看，又有單純的詩選、箋注之選、評點之選、摘句之選等，枚不勝舉。簡言之，舉凡歷代所出現的各式宋詩選本，清人所編的是有過之而無不及。

（二）編選宗旨更趨多元化。有專為蒙童而設的普及詩選，如許耀《宋詩三百首》、冷昌言與朱梓合編的《宋元明詩三百首》、李元度《小學弦歌》等。也有以風雅為旨歸的教化詩選，如汪薇《詩倫》、王維舉與王繩祖同編的《詩鵠》、張伯行《濂洛風雅》、李壽萱《五朝詩鐸》等。還有以潤色鴻業為宗旨的應制詩選，如顧嗣立《詩林韶濩》、周煌重輯《詩林韶濩選》、金姓撰成《詩林韶濩選評》，以及如《御選宋詩》冠名「欽定」的詩選。當然，最為重要的是為了彰顯選家審美傾向的詩選，如吳之振張揚「真」宋詩的《宋詩鈔》。他如侯廷銓《宋詩選粹》，龔麗正序曰：「今天下言詩者競詬趙宋，其意欲懲夫闒冗蕪蔓俚誕之負重名者，而束之于唐人之格律，不可謂非正論。顧宋之始為詩者，何嘗若是乎？……其自見面目者，擇其自成氣體者，擇其不開流弊、使後世無以藉口者，于是乎有宋詩選之作。噫！

此吾寶山侯君之志也。」[59]以詩選來立論之意甚明,即欲使世人見「自成面目」的宋詩。清人所編宋詩選,很大一部分是存史之選。如上文所述的《宋詩會》、《宋百家詩存》、《宋詩紀事》。又如陸鍾輝《南宋群賢詩選》,其自序有云:「自臨安匯刻之後,絕罕流傳。倘不亟為甄收,誠慮終歸湮落。閒居誦讀之餘,爰加決擇,存其什三,釐為十二卷。驅舊目於新途,摁宿舌於別味,要皆異乎前人之所謂邸劇者。覽者幸無以鄗後可刪,致相誚責也。」[60]陸氏擔心南宋六十家詩集湮滅,故有此選。

（三）誕生了一大批以某一詩選為「母本」的系列選本,有續選、刪選、簡選、補選等。如續選之例,康熙年間王士禛編有《五七言古詩選》,到了乾嘉之際,詩壇執牛耳者翁方綱有《小石帆亭五言詩續鈔》之選,其《略例》云:「五言詩續鈔者,續漁洋先生《五言詩鈔》也。」[61]後有《七言律詩鈔》,亦是王氏之續選。翁氏弟子曹振鏞曰:「吾師覃溪先生每標舉新城之見,以為七言律詩圭臬,而以其所選原本不獲見為憾,故是選原名《唐人七律志殼集》,猶新城之志也。既而搜擇四代作家,甘辛丹素,融液疏通,亦不盡拘於新城前言矣。茲以授之振鏞,將錄本付梓,而猶必推本新城之說,以著是選發軔所自云。」[62]而桐城詩派鼻祖姚鼐所編的《五七言今體詩鈔》亦是補王選之闕,其云:「論詩如漁洋之《古詩鈔》,可謂當人心之公意者也。吾惜其論止古體,而不及今體,至今日而為今體者,紛紜岐出,多趨偽謬,風雅之道日衰。從吾游者,或請為補漁洋之闕編。因取唐以來詩人之作,采錄論之,分為二集十八卷,以盡漁洋之遺

---

59 侯廷銓:《宋詩選粹》卷首,道光五年（1825）刻本。

60 陸鍾輝:《南宋群賢詩選》卷首,雍正九年（1731）陸氏水雲漁屋刻本。

61 翁方綱:《小石帆亭五言詩續鈔》卷首,清道光三十年（1850）南海伍崇曜《粵雅堂叢書》本。

62 翁方綱:《七言律詩鈔》卷首,一九二四年上海博古齋《蘇齋叢書》十九種影印本。

志。」[63]又如吳之振《宋詩鈔》，續補之作有車鼎豐與孫學顏同輯的《增訂宋詩鈔》、熊為霖的《宋詩鈔補》、管庭芬和蔣光煦合輯的《宋詩鈔補》，佚名所抄的同名《宋詩鈔精選》多種。他如厲鶚《宋詩紀事》，續補之作有貝信三《宋詩紀事鈔》、羅以智《宋詩紀事補遺》、陸心源《宋詩紀事補遺》。還有上述顧嗣立的《詩林韶濩》、周煌重輯的《詩林韶濩選》、金甡的《詩林韶濩選評》亦是同一系列之作。

又有選家自行編撰的續補、刪節之選。如佚名所輯的《宋人絕句選》與《宋人絕句選補遺》，佚名所編的《宋詩窺》和《宋詩窺補》。王史鑑《宋人詩囿精華》極有可能是其《宋詩類選》的底稿本。又有選家為他人詩選的刪簡、重編本，如顧貞觀《積書巖宋詩刪》，後有佚名所編刪節本《積書巖宋詩選》。張世煒據陳訏《宋十五家詩選》輯錄《宋十五家詩刪》。

另外，還有的選家編纂宋詩選，是為了與其他朝代詩選組成通代或系列詩選。如姚培謙編有《唐宋八家詩》，其〈例言〉云：「往余有《東坡分體詩鈔》一刻，給事王西亭先生見之，寓書勸余准茅氏《文鈔》之例，並及諸家。□日因各撼全集，遴選付梓，遵前輩之教也。」[64]沈德潛去世之前，尚有《宋金三家詩選》，門人顧宗泰曰：「吾師沈歸愚先生所選《古詩源》、《唐詩別裁》、《明詩別裁》諸集，久已膾炙，海內士人奉為圭臬，而獨宋金元詩久未之及，非必如嘉隆以後言：詩家尊唐黜宋，概以宋以後詩為不足存而棄之也。誠以宋以後詩，門戶不一，求其精神面目可嗣唐正軌者不二三家。即得二三家矣，篇什浩博，擇焉不精，無以存之，不如聽其詩之自存，是則存之慕重而選之難也。今年春，先生始選蘇東坡、陸放翁、元遺山三家

63　姚鼐：〈五七言今體詩鈔序目〉，曹光甫標點：《今體詩鈔》卷首，上海市：上海古籍出版社，1986年3月。

64　姚培謙：《唐宋八家詩》卷首，雍正五年（1727）遂安堂刻本。

詩，補前此所未及，同協助者為吾友陳君野航。」[65]吳翌鳳《宋金元詩選》亦作如是觀，其自序曰：「雪苑陳生少伯從余游，頗好作詩，愛余唐詩之選，亟錄其副，復以宋、金、元三朝詩為請。」[66]他如陸次雲《宋詩善鳴集》、任文化《宋詩約》，皆是與其他朝代詩選而合成《善鳴集》、《詩約》系列的斷代詩選。

（四）呈現出地域性的特點，與江南詩性文化、私家藏書等息息相關。選家以及參與詩選編、校、刊等人員的籍貫多隸屬江南，以及蘇之揚州，皖之徽州，浙之寧波、湖州、紹興，贛之南昌等地。清人多利用私家藏書來編纂詩選。這又與其濃厚的藏書文化密切相關。清初宋集流通甚稀，康熙年間顧貞觀主要利用自家藏書來編纂《積書巖宋詩刪》。康熙三十八年（1699）七月，魏勷序曰：

> 梁汾早歲脫組去家山，著述幾至等身。其所論定古人詩文詞賦，不下數十種，宋詩其一也。今年自吳中來就荊南訪余，出此選相視，余見而擊節，歎其搜羅裒集，空蒼渾脫，特出近時諸選上，洵善本也。梁汾家故多藏書，而其深識定力又足以博綜而洗伐之，故能別具手眼而採擇之精當如是。……余與梁汾中間不相見亦幾十年。回思曩昔過庭之暇，得聞所以朝許梁汾之言猶前日耳，而梁汾果身隱而名益彰，齒進而業愈富。探微抉奧為世宗匠，豈不偉哉？嗟乎，古今來學士大夫，以文章聲氣爭衡於壇坫者，代不乏人。然未有目不破萬卷之書、胸不具千古之識，而能使海內搦管之家，翕然奉為繩尺、稟為師承也，則信乎風雅之果在梁汾。[67]

65 顧宗泰：〈宋金三家詩選序〉，沈德潛：《宋金三家詩選》卷首，齊魯書社一九八三年影印清乾隆三十四年（1769）刻本。
66 吳翌鳳：《宋金元詩選》卷首，乾隆五十八年（1793）刊本。
67 顧貞觀：《積書巖宋詩刪》卷首，《四庫全書存目叢書補編》第41冊（濟南市：齊魯

　　顧氏乃康熙名士，自家藏書處有積書巖、楚頌亭，坐擁書籍達萬卷。[68]這為《宋詩刪》的編纂提供了極大的便利。王史鑑編纂《宋詩類選》時，亦是大量利用自家與師友之藏書，其〈例言〉有云：「予家素積宋人文集及諸家選本，又益以義門何先生所藏，旁搜精擇，輯成是書，為力頗勤，用心良苦。」[69]他如厲鶚與其他七十餘位文士合撰《宋詩紀事》，徵引書籍達千餘種，陸心源利用自家宏富的皕宋樓藏書編纂《宋詩紀事補遺》，皆其顯例。關於清代宋詩選本與江南詩性文化、私家藏書以及江南經濟之關係，詳見第四章論述。

　　綜上所述，清代是中國傳統文化、文學的最後一個朝代，也是一個總結與開創的時期。透過與歷朝宋詩選的比較，清代宋詩選本不僅數量繁富，種類多樣，而且編纂目的與宗旨多元，同一系列的續選、補選、簡選、刪選本大量出現，與江南濃郁的文化密切相關。清人宋詩選，是展現時代詩學思潮與選家審美觀念的載體，是全面瞭解清代社會、政治、文學、思潮等諸方面的窗口。

　　書社，2001年版），頁310-311。

68 鄭偉章：《文獻家通考（清—現代）》（北京市：中華書局，1999年6月），頁105。

69 王史鑑：《宋詩類選》卷首，道光十九年（1839）樂古齋修補康熙本。

第二章
王朝文治與宋詩選本
──以《御選宋詩》、《御選唐宋詩醇》為中心

第一節　問題的提出與研究設想

　　輯纂詩選乃名山事業。選本的最終旨向，就在於「選者之權力能使人歸，又能使古詩之名與實俱徇之」[1]。透過編纂詩選，選家可以闡述一己之見，表達詩學主張，還可借助選本的典範作用以求得桴鼓相和的集體效應，影響到個體之外更廣闊的人群，延宕到更久遠的時空。明末艾南英就把選家、評論家的權力比作皇帝的權力[2]。因此，不論私人選家還是官方機構，都對此青睞有加，甚至君主、藩王等權貴也參與其中，或親自裁定，或主持選政。表面上，清人所編宋詩選由於選錄的對象是相隔較遠的宋賢，而非當代的詩友同好，擺脫了來自作者的各種影響，選家應更能專注評選，施以己意，鳴己之盛。「雖選古人詩，實自著一書。」[3]那麼，輯纂宋詩選的選家是否真的是一個純粹的編創主體呢？

1　鍾惺：〈詩歸序〉，李先耕、崔重慶標校：《隱秀軒集》卷十六（上海市：上海古籍出版社，1992年9月），頁236。

2　艾南英：《天傭子集》卷九〈戊辰房選千劍集序〉（載沈乃文主編《明別集叢刊》第五輯第39冊影印本，合肥市：黃山書社，2015年12月，頁123）曰：「嗟夫，房選之行，自乙未始，然未有如今日之盛者也。環闠門之牘為選者，以數十計。士敝精神於方人，視古為己之學，是非較然而效之唯恐後，豈非昔之房選以人重，今之人以房選重歟？然吾因是而感焉，以為房選雖微，能稟天子以號令天下，蓋有尊天王、大一統之意，雖聖賢所不能必者，而是書能必之。」

3　鍾惺：〈與蔡敬夫〉，李先耕、崔重慶標校：《隱秀軒集》卷二十八（上海市：上海古籍出版社，1992年9月），頁469。

　　從編者的身分構成著眼，大體可分為官、私兩家。從編者的人員
寡眾來看，又有群體與個人之別。從選政的運作模式來考量，既有以
個體一己之心力操觚染翰，還有借助群體力量聯手共襄。從詩選的生
成機制來討論，既有選家「閉門造車」式的「專斷」，以一人之意屬
服千百人之心，同時也存在著選家受到諸多外力因素，尤其是來自官
府、學林、出版業的干擾，最終達成群體的「合謀」。由此生發，不
管是官方主流權力主動的染指，還是民間文士精英在野的倡揚；無論
是纂輯總集而不著一語的隱性批評，還是遴選作品而施加評語的顯性
品鑒，編者的話語、權力都能作用到選本的輯錄、編排、評點、刊行
等流程之中。正由於話語／權力對編選活動影響甚鉅，因此官私雙方
常借助選本這一重要載體來表達自身的思想與理念，申訴自我的話語
和權力。一方面，彰顯官方的文學立場，如倡導政道的核心價值觀念
忠孝之道，宣揚溫柔敦厚的詩教；另一方面，表達民間的文學觀念，
如追求以詩補史，妙陳心曲，寄託孤詣，彰揚宋人精神，傳播宋型文
化。由此看來，選詩是彰顯選家話語權力的重要活動形式，詩選是演
繹選家權力話語的有效傳播載體。選本與選家的話語／權力，關係極
為密切。

　　不可否認，清人所編的宋詩選，民間私家占了絕大部分，但是
康、乾御定的兩部含有宋詩的大型選本影響甚大，絕不容忽視。學界
關於這兩部御選宋詩的研究寥寥可數。莫礪鋒〈論《唐宋詩醇》的編
選宗旨與詩學思想〉[4]與胡光波〈從《唐宋詩醇》看乾隆的唐詩觀〉[5]
主要考察選本的編選宗旨以及選家的詩學觀念。此外，還有王苗苗碩
士學位論文〈《唐宋詩醇》詩學思想研究〉[6]。卞孝萱〈兩本《唐宋詩

4　莫礪鋒：〈《唐宋詩醇》的編選宗旨與詩學思想〉，《南京大學學報》2002年第3期。
5　胡光波：〈從《唐宋詩醇》看乾隆的唐詩觀〉，《湖北師範學院學報》1999年第4期。
6　王苗苗：〈《唐宋詩醇》詩學思想研究〉，湖南師範大學2012碩士學位論文。

醇》之比較研究〉[7]則從選本徵引評語的刪改來比勘選本的不同版本
的問題。至於綜合討論的，僅有李靚碩士學位論文《清代御選宋詩研
究》[8]，但仍不出此範疇。本章擬從詩選編纂的文化考察出發，透過
權力／話語等向度來探討選本的生成機制和審美旨趣，聚焦康乾兩朝
宋詩選集的編者，重點關注權力場與文學場的離合，冀此來尋找一條
有意義的詩選研究之路。

　　為何聚焦於康熙、乾隆這兩部御定宋詩選本？

　　首先，康、乾時期習稱為中國封建社會的盛世，而這一時期的文
化政策、文士箝制、文字獄案也是空前的，對清代文士的生存空間、
文學的內在進路、宋詩學的發展歷程影響至鉅。康、乾兩朝是官方修
史纂集最多的時期。撇去乙部不論，單說總集。康熙、乾隆二帝親自
主持的，從康熙二十四年（1685）徐乾學奉敕編注的《古文淵鑑》開
始，到乾隆前期的《唐宋詩醇》、《皇清文穎》，標有「御選」、「御
定」、「欽定」、「御製」等字樣的便有十三部之多。這些總集卷帙浩
繁，耗時冗長。更為甚者，帝王或行政干預，規訓選家；或親自題
序，擅作準則。百般箝制之下，編者在選錄運作中並不是藝術價值判
斷的純粹主體，其甄選評騭自然也難以出於公心，而是更多地打上了
君主專制思想的烙印。對比滿清之前的朝代，官方尤其是帝王染指、
干涉詩文總集／選本的，可謂少之又少。比如《宋文鑑》，宋孝宗對
編者呂祖謙大為讚揚，本欲加官進爵，但礙於朝臣進奏指責，下旨重
新刪訂，也只不過是針對那些關切時政的部分奏疏而已。[9]雖然最後
孝宗欽定書名，但也從未像康熙、乾隆如此「青睞」。清人所編的宋
詩選，康、乾兩朝也是最多的，其他諸朝罕見其匹。據筆者統計，僅
選宋詩的選本，康乾朝有二十多部，約占總數的三分之一；而含有宋

7　卞孝萱：〈兩本《唐宋詩醇》之比較研究〉，《中國典籍與文化》1999年第4期。

8　李靚：《清代御選宋詩研究》，湖南科技大學2010年碩士學位論文。

9　詳參鞏本棟師：〈論《宋文鑑》〉，《中國文化研究》2012年第1期。

詩的通代詩選，康乾朝有三十八部，近占總數的一半。除去官方欽定
的兩部重要總集《御選宋金元明四朝詩》[10]、《御選唐宋詩醇》之外，
還有私家編撰的《宋詩鈔》、《宋十五家詩選》、《宋詩紀事》、《宋百家
詩存》等眾多選本。但是，王府、朱邸、權臣集團把持著無上的官方
話語權力，操控、左右宋詩選本的編纂刊布，主導詩學批評的「正
統」方向，提倡溫柔敦厚的詩教，為政統文治而服務的功利觀。一方
面，擔心滿人沾染漢人耽於翰墨的習性；另一方面，十分關注集部著
述的編纂。表面的悖論，掩蓋不了內在的焦慮，隱性的陰謀——打著
纂書輯史的幌子，推行專制高壓的文化政策，炮製了數以百計的文字
獄，嚴密的文網勒住了文士的喉舌，束縛了文士的心懷。清人編選、
學習、推揚宋詩，便成了一種婉曲而有意義的活動。而官方意志的最
高代表帝王特別重視政統與詩教，時常借助詩選，在唐宋詩之爭的大
環境下，達成默契的共謀，尊唐而棄宋；也有整合後的變通，主唐而
兼宋。茲事體大，對於清人宋詩選的編纂、宋詩學的構建關聯密切。

　　其次，也是出於它們與民間私纂選本在時間、人員方面多有勾連
或交叉關係的考慮。據考察，《御選宋金元明四朝詩》雖然刊於康熙
四十八年（1709），但實際上康熙四十四年（1705）開始編選，四十
六年（1707）編成。[11]《宋詩紀事》始纂於雍正三年（1725），乾隆十
一年（1746）刊行。陸鍾輝《南宋（群賢）詩選》成於雍正九年
（1731）。《御選唐宋詩醇》始於乾隆九年（1744）十一月，刊於乾隆
十五年（1750）。[12]這橫跨三朝的四十五年（1705-1750），大抵是唐宋

10　按，《御選宋金元明四朝詩》板中縫上記「御選某朝詩」及卷次、頁數，各朝詩皆
　　可單獨成書（冊），為行文方便，故下文有時簡稱為《御選宋詩》。

11　顧嗣立：《閭丘先生自訂年譜》「康熙四十四年」、「康熙四十六年」諸條，北京圖書
　　館編：《北京圖書館藏珍本年譜叢刊》第89冊（北京市：北京圖書館出版社，1998
　　年版），頁81、84。

12　王昶〈梁詩正行狀〉：「（九年）十一月，命選《唐宋大家詩醇》。」《國朝耆獻類徵
　　初編》卷二十三，周駿富輯：《清代傳記叢刊》第138冊（臺北市：明文書局，1985
　　年版），頁689。

詩論爭的一個消歇調停期。從詩論家到詩選家，瀰漫整個詩壇的是一片唐宋並舉、無分朝代的聲音，昭示著唐宋詩論爭走向融通的大趨勢。[13]唐宋兼收，表面上是康乾盛世在詩風上「大一統」的反映，實際上是宋調的「勝利」。由於王士禛在康熙中期大倡「神韻」詩說，唐音漸興，宋風稍滯，但隨著康熙四十三年（1704）秋九月，王士禛罷官歸里，直到病死家中，七八年間未再出山。漁洋罷官，似算作「神韻詩說」逐漸走向衰熄的拐點，宮廷文學、京師士大夫文學從主流「神韻」趨向式微的表徵，抑或說是表面上唐宋並舉，實質上唐風日益偃息而宋風漸漸抬頭。這一時期，尤以厲鶚為標幟，依託揚州、杭州、津門等地為主要詩文化場域倡行宋調，成為朝闕館閣之外，野逸集群特見活躍時段。[14]由此入手，便可細繹此間唐宋詩論爭的歷史脈絡，盡可能復原真實的歷史圖景。另一方面，參與此間官私雙方宋詩選本的編纂人員，部分存在著交叉關係。比如，《御選四朝詩》的編校人員，如清代浙派詩人由唐轉宋之風的先驅查慎行，曾為厲鶚等人所撰的《南宋雜事詩》題序，族侄查昇為陳訏《宋十五家詩選》作敘，乾隆八年（1743）冬，陳邦彥為厲鶚、揚州「二馬」、陸鍾輝等人的行庵雅集圖題辭署簽。《御選唐宋詩醇》的輯纂人員梁詩正也與厲鶚為首的浙派詩群多有聯繫，休致返杭後和入仕為官前一樣，與鄉梓碩彥、流寓文士賡和疊唱，詩酒風流，這是一種詩性的回歸，跟入朝修纂書籍屈從王權截然相反。再如徐堂，弱冠即名噪一時，既而負笈師從厲鶚好友、參與《宋詩紀事》編校的杭世駿學詩，向丁敬學書。[15]

13 王英志主編，趙娜執筆：《清代唐宋詩之爭流變史》上編《順康雍時期唐宋詩之爭流變史》第六章第三節「康熙後期至乾隆初期的兼融唐宋」（北京市：人民文學出版社，2012年3月），頁223。

14 嚴迪昌：〈往事驚心叫斷鴻──揚州馬氏小玲瓏山館與雍、乾之際廣陵文學集群〉，《文學遺產》2002年第4期，頁114。

15 《皇清書史》卷三，周駿富輯：《清代傳記叢刊》，第83冊（臺北市：明文書局，1985年版），頁113；《續印人傳》卷二，周駿富輯：《清代傳記叢刊》，第86冊（臺北市：明文書局，1985年版），頁385。

循此觀之，當能考察出選家思想傾向、詩學觀念在官私兩端上細微的差異和本真的抉擇。

第二節　政統・詩教：御定宋詩選的文化考察

一　編校人員的際遇、身分與皇權箝制

康熙帝八歲幼齡登基，十四歲親政，在皇祖母及謀臣們的輔佐下，勵精圖治，康熙二十年（1676）平定三藩，二十二年（1678）收回臺灣，開邊拓土，武功蓋世，開啟盛世之門。而在平亂之時，康熙也不忘文治，留心文學，稽古右文。尤其是康熙十八年（1679）開博學鴻詞科，考試詩賦，親覽答卷，錄取各色人等數十名，一批聞名於世的東南宿儒名士如朱彝尊、尤侗入朝為官，即便落選者如姜宸英等人後來也被征辟入館修書。此舉之目的，無疑是為了鼓吹休明，潤色鴻業，也是為了安撫遺民，調和思想。借輯書撰史之名，籠絡江南士子，陰行懷柔之術，授予職銜，優渥厚待，極盡羈縻之能事。[16]參與《御選宋金元明四朝詩》的編校人員，大都有如此一般的君臣際遇。

據此集刊本卷首所附參編校勘三十七人名單，其中有以張豫章、魏學誠為首的纂選官六人，以吳士玉、張大受、顧嗣立等為主的錄選官二十二人，以及楊瑄、查昇、陳壯履、錢名世、汪灝、查慎行等校勘官九人。譬如魏學誠，康熙前期理學名臣魏象樞長子，其出身即由康熙帝拔擢補官。從七品的內閣中書魏學誠歸里侍親，旋又丁憂，閒居二十年，直到康熙四十二年（1703）皇帝西巡，接旨召見，深蒙褒獎，諭令補官，改授詞曹，連升兩級，充任翰林院修撰。[17]最顯著的

---

16 張憲文：〈清康熙博學鴻詞科述論〉，《浙江學刊》1985年第4期。

17 潘耒〈一齋舊詩序〉有云：「蔚州魏一齋先生為大司寇環溪公之長子，胚胎前光，服襲舊德，少擅雋才，嗜學若渴，以名卿子早登甲第，要職清班，可俯而拾。而先

例子，莫過於顧嗣立、張大受、吳士玉為首的數十位纂校人員特召入朝編書。康熙四十四年（1705）玄燁南巡，四月十二日駐蹕蘇州，巡撫宋犖以《江左十五子詩選》進呈行宮，並上疏舉薦張大受、顧嗣立、吳士玉等五人。十四日，康熙召試舉貢監諸生和山林川澤之士，親定詩題，命掌院學士揆敘、相國張玉書、陳廷敬品評甲乙，顧嗣立一千人等被錄選，赴朝參與書史修纂。十月十二日：

> 內侍李玉傳旨《御選宋金元明四朝詩》，命翰林吳暠、陳至言、陳璋、魏學誠纂選，其南邊考取舉貢生童人等已到者十三人（顧嗣立、錢榮世、田廣運、鄒弘志、丁圖南、江弘文、莊楷、陳王謨、董永朝、高位、談汝龍、陸淹、沈經）。未到者九人（張大受、吳士玉、汪泰來、潘秉鈞、沈寅、錢金聲、劉上駟、鄭韻、范聖文），錄選各翰林，令在家纂選書，陸續送南書房啟奏。……庶吉士王景曾自請修書效力，上命入「四朝詩館」，設局怡園，自十二月一日始。……凡書館纂修人員，人授一廛，歲有俸米，月給百金，以佐晷火，紙筆賞賚各有差。[18]

顧嗣立前已編纂《元詩選初集》，名震朝野，康熙亦嘉歎不止，故得以錄選，分纂《宋金元明四朝詩》，因參編有功而議敘內閣中書，期年御賜進士，改翰林院庶吉士。纂修人員在生活待遇、工作環境、仕宦前途等方面都得到了康熙的優待。破例擢用淹蹇落拓的江南士子，

生必然無競，暫補中書。念司寇公季高亟請歸養，丁艱服除，可以出矣。依戀慈闈，久不赴補，家居二十載，棲遲偃仰，若將終身焉。天子西巡，叩迎道左，深蒙褒獎，諭令補官，改授詞曹，領編纂，充分校。」《一齋舊詩》卷首，《四庫未收書輯刊》捌輯第18冊（北京市：北京出版社，1997年版），頁108。

18 顧嗣立：《閭邱先生自訂年譜》「康熙四十四年」條，北京圖書館編：《北京圖書館藏珍本年譜叢刊》第89冊（北京市：北京圖書館出版社，1998年版），頁80-81。

使之一躍而躋身館閣，修校秘府書籍，這是康熙朝後期右文政策的常
式。他如查慎行，五度往返京師，三上春闈，均落第不售。康熙四十
一年（1703）玄燁南巡，詔選耆儒，以備顧問之用，寵臣直隸總督李
光地以學問人品引薦。查慎行蒙恩奔赴行在，召試詩和制藝，和後來
一同參與《御選四朝詩》編校的汪灝、查昇，「每日進南書房辦事，
先是內廷皆詞臣輪班入直，專命之榮，蓋自此始。」[19]次年春供奉內
廷，三月進士及第，改翰林院庶吉士。恩遇特重，罕有同侪。沈廷芳
為之作傳，曰：「故事，庶吉士教習三年，散館始授職。入館甫四
月，特除編修。扈從塞外者三。凡歲時風土人物，悉紀以詩。每經
進，輒稱善。……上顧之笑曰：『查某風度爾雅，洵堪為儒臣冠。』
即撤御饌以賜，恩賚有加，尋兼武英殿修書總裁，直廬同僚，各任采
集，而董其成。」[20]此後，查慎行開始奉旨編纂《歷代詠物詩》、《佩
文韻府》，校勘《宋金元明四朝詩》。像查昇、陳壯履、錢名世、汪灝
等編校人員亦在隨駕之列。

　　除此之外，尚有陳鵬年因遭彈劾而被康熙召京修書之特例。康熙
四十三年（1704），康熙南巡，召陳鵬年問對，試詩稱旨，旋升授江
寧知府。陳鵬年聲譽廣，學問優，吏治明，屢次強項，忤逆權臣，為
其所構陷。康熙四十五年（1706）二月，時任江蘇布政使的陳鵬年被
兩江總督阿山繫獄，康熙「詔諭從寬免死，江南之人始知當事者欲殺
公，賴聖明得生也。尋，徵入修書。……公泣諭得就道，抵京師纂修
《宋金元明詩》」[21]。康熙五十一年（1712）十月，總督噶禮誹謗蘇州

19 陳敬璋：《查他山先生年譜》，北京圖書館編：《北京圖書館藏珍本年譜叢刊》第86
　　冊（北京市：北京圖書館出版社，1999年版），頁335。

20 沈廷芳：〈翰林院編修查先生行狀〉，《查他山先生年譜》卷首，北京圖書館編：《北
　　京圖書館藏珍本年譜叢刊》第86冊（北京市：北京圖書館出版社，1999年版），頁
　　302-303。

21 李果：〈家傳〉，《國朝耆獻類徵初編》卷一六四，周駿富輯：《清代傳記叢刊》第
　　153冊（臺北市：明文書局，1985年版），頁789。

知府陳鵬年遊虎邱詩，康熙又迴護到：「奏其虎邱詩中有悖謬語，朕閱其詩並無干礙。朕纂輯群書甚多，詩中所用典故，朕皆知之。即末句『鷗盟』二字不過託意漁樵。陳鵬年詩見在，今與爾等公看。」[22]再次召之進京修書。他如校勘官楊瑄，因康熙二十九年（1690）撰文犯忌而被革職，到了四十二年（1703）春，康熙南巡，駐蹕楊瑄故里松江，念其學問甚優，詔復原職，後任經筵講官兼詹事府詹事，充館修書。

　　從上可知，參與編校四朝詩的人員大多深受康熙知遇之恩。到了乾隆朝編纂《唐宋詩醇》時，諸如梁詩正、錢陳群等編選校刊人員也可作如是觀。梁詩正，雍正八年（1730）探花及第，授翰林編修，後歸家守制。乾隆元年（1736），諭曰：「向來翰林丁憂者，有在京修書之例。梁詩正著來京，在南書房行走。」[23]九年（1744）翰林院修葺完工，乾隆臨幸，「時大學士、九卿、翰詹諸臣畢集，錫宴賦詩，用唐臣張說麗正書院賜食應制詩分韻，賞賚有差，公以侍郎賞與尚書埒，奉特旨也。十一月，命選《唐宋大家詩醇》。」[24]由此可見梁詩正際遇非凡，至於錢陳群，更不消細說。袁枚有云：「今天子（乾隆）優禮文臣，稱為江浙兩大老者，一為沈公德潛，一為錢公陳群。……一切恩禮較沈為尤隆，非徒眷舊臣，兼以重先朝也。」[25]他如陸宗楷、陳浩，亦有此般眷遇。

　　概言之，大抵參與編校群籍、修書纂史的人員，多為翰林院、詹

22 《國朝耆獻類徵初編》卷一六四，周駿富輯：《清代傳記叢刊》第153冊（臺北市：明文書局，1985年版），頁735。

23 王鍾翰點校：《清史列傳》卷二十《梁詩正傳》（北京市：中華書局，1987年11月），頁1529。

24 王昶：〈行狀〉，《國朝耆獻類徵初編》卷二十三，周駿富輯：《清代傳記叢刊》第138冊（臺北市：明文書局，1985年版），頁693。

25 袁枚：〈神道碑〉，《國朝耆獻類徵初編》卷七十五，周駿富輯：《清代傳記叢刊》第144冊（臺北市：明文書局，1985年版），頁107-108。

事府屬官，和一小部分超擢任用的舉人、貢生及國子監生。康熙三十三年（1694）五月，諭令翰林院、詹事府、國子監官員，每日輪派四人，入值南書房，主要為皇帝講解經史，編纂書籍，賦詩奏對，謄抄文案，代撰文字等等。可以說，這些供奉皇帝的侍從，清要榮光，極受文士的欽慕。「翰林官居文學侍從之職，恩禮優渥，體製尊崇，故士人爭以身到玉堂為榮遇，其有未經館選特授清班，大都博學工文或皓首窮經之士，時論尤豔稱之。」[26]乾嘉間滿人昭槤載康熙朝事曰：「本朝自仁廟建立南書房于乾清門右階下，揀擇詞臣才品兼優者充之，……仁廟與諸文士賞花釣魚，剖晰經義，無異同堂師友。故一時卿相如張文和、蔣文肅、厲尚書廷儀、魏尚書廷珍等皆出其間，當代榮之。列聖遵依祖制，寵眷不衰，為木天儲材之要地也。」[27]據《清實錄》所載，從康熙到乾隆，不止三番五次申諭翰詹職任緊要，乃親近天子之臣，必由文學淹通、眾所推服者充任。但是，果真如昭槤所說，君臣「無異同堂師友」？這群文學侍從身分顯貴，卻並未完全獲得皇帝的認同。他們的角色逐漸發生轉變，而淪為帝王加強統治、附庸風雅的工具。比如經筵會講。康雍乾三帝透過一系列講習改造，帝王的聽眾角色轉變為評論者，士君教化角色已悄然逆轉。[28]昔日講官的「帝師」地位也隨之動搖，失去了對儒家經典的權威解釋權。道統的掌控能力徹底轉移，顛倒在專斷的帝王手中。君主往往將儒家經義修正、解構成合乎滿清統緒合法性的理論武器，甚而約束、反撲乃至剿殺觸犯「忌諱」者。手段之一就是借纂輯典籍之名，大肆禁燬反動

---

26 朱彭壽：《舊典備徵》卷四「文人榮遇」條（北京市：中華書局，1982年2月），頁102。

27 昭槤撰，何英芳點校：《嘯亭續錄》卷一「南書房」條（北京市：中華書局，1980年12月），頁398。

28 詳參楊念群：《何處是江南：清朝正統觀的確立與士林精神世界的變異》第二章〈從「經筵會講」看「士」「君」教化角色之逆轉〉（北京市：生活‧讀書‧新知三聯書店，2010年7月），頁91-102。

之書。簡言之，士君博弈中，士人已完然處於劣勢，負荷道義和現實激烈衝突的煎熬。別忘了：「南書房還有一個特點，即幾乎是清一色的漢人。」[29]其中一個目的即是有效地推行懷柔之術，掌控漢族上層知識人的思想走向。

　　回到本書所關注的輯纂詩選上來，皇帝對文學弄臣的優渥，迫使選家在握管操觚中逐漸喪失詩學批評的審美自主權力，轉向鼓吹隆平，成為帝王文藝政策的代言人乃至「幫凶」。選家承受著皇權的無限壓制和干預，話語權力也慢慢被剝奪，侵蝕，最後消失殆盡。

　　不可否認，康熙、乾隆二帝對漢文化尤其是詩賦格外喜好。康熙四十二年（1703），康熙五旬壽慶，諭內外臣工不必進獻物品，曰：「朕素嗜文學，爾諸臣有以詩文獻者，朕當留覽焉。」[30]四十八年（1709）三月，諭宗人府：「今見承襲諸王、貝勒、貝子等，日耽宴樂，不事文學，不善騎射，一切不及朕之諸子。」[31]這可找出實證，康熙有一次宴集群臣，賦詩柏梁體，大學士勒德洪、明珠因不通漢文辭而被罰酒。[32]更有甚者，向來文學淹通之稱的翰林，康熙親試後發現有的居然不諳詩文。康熙五十四年（1715）正月，「朕前日考試翰林，竟有不能詩文之人，詩中有用『習』、『坎』等字者，此因朕素講《易經》，故皆濫用，不計切題與否。彼皆以荒疏已久為辭，部院司官有辦理之事，猶可云荒疏，翰林理應讀書，亦云荒疏，可乎？今之翰林迥不如昔。如熊賜履、張玉書、張英、陳廷敬、徐乾學、徐元文、徐秉義、王士正等學問俱佳。又如內廷行走及武英殿修書翰林，

29 邱永君：《清代翰林院制度》（北京市：社會科學文獻出版社，2007年版），頁144。

30 《清實錄·聖祖實錄》（三）卷二一一（北京市：中華書局，1985年影印版），頁139。

31 《清實錄·聖祖實錄》（三）卷二三七（北京市：中華書局，1986年影印版），頁368。

32 徐世昌著，傅卜棠編校：《晚晴簃詩話》卷一（上海市：華東師範大學出版社，2009年7月），頁2。

亦較在外翰林不同，詩文皆大方。總由每日纂修校對之故也。」[33]一位日理萬機的滿族君主，能指出翰林詩文中的不足之處，其詩歌水準非同尋常，至少也可看出他對漢文化的高度關切。至於乾隆，毋庸贅言。趙翼曾供奉內廷，曰：「上聖學高深，才思敏贍，為古今所未有。御製詩文如神龍行空，瞬息萬里。……或作書，或作畫，而詩尤為常課，日必數首，皆用硃筆作草，令內監持出，付軍機大臣之有文學者，用折紙楷書之，謂之詩片。」[34]可見乾隆能詩文，還有保存作品的自覺意識。「高宗《御製詩》有五集，都四百三十四卷，四萬一千八百首。」[35]乾隆二十二年（1757），乾隆還將試帖詩移植到科考中，成為定式。

　　但是，我們千萬不能被此種表象所迷惑。清帝嗜好詩文的背後，掩藏著漢文化侵襲滿族習俗的擔憂。「八旗入關以後漸棄舊俗，滿語和騎射日益荒廢，康、雍、乾三朝屢次下諭要八旗子弟熟習弓馬，並規定必須能馬步箭才准作文考試。」[36]最顯著的就是乾隆帝，三令五申地告誡宗室子弟勿失滿洲舊俗，萬萬不可專事文學，反而廢棄緊要技藝的騎射。尤其是乾隆二十年（1755），胡中藻案發，乾隆從中反思，繼而申飭滿人毋好吟詠，染指翰墨，附庸風雅，重漢文輕滿語，重文藝輕騎射。胡案發生的根本原因是朋黨問題，而乾隆撮舉胡中藻《堅磨生詩鈔》詩句「一把心腸論濁清」作為突破口，借此殺一儆百，一方面打擊黨爭，另一方面以文字罪人作為統治的鐵腕來箝制眾口，消除文士中潛在的思想反抗，最終達到強化君權的目的。後者便

33　《清實錄‧聖祖實錄》（三）卷二六二（北京市：中華書局，1985年影印版），頁579。

34　趙翼撰，李解民點校：《簷曝雜記》卷一（北京市：中華書局，1982年5月），頁7。

35　徐世昌著，傅卜棠編校：《晚晴簃詩話》卷二（上海市：華東師範大學出版社，2009年7月），頁4。

36　余英時：《紅樓夢的兩個世界》（上海市：上海社會科學院出版社，2006年6月），頁186-187。另參昭槤《嘯亭雜錄》卷一「不忘本」條，（北京市：中華書局，1980年12月），頁16。

是掩藏在清帝嗜好詩歌背後，一種別有用心的權術。早在乾隆十四年
（1749）十一月，上諭：「聖賢之學行，本也；文，末也。而文之
中，經術其根柢也，詞章其枝葉也。翰林以文學侍從，近年來，因朕
每試以詩賦，頗致力于詞章，而求其沈酣六籍、含英咀華、究經訓之
閫奧者，不少概見，豈篤志正學者鮮與？抑有其人而未之聞與？夫窮
經不如敦行，然知務本，則于躬行為近，崇尚經術，良有關于世道人
心。」[37]乾隆明確地指出，翰林未能深究詩賦詞章之宗旨，乃捨本逐
末。寫詩作賦，應該根柢經術，關乎世道人心。就在御選《唐宋詩
醇》之際，乾隆十年（1745），「李慎修嘗諫乾隆勿以詩為能，恐擿翰
有妨政治，高宗召入見曰：『是何渺小丈夫，乃能直言若此。』慎修
對曰：『臣面陋而心善。』高宗為之大笑。」[38]乾隆特作詩以紀之，
〈李慎修奏對，勸勿以詩為能，甚韙其言，而結習未忘焉，因題以志
吾過〉云：「慎修勸我莫為詩，我亦知詩可不為。但是幾餘清晏際，
卻將何事遣閒時。」[39]如此一來，帝王干預選政、操控選家自是意料
之中的事了。

　　康熙對詩風的箝制，學界屢屢稱引的是康熙二十四年（1685）翰
詹大考，徐乾學、韓菼、孫岳頒、歸允肅、喬萊等因「學問優長，文
章古雅，宜加賞賚，以示獎勵」，而「周之麟、崔如岳、龐凱、錢中
諧、顏光猷、李元振、費之遠、李復泌、劉果實、劉芳喆，文理荒
疏，未嫻體式，難勝厥任，除李元振、劉芳喆已經降調，其他俱著對
品調用」[40]。升降褒貶，判若雲泥，這固然與康熙詩學審美趨尚極有

---

37 《清實錄・高宗實錄》（五）卷三五二（北京市：中華書局，1985年影印版），頁
　　860。

38 徐世昌著，傅卜棠編校：《晚晴簃詩話》卷二（上海市：華東師範大學出版社，
　　2009年7月），頁3。

39 《御製詩集・初集》卷二十四，影印文淵閣《四庫全書》本。

40 《清實錄・聖祖實錄》（二）卷一一九（北京市：中華書局，1985年影印版），頁
　　251。

關聯，同館中人毛奇齡曰：「近學宋詩者，率以為板重而卻之。予入
館後，上特御試保和殿，嚴加甄別。時同館錢編修以宋詩體十二韻抑
置乙卷，則已顯有成效矣。」[41]也印證出康熙干預詩壇，整飭翰詹，
推行文治的鐵腕手段。波及到選壇，亦同此情形。據昭槤《嘯亭續
錄》卷一「本朝欽定諸書」條所錄，康、乾年間由欽命「儒臣選擇簡
編，皇帝親為裁定，頒行儒宮，以為士子仿模規範」[42]的各類書籍，
計經類二十六部，史類六十五部，子類三十六部，集部二十部。《御
選宋金元明四朝詩》雖無康熙直接干涉選家、把持選政的證據，但從
校勘官查慎行等人奉勅編纂其他總集的活動來看，完全可以旁證出康
熙在操觚染翰中的無上權力。現以《佩文韻府》為例詳論之。因是書
於康熙四十三年（1704）十二月設局始纂，五十年（1711）十月告
成，而《御選宋金元明四朝詩》的編刊時間正在此時限內。

　　康熙四十八年（1709）夏四月，查慎行奉旨赴武英書局分纂《佩
文韻府》。《年譜》載云：「二十四日，上諭云：『汝學問好，可赴武英
殿督纂《韻府》。』受命後，即偕錢亮功、汪紫滄兩同年，竭力蒐
采，每卷帙排日進呈，一字一句俱依旨定奪。」[43]詞臣輯纂典籍，每
日進呈，編纂之體例、擇錄之字句均須依照旨意方可定奪，可謂事無
巨細，干預之跡昭然若揭。查慎行《武英書局報竣奏摺》有言為證：
「《韻府》一書，尤宸衷所注意，欽頒體例，御定規模。每卷每帙，
排日進呈，一字一句，遵旨定奪。其間繁簡去留，盡由指授；源流本
末，咸奉誨言。諸臣采掇彌年，而皇上披覽一過，皆淵衷之所熟記。
諸臣廣搜眾籍，而皇上開示片語，悉愚昧之所未聞。」[44]《年譜》亦

41 毛奇齡：《西河文集・詩話》（上海市：上海商務印書館，1937年版），頁2213。

42 昭槤撰，何英芳點校：《嘯亭續錄》卷一（北京市：中華書局，1980年12月），頁400。

43 陳敬璋：《查他山先生年譜》，北京圖書館編：《北京圖書館藏珍本年譜叢刊》第86
　　冊（北京市：北京圖書館出版社，1999年版），頁346。

44 范道濟輯校：《新輯查慎行文集》卷一（鄭州市：中州古籍出版社，2012年4月），
　　頁19。

載同年六月二十二日，「擬上《淵鑑齋列朝詠物分類詩選凡例》八條。編輯六人，除勵南湖已經回京外，潛齋分蘭類，紫滄分牡丹，亮功菊花，揚孫海棠，余荷花」。二十三日「進呈分類詩〈凡例〉及選詩，五類俱稱旨，今日發下，命照此例編輯」[45]。不單是選政的掌控，康熙對編纂人員也極為關注。據查慎行奏摺所載康熙御批：「所奏《佩文韻府》告成，知道了。這折內修書人員，誰修的多？誰修的少？走了幾年？誰勤？誰惰？可令查慎行、錢名世、汪灝等查明，即注在名單之下，再奏。」[46]另外，錢名世、汪灝、查昇也是《御選宋金元明四朝詩》的校勘官。即便康熙在位最後一部欽命編纂的《御選唐詩》，也是「命儒臣依次編注，朕親加考訂，一字一句，必溯其源流，條分縷析；其有徵引訛誤及脫漏者，隨諭改定」[47]。

　　至於《唐宋詩醇》，署名上便稱「乾隆帝御選」。乾隆序中坦言「去取評品，皆出於梁詩正等數儒臣之手」，但起碼「所選六位詩人的名單是乾隆帝『御定』的」，「是一部乾隆朝館閣文臣的集體著作」[48]。難道乾隆沒有染指具體的編選？莫礪鋒認為，「雖然全書總的編選宗旨並無歧異」，但「此書在定稿時肯定經過一番整合的工作」[49]。此種推定不為無據。其中所輯錄的蘇軾詩評，即出於汪師韓《蘇詩選評箋釋》。王友勝以為：「乾隆御編的《唐宋詩醇》選蘇詩十卷，五百餘首，不僅選目與汪氏之作大同小異，詩前總評幾乎逕抄汪氏《蘇詩選評箋釋敘》，而且連對所選蘇詩的評語也與汪評如出一轍。」[50]惜未作

45 陳敬璋：《查他山先生年譜》，北京圖書館編：《北京圖書館藏珍本年譜叢刊》第86冊（北京市：北京圖書館出版社，1999年版），頁247-248。

46 范道濟輯校：《新輯查慎行文集》卷一〈武英殿書局報竣回奏摺子〉（鄭州市：中州古籍出版社，2012年4月），頁22。

47 〈御選唐詩序〉，《御選唐詩》卷首，康熙五十二年（1713）刊本。

48 莫礪鋒：〈《唐宋詩醇》的編選宗旨與詩學思想〉，《南京大學學報》2002年第3期

49 莫礪鋒：〈《唐宋詩醇》的編選宗旨與詩學思想〉，《南京大學學報》2002年第3期。

50 王友勝：《蘇詩研究史稿（修訂版）》（北京市：中華書局，2010年7月），頁241。

深論。這個問題，早在一九二八年九月二十九日，汪辟疆考證「蘇詩選本」時已有詳察。

> 錢塘汪韓門嘗選《蘇詩選評箋釋》六卷，即世所傳《唐宋詩醇》底本。乾隆九年甲子詔選《詩醇》，梁文莊實董其事，御製序所謂「去取平品，皆出梁詩正等數儒臣之手」者也。韓門未與修纂之役，而與文莊為鄉人，且同居京師。文莊即以蘇詩一卷相屬，此書即其原稿也。平品去取尚無偏袒，擬稍為刪削補苴，益以評論，當可為一定本矣。……《詩醇》既為御定，詞臣草創底本多不敢出，或即焚棄以滅跡。此稿竟未毀棄，而汪氏子孫乃出之于季世文網漸弛之後，可謂不幸之幸者也。……其他與《詩醇》亦互有出入，……此外《詩醇》所錄之詩，詩後無評語者皆為韓門原選所無，其為臨時以愛憎加入無疑。即原稿評語亦與《詩醇》本互異，則此稿進呈後之竄改可知矣。[51]

「以愛憎加入」竄改原稿，並且「詞臣草創底本多不敢出」，能做到這一點的，恐怕也只有十全老人乾隆了。不只是在定稿時作過手腳，乾隆後來翻印重刻也有刪改。這著重表現在所錄的錢評杜詩上。據學者考證，《御選唐宋詩醇》有內府本（以及翻刻本）與四庫全書本之不同。內府本於乾隆十五年（1750）編定，次年刻成。此時乾隆尚未公開敵視錢謙益，故編者採錄了錢氏評語，畢竟《錢注杜詩》享譽學林。此後乾隆二十五年、光緒七年等翻刻本一併照舊。但是，乾隆四十六年（1781）寫定的四庫全書本，已在乾隆三十四年（1769）下詔將錢謙益《初學集》、《有學集》禁書燬板之後，片簡寸紙都難逃一

---

51 汪辟疆著，張亞權編撰：《汪辟疆詩學論集》（南京市：南京大學出版社，2011年4月），頁459。

劫，錢評杜詩自然也未能倖免。[52]這緣於沈德潛《國朝詩別裁集》將錢氏列於卷首。而乾隆干預詩選，這時候已達到「喪心病狂」的地步。官方御選的《唐宋詩醇》與私家輯撰的《國朝詩別裁集》俱遭厄運。選家黜名，選目刪削，底稿藏匿，內容竄改，版權褫奪……選政所關涉的方方面面，赤裸裸地受到了來自上層統治者的干擾、壓制，乃至操控。一言以蔽之，選家的話語權終究敵不過專斷至上的皇權，選家的詩性話語淹沒在帝王的金科玉律之中。

二　官修選本的緣起、體例和政治教化

　　清初諸帝以武功起家，問鼎華夏之後，逐漸轉向文治，深度介入滿蠻無法比擬而又欽慕的漢文化領域，祭拜孔廟，推行儒術，開科取士，修史纂書。前已述明，康、乾祖孫以極高的熱情與興趣直接參與詩歌創作、品鑒活動，並鳩集文臣碩士編纂天下典籍，輯選詩歌總集。眾所周知，康熙、乾隆的詩學觀念向以唐為主，那麼這兩部標有「御選」、「欽定」字樣的巨帙又是緣何而編的呢？

　　編纂宋金元明四朝詩並非心血來潮，胡編亂造。從康熙四十二年（1703）開始醞釀到四十四年（1705）三月命臣設局編校刊刻《全唐詩》，再到五十二年（1713）《御選唐詩》付梓，可算是康熙後期欽命詞臣輯撰大量詩詞文總集的高潮期，短短八年間共計八部之多，除《御定全金詩》七十二卷、《御選唐詩》三十二卷之外，皆逾百卷，甚至於高達九百卷，堪稱清朝皇家編書之最。這是《御選宋金元明四朝詩》誕生的大背景。由此可知來自官方最高統治者康熙帝稽古右文之力度和廣度。《御選宋金元明四朝詩》三一二卷，其中宋詩部分七

---

52 卞孝萱：〈兩本《唐宋詩醇》之比較研究〉，《中國典籍與文化》1999年第4期。關於《錢注杜詩》的流傳情況，詳參李爽《清代《錢注杜詩》暗中流傳與突破禁毀考述》（首都師範大學2007年碩士學位論文）。

十八卷，姓名爵里二卷，選錄作者凡八百八十餘人。《御選宋詩》的編纂體例，也可佐證了康熙專斷的君權思想及其文治鐵腕。首先，體例大而全。從帝王貴冑到俊彥碩士，從僧尼道侶到漁卒走販，無不網羅其中，以詩存史、以史存人的歷史正統觀念昭昭然。這其實就是一種話語霸權。此種以人為綱，先帝王次后妃，餘以年代為序，末為僧侶閨閣以及無名氏的編排順序，肇自於宋人計有功的《唐詩紀事》。而計著顯然為一部私人編纂的紀事體詩歌典籍，主要輯錄有事之詩，以事附詩，以詩傳人。延至康熙，憑藉無上的政治權力將私人著述體例挪用至官方編纂活動中，前有《全唐詩》，後有《御選宋金元明四朝詩》等，將帝系權威淩駕於宋代詩史統緒之上，這無疑是官方政治權力對民間私家詩學話語的明爭暗鬪，並以「話語」的形式（總集）來實現官方在意識形態、文學場域中的話語權力，而且竭力去維護、強化和掌控著。其次，選目偏重朱熹等理學家之詩。據統計，朱熹詩入選五八三首詩，雄踞第一寶座，近占其詩歌現存總數一千三百餘首的一半。蘇軾屈居其後，選詩五五八首，愛國詩人陸游選錄四八三首，而與蘇軾並稱的宋調代表詩人黃庭堅區區只有九十首。所選詩歌多關注言之無物的宮體詩、詠物詩，粉飾太平的山水詩，而那些感情真摯、辭采高華的遺民詩、思鄉詩卻難得一見。[53]由此可見，《御選宋詩》建構的不是完整而公允的宋詩史，反倒彰顯出康熙借助理學、理學家之詩來教化民眾，以文治鞏固皇權的良苦用心。

　　從另一個角度來說，《御選宋詩》的誕生，也與康熙當時的詩學觀念以及身邊文官詞臣的詩學宗尚有關聯。康熙貶黜錢中諧等詩學宋體的翰詹是在康熙二十四年（1685），是時王士禛已完成了《古詩選》的編撰，由宋返唐的氣味日益濃厚，至二十七年（1688）輯撰《唐賢三昧集》，「神韻詩說」風靡朝野，這一時期宋調衰熄，唐風轉

---

53 參見李覯：《清代御選宋詩研究》，湖南科技大學2010年碩士學位論文，頁20、21、23。

盛。但隨著康熙四十三年（1704）秋，漁洋因陷入奪嫡之事而罷官歸里。宗宋的陳廷敬、查慎行、查昇、汪灝，以及入選《江左十五子詩選》的吳士玉、錢名世、張大受、顧嗣立等《御選宋金元明四朝詩》選校官，供奉內廷，入館修書。為了突顯帝王大一統的文化企圖，在主唐的詩學觀念之下，兼及宋朝以下，這是文治策略的必然選擇。前已論述，康熙南巡蘇州，宋犖進呈為宗宋詩學思潮張目的《十五子詩選》[54]，大獲康熙讚譽，隨後引薦的一干人等大多效倣中晚唐詩或宋元詩，宗宋詩風尤為明顯，因而康熙欽命其入朝編纂四朝詩，隨材錄用可謂允當。當然，更別忘卻宋犖此選的另一個重要目的——「振興風雅」。這更合乎康熙借助編纂詩歌選集教化民心，總持風雅，以政教統攝詩教的意圖。

　　文章盛衰，關乎世運。詩韻小書，亦補治道。康熙深諳此理，早在康熙十二年（1673）八月，諭講官等曰：「文章以發揮義理、關係世道為貴。騷人詞客，不過技藝之末，非朕之所貴也。」[55]《御選宋詩》的前一年康熙四十五年（1706）六月，由查慎行代擬的〈御製佩文齋詠物詩選序〉有云：「朕自經帷進御，覃精六籍。至于燕暇，未嘗廢書。于詩之道，時盡心焉。」「昔者子夏序《詩》，謂『正得失、動天地、感鬼神，莫近于詩。先王以是經夫婦、成孝敬、厚人倫、美教化、移風俗』。若是乎，詩之道大矣哉。」「將使之由名物度數之中，求合乎溫柔敦厚之指，充詩之量，如卜商氏之所言，而不負古聖諄復詁訓之心，其于詩教有裨益也夫。」[56]推崇溫柔敦厚，強調教化功能，這是康熙一以貫之的選詩寫詩宗旨和出發點。他後來在〈御選唐詩序〉中也說：「是編所取，雖風格不一，而皆以溫柔敦厚為宗。

---

54 詳參王兵：《清人選清詩與清代詩學》（北京市：中國社會科學出版社，2011年6月），頁163-166。

55 《清實錄·聖祖實錄》（一）卷四十三（北京市：中華書局，1985年影印版），頁572。

56 《御製佩文齋詠物詩選》卷首，康熙四十五年（1706）武英殿刻本。

其憂思感憤、倩麗纖巧之作，雖工不錄。使覽者得宣志達情，以范于
和平，蓋亦用古人以正聲感人之義。」⁵⁷《御選宋金元明四朝詩》也
不例外。

　　《詩大序》謂：在心為志，發言為詩。其闡明虞廷言志之義而
歸本于心者，其意深矣。蓋時運推移，質文屢變，其言之所發
雖殊，而心之所存無異，則詩之為道，安可謂古今人不相及
哉？觀于宋、金、元、明之詩，而其義尤著焉。……士于其時
以其餘力兼習有韻之言，專之則易美，兼之則難工。而其至
者，亦往往媲北宋而追三唐。豈非人心之靈日出而不窮者歟？
此又可見古今人不甚相遠也。朕夙興夜寐，永圖治安，念養士
育才，國家盛典，考言詢事，曩代良規，亦既試之制藝，使通
經術，兼以論、表、判、策，俾達古今，而于科目之外，時以
詩賦取人。每當省方觀民之會，士之所進詩、賦、古文，止輦
受觀，停舟延問，親試而拔其尤者亦多矣。蓋舉斯世而措之禮
陶樂淑之中，被以溫柔敦厚之教，故所以獎勸之者靡弗至焉。
近得《全唐詩》，已命儒臣校訂刊布海內。由唐以來，千有餘
年之久，流傳自昔未見之書，亦可謂斯文之厚幸矣。遂又命博
采宋、金、元、明之詩，每代分體各編，自名篇巨集以及斷簡
殘章，罔有闕遺，稍擇而錄之，付之剞劂，用以標詩人之極
致，擴後進之見聞。譬猶六代遞奏八音之律無爽，九流並遡一
致之理同歸。然則唐以後之詩，又自今而傳矣。夫詩之日遠而
日新如此，而皆本于人之一心。孔子云：《詩三百》，一言以蔽
之，曰思無邪。子之言詩法也，即心法也。子夏味《絢素》之
章，子貢悟《琢磨》之句。二子者，一以文學列于四科，一以

---

⁵⁷《御選唐詩》卷首，康熙五十二年（1713）內府刊本。

多識得聞一貫。朕于是有以見夫天之所以畀于人者，此心此理隨在流通。願學者謹其所存而審其所發，將以上達。夫大本大原而充廣乎萬事萬物，豈惟詩之為道也哉？[58]

「溫柔敦厚的唐詩自然最適合表現康熙間國家穩定、政治清明之際的詩歌審美祈向。」[59]為何延及宋以下四朝之詩，包括詩餘、辭賦？除了調和唐宋詩論爭，籠絡天下士子之外，最重要的目的是文章詩賦乃士之性情所發，能窺見本心，陶淑禮樂，鼓吹休明，契合盛世治象，故而帝王若將其化為己用，成為經邦治世的有效工具，不失為詩教之最高功用。前文提及的《御選宋詩》錄選官陳鵬年，數次被上層官員彈劾，但康熙每每為之迴護，讓其進京修書。同年孫勷稱：「聖祖知人之明，嗚呼，可謂曠古一遇者矣。」[60]宋和亦稱陳鵬年「長于詩，工于翰墨，以文為其政教，可謂得乎天之全者矣」[61]。陳鵬年喜接引名流，獎掖後進，公事之餘嗜好談詩論藝。[62]康熙三十七年（1698）八月，自序詩集曰：「滄洲非詩人也，其以詩著者何？祖若父皆詩家者流也。其袞然成集者何？生平所歷，一發之于詠歌。所謂詩以紀年者是也。……士人生長隆時，不獲置身，禁近作為歌詩，頌揚休明，復不能效晉州男子馬前上三十字，一吐其胸中之氣，便當退處田野間，躬把鋤犁，為蚩蚩甿，飯牛擊壤，歌呼嗚嗚，亦足以倡導鬱結，

---

58 《御選宋金元明四朝詩序》，《御選宋金元明四朝詩》卷首，康熙四十八年（1709）內府刻本。

59 黃建軍：《康熙與清初文壇》（北京市：中華書局，2011年9月），頁218。

60 孫勷：〈道榮堂文集序〉，《道榮堂文集》卷首，《四庫全書存目叢書》（集部）第259冊（濟南市：齊魯書社，1997年版），頁729。

61 宋和：《國朝耆獻類徵初編》卷一六四〈陳鵬年傳〉，周駿富輯：《清代傳記叢刊》第153冊（臺北市：明文書局，1985年版），頁775。

62 余廷燦：〈行狀〉，《國朝耆獻類徵初編》卷一六四，周駿富輯：《清代傳記叢刊》第153冊（臺北市：明文書局，1985年版），頁817。

歌詠太平。」[63]滄洲，鵬年之號。禁近，指帝王身邊的文學近侍之臣。鵬年此序認為，文士之詩有紀閱歷，詠性情之用。若幸逢如康熙之盛世，進則如詞臣「頌揚休明」，退則如草民「歌詠太平」。而鵬年自己，「于詩學杜少陵，得其抑揚頓挫沉鬱之故，宦跡所至，喜崇獎德義，以彰風教」[64]。可見陳鵬年的詩學觀和康熙頗多暗合，故能全身而退，入館修書。概之，從編纂的籌備到人員的網羅，從體例的擬定到宗旨的確立，從具體的輯錄到作品的考訂，康熙可謂意圖明確，計劃縝密，布置周詳，關注密切，推廣有力，在溫柔敦厚的詩教外衣下不斷地傳布其王權話語，極大地占據了選家的權力場域。

　　因文治武功的卓越建樹，康熙被追捧為「千古一帝」，一直被裔孫乾隆所效倣。他自詡文治武功天下少有，號稱「十全老人」。除去前文論及的對漢文化及詩歌的相同態度，在典籍修纂、選詩宗旨以及思想箝制上，乾隆對聖祖康熙可謂是亦步亦趨，甚至有過之而無不及。比如，康熙六十一年（1722）勅編《御定千叟宴詩》四卷，乾隆五十五年便有「式繼前規」、「亦循舊典」的《欽定千叟宴詩》三十六卷，目的即是「以昭久道化成之盛美」[65]。乾隆依康熙原韻作詩一首，其曰：「君酢臣醻九重會，天恩國慶萬春延。祖孫兩舉千叟宴，史策饒他莫並肩。」[66]乾隆三年（1738）御定的《唐宋文醇》也是一部效法乃祖，提倡「明理載道，經世致用」[67]的選集。乾隆不滿儲欣

---

63 陳鵬年：〈耦耕集序〉，《陳恪勤集》卷首，《四庫全書存目叢書》（集部）第259冊（濟南市：齊魯書社1997年版），頁513。

64 余廷燦〈行狀〉，《國朝耆獻類徵初編》卷一六四，周駿富輯：《清代傳記叢刊》第153冊（臺北市：明文書局，1985年版），頁816-817。

65 永瑢等：《四庫全書總目》卷一九〇《欽定千叟宴詩提要》（北京市：中華書局，1965年版），頁1729。

66 《御製詩集·五集》卷十一《千叟宴恭依皇祖原韻》，影印文淵閣《四庫全書》本。

67 永瑢等：《四庫全書總目》卷一九〇《御選唐宋文醇提要》（北京市：中華書局，1965年6月），頁1728。

的評選，指授儒臣，前附康熙御評，用黃色恭書篇首，乾隆御評則以朱書附於篇後。《御選唐宋詩醇》在選目上無法與《御選宋詩》的大而全相比，但是乾隆對選政的干預以及選詩宗旨的宣揚遠甚於康熙。

　　首先來考察《御選唐宋詩醇》的選目。在乾隆看來，文以載道，能經世致用。「夫詩與文，豈異道哉？」所以，「有《文醇》不可無《詩醇》，且以見二代盛衰之大凡，示千秋風雅之正則也」。欽命詞臣編纂詩文選集，目的只有一個就是彰揚風雅，裨補世道。是選擇錄唐宋詩家六人，唐李白、杜甫、白居易、韓愈，宋蘇軾、陸游。乾隆向來尊尚唐詩，御序此選曰：「文有唐、宋大家之目，而詩無稱焉者。宋之文足可以匹唐，而詩則實不足以匹唐也。」[68]那為何還選及兩宋之蘇、陸呢？原因是乾隆與康熙在詩歌觀念上一樣，主張尊唐兼宋，風雅教化。據是選蘇詩卷前所載小傳，認為與蘇軾並世之人如張舜民、楊時及後來之嚴羽嗤笑漫論蘇軾不知風雅，創言欺世，為詩之大厄，並非篤論。乾隆及選家心中的蘇軾，其人「言足以達其有猷，行足以遂其有為，節義足以固其有守，皆志與氣為之也。惟詩亦然，地負海涵，不名一體，而核其旨要之所在」、「要歸本于六義之旨」[69]。看中的便是蘇軾的志氣節義，而詩也合乎風雅六義。而陸游呢？「觀游之生平，有與杜甫類者：少歷兵間，晚棲農畝，中間浮沉中外，在蜀之日頗多。其感激悲憤，忠君愛國之誠，一寓于詩。酒酣耳熱，跌宕淋漓。至于漁舟樵徑，茶椀爐熏，或雨或晴，一草一木，莫不著為詠歌，以寄其意。此與甫之詩何以異哉？」[70]陸游與愛國詩人杜甫相類似。如此看來，主唐的乾隆兼及宋人，實出於褒揚忠孝貞義，扶植倫理綱常的詩歌功利觀。從乾隆一系列的文化政策來看，當時清廷面對的朝局與康熙朝已有較大的差異。到了乾隆中後期，社會矛盾日益

68　〈御選唐宋詩醇序〉，《御選唐宋詩醇》卷首，影印文淵閣《四庫全書》本。

69　《御選唐宋詩醇》卷三十二〈蘇軾詩卷首小傳〉，影印文淵閣《四庫全書》本。

70　《御選唐宋詩醇》卷四十二〈陸游詩卷首小傳〉，影印文淵閣《四庫全書》本。

堆積，官場痼疾逐漸爆發，為了正人心，厚風俗，化順民，乾隆一方面貶斥明末清初降將貳臣，另一方面崇獎明末忠臣義士。[71]藉欽定《四庫全書》之際，刪削《唐宋詩醇》初刻本中錢謙益的評語，大力強調儒家忠孝觀念，倡導詩歌教化宗旨。而四庫館臣亦迎奉乾隆主唐兼宋的觀點，以詩歌正變的角度來解釋採唐及宋的選錄標準：「詩至唐而極其盛，至宋而極其變。盛極或伏其衰，變極或失其正。亦惟兩代之詩最為總雜，于其中通評甲乙，要當以此六家為大宗。」[72]

其次，《御選唐宋詩醇》的編纂宗旨無疑就是提倡溫柔敦厚的詩教。在這一點上，乾隆和康熙是一脈相承的。乾隆四十六年（1781）三月，四庫館臣上呈《御選唐宋詩醇》提要，曰：「茲逢我皇上，聖學高深，精研六義，以孔門刪定之旨品評作者，定此六家，乃共識風雅之正軌。臣等循環雒誦，實深為詩教幸，不但為六家幸也。」[73]輯選六家詩，最先入乾隆法眼的就是風雅正宗、忠君愛國的杜甫。《詩醇》杜甫小傳曰：

> 昔聖人示學詩之益，而舉要惟事父事君，豈不以詩本性情，道嚴倫紀？古之人一吟一詠，恆必有關于國家之故，而藉以自寫其忠孝之誠。夫然，故匹夫委巷之歌，皆得參清廟明堂之列。凡其用意深切，極之諷刺怨誹無所不有，而卒無悖乎臣子之義也。……夫子美以疏逖小臣，旋起旋躓，間關寇亂，漂泊遠游。至于負薪拾橡，餬糒不給，而忠君愛國之切，長歌當哭，情見乎詞，是豈特善陳時事、足徵詩史已哉！東坡信其自許

---

71 黃愛平：〈清代康雍乾三帝的統治思想與文化選擇〉，《中國社會科學院研究生院學報》2001年第4期。

72 永瑢等：《四庫全書總目》卷一九○《御選唐宋詩醇提要》（北京市：中華書局，1965年6月），頁1728。

73 永瑢等：《四庫全書總目》卷一九○《御選唐宋詩醇提要》（北京市：中華書局，1965年6月），頁1728。

稷、契，或者有激而然；至謂其一飯未嘗忘君，發于情、止于忠孝，詩家者流斷以是為稱首。嗚呼，此真子美之所以獨有千古者矣！予曩在書窗，嘗序其集。以為原本忠孝，得性情之正，良足承三百篇墜緒。茲復訂唐宋六家選，首錄其集而備論之，匪唯賞味其詩，亦藉以為詩教云。[74]

杜甫既能得性情之正，又能本於忠孝，君臣綱紀與家常倫理皆備。確實是最合乎乾隆詩歌功利觀的不二人選。乾隆首推杜甫，以其為詩教代言人，李、杜、白、韓，莫不同此著論。蘇、陸二家亦出於此，前已論及，此不贅言。

評李白時說：「有唐詩人至杜子美氏，集古今之大成，為風雅之正宗。譚藝家迄今奉為矩矱無異議者。然有同時並出，與之頡頏，上下齊驅，中原勢鈞力敵而無所多讓，太白亦千古一人也。……若其蒿目時政，疚心朝廷，凡禍亂之萌，善敗之實，靡不托之歌謠，反覆慨歎，以致其忠愛之志，其根于性情而篤于君上者，按而稽之，固無不同矣。至于根本風騷，馳驅漢魏，擷六籍之菁華，埽五代之靡曼，詞華炳蔚，照耀百世，兩人又何以異哉？」[75]選錄李白即出於他有忠愛之志，篤於君主，足以與風雅正宗的杜甫相埒。

評白居易：「唐人詩篇什最富者無如白居易詩，其源亦出于杜甫，而視甫為更多。……其〈與元微之書〉云：『志在兼濟，行在獨善。諷諭者，意激而言質』閒適者，思澹而辭迂。』作詩指歸，具見于此。蓋根柢六義之旨，而不失乎溫厚和平之意。變杜甫之雄渾蒼勁而為流麗安詳，不襲其面貌而得其神味者也。」[76]打的是一張杜甫傳人的套牌，說的還是溫柔敦厚的詩教調子。在具體的擇錄上，選家也

---

74 《御選唐宋詩醇》卷九〈杜甫詩卷首小傳〉，影印文淵閣《四庫全書》本。
75 《御選唐宋詩醇》卷一〈李白詩卷首小傳〉，影印文淵閣《四庫全書》本。
76 《御選唐宋詩醇》卷十九〈白居易詩卷首小傳〉，影印文淵閣《四庫全書》本。

是如此行事：「六家詩集中，白、陸最大，別擇較難斷。以風人之義，多取其有為而作者錄之。」[77]

　　至於韓愈，向來文掩其詩名。編者認為，那些直斥、譏議韓詩的人「此實昧于昌黎得力之所在，未嘗沿波以討其源，則真不辨詩體者也」。接著從《詩三百》發論：「夫六義肇興，體裁斯別，言簡而意該，節短而韻長，含吐抑揚，雖重複其詞，而彌有不盡之味，此風人之旨也。至于二〈雅〉三〈頌〉，鋪陳終始，竭情盡致，義存乎揚厲而不病其誇情，迫于呼號而不嫌其激，其為體迥異于〈風〉，非特詞有繁簡，其意之隱顯固殊焉。千古以來寧有以少含蓄為〈雅〉、〈頌〉之病者乎？然則唐詩如王孟一派，源出于〈風〉；而愈則本之〈雅〉、〈頌〉，以大暢厥辭者也。」[78]韓愈「以文為詩」，直露重複，但其本於風雅六義，並不掩其忠孝之心。也別忘了，乾隆也常染此病，錢鍾書說：「清高宗亦以文為詩，語助拖遝，令人作嘔。」[79]又說：「兼酸與腐，極以文為詩之醜態者，為清高宗之六集。」[80]

　　當然，面對迥於乃祖康熙朝的時局以及詩壇現狀，乾隆在詩歌功利觀上表現得更加變通而圓滑。四庫館臣稱：「考國朝諸家選本，惟王士禛書最為學者所傳。其《古詩選》，五言不錄杜甫、白居易、韓愈、蘇軾、陸游，七言不錄白居易，已自為一家之言。至《唐賢三昧集》，非惟白居易、韓愈皆所不載，即李白、杜甫亦一字不登。蓋明詩摹擬之弊極于太倉、歷城，纖佻之弊極于公安、竟陵，物窮則變故。國初多以宋詩為宗，宋詩又弊。士禛乃持嚴羽餘論，倡神韻之說以救之。故其推為極軌者，惟王、孟、韋、柳諸家。然《詩》三百篇

77　《御選唐宋詩醇・凡例》，影印文淵閣《四庫全書》本。

78　《御選唐宋詩醇》卷二十七〈韓愈詩卷首小傳〉，影印文淵閣《四庫全書》本。

79　錢鍾書：《談藝錄》第五十四則（北京市：生活・讀書・新知三聯書店，2001年1月），頁466。

80　錢鍾書：《談藝錄》第十八則（北京市：生活・讀書・新知三聯書店，2001年1月），頁183。

尼山所定，其論詩，一則謂歸于溫柔敦厚；一則謂可以興觀群怨。原
非以品題泉石，摹繪煙霞。泊乎畸士、逸人各標幽賞，乃別為山水清
音，實詩之一體，不足以盡詩之全也。宋人惟不解溫柔敦厚之義，故
意言並盡，流而為鈍根。士禎又不究興觀群怨之原，故光景流連，變
而為虛響。各明一義，遂各倚一偏，論甘忌辛，是丹非素，其斯之謂
歟！」[81]一方面，乾隆主導詩壇的審美祈向，老調重彈溫柔敦厚的詩
教；另一方面，乾隆也看到了社會現實與詩壇現狀，批評宗宋之風不
解溫柔敦厚之義，又指摘漁洋神韻之風不關注國計民生。如此一來，
既調和了唐宋詩之爭，也滿足了詩歌政治教化的需要。

第三節　餘論：話語權力與選本的離合

　　綜上所述，康熙、乾隆二帝一方面對選家編纂詩選以及刊行等一
系列活動都有或多或少的直接干預和掌控，憑藉專斷的王權來爭奪選
家的話語權力；另一方面，親自裁定體例，釐正選目，刪削內容，改
動版本，借助御製選本這一文學批評形式來宣示符合皇家文治的權力
話語。從清代宋詩選本發展的角度來說，王權介入選政，以詩教維護
政統，這的確節制了選家握管操觚的主體自由，也逼迫了宋詩學建構
的文學空間。但話又說回來，這未嘗不是好事，因為有聊勝於無。官
方最高統治者的關注足以證明了宋詩選、宋詩學的存在價值和意義。

　　《御選宋詩》雖然卷帙尚不足百卷，但畢竟在詩人入選及作品甄
錄的數量上是非常可觀的。此前，卷數超過是選的僅康熙十年（1671）
吳之振等編選的《宋詩鈔》，達九十四卷；而入選詩人超過百位的也
只有康熙三十五年（1696）顧貞觀的《積書巖宋詩選》。至於作品數
量，《御選宋詩》依仗皇家秘府的海量藏書，逾一一四〇〇餘首，這

---

81 永瑢等：《四庫全書總目》卷一九〇《御選唐宋詩醇提要》（北京市：中華書局，
　　1965年6月），頁1728。

一點是民間私纂選本所無法比擬的。就此而論，《御選宋詩》在宋人
宋詩文獻學上有極其寶貴的史料價值。《御選唐宋詩醇》在尊唐杜的
觀念下，選錄蘇詩十卷五四一首、陸詩六卷五六一首，僅低於杜詩的
十卷七二二首，遠遠超過唐之李白、白居易、韓愈。而且，宗宋派向
來認為杜甫是宋詩鼻祖，與白、韓關係也非比尋常。或者可以說，這
大抵可算是一份宋調意味較重的名單。儘管康熙、乾隆多主唐音，還
能兼及宋調，不能不說這給宋詩帶來了「福音」，雖然打上了借助通
代詩選來實現在大一統思想，教化民眾的功利性烙印。御定宋詩選本
的出現，首先調和了唐宋詩之爭，催生了一批唐宋詩合選本。比如，
乾隆三十八年（1773）七月戴第元輯成《唐宋詩本》，自序曰：

> 唐宋兩朝詩合選，世鮮善本。新城王尚書但錄往體，餘概從
> 闕。學者猶未慊焉。仰惟我皇上聖學淵深，莫能涯矣。《御選
> 唐宋詩醇》一書，至博至精，津梁奕禩。所選者六家，而三唐
> 兩宋之精華無不薈萃。第元官翰林時，誦習既久，玉堂清暇，
> 泛覽滋多。爰本《詩醇》體例以讀唐宋諸家之詩，凡古今詩
> 話、詩評偶有所得，輒抄綴簡端，積年遂成卷帙。又以樗昧之
> 見，區為七編，曰同題、曰長篇、曰連章、曰絕唱、曰拗體、
> 曰命題、曰論詩。其中有前人所已及者，亦有未暢其旨者，乃
> 分而釐之，每輯各評，敬錄御批於前，附以向來儒臣緒論，務
> 期義法昭明，蹊徑楚楚，俾讀者由蹊徑以求義法，由義法以求
> 音節，由音節以求神韻，庶幾沿流溯源，有以得唐宋人之真
> 詩，而《三百篇》微旨亦於斯可繹。其有徒挾偏勝之說，必岐
> 唐宋而二之者，夫亦可以無庸矣。袖中《詩本》僅匲巾箱，奉
> 新徐中甫進士見而悅之，謂可以宣聖訓而廣詩學，爰聽其慫
> 恿，授之剞劂氏，合計凡八十卷有奇云。[82]

---

82 戴第元：《唐宋詩本》卷首，乾隆三十八年（1773）覽珠堂刻本。

　　戴第元（1728-1789），江西大庾（今大餘）人，乾隆二十二年
（1757）進士。弟均元、長子心亨、次子衢亨相繼入翰林，時稱「西
江四戴」。據其仕履觀之，戴第元可算是較早得以觀摩《唐宋詩醇》
的翰林，也是受此啟發而私纂唐宋詩選的詞臣。序中雖然仍沿襲乾隆
標舉風雅的老調，但明確地提出不可「徒挾偏勝」，抱持分唐界宋之
論，調和兼宗的意味不言自明。其次，帝王主唐兼宋的態度，既受到
文學侍臣的影響，同時反過來也影響著詩壇風氣的走向。比如，康熙
御選宋詩時，周邊就有像查慎行、陳廷敬等人，地方上則有宋犖等宗
宋詩風的的封疆大吏。《御選宋詩》部帙浩繁，深藏內府，在民間流傳
不廣。但《御選唐宋詩醇》影響極大。據考察，乾隆年間，錢載
（1708-1793）、彭元瑞（1731-1803）分別在鄉試、會試策問中都提
及到《御選唐宋詩醇》的典範作用[83]，雖然主要標榜乾隆的詩教觀，
但間接也促進了宋詩在民間的流布，尤其是蘇、陸兩家的廣泛接受。
梁章鉅（1775-1849）即曰：「唐以李、杜、韓、白為四大家，宋以
蘇、陸兩大家，自《御選唐宋詩醇》其論始定，《四庫提要》闡繹
之，其義益明。」[84]民間的普通士子都已如此，更遑論皇帝身邊的翰
詹等近侍詞臣。彭元瑞還以《唐宋詩醇》來教導翰林庶吉士。英和
（1771-1840），滿族著名詩人，乾隆五十八年（1793）進士。其曰：
「乾隆戊戌五月，隨侍先公赴閩撫任道，出杭州，值先公六十壽辰，
中丞學使分日為賀，此余得瞻彭文勤公（按，指彭元瑞）之始也。迨
余入詞垣，公為大教習官，課外私第請業，公曰：向讀之經書不可拋
荒，已讀之詩文仍未足，應將《文選》及《唐宋詩醇》、《文醇》盡卷

83　參見錢載：《籜石齋文集》卷四《乾隆四十四年江南鄉試策問五首》（上海市：上海
　　古籍出版社，2012年3月），頁908；彭元瑞《恩餘堂輯稿》卷一〈會試策五道第二
　　問〉，《續修四庫全書》（集部）第1447冊（上海市：上海古籍出版社，2002年版），
　　頁453。
84　梁章鉅：《退庵隨筆》，郭紹虞編選、富壽蓀點校：《清詩話續編》（上海市：上海古
　　籍出版社，1983年12月），頁1977。

熟讀，可為好翰林矣。」[85]概言之，康熙、乾隆御定含有宋詩的總集，從中央到地方，從士大夫到民間文士，程度不同地受其影響。尤其是康、乾二帝對選家編纂權力、批評話語的掌控，深深地嵌入詩選的生成及其面相。最典型的例子就是乾隆朝有名的文學弄臣沈德潛輯纂《國朝詩別裁集》。[86]詩教與政教的衝突到了劍拔弩張的境地，絲毫沒有乾隆十一年（1746）「我愛德潛德」的殊遇寵幸。乾隆聲色俱屬地申斥沈氏之選，下詔重修，乃至後來奪官削諡，罷祠僕碑。「朕於德潛，以詩始，以詩終」，成了莫大的反諷。當沈德潛一類的選家脫離政治中心，有時會回歸到詩性的選家生存空間，從而導致與官方詩學造成激烈的衝突，反過來又促成了帝王直接強制干預選家選政，以推行其專斷的王權話語。由此可見，選家的權力遭受來自帝王、權臣等人的凌駕之後，造成了選家話語的失聲，選政運作的無奈。但另一方面，我們也可考察到沈德潛在《明詩別裁集》中對詩人作品的竄改、塗抹[87]，而選家這種恣意妄為的編纂活動並沒有受到他人的干預。這足以說明話語權力與選家選本是有離合的。在中央王權的掌控或忽視下，選家的話語權力與權力話語，也不斷地反抑制和自我超越。

　　綜觀康熙、乾隆御選宋詩的選家，也存在像沈德潛一樣的離合現象。比如參與御選四朝詩的查慎行、顧嗣立、汪灝等人。查慎行，這位被康熙譽為儒臣之冠的詞臣，卻時以「煙波釣徒」自稱。嚴迪昌認為：「當其五十四歲中進士，破格點翰林，直內廷時，不是沒有得意之色和感戴之情的。但當他多年被指定編《歷代詠物詩》，特別是奉

---

85 英和：《恩福堂筆記》卷下，《續修四庫全書》（子部）第1178冊（上海市：上海古籍出版社，2002年版），頁555。

86 詳參王兵：《清人選清詩與清代詩學》第四章第一節第二小節〈詩教與政教的「衝突」——以《欽定國朝詩別裁集》對原選的刪節為視角〉（北京市：中國社會科學出版社，2011年6月），頁254-266。

87 參見黃裳：〈談「全集」〉，載氏著《我的書齋》（南京市：江蘇文藝出版社，2011年3月），頁43-45。

旨在武英書局分纂《佩文韻府》時，一邊煩勞地按時操作，一邊目睹政壇的種種險惡爭鬩，他的身與心漸漸自覺地分成兩半，即其詩中常提到的『形』與『影』的悖反。」[88]這是內廷清客、文學侍臣對皇家帝王專制政治的心理反抗。查慎行身在內廷，但心有別屬。「橐筆曾經侍兩宮，可憐無過亦無功。未應奢望《儒林傳》，或脫名於黨部中。」[89]自己身為揆敘之師，而揆敘乃允禩集團之骨幹，三弟查嗣庭是其賓從。還有一同參與編書的汪灝，因戴名世案而受牽連。這些對於查慎行來說，都是身心的煎熬，形影的悖反。查慎行終於在康熙五十一年（1712）乞假歸里，雖然早有警醒，但最後仍未逃離皇家奪嫡政治鬥爭的漩渦。顧嗣立也因戴名世《南山集》案而心有餘悸，於康熙五十四年（1715）辭官歸里，著述、漫遊以終。而御選《唐宋詩醇》的主要人員梁詩正休致返杭和入仕前一樣，與鄉梓碩彥、流寓文士如浙派詩群厲鶚、杭世駿、趙信、趙一清等人，包括參與《宋詩紀事》校勘的詩正胞兄梁啟心，重賡疊唱，結社雅集，詩酒風流。這是詩人的一種詩性回歸，跟入朝修纂書籍屈從王權截然相反。這一點與沈德潛是多麼的相似。而以厲鶚、馬曰琯曰璐昆仲、陸鍾輝、查為仁等人為職志的野逸集群，憑藉經濟的強力後盾，雄據在文士群、文化圈的中心地帶江南，與名高權重的強勢群體、宮廷文學疏離對峙。[90]他們身處南宋故都，捃摭軼聞，修史作詩，紀事詠懷，申訴自我的在

---

88 嚴迪昌：《清詩史》（北京市：人民文學出版社，2011年11月），頁519。

89 查慎行著，周劭校點：《敬業堂詩集》卷四十〈自題癸未以後詩稿四首〉其三（上海市：上海古籍出版社，1986年11月），頁1167。

90 據王兵考察，沈德潛《欽定國朝詩別裁集》共計刪削一七四人約四百餘首，其中就包括馬曰琯三首。原因主要在於「官方政教詩學觀對『變風變雅』之作的拒斥」，載氏著《清人選清詩與清代詩學》（北京市：中國社會科學出版社，2011年6月），頁262。按，乾隆三十七年（1772）朝廷開館編纂《四庫全書》，廣徵天下藏書家秘本，馬氏進呈圖書七七六種，《四庫全書總目》著錄三七三種，為獻書最多之藏書家，洵為四庫之功臣。

野立場，《南宋雜事詩》即其代表，同時編撰了數部蘊含著個體鮮明立場的宋詩選本。譬如厲鶚等七十六位人員輯錄、勘定的《宋詩紀事》，與《御選宋詩》體例近似，而旨趣卻迥異有別；陸鍾輝的《南宋群賢詩選》偏採小家，和只選大家的《唐宋詩醇》背道而馳，採用一種安全而妥當的「以宋代明」的話語表達方式，抒發幽遠的異代懷緒，表達強烈的文學訴求，進而建構一套別於官方的宋詩批評體系。較之官方權力意志，民間話語更強調士風和詩心，借宋喻明，宣洩政治層面上的失落心境，排遣文化層面上的思慕情懷，故而選評宋詩是江南文士追懷南（兩）宋文明恰當而有效的歷史書寫形態，與宋詩的民族色彩、詩學特徵、內在質素及文士心態更神合符契。

　　總而言之，選家社會身分的尊卑與詩學觀念的顯晦，選本折射出的權力話語的順逆離合，官私話語權力的強弱消長，對於清代宋詩選本的編纂、宋詩學的演進來說，息息相關。

第三章
詩學思潮與宋詩選本

第一節　神韻詩學與宋詩選本──以王士禛《七言古詩選》為中心

一　《古詩選》編撰的緣由、背景及旨向

　　王士禛是清代文學史上的重要作家，也是神韻詩學的傑出代表。他曾自述學詩有三段經歷[1]，俞兆晟〈漁洋詩話序〉也稱其「中歲越三唐而事兩宋」[2]，洵如學者總結的──漁洋是「遊弋於宗唐、宗宋之間而又歸於盛唐」[3]。「漁洋一生的詩歌崇尚在唐詩，從《神韻集》的初倡，到《唐賢三昧集》的成熟，直至《唐人絕句選》的歸結，自然形成了一條貫串他一生的崇唐線索。」[4]甚至談及《阮亭古詩選》，也多以其五古來旁證「神韻」詩學。言漁洋，必及「神韻」；言「神韻」，俱論選本。在神韻詩說流被之下，王士禛中歲折宋的轉變便有所遮隱，甚至是忽視。隨著蔣寅系列「過程」文學史研究論著《王漁洋與康熙詩壇》、《王漁洋事蹟徵略》等對王漁洋與清初宋詩風之興替的探討，陳偉文《論清初宋詩風的興起歷程》對王氏倡舉宋詩起

1　王士禛：《帶經堂詩話》卷七，張宗楠纂集，戴鴻森校點（北京市：人民文學出版社，1963年11月），頁173-174。

2　丁福保輯：《清詩話》（上海市：上海古籍出版社，1978年9月），頁163。

3　孫紀文：《王士禛詩學研究》（銀川市：寧夏人民出版社，2009年1月），頁267-273。

4　宮曉衛：〈王漁洋選唐詩與其詩論的關係──兼論王漁洋的詩歌崇尚〉，《文史哲》1988年第2期。

始年份的考究[5]，王士禛作為清初唐宋詩風轉向的關捩人物的形象日益清晰起來。除《蜀道集》、《南海集》的詩歌創作之外，選本中最能體現王士禛尊唐祧宋的無疑是〈阮亭五七言古詩選〉中的七言部分（又稱《七言古詩選》，下文即用此簡稱）。《七言古詩選》不僅在漁洋學詩歷程上有著重要的轉折意義[6]，而且影響著當時詩壇的審美傾向。學界對此已有足夠的認識。統觀之，多集中在《七言古詩選》宗宋詩學思想的一般性探討上，而對此詩選的深層考察罕有人言。王士禛早年便關注宋元詩，康熙二年（1663）作《論詩絕句》稱「幾人曾見宋元詩」，中年以降，對宋詩的倡導與仿習，對宋人如歐、蘇的敬仰，直至晚歲仍浸染宋籍不輟。在詩選編纂中，詩作的輯選不但與詩學觀念有所偏離，甚至詩人的遴錄也有意地「空缺」，而借助其他選本或詩學批評來表現和標榜。正如翁方綱所言：「學者及此時熟復先生言詩之所以然，而加以精密考訂之功，從此充實涵養，適於大道，殆庶幾矣！其僅執選本以為學先生，與夫執一端以議先生者，厥失均也。」[7]王士禛詩選編纂所蘊含的複雜性，給漁洋詩學與詩選研究增添了不少難度。同理，《阮亭五七言古詩選》中五言部分可謂是「神韻」詩學在選本上的濫觴，而七言部分則是越唐祖宋的唯一表徵，有學者談及宋詩觀與「神韻」說之關聯時，認為「王士禛的宋詩觀不僅是神韻說的相承，更是對其的發展」[8]。事實情況果真如此嗎？

5　陳偉文：〈論清初宋詩風的興起歷程〉，《中國詩學》第12輯（北京市：人民文學出版社，2008年1月），頁139-145。

6　參見韓勝：《清代唐詩選本研究》第二章第三節〈王士禛《五七言古詩選》的轉折意義〉（北京市：中國社會科學出版社2010年9月），頁81-87、孫紀文《王士禛詩學研究》第五章第一節〈《古詩選》與王士禛的詩學思想〉（銀川市：寧夏人民出版社，2008年12月），頁179-195。

7　翁方綱：《七言詩三昧舉隅》卷末附錄〈漁洋詩髓論〉，丁福保輯：《清詩話》（上海市：上海古籍出版社，1978年9月），頁304-305。

8　鄭才林：〈略論王士禛的宋詩觀與「神韻」說之關聯──兼論王士禛和嚴羽的蘇、黃宋詩觀之異〉，《寧夏大學學報》2005年第4期。

　　（一）《古詩選》編撰的內外因緣。康熙二十一年（1682）七月，王士禛、陳廷敬、徐乾學、汪懋麟、王又旦集於京師城南祝氏園亭為詩酒文會，請畫師禹之鼎繪《城南雅集圖》（又名《五客話舊圖》）。汪懋麟有記為證：「壬戌七月，相聚于城南山莊，賦詩飲酒相娛樂，命興化禹生貌五人像為一圖，屬懋麟為之記。」[9]雅集風流，論詩談藝，本是盡興之事，卻發生了徐、汪宗唐宗宋之爭。十年後，徐乾學仍記憶猶新：

> 往歲郃陽王黃湄、江都汪季角邀澤州陳說巖、新城王阮亭及余五人，集于城南祝氏之園亭，為文酒之會。余與諸公共稱新城之詩為國朝正宗，度越有唐。季角為新城門人，舉觴言曰：「詩不必學唐。吾師之論詩，未嘗不采取宋元。辟之飲食，唐人猶粱肉也。若欲嘗山海之珍錯，非討論眉山、山谷、劍南之遺篇，不足以適志快意。吾師之弟子多矣。凡經指授，斐然成章，不名一格。吾師之學，無所不該，奈何以唐人比擬。」余告之曰：季角新城弟子，升堂矣未入于室。新城先生之才，足以揮斥八極，丹青萬物。其學問廣博而閎肆，年少通籍，四十餘年為風雅宗主，海內學者趨之如龍魚之歸淵澤。先生誨人不倦，因才而篤，各依其天資，以為造就。季角但知有明前後七子剽竊盛唐為後來士大夫訕笑。嘗欲盡祧去開元、大曆以前，尊少陵為祖，而昌黎、眉山、劍南以次昭穆。先生亦曾首肯其言。季角信謂固然！不尋詩之源流正變，以合乎〈國風〉、〈雅〉、〈頌〉之遺意，僅取一時之快意，欲以雄詞震盪一時，且謂吾師之教其門人者如是。先生《漁洋前後集》具在，惟七

9　汪懋麟：《百尺梧桐閣文集》卷三〈城南山莊畫像記〉，《四庫全書存目叢書》（集部）第241冊（濟南市：齊魯書社，1997年版），頁739-740。

言古類韓、蘇，自餘各體，持擇不可謂不慎，選練不可謂不精，其造詣固超越千載，而體製風格未嘗廢唐人之繩尺。君熟讀自得之，何可誣也！……先生何不做鍾嶸《詩品》、杼山《詩式》之意，論定唐人之詩，以啟示學者，即今日不須辭費，先生笑而頷之。是為癸亥歲孟秋之月。[10]

作為唯一一部鮮明表達漁洋越唐宗宋的詩選，《阮亭古詩選》是王士禛於康熙二十一年（1682）秋受到直接的強烈觸動[11]，應徐乾學之請而編撰的。據此推斷，《古詩選》編撰的直接誘因是徐、汪唐宋之爭。詩友門生對自己的審美趣尚、師法對象都難以會心，著實讓王士禛頗受刺激。那麼，從詩選的角度而論，編撰《古詩選》的深層緣由是什麼呢？是出於何種考慮和選擇呢？

細繹徐跋，此次雅集在推舉王士禛為「國朝正宗」上，諸公毫無異議，徐、汪論爭的焦點在於對「度越有唐」的理解有分歧。在徐乾學看來，王士禛詩壇盟主的身分就在於昭示審美的理想境界與學詩的具體軌則。詩人的最高訴求是追步〈風〉、〈雅〉、〈頌〉，透過溯流討源的方式來得之。所謂「度越有唐」，便是超越三唐而上接「詩三百」，這帶有一些形上的哲理意味。而汪懋麟出於匡正明「七子」之輩字摹句擬的剿竊流弊，更多地從師法選擇上著眼。實際上，徐、汪二人論爭就不在同一個層面上。他錯以為「度越有唐」即「詩不必學唐」，而應兼採宋元。的確，王士禛教導學生多依其天資，隨其性

10　徐乾學：〈十種唐詩選書後〉，王士禛選《十種唐詩選》卷末，《四庫全書存目叢書》（集部）第394冊（濟南市：齊魯書社，1997年版），頁446。

11　蔣寅：《王漁洋與康熙詩壇》（北京市：中國社會科學出版社，2001年9月），頁36。按，此書新版（南京市：鳳凰出版社，2013年11月，頁33）改為「康熙二十二年（1863）七月」，但蔣寅《王漁洋事蹟徵略》新版（北京市：中國社會科學出版社，2014年9月，頁273）將此次雅集列為「康熙二十一年七月」。此處姑從康熙二十一年七月說。

近，或尊唐音，或師宋調，但這只不過是追求風雅遺意的不同階段或途徑而已。倘若以其中任何一段來衡量整個詩學追求的話，必然導致一葉障目，緣木求魚，難得真諦。徐氏對此心領神會，故漁洋「笑而頷之」。從後來王士禛的詩學轉向與選本批評來看，也誠如徐氏所言。徐氏為何能與漁洋心神符契，拈得妙旨？考察徐氏對宋詩的態度，便能旁證側引出漁洋的宋詩觀。

是不是徐乾學鄙薄宋詩而摒棄不觀呢？非也。徐氏為吳綺《宋金元詩選》作序時稱：

> 後人輒欲宗唐而黜宋、元，夫宋、元人詩，風調氣韻誠不及唐，而功深力厚，多所自得。如都官之清婉，東坡之豪逸，半山之堅老，放翁之雄健，遺山之新俊，鐵崖之奇矯，其才力更在郊、島諸人之上。而輒云唐後無詩，是猶燕、冀之客不信有峨眉、羅浮之高，揚、粵之人不信有盤江、洱海之闊，徒為陋而已矣。自明北地、信陽起，倡言盛唐，婁東、歷下後先同聲，學者莫不家開元而人大曆，宋、元詩集幾於過而不行。近代操觚家，乃稍稍復言宋元。雖然，宋元詩未易讀，學宋元詩亦未易也。宋元人之學唐，取其神理，今人之學唐，肖其口吻，所以失之彌遠。今不探其本，轉而以學唐者學宋、元，惟其口吻之似，則龐疏拗硬，佻巧窒澀之弊，又將無所不至矣。故無宋、元人之學識，不可以學唐，無唐人之才致，不可以學宋、元。……是編行，庶幾三、四百年才人之心靈光焰得煥發於斯世，而學者有所準的，亦不到窘步而乖方。予故推其意而序之，既以救貌為唐詩之病，亦以告天下之貌為宋、元詩者也。[12]

觀乎此文，徐乾學肯定宋詩的成就，像蘇、陸等人遠在郊、島之上，從學唐的效果來看，宋人遠比明人及「今人」更得其神理。在此基礎上，就源流正變的角度而言，唐為源，宋為流；唐為正，宋為變，故師法宋人便能探驪得珠，悟得唐音之妙諦。康熙二十七年（1688）四月汪懋麟卒，徐乾學為之作墓誌銘，其曰：「於詩尤得力，始嘗出入於漢魏六朝以及唐人，猶為未足以盡風雅之變，乃合杜、韓、蘇、陸四家詩為一集，及宋諸家詩無不研煉揣摩，疲精力於斯。余嘗駁之，宋詩第博其旨趣足矣，不足學。君執其說益堅。予亦不能難也。然君詩自取材於經史，其於宋人所見為佻巧傷雅俚率無蘊藉者，君洮滌揀汰，率變其體格而新之，他人學之者不能及也。」[13]雖然無法駁斥汪說，但字裡行間無不表示徐氏之宋詩觀——下及宋人只不過是「博其旨趣」而已，極易沾染徑露鄙俚、佻巧生澀之惡習，實不足學。因而，編撰宋詩選本，既能保存宋集文獻，又能提供學詩範本，從而匡正宗唐宗宋中的貌合神離之風。職是之故，徐氏傳是樓庋藏宋人小集數十種，王士禛還向其借抄過，便不足為怪了。此其一。

　　徐乾學為田雯詩集序曰：「自是而後，無能出唐人範圍。……杜少陵集中無所不有，韓昌黎又獨出橫空硬語，白太傅能采摭里俗之言，此有宋諸家詩人之門戶也。學蘇、黃者必追蘇、黃所自出，學放翁、石湖、誠齋諸公者，其有不知諸公所自出乎？宋詩之於唐詩，音節稍異耳。……予得其《山薑續集》讀之，則居然東坡、放翁之詩也。予因以示坐客曰：『如漪亭先生，吾直不能禁其為東坡、放翁之所自出者也。』……邊、李二公工為唐詩者，特未知九原可作，見漪

社，2002年版），頁558。康熙十七年（1678）吳綺《宋金元詩永》編成刊行，蓋徐序撰於此年。參見謝海林：《清代宋詩選本研究》附錄二「宋金元詩永」條（上海市：上海古籍出版社，2011年版），頁401-402。

13　《國朝耆獻類徵初編》卷一四一，周駿富輯：《清代傳記叢刊》第151冊（臺北市：明文書局，1985年版），頁227-228。

亭此集，其驚歎湧躍為何如哉？」[14]可知徐氏認可田雯追步蘇、陸，是建立在蘇、陸源於唐人的基礎上的。當詩友門生如盛符升等人稱歎王士禎入蜀所作篇什高古雄健，猶比韓、蘇之際[15]，徐乾學〈漁洋山人續集序〉亦云：「杜子美極風雅之正變，千匯萬狀，兼古今而有之。……非不欲決子美之藩籬，別成一家言，然卒莫能出其範圍，特具體焉而已。……近之說詩者，厭唐人之格律，每欲以宋為歸，孰知宋以詩名者，不過學唐人而有得焉者也。宋之詩渾涵汪茫莫若蘇、陸。合杜與韓而暢其旨者，子瞻也，合杜與白而伸其辭者，務觀也，初未嘗離唐而別有所師，……今乃挾楊廷秀、鄭德源俚俗之體，欲盡變唐音之正，毋亦變而不能成方者與？……先生之於詩，擇一字焉必精，出一辭焉必潔，雖持論廣大，兼取南北宋、元、明諸家之詩，而選練矜慎，仍墨守唐人之聲格。或乃因先生持論，遂疑先生《續集》降心師宋人，此未知先生之詩者也。」[16]合徐乾學上引三篇序跋觀之，徐氏以為宋源於唐而異於唐，能得唐人風神，故在學詩的途徑上，主唐兼宋，由宋入唐，進而體悟風雅之道，無疑是不二法門。取法宋人並非如汪懋麟僅限一隅，而是師法策略中的一個過程而已。此其二。

　　主唐兼宋是不是徐乾學的一家之言呢？否矣。《漁洋山人續集》錄詩自康熙十年（1671）至康熙二十二年（1683），《蜀道集》即在其中。除徐氏題序外，依次尚有施閏章、陸嘉淑、曹禾、汪懋麟、金居敬、萬言、程哲，施（卒于康熙二十二年四月二十三日）、陸、徐、程之序未標明時間，曹序作於康熙二十年（1681）臘月，汪序作於康

---

14 徐乾學：《憺園文集》卷二十一〈田漪亭詩集序〉，《續修四庫全書》（集部）第1412
　　冊（上海市：上海古籍出版社，2002年版），頁579。

15 參見王士禎：《帶經堂詩話》卷八，張宗柟纂集，戴鴻森校點（北京市：人民文學
　　出版社，1963年11月），頁195；蔣寅：《王漁洋事蹟徵略》「康熙十一年」（北京
　　市：中國社會科學出版社，2014年9月），頁204。

16 王士禎著，袁世碩主編：《王士禎全集》第1冊（濟南市：齊魯書社，2007年6月），
　　頁686-687。

熙二十一年（1682）夏月，金序作於康熙二十三年（1684）四月，萬
序作於十月。與《古詩選》編撰時間康熙二十二年（1683）前後相差
無幾。故考察諸人題序的具體論調，便能進一步釐清王士禎取法宋人
的真實意圖及詩壇的群體反應。施閏章曰：

> 客或有謂其祧唐而祖宋者，予曰不然，阮亭蓋疾夫膚附唐人者
> 了無生氣，故間有取於子瞻，而其所為《蜀道》諸詩，非宋調
> 也。……學《三百篇》、漢魏八代者，始能為三唐；學三唐而
> 能自豎立者，始可讀宋元，未易為拘墟斷見者道也。[17]

曹禾曰：

> 詩者天地之母音，發而不窮，故其境常新。……俗學不知擬
> 議，安知變化，保殘守缺，挾恐見破之私意，如越人之髡鬌者
> 之鑑，非唯無用，從而仇之，紛紛籍籍，詆曰學宋。不知先生
> 之學，非一代之學，先生之詩，非一代之詩。……自先生出，
> 而聞風興起，與親承指授者，莫不開拓襟懷，思與古作者為
> 徒，其間如韓之於杜，孟郊、張籍、盧仝之於韓，六君子之於
> 蘇，異才輩出，不可勝數。[18]

金居敬曰：

> 凡名為為唐詩者，必詆訶宋詩，而訾毀西江尤甚，斥之為山魈
> 木怪著薜蘿之體。實則西江之音節句法，皆本於唐，其原委不

---

17 施閏章：〈漁洋續詩集序〉，袁世碩主編：《王士禎全集》第1冊（濟南市：齊魯書
　　社，2007年6月），頁685-686。
18 曹禾：〈漁洋續詩集序〉，袁世碩主編：《王士禎全集》第1冊（濟南市：齊魯書社，
　　2007年6月），頁690。

可誣也。蓋有宋詩家，自歐陽文忠公、王文公推揚李、杜以振楊、劉之衰弱，而靡聲曼響中，於習尚未能遽移；至黃魯直而後，有以窺三唐之窔奧，力追古之作者，而與子瞻氏抗行于一時；其後學者，派分為二，所謂各得其性之所近云爾。其一倡一和，於彼於此，之變之正，或離或合，有不知其所以然而然者，論者顧弗之深考與！且夫唐人之高致，其不在公家之言審矣，而擬之議之者，竊竊焉享其敝帚，何哉？學宋人詩，而從其支流餘裔，未能追其祖之所自出，以悟其以俗為雅，以舊為新之妙理，則亦未得為宋詩之哲嗣也。此先生他日之言也。後世之士，讀先生之詩者，由是以究極其作詩之旨，將必有以知其廣大變通，而非拘於一隅之見也；包羅貫穿，而非主於一家之說也。[19]

不論上序中的「客」和「俗學」所指為誰，但可想見定非汪懋麟一人。惜乎汪氏漁洋妙旨，學生偏執一端而參悟不透，未能得其三昧。詩壇上那些尚不如汪懋麟的更不知幾何？汪懋麟這種論斷在四年前為吳綺〈宋金元詩永序〉時已有所表露：「近世言詩者多矣，動眇中、晚，必稱初、盛，追摹漢魏，上溯《三百篇》而後快。于宋人則云無詩，何有金元。噫，所見亦少隘矣。……近人且言不讀宋以後書，是士生今日，皆當為黔首自愚，無事雕心鏤腎，希一言之得可傳於後世也。余嘗論唐人詩如粟肉布絲，金犀象珠，足以利民用而濟其窮，誠不可一日無。若宋元諸作，則異修奇錦，山海罕怪之物，味改而目新，學之者必貴家富室，無所不蓄，然後間出其奇。」[20]可見，汪氏

---

19 金居敬：〈漁洋續詩集序〉，袁世碩主編：《王士禛全集》第1冊（濟南市：齊魯書社，2007年6月），頁693-694。

20 汪懋麟：《百尺梧桐閣集》卷二，《四庫全書存目叢書》（集部）第241冊（濟南市：齊魯書社，1997年版），頁702。

此種腔調絕非心血來潮，逞一時之快。從選壇的角度而言，編撰選本來標明詩旨是勢在必行；從詩壇的立場出發，群體批評以正本清源也刻不容緩。在施、曹、金三人看來，王士禛師法宋人首先是出於詩人求新重變的時代要求，以匡救學唐末流膚廓軟熟之弊；其次，兼採宋人乃源於溯流主正的傳統法則，既能拓展詩域又能沿波討源，熔鑄眾人之長而自成一家之言，即張宗柟所稱：「漁洋山人詩筆縱橫，上溯八代、四唐之源，旁涵宋、金、元、明之變，體兼眾美，妙極天成。」[21]這也是王士禛的夫子自道，除金氏所記之外，陸嘉淑〈漁洋續詩集序〉亦云：「先生曰：『吾別裁不敢過隘，然吾自運未嘗恣於無範。』」[22]故凡「拘墟齗見者」、「拘於一隅之見」者、「主於一家之說」者，俱非識得漁洋妙旨；同時，那些變而學宋卻不知追祖溯宗，不解宋詩真面目者，亦皆「未得宋詩之哲嗣」。無怪乎程哲驚羨曰：「予讀《漁洋續集》，而歎先生之詩每變而彌上，且每變而彌得其正也。」[23]就連汪懋麟也不得不自作辯解：「先生之學，既竊嘗聞之矣，知先生之學，而謂不知先生之詩，當在所棄。而今之名詩人者，往往詬懋麟之學，謂與先生異，則當在所棄必矣。顧不棄而且假之方，豈先生所以學，與懋麟之所竊聞，他人不必知而有自知其知者與！先生之詩具在，其鑱記得而藻繢之者，極萬物變幻之巧，而出之以自然，所謂非常特出之才，得古人之傳，自為一宗者也。」[24]汪氏在強大的集體批評下只能顧左右而言他，希冀透過認同漁洋自成一宗來為自己

21 張宗柟：《帶經堂詩話纂例》，張宗柟纂集，戴鴻森校點：《帶經堂詩話》卷首（北京市：人民文學出版社，1963年11月），頁1。

22 陸嘉淑：〈漁洋續詩集序〉，袁世碩主編：《王士禛全集》第1冊（濟南市：齊魯書社，2007年6月），頁688。

23 程哲：〈漁洋續詩集序〉，袁世碩主編：《王士禛全集》第1冊（濟南市：齊魯書社，2007年6月），頁696。

24 汪懋麟：〈漁洋續詩集序〉，袁世碩主編：《王士禛全集》第1冊（濟南市：齊魯書社，2007年6月），頁692。

迴護。更有意味的是,《古詩選》編成後四年,王士禛又刪定成《十種唐詩選》,尤侗序亦云:「或謂今之學唐詩者,摹擬剽竊,爛熟雷同,若以水濟水,誰能食之?若琴瑟之專一,誰能聽之?故轉而趨於宋元,上則眉山、劍南,次則遺山、鐵崖,鉤奇索隱,散見側出,亦猶厭官廚而采野簌,屏古樂而奏新聲也。不知風氣雖移,性情自在,即使宋元諸子殫知竭能,未有越唐人範圍者。」[25]

　　綜上所論,諸序是對王士禛詩歌審美取向的同聲相和,也算是對汪懋麟師法觀念的集中清算。王士禛對徐乾學所論「笑而頷之」,是對詩壇名流群體認同的桴鼓相應,也是對汪懋麟們的善意否定。

　　（二）《古詩選》編撰的背景及其旨向。既要不步偏師唐音而墜入膚廓軟滑的老路,也要警惕捫搎宋調而不知源流正變的邪弊。面對詩壇如此困境,作為執牛耳者王士禛編撰《古詩選》以尋找出路。這既是個體的追求,也是時代的選擇。自康熙二年（1663）王士禛作《論詩絕句》開始關注宋詩,次年陳玉璂跋漁洋〈甲辰詩〉稱:「詩不一章,章不一格,大約以義山之玲瓏,干以少陵之豐骨;以浣花、玉山之綺豔,參以劍南、鐵崖之瓌詭。詞若近而意遠,調合古而味新。」[26]康熙六年（1667）十一月汪琬題〈口號五首〉,後二首論王詩「漁洋新詩與眾殊,粗亂都好如名姝」,便是師法宋人而受其稱揚[27]。至康熙十年（1671）之前,宗宋詩風在人心思變的詩壇背景下逐漸蔓延流播起來,康熙十年冬吳之振攜《宋詩鈔》入京遍贈詩友名流為之推波助瀾,「宋詩熱」已引起全國的反響。誠如宋犖所言:「近二十年來,乃專尚宋詩。至余友吳孟舉《宋詩鈔》出,幾於家有其書

25　王士禛選:《十種唐詩選》卷首,《四庫全書存目叢書》集部第394冊,頁227。

26　蔣寅:《王漁洋事蹟徵略》（北京市:中國社會科學出版社,2014年9月）,頁106-107。

27　陳偉文:〈論清初宋詩風興起的歷程〉,《中國詩學》第12輯（北京市:人民文學出版社,2007年版）,頁140。

矣。……蓋意主救弊，立論不容不爾。顧邇來學宋者，遺其骨理而撏扯其皮毛；棄其精深而描摹其陋劣。是今人之謂宋，又宋之臭腐而已，誰為障狂瀾於既倒耶？……康熙壬子、癸丑間（康熙十一、十二年）屢入長安，與海內名宿尊酒細論，又闖入宋人畛域。所謂旗東亦東，旗西亦西，猶之乎學王、李學三唐也。」[28]〈漫堂說詩〉成於康熙三十七年（1698）夏宋犖巡撫江寧之際，所記內容至此年止。推之，康熙十七年（1678）前後宋詩風已趨於昌熾。次年顧景星為邵長蘅作〈篠稿詩序〉云：「今海內稱詩家，數年以前，爭趨溫、李、致光，近又爭稱宋詩。夫學溫、李、致光，其流豔而佻；學宋詩，其流里而好盡，二者皆詩之弊也。」[29]在宋詩日益風靡之際也逐漸顯露流弊的端倪，詩人、選家都意識到這一點。在《宋詩鈔》流布京師的康熙十一年（1672），沈荃為曾燦所編的《過日集》（選有王士禛詩七十八首）作序，便質疑道：「近世詩貴菁華，不無傷於浮濫，有識者恆欲反之以質，於是尊尚宋詩以救弊。……今之號為宋詩者，皆村野學究膚淺鄙俚之辭，求其如歐陽永叔所云『哆兮其似春，淒兮其似秋，使人讀之可以喜，可以悲者』，百不得一焉。此不過學宋人之糟粕，而非欲得宋人之精神也。」[30]康熙十二、三年間（1673、1674），汪懋麟〈韓醉白詩序〉亦曰：「今之竊學言唐者，必以黜乎宋為言；而竊學言宋者，又未深究乎所以為宋之意，之二者，其失一而已。……按以古人之法，若者唐，若者宋，若者于唐、宋之貌似矣而非似，至不能名為唐之詩，宋之詩，則亦自名其為己之詩而已，又烏可不辨

---

28 宋犖：《漫堂說詩》，丁福保輯：《清詩話》（上海市：上海古籍出版社，1978年版），頁416-417、420。

29 邵長蘅：《邵子湘全集》卷首，《四庫全書存目叢書》（集部）第247冊（濟南市：齊魯書社，1997年版），頁678。

30 蔣寅：《王漁洋事蹟徵略》「康熙十一年」條（北京市：中國社會科學出版社，2014年9月），頁225。

耶？」[31]宗唐者申涵光（1619-1677）對此也有所警惕：「詩之必唐，唐之必盛，盛必以杜為宗。近乃創為無分唐、宋之說，于是少陵、青蓮、眉山、放翁相提並論，其意謂不必專宗唐耳。久之，潛移默化，恐遂專于宋而不覺。夫唐自大家、名家而外，亦非一格，如郊、島之孤僻，溫、李之駢麗，元、白之輕便，流弊所至，漸亦啟宋之端，然而唐之詩自在也。宋賢自眉山、放翁而外，如永叔、山谷、聖俞、子美非不崢嶸一代，然而唐法蕩然。……夫詩之日變，如巾服綦履，互為變更，惟大雅者擇中以為矩。若宋詩日盛，則漸入雜蕪。」[32]宗宋者打著匡正學唐流弊的口號，倘不正本清源，就有可能出現跟學唐一樣泥古不化，肖形遺神，病同一理的後果。康熙十七年（1678）吳綺編《宋金元詩永》，自序曰：「宋元人之學唐，取其神理；今人之學唐，肖其口吻，所以失之彌遠。今不探其本，轉而以學唐者學宋、元，惟其口吻之似，則齟疏拗硬，佻巧窒澀之弊，又將無所不至矣。」[33]連選家也注意到了詩壇上學唐者轉而學宋元，如同之前學唐肖其口吻而不探其本的弊病。成於康熙二十年的納蘭性德（1654-1685）〈原詩〉亦曰：「十年前之詩人，皆唐之詩人也，必嗤點夫宋；近年來之詩人，皆宋之詩人也，必嗤點夫唐，萬戶同聲，千車一轍。」[34]誠如張潮〈漫堂說詩序〉所言：「詩學至今日可云極盛；非盛也，直多耳。人往往易視此道，遂不覺率爾為之。不特能為唐詩者不

---

31 汪懋麟：《百尺梧桐閣集》卷二，《四庫全書存目叢書》（集部）第241冊（濟南市：齊魯書社，1997年版），頁698-699。

32 申涵光：《聰山文集》卷一〈青箱堂近詩序〉，《四庫全書存目叢書》（集部）第207冊（濟南市：齊魯書社，1997年版），頁484。

33 此轉引自蔣寅：《王漁洋與康熙詩壇》（南京市：鳳凰出版社，2013年11月），頁47。按，據筆者所檢南京圖書館藏《宋金元詩永》二十二卷本，為康熙十七年（1687）思永堂刻本，刊於康熙十七年，而非蔣寅先生所說的康熙十八年。另，吳序中未見上引數句，抑或是選有康熙十八年刊本且載此序？按，此數句與徐乾學《宋金元詩選序》相同。

34 納蘭性德：《通志堂集》卷十四（上海市：上海古籍出版社，1979年影印清康熙本），頁10b-11a。

易得，即求能為宋詩之佳者亦不多見。」[35]

　　擺在詩壇、選壇面前的，是一個前所未有而極其攸關的難題——既要避免之前學唐的熟滑膚廓之病，又須針對當下學宋的艱澀蕪雜之弊，尋找出路，拈取真詩，覓得新境。編撰《古詩選》的同一年，王士禛作《黃湄詩選序》嚴厲抨擊強分唐宋疆域之陋習。提倡宋詩正是矯正明季以來獨宗盛唐、摒斥宋詩的偏頗[36]，但同時也要有別於專執一端而不辨正變的學宋俗流。正如姜宸英（1628-1699）所言：「今世稱詩家，上者規模韓、蘇，次則摭撦楊、陸，高才橫屬，固無所不可及；拙者為之，弊端百出，險辭單韻，動即千言，街坊讕語，盡充比興，不復知作者有源流派別，徒相與為聒噪而已。」[37]

　　漁洋此選，既有出於時代大背景的外緣考慮，也有來自個人新追求的內在選擇；既有源流正變之辨，也有體製風格之別。蔣寅稱其「五言乙太白為歸，七言以老杜為宗，宋元明詩家隸附之，一一論其源流高下。這可以說是他對宋元詩看法的一個總結，書中對唐詩正宗地位的肯定是毫不含糊的」[38]。我以為尚可再作權論。[39]無論是《五

35　宋犖：《漫堂說詩》卷首，丁福保輯：《清詩話》（上海市：上海古籍出版社，1978年版），頁415。

36　參見蔣寅：〈清初詩壇對明代詩學的反思〉，《文學遺產》2006年第2期。

37　姜宸英：〈史蕉飲燕城詩集序〉，王鎮遠、鄔國平編選：《清代文論選》（北京市：人民文學出版社，1999年1月），頁278-279。

38　蔣寅：《王漁洋與康熙詩壇》（南京市：鳳凰出版社，2013年11月），頁34。

39　陳偉文認為（《清代前中期黃庭堅詩接受史研究》，北京市：中國人民大學出版社，2012年5月，頁56）：蔣寅先生「此說似未必然。《五七言古詩選》七言詩部分選宋人詩比唐人多幾倍，選蘇、陸詩皆多於杜詩，似偏於宋調，不可謂之宗唐。五言則以漢魏為宗，唐代僅選陳子昂、張九齡、李白、韋應物、柳宗元五人『附于漢魏、六代作者之後』，亦非宗唐」。「王士禛對唐、宋詩的接受，更多的是建立在辨體的基礎上。論律詩宗唐音，論七言古詩則近宋調。無論中年宗宋，還是晚年返回唐音，所論皆是如此。」陳論較為中允。其實張仲謀早就說過：「綜合王漁洋其他論述可知，五古宗漢魏，律體宗唐，七古宗宋，絕句則參用唐宋，分體各師，不拘朝代，這就是漁洋對各體詩的歷史評價以及他所昭示的學詩門徑。」（《近古詩歌研究》，中國社會科學出版社，2002年1月，頁112）筆者認為，《古詩選》的選旨恰

詩古詩選》偏師漢唐，還是《七言古詩選》暗推兩宋，其實王士禛最終的目的還是越唐軼宋，遠追上古之〈風〉、〈雅〉。

　　徐乾學曰：

> 凡文章有源有委，有正有變，統論古今之詩，則《三百篇》為源，漢魏為盛，而唐以下為委。論唐詩則貞觀、永徽為源，開元、大曆稱盛，而元和、開成以下為委。其興寄深厚，詞義古質，從容諷諭，微婉含蓄者，正也。刻露峭屬，矗兀豪宕者，變也。知流而不知源，是但見龍門大岯，滔滔日夜，而不知導河積石，崑崙、岷山之遠。知變而不知正，則如生長遠方者，不信錦為蟲食樹葉之所成矣。先生何不仿鍾嶸《詩品》、杼山《詩式》之意，論定唐人之詩以啟示學者。即今日不須辭費。先生笑而頷之，是為癸亥歲孟秋之月。[40]

姜宸英〈阮亭選古詩序〉亦曰：

> 新城阮亭王先生五言詩之選，蓋其有見於此深矣！于漢取全；于魏晉以下遞嚴，而遞有所錄，而猶不廢夫齊、梁、陳、隋之作者；于唐僅得五人，曰：陳子昂、張九齡、李白、韋應物、柳宗元。蓋以齊、梁、陳、隋之詩雖遠于古，尚不失為古詩之餘派；唐賢風氣自為畛域，成其為唐人之詩而已。而五人者，

如姜宸英〈唐賢三昧集序〉開頭所言：「新城先生既集古五七言詩各如干卷，復有唐賢三昧之選，蓋選五七言者所以別古詩於唐詩也。然詩至唐極盛矣，開、寶以還，盛之盛者也。選唐詩三昧者，所以別唐詩於宋元以後之詩，尤所以別盛唐於三唐之詩也。」《湛園未定稿》卷二，《四庫全書存目叢書》（集部）第261冊（濟南市：齊魯書社，1997年版），頁614。

40 徐乾學：〈十種唐詩選書後〉，王士禛選《十種唐詩選》卷末，《四庫全書存目叢書》（集部）第394冊（濟南市：齊魯書社，1997年版），頁446。

其力足以存古詩於唐詩之中，則以其類合之，明其變而不失于古云爾。先生之選七言體，七言雖濫觴于《柏梁》，然其去《三百篇》已遠，可以極作者之才思，義不主於一格，故所鈔及于宋元諸家，至明人則別有論焉。學者合二集觀之，於以辨古詩之源流，而斟酌於風會之間，庶乎其不為異論所淆惑矣。[41]

漁洋遞嚴選錄諸朝詩，於唐於宋擇取皆精略，既有源流正變之辨，又有異論惑言之釋。這與徐乾學所言正相吻合，《詩三百》是正是源，詩中三昧俱歸乎此。康熙三十六年（1697），《古詩選》授門人蔣景祁雕版於陽羨。蔣氏題云：「不學五七古，則《三百篇》之統不接。……先生撰錄是書，欲人尋源返始，漸近《三百篇》。」[42]乾隆末年，督學山東的漁洋再傳弟子翁方綱（1733-1818）亦云：「其鈔五七言，則《三百篇》之正路也。」[43]由此觀之，《古詩選》的編撰實非專注於盛唐李、杜之詩，而是有更高的形上意味——矜風雅，主詩教，這是承平彌久的時代趨尚，也是王士禛們的自然選擇。在面對「偽唐音」與「假宋詩」風靡詩壇之際，各樹一幟與屢矯過正的惡性循環之中，明源辨體，遠嗣雅音，是操選政者的最好歸宿和最高宗旨。如果聯繫到《古詩選》編撰的前後幾年間，康熙皇帝、宰相馮溥、名士施閏章等權力中心的論詩旨趣，這些來自官方上層話語無可抗拒的「權威」力量，那麼自然就明白了王士禛上溯《三百篇》，高舉「風雅」的深層意圖和良苦用心了。為了彰顯開國全盛的恢宏氣象，聖祖借助館試貶黜宋詩體的文士，馮溥在萬柳堂提倡唐詩，極力貶抑宋詩「佻

---

41 王士禛編：《阮亭選古詩》卷首，《四庫全書存目叢書補編》第42冊（濟南市：齊魯書社，2001年版），頁193。

42 王士禛編：《阮亭選古詩》卷首，《四庫全書存目叢書補編》第42冊（濟南市：齊魯書社，2001年版），頁194。按，閩人俟《古詩箋》未載蔣序。

43 翁方綱：《七言詩三昧舉隅》卷末附錄〈漁洋詩髓論〉，丁福保輯：《清詩話》（上海市：上海古籍出版社，1978年9月），頁305。

涼鄙弇」之習，施閏章、毛奇齡等人翕然回應，大張羽翼。[44]從國運盛衰、詩學品格、發展機理的外部因緣和內在理路的角度，王士禛提倡由宋返唐，再上溯至「詩三百」，無疑有著更為純正的「詩教」精神和指導實踐的現實意義。與之桴鼓相應的是，鄧漢儀於康熙十一年（1672）、十七年（1678）及二十八年（1689）編選《詩觀》初集、二集、三集，提倡回歸風雅傳統，也是針對專主宗唐或一味宗宋的弊端[45]。康熙二十六年（1687）王漁洋刪纂成《十種唐詩選》，徐乾學亦稱「其於《三百篇》之意庶幾有合矣」[46]。

　　學詩的不二法門是辨其源流正變，識其派別家數，隨其性近，擇而師之。王士禛與弟子郎廷槐談詩曰：「進而正獻既徹，雜肴錯進，芭穋藜羹，薇蕨蓬蕌，矜鮮鬬異，則宋、元是也。……凡此皆非正味也。」[47]即汪懋麟所謂宋元詩乃「山海之珍錯」，雖光鮮迥異，但非正味，等而下之者便學為「山魈木怪著薜蘿之體」。倘若不識正變源流，必入歧途，正如其所謂：「昧于詩之正變，而徒掇古今諸家之片詞瑣語，描頭畫角，搔首弄姿，是『畫虎不成反類狗』者也。」[48]康熙三十二年（1693）七月，王士禛教弟子何世璂學詩，「為詩要窮源溯流。先辨諸家之派……何者為唐，何者為北宋，何者為南宋？析如毫芒，學焉而得其性之所近。不然，胡引亂竄，必入魔道」[49]。

---

44 參見蔣寅：《清代詩學史（第一卷）》（北京市：中國社會科學出版社，2012年4月），頁643-648。

45 參見王兵：《清人選清詩與清代詩學》第三章〈清初「宋詩熱」背景下的宗唐詩學思潮〉（北京市：中國社會科學出版社，2011年6月），頁203-205。

46 徐乾學：〈十種唐詩選序〉，王士禛編：《十種唐詩選》卷首，《四庫全書存目叢書》（集部）第394冊（濟南市：齊魯書社，1997年版），頁276。

47 郎廷槐編：《師友詩傳錄》，丁福保輯：《清詩話》（上海市：上海古籍出版社，1978年9月），頁143-144。

48 郎廷槐編：《師友詩傳錄》，丁福保輯：《清詩話》（上海市：上海古籍出版社，1978年9月），頁144-145。

49 何世璂：《然燈記聞》，丁福保輯：《清詩話》（上海市：上海古籍出版社，1978年9月），頁120。又參蔣寅：《王漁洋與康熙詩壇》（南京市：鳳凰出版社，2013年11

　　王士禛這種越三唐而事兩宋，後又超軼唐宋上溯風雅的走向，並不是孤立的個人行為，像同時代的尤侗尤珍父子、汪琬、朱彝尊、宋犖等人都有此番經歷[50]。在其他選家身上，也可找到類似的影子。康熙三十一年（1692）冬，潘問奇與祖應世合編《宋詩啜醨集》，其云：「而今之操觚家，禰宋黜唐，中風狂走，棄其瑜而收其疵，風雅由此日替。……附影希聲，滔滔不返，莫如今日之學宋者為甚矣。僕與夢巖大令是役也，不徇眾嗜，不以臆裁。詞則歸我諸雅訓，義必原於興比。宗唐矣，而斥其優孟于唐。禰宋矣，而芟其墮落于宋。」[51]祖〈序〉附和潘氏之論，曰：

　　　　嗟乎，天下事有偏重即有矯枉。詩原於三百篇，自有正派。奈
　　　　何思屬頹靡，每成偏重，釀為訟胎，或亦有心風雅者之過歟？
　　　　今競尚宋詩，行將揭八州而朝同列，後來更霸爭主夏盟，必有
　　　　淩壓之者。余與友人潘子雪帆，恐勢成偏重，因有《啜醨集》
　　　　之選。瑕瑜各為標出，使天下曉然，知宋人之所以為宋詩者，
　　　　正風正雅，確有母音，而不得概視之。用以洗宋人無詩之誚，
　　　　即以杜陵後人剪薙之心，雖不敢言有功風雅，或可使欲為矯枉
　　　　者不得藉口云。[52]

潘、祖二人的詩歌旨向既不是唐詩，也不是宋詩，而是〈風〉、〈雅〉

　　月），頁66。按，漁洋詩友田雯向以宗宋著稱，編有含歐、黃、陸三人的唐宋四家
　　詩選，在對待吳之振《宋詩鈔》上情緒也熱烈，漁洋則較為矜持；而田雯《鹿沙詩
　　集序》提出「學詩者宜分體取法乎前人」，隨其性情所近，無須分唐別宋，「總之以
　　匠心求工為風雅之歸而已」。可見此種觀念在唐宋詩之爭後漸趨於一致，漁洋也不
　　例外。

50 蔣寅：〈清初江南詩學散論──以吳梅村、尤侗、汪琬為中心〉，《江淮論壇》2011年
　　第3期。

51 潘問奇、祖應世：《宋詩啜醨集》卷三楊萬里詩末，清乾隆刻本。

52 祖應世：〈宋詩啜醨集序〉，潘問奇、祖應世：《宋詩啜醨集》卷首，清乾隆刻本。

三百篇。潘、祖編選《宋詩啜醨集》是為了挽救宗宋派的流僿之弊，是為了改變宗唐派的狹窄之氣，也是給詩人們學詩取向上進行了別裁偽體、正本清源的復古改良[53]。祖氏在〈凡例〉末則說得極其明白：「今以啜醨名編，似非尊題之意。蓋因嘉、隆來，宋詩久已覆瓿。近雖稍稍宗尚，而與嘉、隆同議者，固自若也。茲特以此命名，一以徇黜宋之心，一以息襲唐之喙也。」[54]《帶經堂詩話》編撰者張宗柟（1704-1765）的祖、父與士祿、士禛兄弟交善，館師許昂霄常與宗柟坐論漁洋詩學，「謂余曰：『詩中五言、七言之界，談詩家未有及之者；自遺山發其端，至新城而大暢其說。亦猶詞中小令、慢詞之界……皆所謂驚世絕倫之談，至當歸一之論，斷千百年公案者也。知五七言之分，則知古今體之合矣。君既寢味漁洋，盍彙編詩話，以資解悟」[55]，乾隆二十五年（1760）《帶經堂詩話》編成，其中張宗柟在漁洋《古詩選凡例》後按語曰：「山人選詩大旨，具此凡例中：其於五七言分界處，不啻開鑰以示矣。顧耳食者群怵于盛名，而漫不加省；腹誹者致疑於創論，而靡所適從。不知源流派別，唐宋諸賢特未盡言，至遺山微引其端，山人乃從而大暢其旨耳。……若歌行大篇，杜、韓、蘇三家卓絕千古。後學筆力苦屌，又未識其波瀾意度所在，因而束身中晚，或則哆口初唐，摹擬徒工，意境愈狹矣。」[56]此亦足以印證漁洋《古詩選》正本清源、唐宋兼採的旨趣。

---

53 關於《宋詩啜醨集》的選旨，詳參謝海林：〈潘問奇《宋詩啜醨集》考論〉，《中國韻文學刊》2009年第2期。

54 祖應世：〈宋詩啜醨集凡例〉，潘問奇、祖應世：《宋詩啜醨集》卷首，清乾隆刻本。

55 張宗柟：〈帶經堂詩話序〉，張宗柟纂集，戴鴻森校點：《帶經堂詩話》卷首（北京市：人民文學出版社，1963年11月），頁1-2。

56 王士禛：《帶經堂詩話》卷四，張宗柟纂集，戴鴻森校點（北京市：人民文學出版社，1963年11月），頁97。

二　《七言古詩選》所錄宋代詩人之分析

　　實際上，漁洋倡導的「神韻」詩學與所編的詩選並非全然符契。四庫館臣曰：「考國朝諸家選本，惟王漁洋書最為學者所傳。其《古詩選》，五言不錄杜甫、白居易、韓愈、蘇軾、陸游，七言不錄白居易，已自為一家之言。至《唐賢三昧集》，非惟白居易、韓愈皆所不載，即李白、杜甫亦一字不登。」[57]漁洋所編詩選享譽海內，《唐賢三昧集》和《古詩選》都有「偏離」之嫌。漁洋並非漠視李、杜等人，而是借助其他選本或途徑來彌補此類「空位」。翁方綱云：「漁洋固求學必以李、杜自任也。昨以《三昧集》不錄韋、柳，而五言不鈔王、孟，欲觀齊、魯士人所得，乃竟有援趙秋谷語疑漁洋之選未當者，此則大不可也。……愚固嘗極言三昧不錄李、杜之故矣，此愚所不敢質言者也。然而杜之神理，亦惟漁洋能識之。……僅執選本以為學先生，與夫執一端以議先生者，厥失均也。」[58]「在當時，有謂先生祧唐祖宋者，固非矣；其謂專主唐音者，亦有所未盡也。謂先生師韋、柳者，似矣，顧何以選《三昧集》而不及韋、柳？又謂具體右丞，似矣，然又何以鈔五言詩不及右丞？是皆未足以盡之也。或曰先生詩，當熟讀《史記》、《漢書》，故以惠氏、金氏、徐氏諸箋說援據極博，而尚有補注者。然且又舉司空表聖、嚴滄浪言詩之旨，歸於妙悟，又若不假注釋者。此皆仁智各見，吾惡乎執一處以求之？」[59]選家為凸

57 永瑢等：《四庫全書總目》卷一九〇《御選唐宋詩醇提要》（北京市：中華書局，1965年6月），頁1728。另參潘德輿《養一齋詩話》卷八對《唐賢三昧集》選錄王維、李頎、高適、岑參七言古律的選錄的批評，郭紹虞編選、富壽蓀點校：《清詩話續編》（上海市：上海古籍出版社，1983年版），頁2131。

58 翁方綱：《七言詩三昧舉隅》〈漁洋詩髓論〉，丁福保輯：《清詩話》（上海市：上海古籍出版社，1978年9月），頁304-305。

59 翁方綱：〈漁洋先生精華錄序〉，李毓芙等整理《漁洋精華錄集釋》附錄三（上海市：上海古籍出版社，1999年12月），頁1979。

顯個性而出現對某些詩人的「缺席」，勢必產生詩選史「過程」研究的忽略和遮蔽。循此理路，在盛行的神韻詩學視域下，選本中最能體現漁洋尊唐祧宋的《七言古詩選》備受冷遇，遠不如《五言古詩選》廣受關注。《七言古詩選》關涉到漁洋的宋詩觀。雖有學者探討過它在漁洋詩學歷程上的轉折意義[60]，但對其內部研究卻罕有人言。譬如為何選錄宋代寥寥八人，名不經傳的晁氏兄弟卻入其法眼？所選宋詩的審美標準是什麼？有何詩學史意義？

　　王漁洋編纂《古詩選》的直接誘因是康熙二十一年（1682）秋應徐乾學之邀，也是面對詩壇困境所作出的選擇──既要摒棄偏師唐音而墜入膚廓軟滑的老路，也要警惕撏撦宋調而不知源流正變的邪弊，旨在正本清源，辨體推宗，隨性所近，擇善而從，最終越唐軼宋，遠追上古〈風〉、〈雅〉。《七言古詩選》擷取宋元詩，按翁方綱所言，並非如姜宸英〈古詩選序〉中說「可以極作者之才思，義不主於一格」，而是「王文簡此鈔七言及于宋、元諸家者，以時代之變，才傑之出，非專舉唐人可以盡之，不比五言從來者遠，可以止于唐耳。蓋此鈔七言之意如此也。若果其于七言也，唐則及于張、王、元、白，宋、元則及誠齋、廉夫之徒，斯謂之不主一格矣。今文簡自撰〈凡例〉曰：七言大旨，以杜為宗。唐宋以來，蓋學杜者則取之，非謂古今七言之變遂盡于此。詳哉其言之矣。」[61]那麼，在「非專舉唐人可盡時代之變、才傑之出」的選詩意識下，哪些宋人會入選家法眼呢？

　　（一）以蘇軾為中心，師承杜、韓的「宋調」詩人群。漁洋曰：「愚鈔諸家七言長句，大旨以杜為宗，唐、宋以來，善學杜者則取

60　參見韓勝：《清代唐詩選本研究》（北京市：中國社會科學出版社，2010年9月），頁81-87；孫紀文：《王士禎詩學研究》（銀川市：寧夏人民出版社，2008年12月），頁179-195。

61　翁方綱：《復初齋文集》卷十八〈王文簡五七言詩鈔後〉，《續修四庫全書》（集部）第1455冊（上海市：上海古籍出版社，2002年版），頁525。

之，非謂古今七言之變盡于此鈔。觀唐人元、白、張、王諸公悉不
錄，正以鈔不求備故也。舉一隅以三隅反，其在同志之君子。」[62]質
言之，七古以杜甫為宗，善學杜者則選錄，不求廣備而在精要。門人
蔣景祁亦曰：「或謂五七言詩至多，今所錄無幾，何耶？愚應之曰：
古詩三千，聖人十而取一，錄詩尚多乎哉？不多也。」[63]《七言古詩
選》所選詩人寥寥無幾。唐人僅錄十四家，其中杜甫六十八首，韓愈
三十七首，李白二十五首，李頎十三首，餘者不足十首。宋人只選八
家，歐陽脩四十首，王安石三十五首，蘇軾一〇三首，蘇轍十二首，
黃庭堅五十五首，晁沖之十首，晁補之二十一首，陸游七十八首。[64]
一般而言，選域越寬泛，以選存史的意味越濃；越狹窄，尊體立派的
觀念越強。相比唐人，所取宋詩較多，這實出於「善學唐者唯宋」[65]
的主張。韓愈是繼承杜甫而廣開宋人堂廡者，即〈凡例〉所言「貞
元、元和間，學杜者唯韓文公一人耳」[66]。故所錄宋人皆為善學杜、
韓者。漁洋曰：「宋、明以來，詩人學杜子美者多矣。予謂退之得杜
神，子瞻得杜氣，魯直得杜意……陸務觀……又其次也。」[67]再看看

---

62 王士禛選，聞人倓箋：《古詩箋》卷首（上海市：上海古籍出版社，1980年5月），
　　頁6。

63 蔣景祁：〈阮亭選古詩序〉，《阮亭選古詩》卷首，《四庫全書存目叢書補編》第42冊
　　（濟南市：齊魯書社，2001年版），頁194。

64 王友勝：《簡論清代的蘇詩選錄》（《漳州師範學院學報》2001年第3期）稱，王士禛
　　所收蘇軾詩中有三首未加考訂而誤收。〈柏家渡〉為沈遼詩，見《雲巢編》卷三，
　　題作〈渡西〉；〈次韻謝子高讀淵明詩〉為黃庭堅詩，見史容《山谷外集詩注》卷
　　二；〈申王畫馬圖〉詩，胡仔《苕溪漁隱叢話》後集卷二謂為蔡肇作。王文所言甚
　　的，此從之。

65 黃宗羲：〈姜山啟彭山詩稿序〉，沈善洪編：《黃宗羲全集》第10冊（杭州市：浙江
　　古籍出版社，1993年11月），頁57。

66 王士禛選，聞人倓箋：《古詩箋》卷首（上海市：上海古籍出版社，1980年5月），
　　頁4-5。

67 王士禛：《帶經堂詩話》卷一，張宗柟纂集，戴鴻森校點（北京市：人民文學出版
　　社，1963年11月），頁20。

〈凡例〉對宋代諸家的評騭，[68]可知這份名單實是以蘇軾為中心，以歐、王、黃、陸為主體，小蘇、二晁為羽翼，遠追杜、韓的「宋調」詩人群。宋犖說：「七言古詩，上下千百年發推少陵為第一。蓋天地元氣之奧，至少陵而盡發之，允為集大成之聖。子美自許沉鬱頓挫，掣鯨碧海，退之稱其光焰萬丈，介甫稱其疾徐縱橫，無施不可。孫僅亦稱其馳驟怪駭，開闔雷電。合諸家之論，施之七古尤屬定評。後來學杜者，昌黎、子瞻、魯直、放翁、元裕之好問各自成家，而余於子瞻，彌覺神契，豈所謂來自華嚴境中者，余亦有夙緣耶？」[69]將蘇軾置於祖法杜、韓的眾流之首，乃當時詩壇的共識。在問及明人王世貞與東坡之比較時，漁洋答曰：「弇州如何比得東坡？東坡千古一人而已。」[70]又云：「七言古若李太白、杜子美、韓退之三家，橫絕萬古，後之追風躡景，唯蘇長公一人耳。」[71]從《七言古詩選》入選的作品數量也可印證，蘇軾為所有入選詩人之冠。以蘇軾為首，旁及「宋調」歐、王、黃等諸家。誠如漁洋夫子自道：「宋人詩，至歐、梅、蘇、黃、王介甫波瀾始大。」[72]這可從王漁洋教授弟子的言論中找到佐證：「若歐、蘇、黃三大家，只當讀其古詩歌行絕句；至于七律必不可學。」[73]「七言歌行，至子美、子瞻二

---

68 王士禎選，閔人俟箋：《古詩箋》卷首（上海市：上海古籍出版社，1980年5月），頁5-6。

69 宋犖：《漫堂說詩》，丁福保輯：《清詩話》（上海市：上海古籍出版社，1978年9月），頁418。

70 郎廷槐編：《師友詩傳續錄》，丁福保輯：《清詩話》（上海市：上海古籍出版社，1978年9月），頁160。

71 王士禎：《帶經堂詩話》卷二十九，張宗柟纂集，戴鴻森校點（北京市：人民文學出版社，1963年11月），頁826。

72 王士禎：《帶經堂詩話》卷一，張宗柟纂集，戴鴻森校點（北京市：人民文學出版社，1963年11月），頁43。

73 何世璂撰：《然燈記聞》，丁福保輯：《清詩話》（上海市：上海古籍出版社，1978年9月），頁120-121。

公，無以加矣；而子美同時，又有李供奉、岑嘉州之創闢經奇；子瞻同時，又有黃太史之奇特。正如太華之有少華，太室之有少室。」[74]

不單從漁洋和弟子談詩論藝中可體會到這一點，還可從他人評論漁洋詩的師法淵源來考察。「新城王西樵、貽上詩，從六季入手，五言古是其專藝，歌行長篇偏注意坡公。」[75]漁洋長篇歌行師從東坡，其出使蜀粵詩即是明證。乾隆年間楊際昌作《國朝詩話》，曰：「國朝歌行……聖廟時，巨公濟濟，總以南朱北王為職志。……王則杜、韓為宗，而得力于蘇為多。」[76]四庫館臣更是直接將之比擬為東坡：「國朝之有漁洋，亦如宋有蘇軾，元有虞集，明有高啟。而尊之者必躋諸古人之上，激而反唇，異論遂漸生焉。此傳其說者之過，非士禎之過也。是錄具存，其造詣淺深可以覆案。一切黨同伐異之見，置之不議可矣。」[77]官方對二人詩史地位、創作成就及詩學關聯的集體認同，無疑有不可非議的權威性，甚至鄉里也認為漁洋與東坡貌似神肖。嘉慶十一年（1806）仲秋，翁方綱撰〈漁洋先生像贊〉曰：「竊聞先生于坡像有似焉，貌似耶？神似耶？吾惡知其所以然。請下轉語，印此畫禪。」[78]此年翁方綱重訂漁洋《古詩選》，作〈漁洋先生五七言詩鈔重訂本鋟板成賦寄粵東葉花溪十二首〉，其七詩末自注曰：「今年摹得先生〈秋林讀書圖〉，同作坡公及先生生日，而此刻適成，以二像並

74 王士禎：《漁洋詩話》，丁福保輯：《清詩話》（上海市：上海古籍出版社，1978年9月），頁212。

75 葉矯然：《龍性堂詩話初集》，郭紹虞編選、富壽蓀點校：《清詩話續編》（上海市：上海古籍出版社，1983年12月），頁993。

76 楊際昌：《國朝詩話》，乾隆二十四年（1759）楊氏自刊本。

77 永瑢等：《四庫全書總目》卷一七三《精華錄提要》（北京市：中華書局，1965年6月），頁1522。

78 沈津：《翁方綱年譜》（臺北市：中央研究院中國文哲研究所，2002年8月），頁420。

懸齋壁，嘗聞濟南人說先生貌似東坡也。」[79]從官方意志到詩界領袖再到民間傳說，漁洋與蘇軾已然有異代神貌之合，這足以證明漁洋是多麼推崇東坡。「康熙己卯、庚辰（即康熙三十八九年，1699-1700）以後，一時作者，古詩多學韓、蘇。」[80]康熙中後期詩壇古詩宗法韓、蘇，乃夤緣於韓、蘇古詩有內在的傳承統緒。方東樹在〈昭昧詹言〉中品評唐宋詩人七古時，也認識到杜甫、韓愈、蘇軾等人一脈相傳的關係：「杜公如佛，韓、蘇是祖，歐、黃諸家五宗也。此一燈相傳。」「杜公乃佛祖，高、岑似應化文殊輩，韓、蘇是達摩。聖人復起，不易吾言矣。」[81]具言之，蘇軾是文壇盟主歐陽脩的託命之人，蘇轍乃其胞弟，王安石為其摯友，陸游則是老杜的隔世嫡傳、東坡的異代知音。

　　（二）黃庭堅入選《七言古詩選》的原因及其意義。細繹名單，值得關注的是與蘇軾亦師亦友，「宋調」的另一個代表，「江西于於今不廢。近代最稱江西詩者，莫過虞山錢受之，繼之者為今日汪鈍翁、王阮亭。」[82]錢謙益並非「最稱江西詩者」[83]，真正崇尚以蘇、黃為代表的「宋調」的是王漁洋和汪琬。漁洋言：「予謂從來學杜者無如山谷。」[84]在宋代八人名單中，所選詩作數量黃庭堅僅次於蘇軾、陸游　　　　　　　　　　　　　　　　　　　，

---

79 翁方綱：《復初齋詩集》卷六十，《續修四庫全書》（集部）第1455冊（上海市：上海古籍出版社，2002年版），頁231。

80 方世泰：《方南堂先生輟鍛錄》，郭紹虞編選、富壽蓀點校：《清詩話續編》（上海市：上海古籍出版社，1983年12月），頁1942。

81 方東樹：《昭昧詹言》卷十一，汪紹楹點校（北京市：人民文學出版社，1961年10月），頁237、240。

82 計東：《改亭集》卷四，乾隆十三年（1748）刻本。

83 陳偉文：《清代前中期黃庭堅詩接受史研究》（北京市：中國人民大學出版社，2012年5月），頁37。蔣寅：〈清初江南詩學散論——以吳梅村、尤侗、汪琬為中心〉，《江淮論壇》2011年第3期。

84 王士禛：《帶經堂詩話》卷一，張宗柟纂集，戴鴻森校點（北京市：人民文學出版社，1963年11月），頁21。

比韓愈還多了十七首。將黃山谷與蘇軾並舉，不落以唐觀宋的窠臼，為「宋調」張目擂鼓，這具有不同尋常的詩學史意義。康熙八年（1669）漁洋作詩：「一代高名孰主賓，中天坡谷兩嶙峋。瓣香只下涪翁拜，宗派江西第幾人？」[85]標舉蘇、黃，推之為宋詩成就最高的詩人。又說：「七言歌行，至子美、子瞻二公，無以加矣；而子美同時，又有李供奉、岑嘉州之創闢經奇；子瞻同時，又有黃太史之奇特。正如太華之有少華，太室之有少室。」[86]這昭示著從錢謙益推崇宋人蘇、陸的清雅唐風轉為宗法蘇、黃的瘦硬宋調的時代，呈現出宋詩從唐詩風的逼仄境地走向自成一家的宋調之路。當然，稱揚黃詩也是從杜甫、韓愈以及蘇軾三人的師法淵源關係上來言說的。儘管後人對此有所懷疑，甚至譏為皮相之見，但誠如蔣寅所說，漁洋尊奉黃庭堅為宋詩正宗，實現了「宋調」作家的經典化之路，完成了詩壇從「軟宋詩」走向「硬宋詩」的偉大跨越，確立了以宋詩藝術特徵為核心的審美價值體系，意義重大自不待言。[87]

　　翁方綱曰：「漁洋先生、山谷絕不同調，而能知山谷之妙，此所謂：『滿院木犀香，吾無隱乎爾。』……先生瓣香山谷，不知在何處？問之豫章人固不知之，問之濟南人更不知也。山谷詩境質實，漁洋則空中之味也。然同時朱竹垞學最博，全以博學入詩，宜其愛山谷矣。乃竹垞最不嗜山谷，而漁洋反最嗜之，其故何也？」[88]又云：「卓

85 王士禛：《漁洋詩集》卷二十二，袁世碩主編：《王士禛全集》第1冊（濟南市：齊魯書社，2007年6月），頁484。

86 王士禛：《漁洋詩話》，丁福保輯：《清詩話》（上海市：上海古籍出版社，1978年9月），頁212。

87 蔣寅：《清代詩學史（第一卷）》（北京市：中國社會科學出版社，2012年4月），頁632-637。

88 翁方綱：《復初齋王漁洋詩評》，〈敘州流杯池瀘州使君巖皆山谷先生舊游都不及訪悵然賦此〉詩末，民國刊本。按，李毓芙等整理：《漁洋精華錄集釋》（上海市：上海古籍出版社，1999年12月，頁908）有刪略。錢仲聯編校：《陳衍詩論合集》（福州市：福建人民出版社，1999年9月），頁971、973所載《翁評漁洋精華錄》文字與此亦稍異。

哉漁洋之識也！……漁洋與道園不同調，而亦能真知之；與山谷亦不同調，而能真知之，視竹垞之譏黃詩者何如矣！」[89]即使如鄭杲、施山等人所言，漁洋不是「深知黃者」，「實未嘗學黃」[90]，但在唐音流被之下獨標黃詩，比朱彝尊之輩暗學山谷而死不認帳強得多。盟主的言行給詩壇注入了新的活力，對於扭轉宗唐末流軟熟詩風不啻一劑良藥。翁氏評《七言古詩選》中黃詩〈王充道送水仙花五十枝欣然會心為之作詠〉曰：「凡山谷詩實處即其空處，而此較之東坡〈梁左藏〉、〈郭綸〉等篇更為易見耳。凡詩取料處皆即其見神韻處也，亦不但山谷如此。」[91]翁氏站在宋詩質實的美學特徵的立場來理解神韻。又云：「漁洋於五言言陶、謝，言韋、柳，而於七言乃言《史》、《漢》。昔東坡亦教人熟讀《三百篇》及《楚騷》耳。然則由漁洋之精詣，可以理性情，可以窮經史，此正是讀書汲古之蘊味。而所謂不涉理路，不落言詮者，乃專對貌為唐賢之滯跡者言之。」[92]翁氏從神韻的角度為漁洋選錄黃詩作一番迴護，無可厚非。因為漁洋的隱逸情趣和禪宗思想與之暗合。[93]恰如翁方綱所說：「先生嘗言少陵與孟襄陽不同調而能賞識其詩，先生于山谷、道園亦然。」[94]漁洋論七言古詩，正是從《史記》、《漢書》入手的，此有明證：「康熙丁未、戊申（即康熙六七年

89 翁方綱：《七言詩三昧舉隅》附錄〈方綱漁洋詩髓論〉，丁福保輯：《清詩話》（上海市：上海古籍出版社，1978年9月），頁304。

90 詳參蔣寅：《清代詩學史（第一卷）》（北京市：中國社會科學出版社，2012年4月），頁637。

91 翁方綱：《七言詩三昧舉隅》，丁福保輯：《清詩話》（上海市：上海古籍出版社，1978年9月），頁298。

92 翁方綱：《七言詩三昧舉隅》〈漁洋詩髓論〉，丁福保輯：《清詩話》（上海市：上海古籍出版社，1978年9月），頁305。

93 陳偉文：《清代前中期黃庭堅詩接受史研究》（北京市：中國人民大學出版社，2012年5月），頁58-61。

94 翁方綱：《復初齋詩集》卷六十，《續修四庫全書》（集部）第1455冊（上海市：上海古籍出版社，2002年版），頁231。

1667-1668）間，余與荈文、公戩、玉虬、周量輩在京師為詩倡和。余詩字句或偶涉新異，諸公効之，荈文規之曰：『兄等勿效阮亭，渠別有西川織錦匠作局在。』又葉文敏訒庵云：『兄歌行他人不能到，只是熟得《史記》、《漢書》耳。』余深愧兩兄之言。」[95]漁洋詩涉「新異」，師法宋調，葉方靄認為即是熟稔《史記》、《漢書》的結果。

（三）晁氏兄弟入選《七言古詩選》的深層背景。上述諸家皆兩宋大家，頗可注意的是忝入其中的晁氏兄弟。晁補之乃「從東坡游者」，「蘇門四學士」之一。明胡應麟《詩藪》雜編卷五列「蘇門族群」，晁氏即在其中。晁沖之入選呂本中《江西詩社宗派圖》二十六人大名單。呂曰：「眾人方學山谷詩時，晁叔用沖之獨專學老杜。」[96]賀裳著《載酒園詩話》對黃、晁頗有譏評，漁洋認為賀氏持論有不可解處：「山谷千古奇作，于杜、韓、蘇之外，自闢一宗，故為江西初祖，而賀謂其所得不如楊、劉。……此如乞兒輕議波斯賈胡，足發一笑耳！其論晁具茨亦然。大抵所取率晚唐宛巧之語，以為雋異，豈得輒衡量大家耶！」[97]〈凡例〉評論晁沖之的議者即南宋劉克莊。《宋詩鈔》〈具茨集鈔小傳〉曰：「劉後村稱其意度宏闊，氣力寬餘，一洗詩人窮餓酸辛之態。南渡後惟放翁可以繼之。其見許如此，足為雅鑑。」[98]漁洋認同劉氏之論蓋出於此。康熙十年（1672）冬吳之振攜《宋詩鈔》入京遍贈詩友，「是絕不會遺忘他們的」[99]。更何況吳之振此前還編過含有士祿（西樵）、士禎（漁洋）昆

---

95 王士禎：《帶經堂詩話》卷八，張宗柟纂集，戴鴻森校點（北京市：人民文學出版社，1963年11月），頁195。

96 呂本中：《紫微詩話》，何文煥輯：《歷代詩話》（北京市：中華書局，1981年4月），頁361。

97 王士禎：《帶經堂詩話》卷十八，張宗柟纂集，戴鴻森校點（北京市：人民文學出版社，1963年11月），頁501。

98 吳之振等：《宋詩鈔》（北京市：中華書局，1986年12月），頁1052。

99 張仲謀：《清代文化與浙派詩》（北京市：東方出版社，1997年8月），頁109。

仲的《八家詩選》。次年春吳之振出京，漁洋亦在送行隊伍之列。此
外，成書於康熙二十八年（1689）的《池北偶談》載曰：「內鄉李子
田撰《藝圃集》，近石門呂莊生、吳孟舉撰《宋詩鈔》。」[100]他還贊
曰：「門人顧嗣立字俠君匯選元詩集……與石門吳之振孟舉《宋詩
鈔》並行，兩朝之詩略具二書矣。」[101]漁洋池北書庫中有《宋藝圃
集》而無晁氏《具茨集》，比對後僅三首與《古詩選》重合。推之，
王氏寓目《宋詩鈔》絕無異議。《七言古詩選》選錄宋人作品中，八
位當中唯以晁沖之與《宋詩鈔》的吻合程度最高，十中有八，且前後
次序相同，僅首末兩篇〈古樂府〉、〈送一上人還滁州琅琊山〉相異。
翁方綱說：「晁具茨詩高逸，漁洋極賞之，然邊幅究不能闊大。至
〈送一上人還滁〉一詩，則無咎不能為也。漁洋所心賞當在此，而吳
《鈔》乃獨不取之，蓋以為涉禪耳。」[102]首尾二首想必是漁洋參以己
意之故，但中間八篇源於《宋詩鈔》可謂明矣。據比對，除晁沖之詩
與《宋詩鈔》重選、重合率最高達百分之八十之外，其他七人之中，
歐陽脩詩百分之六十七點五（27／40）且順序基本相同，其餘依次是
黃庭堅百分之四十七點三（26／55）、王安石百分之四十（14／35）、
蘇軾三十九點八（41／103）、晁補之百分之二十八點六（6／21）、陸
游百分之九（7／78）、蘇轍無一同者。《古詩選》大抵參考過《宋詩
鈔》。清初宋集不多見，大家別集都難以覓得，遑論區區二晁。《古詩
選》之前的宋詩選也極為有限。漁洋依託《宋詩鈔》進行「二次編
選」，自然影響到作品的甄錄。

100　王士禎：《帶經堂詩話》卷九，張宗柟纂集，戴鴻森校點（北京市：人民文學出版
　　　社，1963年11月），頁212。

101　王士禎：《帶經堂詩話》卷四，張宗柟纂集，戴鴻森校點（北京市：人民文學出版
　　　社，1963年11月），頁106。

102　翁方綱：《七言詩三昧舉隅》，丁福保輯：《清詩話》（上海市：上海古籍出版社，
　　　1978年9月），頁299。

三　《七言古詩選》所選宋詩的審美趣味

如果從詩人師法淵源的角度來編選算作外因的話，那麼漁洋選錄宋八家的內緣便著眼於學力、才氣、章法和韻律，重視新變獨創。

（一）學力才氣為首要標準。漁洋在給弟子詩友們談詩論藝時說：「為詩須博極群書。如十三經、廿一史，次及唐、宋人小說，皆不可不看。所謂取材于《選》，取法于唐者，未盡善也。」[103]縱覽漁洋一生，宋集、筆記從未釋手。東坡詩云：「腹有詩書氣自華」、「讀書萬卷始通神」，還認為「辭達」是文學創作的最高境界。在此，宋人七古與古文不期而合。漁洋心領神會：「詩未有不能達而能工者，故唯達者能工。達也者，『讀書破萬卷，下筆如有神』，則無不達矣。」[104]若欲做到「辭達」，便須博覽群書。漁洋曰：「為詩須要多讀書，以養其氣；多歷名山大川，以擴其眼界；宜多親名師益友，以充其識見。」[105]七古是最能彰顯詩人才氣，炫耀學力的詩體。姚鼐說：「歌行以才氣縱橫為奇。」[106]「大抵其才馳驟而炫耀者，宜七言。……雖不可盡以此論拘，而大概似之矣。」[107]方東樹也說：「詩莫難于七古。七古以才氣為主，縱橫變化，雄奇渾顥，亦由天授，不

---

103 何世璂撰：《然燈記聞》，丁福保輯：《清詩話》（上海市：上海古籍出版社，1978年9月），頁120。漁洋重視學問，無疑與其提倡宋詩有關，至於重視學問的原因及學問在神韻中的位置，詳參張暉：〈「學問」與「神韻」論王漁洋「神韻」說中學問的位置〉，《徐州師範大學學報》2012年第2期。

104 王士禛等：《師友詩傳錄》，丁福保輯：《清詩話》（上海市：上海古籍出版社，1978年9月），頁144-145。

105 何世璂撰：《然燈記聞》，丁福保輯：《清詩話》（上海市：上海古籍出版社，1978年9月），頁120。

106 方東樹：《昭昧詹言》卷十二引姚鼐語，汪紹楹點校（北京市：人民文學出版社，1961年10月），頁340。

107 姚鼐：〈與陳碩士〉，盧坡點校：《惜抱軒尺牘》（合肥市：安徽大學出版社，2014年3月），頁96。

可強能。」[108]「唐詩之美在情辭，故豐腴；宋詩之美在氣骨，故瘦勁。」[109]這與漁洋所云「唐詩主情，故多蘊藉；宋詩主氣，故多徑露」[110]庶幾暗合。宋詩貴在氣骨，擅於說理議論，其長處正和七古符契。清人無不如此認為。錢泳云：「七言古詩以氣格為主，非有天姿之高妙，筆力之雄健，音節之鏗鏘，未易言也。尤須沉鬱頓挫以出之，細讀杜、韓詩便見。」[111]細繹之，〈凡例〉中「元氣」、「天姿」、「筆力」、「氣格」一類的字眼貫注其間，像元人吳萊的入選也緣於此：「元詩靡弱，自虞伯生而外，唯吳立夫長句瑰瑋有奇氣。」概之，《七言古詩選》具體到作家作品的採摭，才氣學力是首要的標準。

漁洋曾對蘇軾的詩才稱道：「子瞻貫析百家，及山經海志，釋家道流，冥搜集異諸書，縱筆驅遣，無不如意，如風雨雷霆之驟合，砰礌戛擊，角而成聲，融然有度，其用實處多而用虛處少，取其少者為佳。」[112]東坡才大學博，氣力過人。有清一代，論調與漁洋桴鼓相應者不絕如縷，大多從學識、氣力的角度來推舉蘇詩。[113]漁洋選詩亦復如是。如〈王維吳道子畫〉，紀昀賞其「奇氣縱橫」，趙翼說：「以文為詩，自昌黎始；至東坡益大放厥詞，別開生面，成一代之大觀。今試平心讀之，大概才思橫溢，觸處生春，胸中書卷繁富，又足以供其左旋右抽，無不如志。其尤不可及者，天生健筆一枝，爽如哀梨，快如并剪，有必達之隱，無難顯之情，此所以繼李、杜後為一大家

---

108 方東樹：《昭昧詹言》卷十一，汪紹楹點校（北京市：人民文學出版社，1961年版），頁232。

109 繆鉞：《詩詞散論》〈論宋詩〉（上海市：上海古籍出版社，1982年版），頁36。

110 郎廷槐編：《師友詩傳續錄》，丁福保輯：《清詩話》（上海市：上海古籍出版社，1978年9月），頁152。

111 錢泳：《履園譚詩》，丁福保輯：《清詩話》（上海市：上海古籍出版社，1978年9月），頁872。

112 王士禎：《蠶尾文集》卷一，袁世碩主編：《王士禎全集》第3冊（濟南市：齊魯書社，2007年6月），頁1796。

113 詳參本書第六章「詩學建構與宋詩選本」。

也。……絕人處在乎議論英爽，筆鋒精銳，舉重若輕，讀之似不甚用力，而力透已十分，此天才也」，這與漁洋所倡導的「詩辭達則工」與「讀書養才氣」無不切合。趙翼將此詩連同〈題楊惠之塑維摩像〉、〈送劉道原〉、〈墨妙亭詩〉數篇，稱曰：「此皆坡詩中最上乘，讀者可見其才分之高」[114]。這幾首，《七言古詩選》悉數選錄。諸如〈游金山寺〉、〈寄劉孝叔〉、〈百步洪〉、〈李思訓畫長江絕島圖〉、〈舟中夜起〉、〈武昌銅劍歌〉，也是極富「奇縱之氣」、「神完氣足」、「空曠奇逸」的「仙品」[115]。此外，蘇軾七古有時步韻酬和，押韻數十次。「次韻一道……宋則眉山最擅其能，至有七古長篇押至數十韻者，特以示才氣過人可耳。」[116]《七言古詩選》所選蘇詩一〇三首中，次他人韻、次己作韻、他人和韻又復次韻者有十首，十韻以上的有八首，〈次韻正輔同游白水山〉多達二十一韻。七古押韻與才力密不可分，關係到章法之跌宕、音節之頓挫、篇什之氣脈。漁洋曰：「七言古平仄相間換韻者，多用對仗，間似律句無妨。若平韻到底者，斷不可雜以律句。大抵通篇平韻，貴飛揚；通篇仄韻，貴矯健。皆要頓挫，切忌平衍。」[117]弟子詩友對古詩音節頓挫不解時，他教道：「此須神會，難以粗跡求之。如一連二句皆用韻，則文勢排宕，即此可以類推。熟子美、子瞻二家自了然矣。專為七言而發。」[118]翁方綱評曰：「是阮亭先生所講七言平韻到底之正調也。蓋七古之氣局

---

114 趙翼撰，霍松林、胡主佑校點：《甌北詩話》卷五（北京市：人民文學出版社，1963年3月），頁56。

115 方東樹：《昭昧詹言》卷十二，汪紹楹點校（北京市：人民文學出版社，1961年版），頁292-300。

116 李重華：《貞一齋詩說》，丁福保輯：《清詩話》（上海市：上海古籍出版社，1978年版），頁929。

117 何世璂撰：《然燈記聞》，丁福保輯：《清詩話》（上海市：上海古籍出版社，1978年版），頁135。

118 王士禎：《師友詩傳續錄》，丁福保輯：《清詩話》（上海市：上海古籍出版社，1978年版），頁149。

至韓、蘇而極其致爾。」[119]在〈游徑山〉詩後又說：「在韓則勢愈挺勁者，在蘇則氣愈圓和，其舒散迴環，全於正調見之。」[120]強調的都是氣格。

北宋詩人，蘇、黃並稱。黃氏向以博學知名，「無一字無來歷」，押險韻，用僻典，造硬語。漁洋喜好黃詩，亦基於此。陳衍雖認為漁洋不知黃，但也不得不承認：「山谷多使事，漁洋亦喜用典，山谷七古時有插韻，漁洋亦然，不得謂無同處。」[121]故〈凡例〉云「其天姿之高，筆力之雄，自闢庭戶」。如所選的〈再答陳元輿〉，「奇氣傑句，跌宕有勢」[122]。南北詩家，蘇、陸輝映。〈凡例〉曰：「南渡氣格，下東都遠甚。唯陸務觀為大宗，七言遜杜、韓、蘇、黃諸大家。」田雯亦云：「南渡諸詩，亦似晚唐已後，格卑氣弱，非復東都之舊矣。陸務觀挺生其間，袚濯振拔，自成一家，真未易才。七言古詩登杜、韓之堂，入蘇、黃之室，雖功不敵前人，亦一傑構。」[123]所選陸詩如〈上巳臨川道中〉、〈山南行〉、〈荊溪館夜坐〉等，才氣豪健，筆法縱橫，風格遒勁。方東樹稱道：「觀全集，足知漁洋鑒裁之善。」[124]至於歐陽脩、王安石，〈凡例〉稱歐「七言高處直追昌黎」，方東樹也說：「荊公健拔奇氣勝六一，而深韻不及，兩人分得韓一體也。荊公才較爽

---

119 翁方綱：《七言詩平仄舉隅》，丁福保輯：《清詩話》（上海市：上海古籍出版社，1978年9月），頁277。

120 翁方綱：《七言詩平仄舉隅》，丁福保輯：《清詩話》（上海市：上海古籍出版社，1978年9月），頁280。

121 陳衍：《翁評漁洋精華錄平議》，錢仲聯編校：《陳衍詩論合集》（福州市：福建人民出版社1999年9月），頁973。

122 方東樹：《昭昧詹言》卷十二，汪紹楹點校（北京市：人民文學出版社，1961年10月），頁320。

123 田雯：《古歡堂集雜著》卷二，郭紹虞編選、富壽蓀點校：《清詩話續編》（上海市：上海古籍出版社，1983年12月），頁701。

124 方東樹：《昭昧詹言》卷十二，汪紹楹點校（北京市：人民文學出版社，1961年10月），頁338。

健，而情韻幽深，不逮歐公。二公皆從韓出，而雄奇排奡皆遜之。可
見二公雖各用力于韓，而隨才之成就，只得如此。」[125]又說如果學詩
不從王入，「皆粗才浮氣俗子也」[126]。漁洋選錄歐、王亦是出於氣格
才力的考慮。歐陽脩「始矯昆體，專以氣格為主」[127]。所選歐詩〈明
妃曲和王介甫作〉、〈再和明妃曲〉、〈雙井茶〉、〈寄聖俞〉、〈和劉原父
澄心紙〉等，王詩〈元豐行示德逢〉、〈後元豐行〉、〈明妃曲〉等均是
逞才運氣，驚世駭俗之作。漁洋曾將王詩〈桃源行〉與韓愈媲美：
「唐宋以來作〈桃源行〉最傳者，王摩詰、韓退之、王介甫三篇。觀
退之、介甫二詩，筆力意思甚可喜。」[128]錢載曾指摘曰：「韓、杜、
蘇、黃七古皆一氣單行，二晁以外始多用偶句，看似工整，其實力
弱。藉此為撐住。一經拈出，便覺有上下床之別，漁洋《古詩選》尚
未能覰破也。」[129]正反兩面都證明了選家、讀者關注的仍是筆力氣
格。這一點還可從翁方綱《七言詩三昧舉隅》題識中看出來：

> 夫漁洋先生，既不得不以杜、韓、蘇、黃為七言之正矣，因于
> 初唐諸作，僅取數篇，曰：此其氣格高者。……七言視五言，
> 又開闊矣。是以學人才人，各有放筆騁氣處。氣盛則言之短長
> 聲之高下皆宜。先生又惡能執一以裁之？夫是以不得已而姑取

125 方東樹：《昭昧詹言》卷十二，汪紹楹點校（北京市：人民文學出版社，1961年10
　　月），頁285。

126 方東樹：《昭昧詹言》卷十二，汪紹楹點校（北京市：人民文學出版社，1961年10
　　月），頁284。

127 葉夢得：《石林詩話》卷上，何文煥輯：《歷代詩話》（北京市：中華書局，1981年
　　4月），頁407。

128 王士禛：《帶經堂詩話》卷二，張宗柟纂集，戴鴻森校點（北京市：人民文學出版
　　社，1963年11月），頁50。

129 查揆：《筼蓽詩鈔》卷十〈舟中與積堂論詩得八絕句〉其四詩末所附錢載評語，
　　《續修四庫全書》（集部）第1494冊（上海市：上海古籍出版社，2002年版），頁
　　421。

短章也，為其騁之尚未極也。……原先生之意，初不謂壯浪馳
騁者，非三昧也；顧其所以拈示微妙之處，則在此不在彼
也。……所以必拈取七言者，五言多含蓄，七言則疑於縱矣，
故不得不舉隅證之。[130]

翁方綱認為漁洋所選七古的審美趣味在於「氣格」，目光所及乃「學
人才人」，只要能「放筆騁氣」、「氣盛則言之短長聲之高下皆宜」，將
這種才力張揚，意味直露的七古詩體與含蓄、閒遠的「神韻」三昧聯
繫起來，正是漁洋自道的「雄渾豪健」亦有風調神韻、古淡閒遠中實
「沈著痛快」。故翁氏說：「若放翁則全以淋漓盡致為能事，而漁洋未
嘗不于放翁有取焉者，此義是也。」[131]

施山曰：「漁洋選詩不及元、白、張、王，論詩不滿王、楊、盧、
駱，其于七古宜以氣魄才力為主矣，而所作未能稱是，才限之也。隨
園謂其『力薄』，信然。」[132]此言當分論之。說漁洋選七古「以氣魄才
力為主」可謂中肯。先看袁枚原話：「阮亭先生，自是一代名家。惜譽
之者既過其實，而毀之者亦損其真。須知先生才本清雅，氣少排奡，
為王、孟、韋、柳則有餘，為李、杜、韓、蘇則不足也。」[133]這倒是
足以證明漁洋選七古詩力主才氣。正因為漁洋認識到「神韻」自身的
「肌無力」，故而自己作詩效倣追慕之。前文已引，康熙六、七年間，
漁洋與汪琬、劉體仁等人在京唱和，「偶涉新異」，葉方藹稱其「歌行

---

130 翁方綱：《七言詩三昧舉隅》，丁福保輯：《清詩話》（上海市：上海古籍出版社，
　　1978年9月），頁285。

131 翁方綱：《七言詩三昧舉隅》，丁福保輯：《清詩話》（上海市：上海古籍出版社，
　　1978年9月），頁289。

132 施山：《薑露盦詩話》，張寅彭主編：《清詩話三編》第9冊（上海市：上海古籍出
　　版社，2014年12月），頁6646-6647。

133 袁枚著，顧學頡校點：《隨園詩話》卷二（北京市：人民文學出版社，1982年9
　　月），頁48。

他人不能到，只是熟得《史記》、《漢書》」。此其一。其二，康熙十一年王漁洋典四試川蜀的《蜀道集》，門人盛符升與施閏章等人均稱其雄健豪放，猶如韓、蘇。翁方綱也說：「《蜀道集》氣魄格局架子都好。」[134]其三，康熙四十八年漁洋撰成《分甘餘話》，卷二有「評《蜀道集》、《南海集》詩」：「昔亡友葉文敏評余《蜀道集》詩：『毋論大篇短章，每首具有二十分力量，所謂獅子搏象兔皆用全力者也。』余深愧其言。陳元孝（恭尹）評余《南海集》：『雖不及《蜀道》之宏放，而天然處乃反過之。』此亦知言。文敏又嘗語余：『兄七言長句，他人不能及，只是熟得《史記》、《漢書》耳。』」[135]可知：一、所謂「新異」即師法宋詩，學人已明辨，此不贅述。入蜀、使粵二集，「氣魄格局架子都好」，「用全力」，亦取法宋人。二、中年「深愧」汪琬、葉方藹之言，晚年回憶時又「深愧」葉氏讚語，實乃自知才氣薄弱的謙辭，也是宗宋取其學問博、氣力大的表徵。三、熟讀《史記》、《漢書》，作詩襲用兩漢史書，能增添氣骨。黃庭堅便如此教人作詩：「山谷嘗謂余云：『作詩使《史》、《漢》間全語為有氣骨。』」[136]方東樹也將「元氣」與《史記》合言之：「杜公、太白，天地元氣，直與《史記》相埒，兩千年來，只此二人。」[137]

　　不單單葉氏賞其善學宋人之才博力雄，宗唐者施閏章也說「阮亭蓋疾夫膚附唐人者了無生氣，故間有取於子瞻」[138]，徐乾學亦云：

---

134 錢仲聯編校：《陳衍詩論合集‧翁評漁洋精華錄》（福州市：福建人民出版社，1999年9月），頁973。

135 王士禛：《帶經堂詩話》卷八，張宗柟纂集，戴鴻森校點（北京市：人民文學出版社，1963年11月），頁195。

136 王直方：《王直方詩話》，郭紹虞《宋詩話輯佚》（北京市：中華書局，1980年9月），頁87。

137 方東樹：《昭昧詹言》卷十一，汪紹楹點校（北京市：人民文學出版社，1961年10月），頁232。

138 施閏章：〈漁洋續詩集序〉，袁世碩主編：《王士禛全集》第1冊（濟南市：齊魯書社，2007年6月），頁685-686。

「先生《漁洋前後集》具在，惟七言古類韓、蘇。」葉矯然、楊際昌也說王漁洋七古得力於蘇軾，詳見前文所引。甚至有人舉詩以證之：「國初詩人，王、朱並稱，或曰王才美于朱，而學足以濟之；朱學博而王才足以舉之。或曰朱貪多，王愛好。……王以風調勝，而未嘗不淹雅；朱以淹雅稱，而未嘗無風調。才人能事，無奇不有。執一隅以論兩家，未足以服兩家之心也。」「試觀漁洋五七古詩，如〈蠡勺亭觀海〉、〈周文矩莊子說劍圖〉、〈慈仁寺雙松歌〉、〈登文游臺〉、〈焦山古鼎詩同西樵賦〉、〈南將軍廟行〉、〈昭陽顧符稹畫棧道圖歌〉、〈雙劍行孫退谷侍郎席上作〉、〈井陘關歌〉、〈定軍山諸葛公墓下作〉、〈元祐黨籍碑〉、〈偽漢劉龑冢歌〉、〈米海岳硯山歌為朱竹垞翰林賦〉、〈甘泉宮長生瓦歌為林吉人作〉、〈采石太白樓觀蕭尺木畫壁歌〉諸作，皆如金碧樓臺，彈指即現，而又驅策風霆，雕鎪冰雪。非胸羅積軸，手握靈珠者，能如是乎？」[139]所舉十五首古詩，僅〈焦山〉、〈定軍山〉二首為五古，最早的〈蠡勺亭觀海〉作於順治十三年（1656），最晚的〈甘泉宮〉作於康熙三十四年（1695），期間的入蜀使粵詩自然在其中。可知以上諸人所論不為無據。此外，漁洋建有池北書庫，畢生讀書不輟，「淹雅」二字足可當之。集中七古不乏元氣淋漓，縱橫捭闔之作。這無疑是他標榜才氣學力，浸染宋籍，師法韓、蘇的結果。

（二）新奇獨創乃重要因素。請看三則頗堪注意的材料：「蘇文忠〈鳳翔八觀〉詩，古今奇作，與杜子美、韓退之鼎峙，文定皆有和作，謂之《岐梁倡和集》，然魄力不逮文忠矣。……然此早歲之作，亦自不敵也。」「子瞻作〈鳳翔八觀詩〉中〈石鼓〉一篇，別自出奇，乃是韓公勁敵。」「余嘗謂東坡〈鳳翔八觀〉詩，不減杜子美。」[140]《七言

139 康發祥：《伯山詩話後集》卷一，張寅彭主編：《清詩話三編》第8冊（上海市：上海古籍出版社，2014年12月），頁5240、5237-5238。

140 王士禛：《帶經堂詩話》卷二，張宗柟纂集，戴鴻森校點（北京市：人民文學出版社，1963年11月），頁52。

古詩選》中，〈鳳翔八觀〉有四首入選，即〈石鼓歌〉、〈王維吳道子畫〉、〈維摩像唐楊惠之塑在天柱寺〉、〈秦穆公墓〉。所選蘇軾〈石鼓歌〉，之前有韓愈同名之作，向來論者尚夥。要麼如趙翼、高步瀛諸輩不作軒輊之論，要麼如漁洋、梁章鉅慎言謙辭，認為可與韓愈匹敵，各具其妙。像明袁宏道，清汪師韓、紀昀、郭麐、王文誥、施山等人，皆認為遠在韓愈之上。[141]誠如乾隆朝狀元金德瑛所言：「凡古人與後人共賦一題者，最可觀其用意關鍵。……大抵後人須精刻過前人，然後可以爭勝，試取古人同題者參觀，無不皆然。苟無新意，不必重作。世有議後人之透露，不如前人之含蓄者，此執一而不知變也。」[142]說的就是蘇詩能出新求變。「蘇子瞻以新，黃魯直以奇。」[143]黃庭堅以戛戛獨造、求新創奇著稱，正可藉此醫治學唐末流熟滑膚廓之病。漁洋評山谷詩的材料雖難得一見，但從《七言古詩選》中可見其求新好奇之趣向。如〈送范德孺知慶州〉、〈雙井茶送子瞻〉、〈戲呈孔毅父〉、〈聽宋宗儒摘阮歌〉、〈王充道送水仙花五十枝欣然會心為之作詠〉、〈武昌松風閣〉、〈書磨崖碑後〉、〈題落星寺〉，立意造語迥異常人，無不奇思奇篇。方東樹評曰：「山谷之妙，在乎迥不猶人，時時出奇，故能獨步千古，所以可貴。……涪翁以驚創為奇才，其神兀傲，其氣崛奇，玄思瑰句，排斥冥筌，自得意表。玩誦之久，有一切廚饌腥螻而不可食之義。」[144]雖襲用姚範評語，但確為中允之論。此外，方東樹認為黃詩奇創句法可效法之：「山谷則止可學其句法奇

---

141 詳參曾棗莊主編：《蘇詩匯評》（成都市：四川文藝出版社，2000年1月），頁110-116。

142 陸以湉：《冷廬雜識》卷七引金德瑛語，（北京市：中華書局，1984年1月），頁399。

143 陳師道：《後山詩話》，何文煥輯：《歷代詩話》（北京市：中華書局，1981年4月），頁306。

144 方東樹：《昭昧詹言》卷十二，汪紹楹點校（北京市：人民文學出版社，1961年10月），頁313。

創，全不由人，凡一切庸常境句，洗脫淨盡，此可為法。」[145]

（三）重視七古的章法句法。漁洋曰：「大抵七古句法字法，皆須撐得住，拓得開，熟看杜、韓、蘇三家自得之。」[146]七古在句法、字法上須跌宕迴旋，進退自如，收放有度。這一點可師杜、韓、蘇三家。在七古章法上，漁洋追求縱橫開闔、頓挫變化之美。當弟子問及五七古章法之別時，漁洋說：「章法未有不同者。但五言著議論不得，用才氣馳騁不得。七言則須波瀾壯闊，頓挫激昂，大開大闔耳。」[147]換言之，七古須才氣馳騁，章法上講求鋪張恣肆，開闔頓挫。有人請教七古章法：「昔人論七言長古作法：曰分段，曰過段，曰突兀，曰用字，曰讚歎，曰再起，曰歸題，曰送尾，此不易之式否？」漁洋認為：「此等語皆教初學之法，要令知章法耳。神龍行空，雲霧滅沒，鱗鬣隱現，豈令人測其首尾哉？」[148]法無定法！七古章法不必拘泥形式，而應變化無跡，渾融無礙。方東樹《昭昧詹言》評論漁洋《七言古詩選》時，對其橫加指摘：「觀韓、歐、蘇三家，章法剪裁，純以古文之法行之，所以獨步千古。南宋以後，古文之傳絕，七言古詩，遂無大宗。阮亭號知詩，然不解古文，故其論亦不及此。」[149]其實此說未必然。方東樹推尊姚範、姚鼐伯侄，《昭昧詹言》論東坡七古多有稱引。第二條引薑塢先生曰：「東坡詩詞天得，常語快句，乘雲馭風，如不經慮而出之。淒淡豪麗，並臻妙詣。至於

---

145 方東樹：《昭昧詹言》卷十一，汪紹楹點校（北京市：人民文學出版社，1961年10月），頁237。

146 王士禛：《師友詩傳續錄》，丁福保輯：《清詩話》（上海市：上海古籍出版社，1978年9月），頁149。

147 王士禛：《師友詩傳續錄》，丁福保輯：《清詩話》（上海市：上海古籍出版社，1978年9月），頁149。

148 王士禛：《師友詩傳續錄》，丁福保輯：《清詩話》（上海市：上海古籍出版社，1978年9月），頁153。

149 方東樹：《昭昧詹言》卷十一，汪紹楹點校（北京市：人民文學出版社，1961年10月），頁232。

神來氣來，如導師說無上妙諦，如飛仙天人，下視塵界。」[150]這不正
與漁洋所言神化無跡，莫測首尾頗為符契，更與所崇尚的「神韻」極
為冥合麼？第一條「東坡之詩，每於終篇之外，恆有遠境，匪人所
測。於篇中又各有不測之遠境，其一段忽從天外插來，為尋常胸臆中
所無有。」[151]說的不也是東坡七古章法縱橫變化之妙嗎？東坡作文
「常行於所當行，常止於所不可不止」，妙趣橫生，想落天外。揆以
七古，亦當此論。據漁洋所記：「曹頌嘉禾祭酒常語余曰：杜、李、
韓、蘇四家歌行，千古絕調，然語句時有利鈍。……余曰：唯句句作
意，此其所以不及前人也。四公之詩，如萬斛泉源，不擇地而出，行
乎其所不得不行，止乎其所不得不止。余詩如鑑湖一曲，若放翁、遺
山已下，或庶幾耳。」[152]漁洋之論明顯從東坡而來，以此論四家七古
之法，頗具隻眼。方東樹也說：「所謂章法奇古，變化不測也。坡、
谷以下皆未及此。惟退之、太史公文如是，杜公詩如是。」[153]又引姚
鼐語：「東坡文遠遜韓。若以詩論，故當勝之。」[154]漁洋選有蘇軾
〈韓幹馬十五馬〉，方氏評曰：「至於章法之妙，非太史公與退之不能
知之。」[155]所選〈百步洪〉（「長洪斗落生跳波」），方東樹說：「惜抱
先生曰：『此詩之妙，詩人無及者也，惟有《莊子》耳。』余謂此全

---

150 方東樹：《昭昧詹言》卷十二，汪紹楹點校（北京市：人民文學出版社，1961年10月），頁292。

151 方東樹：《昭昧詹言》卷十二，汪紹楹點校（北京市：人民文學出版社，1961年10月），頁292。

152 王士禛：《帶經堂詩話》卷三，張宗柟纂集，戴鴻森校點（北京市：人民文學出版社，1963年11月），頁75。

153 方東樹：《昭昧詹言》卷十一，汪紹楹點校（北京市：人民文學出版社，1961年10月），頁233。

154 方東樹：《昭昧詹言》卷十二，汪紹楹點校（北京市：人民文學出版社，1961年10月），頁292。

155 方東樹：《昭昧詹言》卷十二，汪紹楹點校（北京市：人民文學出版社，1961年10月），頁296。

從《華嚴》來。此首暨〈劉孝叔〉、〈南山之下〉、〈二馬並驅〉、〈我昔在田間〉五首，熟讀之，可得奇縱之妙。」[156]顯然，方氏對姚鼐「此詩之妙，詩人無及者也」的論調毫無異議。窺一斑而見全豹，故方東樹說漁洋不懂古文而不知七古之妙，實在是大謬。

　　《七言古詩選》所選蘇軾〈石鼓歌〉，大多認為蘇詩遠在韓詩之上，而同方東樹一樣認為蘇不如韓者寥寥無幾。方氏評曰：「渾轉溜亮，酣恣淋漓。坡此首暨〈王維吳道子畫〉、〈龍興寺〉、〈武昌劍〉、〈虢國夜遊〉、〈雪浪石〉……歐〈古瓦〉、〈菱溪〉，黃〈磨崖碑〉，皆可為典制之式。」[157]其實此評價並不低，所舉蘇、歐、黃諸詩，漁洋悉數入選，再次證明漁洋對歐、蘇、黃七古結構之妙自有會心。他如〈荔支歎〉，方東樹極為讚賞，稱其「章法變化，筆勢騰擲，波瀾壯闊，真太史公之文」[158]。評詩素嚴的紀昀也認為此詩「貌不襲杜，而神似之，出沒開合，純乎杜法」[159]。蘇軾七古縱橫騰挪，抑揚頓挫，頗具變化之美，極臻結構之妙。李重華說：「坡公始以其才涵蓋今古，觀其命意，殆欲兼擅李、杜、韓、白之長；各體中七古尤闊視橫行，雄邁無敵，此亦不可時代限者。」[160]蘇軾七古有所謂的雙線、分合、對比結構之詩，如〈王維吳道子畫〉、〈武昌西山〉、〈百步洪〉、〈次韻子由書李伯時所藏韓幹馬〉、〈書王定國所藏煙江疊嶂圖〉、〈孫莘老求墨妙亭詩〉、〈登海州市〉、〈寄吳德仁兼簡陳季常〉、〈戲書李伯時畫御馬好頭赤〉；開篇、結尾各臻其妙的〈次前韻送劉景文〉、〈越

---

156 方東樹：《昭昧詹言》卷十二，汪紹楹點校（北京市：人民文學出版社，1961年10月），頁299。

157 方東樹：《昭昧詹言》卷十二，汪紹楹點校（北京市：人民文學出版社，1961年10月），頁293。

158 方東樹：《昭昧詹言》卷十二，汪紹楹點校（北京市：人民文學出版社，1961年10月），頁308。

159 曾棗莊主編：《蘇詩匯評》（成都市：四川文藝出版社，2000年1月），頁1683。

160 李重華：《貞一齋詩說》，丁福保輯：《清詩話》（上海市：上海古籍出版社，1978年9月），頁927。

州張中舍壽樂堂〉、〈臘日遊孤山訪惠勤惠思二僧〉；章法變化多端，錯綜複雜，提頓轉合者，如〈虢國夫人夜遊圖〉、〈荔支歎〉等，[161]皆在漁洋〈七言古詩選〉之列。除上舉之詩外，還有像〈遊金山寺〉、〈自金山放船至焦山〉、〈遊徑山〉、〈書韓幹牧馬圖〉、〈攜妓樂游張山人園〉、〈書林逋詩後〉、〈聚星堂雪〉、〈試院煎茶〉，俱入漁洋法眼。

　　此後，漁洋詩學轉向盛唐王、孟之「神韻」。但是，漁洋畢生留意宋人集、說二部，承認偏師宋調的雄豪之風也屬「神韻」，所輯《七言古詩選》提倡氣力才學，標舉蘇、黃，暗近硬宋，客觀上為清中後期宋人宋詩的廣泛流布推波助瀾，同時也催生了像翁方綱、姚鼐等詩壇巨擘續編、纂輯一系列分體通代詩選如《七言律詩鈔》、《今體詩鈔》等，或轉尊宋人，或兼宗唐宋，促進了詩選史上的繁榮。

四　《古詩選》的刊刻流布及其影響

　　王士禛自康熙十七年（1678）入值翰林後，海內咸推為詩壇祭酒，主持風雅近半世紀，從而開啟了從染指宋元到回歸盛唐的詩學轉向。最能彰顯「神韻」詩學的有力武器，自然是王士禛的系列唐詩選本。因此，《古詩選》中的《五言古詩選》備受關注，多為人用來印證其「神韻」詩說，而《七言古詩選》與王士禛的宋詩觀和清代宋詩學的建構也息息相關。但是，《古詩選》的刊布及其影響卻鮮見人言，實有探討之必要。

　　（一）《古詩選》的編纂、鈔本和初刻陽羨本。康熙二十一年（1682）七月，王士禛應徐乾學之邀而編纂《古詩選》。同年「五月初六，致函姜宸英，告以編成《五言古詩選》，請為之序」，書曰：「弟客歲偶撰五言詩十七卷，凡例寄請教正，欲得大序以發明此書之

旨。此書成，未敢示人，唯訒庵讀學見之，頗謂不謬。此處正覓解人不得，唯先生了不異人意耳。」[162]經葉方藹、姜宸英的肯定與褒揚後，《古詩選》先以鈔本形式流傳於京師。據王士禎回憶，大概有七部：「余初撰《五言詩》、《七言詩》成，京師同人鈔寫只有七部，即蔣京少景祁所刻陽羨本也。曲阜顏吏部修來（光敏）手鈔杜、蘇、黃、陸四家歌行，而以余詩次其後，日雒誦之。」[163]這引發了詩友們風靡唐宋七古的小高潮。顏光敏工詩，與宗宋派名詩人宋犖、田雯、曹禾、汪懋麟、曹貞吉、王又旦、謝重輝等人結成「十子詩社」，時有康熙「金臺十子」的美譽，尤青睞蘇、陸之七古。王士禎為之編《十子詩略》，揄揚不已。從所鈔來看，除去杜甫，其他三人皆為宋詩大家，而老杜乃下開宋人堂廡之祖。光敏日夜諷誦揣摩，為宋詩在京城的風行推波助瀾。

　　王士禎弟子遍布天下，這也使得《古詩選》從京城詩人小群體的抄閱流播到文化淵藪的江南。康熙三十六年（1697）二月，儒學名士閻若璩欲遊金陵，途經揚州，向張潮借觀架上之《古詩選》等書，竟有「感激何啻假三十乘」之歎。[164]是時張潮刊行的《漁洋詩話》即五

---

162 蔣寅：《王漁洋事蹟徵略》「康熙二十一年」條（北京市：中國社會科學出版社，2014年9月），頁272。按，蔣寅在舊版《王漁洋事蹟徵略》（北京市：人民文學出版社，2001年版，頁289）中將此繫於「康熙二十三年」條。若徐乾學的跋文、王士禎的書信屬實，則前後有扞格之處。徐乾學跋稱，敦請王士禎編輯詩選的時間為康熙二十二年秋。蔣寅據此將《古詩選》的編撰繫於康熙二十二年，又引王士禎致姜宸英信，繫於康熙二十一年五月。王信中說《五言古詩選》已編成，並獲得葉方藹的讚許，請姜氏題序，而葉氏於康熙二十一年秋離世。《古詩選》如在康熙二十一年五月前編成，何須徐氏次年秋來敦請？《古詩選》如在康熙二十二年編成，已逝的葉氏怎能寓目？這可能是徐氏回憶有誤，也有可能是蔣寅先生繫年欠妥。《古詩選》的編纂過程比較複雜，具體的編纂時間似不甚明瞭，俟考。

163 王士禎：《帶經堂詩話》卷二十六，張宗柟纂集，戴鴻森校點（北京市：人民文學出版社，1963年11月），頁734。

164 參見蔣寅：《王漁洋事蹟徵略》「康熙三十六年」條（北京市：中國社會科學出版社，2014年9月），頁425。

七詩古詩選凡例[165]，據此可知張潮所藏蓋漁洋自京師郵寄的寫鈔本。同年閏三月，漁洋門人蔣景祁將《古詩選》刻於陽羨（今常州），公諸同好，助莫大焉，從傳播有限的鈔本時代跨向流通快捷的刻本新紀元。

> 新城王夫子所錄悉古詩也。五言托始《漢十九首》，迄唐五家而終，凡為卷一十有七。七言托始古逸，迄元吳立夫而終，凡為卷一十有五。錄成，各撰例言十餘條，明所以或錄或否之意，親授景祁。景祁不敢秘匿什襲，持歸，雕版于江南，公同好也。校正字畫，罔有訛脫，值諸本互異，商酌可從。又兼載他本字樣，以聽採擇。此則景祁之所盡心，而其他何庸贅一辭。[166]

　　儘管蔣氏盡心校讎，廣採眾本，釐正錯訛，這個天藜閣刻本還是存有些許瑕疵，連漁洋自己也認識到這個問題，但這絲毫也不影響《古詩選》的廣泛流傳。康熙三十七年（1698）九月十四日，汪洪度（1637-1722）來信索要此選。[167]漁洋復函曰：「于鼎愛我，何以教之？曩選五言七言詩，刻于陽羨門人蔣京少景祁家，篋中存本絕少。辱訊及，附上一部。」[168]汪洪度能詩，漁洋司理揚州時錄其〈早雁〉詩為第一，後為之「定其全集，歌行中賞其〈建文鐘〉篇，云中有史筆，非苟作者」[169]。想必《古詩選》在常州刊行，書已售罄，連雕印出版者蔣景祁也沒多少存貨。汪洪度欲觀覽是選頗為不易，只好

---

165 參見蔣寅：《王漁洋事蹟徵略》「康熙三十六年」條（北京市：中國社會科學出版社，2014年9月），頁426。

166 王士禛：《阮亭選古詩》卷首，《四庫全書存目叢書補編》第42冊（濟南市：齊魯書社，2001年版），頁194。

167 蔣寅：《王漁洋事蹟徵略》（北京市：中國社會科學出版社，2014年9月），頁440。

168 王士禛：《集外文輯遺》卷三《與汪洪度》，袁世碩主編：《王士禛全集》第3冊（濟南市：齊魯書社，2007年6月），頁2417。

169 沈德潛：《清詩別裁集》卷十五《汪洪度小傳》（北京市：中華書局，1975年11月），頁267。

親自寫信向選家索書了。足見出自名家王漁洋之手的《古詩選》已是熱銷緊俏之書。這一點還可從以下兩則材料得到印證。選家名聞天下的聲譽，使得《古詩選》風行海內毫無懸念。漁洋對此也頗有幾分自詡，認為所選「頗有別裁」。無錫望族秦松齡慕名前來求書，他說：「《唐選十集》，此書亦刻於玉峰，尚在較正譌謬。又，二十年前曾有五言詩、七言詩之選，頗有別裁。五言始《十九首》，而終隋，附以唐陳拾遺、張文獻、李供奉〈古風〉、韋蘇州、柳柳州五人之作；七古則始〈易水〉、〈大風〉、〈垓下〉諸歌，而終於宋元諸大家，荊溪敝門人蔣京少為刻其本，亦尚有偽字未校。先生試遣二處索之，可朝發夕至也。」[170]不只秦松齡望「書」興歎，康熙三十三年（1694）五月，釋歸松江府的名士楊瑄也無從得以一閱，致信前來索書：「《五七言古詩選》板在陽羨敝門人蔣京少家，笥中止存一部，藉手請正，察入之。」[171]由此可見，蔣氏陽羨刻本一經刊印便售罄一空，離常州不遠的無錫、松江都難以覓得，刻書家也僅存一部底本。

　　（二）漁洋卒後《古詩選》所遭受的「非議」。康熙五十年（1711）五月，王漁洋卒于山東新城故里。生前隆遇，世罕無匹。誠如沈德潛所言：「（漁洋）學殖日富，聲望日高，宇內尊為詩壇圭臬。」[172]可是身後，對漁洋「神韻」說及其詩才蠅聲蛙噪，訾議四起，甚至是百般詰難。愛慕者，珍如拱璧；訕薄者，棄如草芥。聚訟不已，實非平心之論，袁枚說：「阮亭先生，自是一代名家。惜譽之者既過其實，而毀之者亦損其真。」[173]他如沈德潛、法式善、張維屏

---

170 王士禎：《蠶尾文集》卷三〈答秦留仙宮諭〉其一，袁世碩主編：《王士禎全集》第3冊（濟南市：齊魯書社，2007年6月），頁1836。

171 王士禎：《集外文輯遺》卷四〈與楊瑄〉，袁世碩主編：《王士禎全集》第3冊（濟南市：齊魯書社，2007年6月），頁2460。

172 沈德潛：《清詩別裁集》卷四〈王士正（禎）小傳〉（北京市：中華書局，1975年11月），頁61。

173 袁枚著，顧學頡校點：《隨園詩話》卷二（北京市：人民文學出版社，1982年9月），頁48。

等詩界名流亦有如此明斷。《古詩選》自誕生之日起，便備受時人關注，南北壇坫爭相傳閱。漁洋功過兩端的浪潮之下，《古詩選》難免也遭到批評，尤其表現在作家作品的擇取上。

　　何焯（1661-1722）在給董訥夫的信中說：「新城之《三昧集》，乃鍾、譚之唾餘。五七言古詩之選，又道聽於牧齋之緒論，而去取失當。至吳立夫早逝，其詩全然生吞活剝，不合古人節度，取為七言之殿，可以知其不越耳鑒，茫無心得，又何足置几案閒哉？」[174]姚鼐（1731-1815）對漁洋採錄吳萊詩二十八首也極為不滿：「道園詩近緩弱；立夫似勝之，然氣不遒，轉語多粗硬，時有傖氣，不及道園得詩人韻格。阮亭極取之，謬矣。往時海峰先生論詩，言立夫七古在伯生上，今乃知此評不公。而海峰沒矣，無從證之，深為慨息。」[175]黃培芳（1779-1859）亦云：「虞道園邊幅過狹，又不逮山谷遠甚。而漁洋專取其題畫詩，豈此外別無可錄耶？是不可解。吳淵穎有句法無篇法，氣骨有餘而變化不足。」[176]孫詒讓之父孫衣言（1815-1894）對此頗為迷惑：「阮亭七言之取吳立夫，亦非予所解。」[177]其實如〈凡例〉所言，七古漁洋以吳萊殿後，一是出于崇氣力、尊才學、尚新奇的審美追求，「吳立夫長句瑰瑋有奇氣」，故漁洋自「幼而好之」[178]；二是出于選本自身體式所限的考慮，漁洋曰：「善學杜者則取之，非謂古今七言之變盡于此鈔。觀唐人元、白、張、王諸公悉不錄，正以

174 何焯：《義門先生集》卷六〈復董訥夫〉，《續修四庫全書》（集部）第1420冊（上海市：上海古籍出版社，2002年版），頁204。

175 方東樹：《昭昧詹言》卷十二引姚鼐語，汪紹楹點校（北京市：人民文學出版社，1961年10月），頁342。

176 黃培芳：《香石詩話》卷四，《續修四庫全書》（集部）第1706冊（上海市：上海古籍出版社，2002年版），頁176。

177 孫衣言：《遜學齋文鈔》卷十〈書姬傳先生〈今體詩鈔序目〉後〉，《續修四庫全書》（集部）第1544冊（上海市：上海古籍出版社，2002年版），頁428。

178 王士禛選，聞人倓箋：《古詩箋》卷首〈凡例〉（上海市：上海古籍出版社，1980年5月），頁6。

鈔不求備故也。舉一隅以三隅反，其在同志之君子。」[179]後來孫衣言
正以此悟得漁洋三昧，曰：「每讀《古詩選》，即疑漁洋論詩意主清
遠，而淵穎詩多平實，何以漁洋篤嗜如此。壬子秋，再讀此選，始知
淵穎雖有平實之病，而隸事極詳贍，音節極鏗鏘，氣體極深穩，與漁
洋有相近者，宜其好之深也。益知古人文章流傳至今，必有不可磨滅
之故。而古人有所論述以示後世，亦有非專信己見而無當於人心之同
然也，未可以輕心掉之。」[180]壬子即咸豐二年（1852）。五年後的咸
豐七年五月，孫衣言重讀後，曰：「詩至道園，渾化極矣。立夫乃以
全篇排偶行之，句句劈實，殆欲變而自為一體，然恨未甚熟。若真到
成熟時，似亦可衍韓、蘇未竟之緒。漁洋取之，或欲示人以變，亦未
可知。」[181]再者，劉大櫆《歷朝詩約選》將吳萊置於虞集之上，也事
出有因。劉氏向以才氣著稱，論詩以氣為主，自然雄豪縱宕的吳萊遠
勝一籌。故以此來指摘漁洋選取不當，實難平其心。民國楊鍾羲便說
何焯「未免輕底前輩」，「誠不能為漁洋申辨矣」[182]。值得注意的是，
何、姚、孫三人針對的並不是漁洋所選的宋人。

　　另外，針對《古詩選》闕錄詩人的爭辯時有發生。孫衣言說：
「阮亭五言不鈔王、孟，非無見也。不鈔老杜，則將置大、小〈雅〉
於何地耶？」[183]晚清朱庭珍（1841-1903）也就漁洋五古只錄李白而
不錄杜甫加以指摘：「所選《五七古詩鈔》，李僅取其《古風》，杜仍

---

179 王士禎選，閭人倓箋：《古詩箋》卷首〈凡例〉（上海市：上海古籍出版社，1980
　　年5月），頁6。

180 《遜學齋文鈔》卷十〈書王阮亭古詩選後〉，《續修四庫全書》（集部）第1544冊
　　（上海市：上海古籍出版社，2002年版），頁427。

181 《遜學齋文鈔》卷十〈書王阮亭古詩選後〉，《續修四庫全書》（集部）第1544冊
　　（上海市：上海古籍出版社，2002年版），頁427。

182 楊鍾羲撰，雷恩海、姜朝暉點校：《雪橋詩話全編》第3冊《雪橋詩話三集》卷四
　　（北京市：人民文學出版社，2011年7月），頁1645。

183 《遜學齋文鈔》卷十〈書姬傳先生〈今體詩鈔序目〉後〉，《續修四庫全書》（集
　　部）第1544冊（上海市：上海古籍出版社，2002年版），頁428。

不錄。視杜為五古變體，惟敘述時事，當效法杜耳。此外凡作五古，
皆宜宗王、孟、韋、柳一派，以為復古而神韻無窮也。固哉王叟之論
詩，廢晉、楚而尊魯、衛，竟欲舉一格以繩古今天下，豈通論耶！」[184]
紀昀（1724-1805）等四庫館臣卻認為這正是漁洋「別裁」的「一家之
言」：「考國朝諸家選本，惟王士禎（禛）書最為學者所傳。其《古詩
選》，五言不錄杜甫、白居易、韓愈、蘇軾、陸游，七言不錄白居易，
已自為一家之言。」[185]沈德潛認為《古詩選》有所取捨，正是其手眼
處：「新城王尚書向有古詩選本，抒文載實，極工裁擇。因五言七言
分立界限，故三四言及長短雜句均在屏卻。……又王選五言兼取唐
人，七言下及元代。」[186]嘉、道間，梁章鉅認為：「王漁洋不得謂非
明眼人，其《古詩選》最傳於世，然五言不錄少陵、昌黎、香山、東
坡、放翁，七言不錄香山。」[187]黃培芳也說：「《古詩選》五言不收右
丞、工部，七言不收香山，亦偏。」[188]詩人的遴錄取捨，漁洋在凡例
中說得極為明白，且不只《古詩選》，「《唐賢三昧集》則非惟昌黎、
香山不載，即李、杜亦一字不登，皆令人莫測其旨。」[189]這實際上是
漁洋別有心裁的一種選詩方式。不過，在宋人的選取上幾無異辭。漁
洋以杜為宗，標榜氣力，於宋宗法東坡，旁及歐、王、黃、陸數家，
夫子自道「頗有別裁」，可謂洵非虛譽。這也與漁洋「雄渾豪健」、

184 朱庭珍：《筱園詩話》卷四，郭紹虞編選、富壽蓀點校：《清詩話續編》（上海市：
　　上海古籍出版社，1983年12月），頁2402。

185 永瑢等：《四庫全書總目》卷一九○《御選唐宋詩醇提要》（北京市：中華書局，
　　1965年6月），頁1728。

186 沈德潛：《古詩源》〈例言〉（北京市：中華書局，1963年6月），頁4。

187 梁章鉅：《退庵隨筆》，郭紹虞編選、富壽蓀點校：《清詩話續編》（上海市：上海
　　古籍出版社，1983年12月），頁1973。

188 黃培芳：《香石詩話》卷四，《續修四庫全書》（集部）第1706冊（上海市：上海古
　　籍出版社，2002年版），頁176。

189 梁章鉅：《退庵隨筆》，郭紹虞編選、富壽蓀點校：《清詩話續編》（上海市：上海
　　古籍出版社，1983年12月），頁1973。

「沈著痛快」亦是「神韻」較為契合。

　　除了對所選詩人的批評之外，還有人就所錄作品提出質疑。彭元瑞（1731-1803）說：「阮亭有禪機而無道力，其說詩多露才揚己之談，固宜來談龍之譏也。惟此選能獨出手眼，足為學詩，端其途徑。七言至金元全取題畫詩，亦是一病。」[190] 道光年間，方恆泰也認為「皈依阮亭、攻擊阮亭者，各有所偏」，而彭元瑞貶抑《古詩選》七古「全取題畫詩」則「斯言最為平允」[191]。漁洋乃「神韻」說宗主，而「神韻」說又與中國畫論息息相關。漁洋常將詩畫相提並論，曾與清初畫壇名家王原祁談畫論詩，曰：「子之論畫至矣。雖然，非獨畫也，古今風騷流別之道，固不越此。……沈著痛快，非惟李、杜、昌黎有之，乃陶、謝、王、孟而下莫不有之。子之論，論畫也，而通于詩矣。」[192] 推之，雄渾與風調，神韻和豪健，二者是交融統一的。在常人的眼裡，「神韻」詩說易與閒逸沖淡的南宗畫論產生一種天然親近的血緣關係，但也勿將漁洋以畫之氣力神完來論詩置若罔聞：

> 畫家謂戚文秀畫清濟灌河圖，中有一筆，超騰回摺逾五丈，通貫于波浪之間。予謂文家亦有此訣，唯司馬子長之史，韓退之、蘇子瞻之文，杜、李、韓、蘇之歌行大篇足以當之。《居易錄》又云：戚文秀畫水一幀，……秀，北宋名士推重一時，善于畫水，筆力調暢。一筆長數丈，自邊際起，貫于波濤之間，超騰迴絕，毫不失序。日與相對，怳然流動，愈看愈奇。[193]

190　彭元瑞：《知聖道齋讀書跋》卷二，《叢書集成新編》第2冊（臺北市：新文豐出版公司，1984年版），頁582。

191　方恆泰：《橡坪詩話》，轉引自《清詩紀事・順治朝卷》（南京市：鳳凰出版社，2004年版），頁503。

192　王士禛：《帶經堂詩話》卷三，張宗柟纂集，戴鴻森校點（北京市：人民文學出版社，1963年11月），頁87。

193　王士禛：《帶經堂詩話》卷三，張宗柟纂集，戴鴻森校點（北京市：人民文學出版社，1963年11月），頁84。

吳道子畫鍾馗，手捉一鬼，以右手第二指抉鬼眼，時稱神妙。
或以進蜀主孟昶，甚愛重之。一日，召示黃荃，謂曰：若以拇
指搯鬼眼，更有力，試改之！荃請歸，數日，看之不足，以絹
素別畫一鍾馗，如昶指，并吳本進納。昶問之。對曰：道子所
畫，一身氣力色貌俱在第二指，不在拇指。今荃所畫，一身氣
力意思並併拇指，是以不敢輕改。此雖論畫，實詩文之妙訣。
讀《史記》、《漢書》，須具此識力，始得其精義所在。[194]

　　細味上文，可見漁洋認為「詩畫本一律」，畫之筆力、布局、命
意與詩文同理，所引推重《史記》、《漢書》之精義與李、杜、韓、蘇
四家歌行，即由此生發。通檢《七言古詩選》所錄題畫詩，唐杜甫五
首，韓愈僅一首；宋蘇軾十七首（103），陸游九首，黃庭堅八首，王
安石三首，歐陽脩、蘇轍、晁補之各一首，晁沖之一首未錄；金元好
問三首（26），虞集二十四首（27），劉因六首（9），吳萊十一首
（28）。像唐宋所錄題畫詩多為氣才雄健，筆力開張，神氣完足之
作，如杜甫〈韋諷錄事宅觀曹將軍畫馬圖〉、蘇軾〈李思訓畫長江絕
島圖〉、〈書王定國所藏煙江疊嶂圖〉等。文人題畫詩自杜甫肇始，其
集中有二十二首，影響深遠，足為世法。宋承唐後，蘇軾尤著，流波
所及，蘇門弟子及詩友同道題詠漸夥。至元蔚為大觀，空前繁榮。虞
集六五九首作品中，題畫詩高達一六九首。劉因也有一〇八首（總
498首），吳萊比例最小二十三首（總151首）。[195]漁洋曰：「六朝以來
題畫詩絕罕見，盛唐如李白輩，間一為之，拙劣不工；……杜子美始

194 王士禎：《帶經堂詩話》卷三，張宗柟纂集，戴鴻森校點（北京市：人民文學出版
　　社，1963年11月），頁85。
195 此據華文玉《元代題畫詩文研究》附錄一〈元代題畫詩情況一覽表〉所統計數
　　字，上海大學2005年碩士學位論文，頁54。另可參王韶華：《元代題畫詩研究》北
　　京市：中國傳媒大學出版社，2010年2月。

創為畫松、畫馬、畫山水諸大篇，搜奇抉奧，筆補造化……子美始創之功偉矣。嗣是蘇、黃二公，極妍盡態，物無遁形。虞伯生尤專工於此，《學古錄》中歌行佳者，皆題畫之作也。」[196]故《七言古詩選》題畫詩也是首錄杜甫，次蘇、黃，至虞、劉、吳達到鼎盛，如此選錄也符合題畫詩史的發展，從另一個角度再次印證了漁洋七古詩以杜為宗，下啟宋元的選詩觀念。況且，作家題畫詩充盈集中，先天制約了選家的甄錄。稱其「全取」顯然是誇大之辭，實在有失公允。與前者一樣，彭、方二位加之黃培芳，所詬病的也僅元人而已，於漁洋之宋詩觀毫無影響。恰恰相反，這充分證明了漁洋自詡「頗有別裁」，不為無據。

　　（三）《古詩選》數百年的盛譽及其深遠影響。事實也正是如此，從《古詩選》的刊刻印行就可窺見一斑。據《山東大學圖書館古籍善本書目》、《香港所藏古籍書目》、《山西省古籍善本書目》等館藏著錄，《古詩選》先後以《阮亭古詩選》、《漁洋山人古詩選》、《大小雅堂五七言古今體詩歌行鈔》、《王文簡公五七言詩鈔》等之名，從乾隆年間迄至民國時期，翻印本、合刊本、重刻本、巾箱本不絕如縷，這尚不包括那些難以查尋的鈔本。而且，《古詩選》一系列的箋注本、批校本、修訂本、評點本相繼問世，像何焯、朱彝尊、翁方綱、聞人倓、姚範、張琦、陳祚明、陳壬秋、章太炎、郭象升等多位詩界名流參預其事。[197]這些刊本為《古詩選》的廣泛通行奠定了基礎，也反映了世人對漁洋「頗有別裁」的輯選的高度肯定。乾隆年間「嘉禾七子」之一的朱炎工詩善評，他認為：「更取阮亭《古詩選》玩習，

---

196 王士禛：《帶經堂詩話》卷二十二，張宗柟纂集，戴鴻森校點（北京市：人民文學出版社，1963年11月），頁649-650。

197 參見謝海林：《清代宋詩選本研究》附錄二「古詩選」條（上海市：上海古籍出版社，2011年5月），頁382-383。

則五七言詩已得其大凡。」[198]說的就是《古詩選》能綱舉目張，抉精
闡微，配合其他優秀的選本組合成古今體詩之大備，足供人所師法。
鍾廷瑛便如此學詩，〈退軒詩錄自序〉曰：「竊以為詩有人在，倚門傍
戶無謂也。詩有事在，剽聲途澤無當也。于是即事抒懷，不敢蹈襲古
人一字。既而讀眉山，讀涪翁、劍南，兩宋之全暨元、明昭代諸子，
以博其趣，而尤潛心于漁洋《古詩選》、方氏《律髓》二書，以調其
音節而熟其句律，搦管直書汩汩然來，無復向時艱澀之態。」[199]而葉
廷勳「嘗手校王文簡公古詩選，重為鐫板。偶賦〈新柳〉詩，一時名
流，多次韻和之。紀文達公贈以詩，有云：傳來新柳句，如見老松
身。」[200]葉氏名重海內，想必漁洋的《古詩選》與《秋柳》詩是重要
的助力器。

　　詩壇雖然對王士禛及其《古詩選》偶有訾議，但是大多數人以為
如漁洋自詡一樣，認為《古詩選》著實頗具法眼，別有心裁。乾隆前
期，揚州學派前驅、詩人賈田祖（1744-1777）在一次與友人的宴集
中對某些人駁斥漁洋《古詩選》的狂妄舉動嗤之以鼻，作〈沈于湘座
中論王阮亭先生《古詩選》，因賦長句〉曰：

　　　　千秋派衍風騷存，汝南月旦今誰尊？漁洋老眼特炯炯，古什萬
　　　　卷紛披陳。審詳義例妥位置，收拾光怪羅鮮新。傳諸雞林寶拱
　　　　璧，生天慧業由斯編。何人集矢妄操筆，漫以鉤棘珍瑓璠。文
　　　　章聲音本天籟，狠有李杜輸盧樊。江河偌大自萬古，據井閣閣
　　　　空哆脣。從來小生侮前輩，蚍蜉之撼猶矜賢。（時有掎摭漁洋

198 陸以湉撰，崔凡芝點校：《冷廬雜識》卷三，（北京市：中華書局，1984年1月），
　　頁170。
199 毛承霖纂修：《民國續修歷城縣誌》卷二十九〈鍾廷瑛《退軒詩錄》十五卷〉後附
　　自序，一九二六年歷城縣誌局鉛印本。
200 張維屏：《國朝詩人徵略初編》卷五十六「葉廷勳」條，周駿富輯：《清代傳記叢
　　刊》第22冊（臺北市：明文書局，1985年版），頁896。

詩者，并議及《古詩選》，故論之）我嗟十年奏苦調，今看種
種頭堆銀。枯豪破研圍殘褐，春雨秋風冷蓽門。昨日扶笻入深
巷，故人酌我老瓦盆。高花燭摧出奇句，鴿眼疑有蛟龍蹲。驪
珠在手不肯落，會探星海窮河源。何容此輩劫持去，轉笑狂談
杜審言。[201]

　　小生詆毀前輩，妄自口誅筆伐，著實「蚍蜉撼大樹，可笑不自
量」。在博學尚才的賈田祖看來，漁洋匠心別裁，手眼頗高，於古今
千牘萬卷中披采紛陳，審義例，排座次，糾時弊，標新奇。《古詩
選》，詩林目為拱璧，後學傳作啟蒙，自然不容餖飣者掎摭非議。在
素有「神童」之稱的袁枚（1716-1797）的眼裡，漁洋《五言古詩
選》算是學詩之蒙物，不免心儀神慕，口吟手摹，晚年七十來歲編纂
《隨園詩話》時仍對此事念念不忘：

　　　余幼時家貧，除《四書》、《五經》外，不知詩為何物。一日，
　　業師外出，其友張自南先生攜書一冊到館求售，留札致師云：
　　「適有亟需，奉上《古詩選》四本，求押銀二星：實荷再生，
　　感非言罄。」予舅氏章升扶見之，語先慈曰：「張先生以二星
　　之故，而詞哀如此，急宜與之。留其詩可，不留其詩亦可。」
　　予年九歲，偶閱之，如獲珍寶。始《古詩十九首》，終于盛
　　唐。伺業師他出，及歲終解館時，便吟詠而摹傚之。嗚呼！此
　　余學詩所由始也，自南先生其益我不已多乎！」。[202]

---

201 賈田祖：《賈稻孫集》卷三，《四庫未收書輯刊》拾輯第28冊（北京市：北京出版
　　社，1997年版），頁593。

202 袁枚著，顧學頡校點：《隨園詩話》卷六（北京市：人民文學出版社，1982年9
　　月），頁189。

　　據此可見，漁洋《古詩選》不但是袁枚學詩之始源，也可作為寒士解決燃眉之急的寶物。乾嘉之際，漁洋從孫王季龍出所藏漁洋《詩問》，雕梓刊行，澤備學林。鄭虎文為之作序時也說：「余友王君季龍，新城司寇文簡公從孫也。……君憂之，因出所藏公《詩問》凡如干條，梓以式多士，其意可謂勤矣。……公有五七言古詩選本，余嘗謂此為苦海慈航，每取以課子弟。因念漢魏詩寄意深遠，古今之評騭者都未明晰，為之句櫛字比，力抉作者、選者之苦心，疏之以便傳習。意思謂粗有所見，獨以不得見公親質其是非同異為恨。今讀《詩問》，證之選本之去取及余所論說，隱隱皆若有針芥之合。」[203]嘉慶十一年（1806）二月，漁洋再傳弟子翁方綱因對《古詩選》的闕錄現象有所不滿，故重訂《漁洋先生五七言詩鈔》付梓刊行，「意欲補鈔五言王、孟及杜、韓以下也」[204]。葉廷勳為之序曰：「《漁洋先生五七言詩鈔》，源流綜貫，允為後學浸梁。覃溪先生更為論定而辨析之，金針盡度，無餘蘊矣。」[205]

　　到了桐城詩派那裡，因倡舉唐宋兼採之說，漁洋《古詩選》成了傳授詩學的重要典籍。從姚範到姚鼐再到方東樹，無不推崇此選，將之作為古詩範本。姚範推崇宋詩，暗尊黃庭堅，對漁洋《古詩選》批閱數遍，特闢一則專論此選，詳載於《援鶉堂筆記》卷三十八。[206]其

---

203 鄭虎文：《吞松閣集》卷二十七〈詩問序〉，《四庫未收書輯刊》拾輯第14冊（北京市：北京出版社，1997年版），頁251。

204 翁方綱：《復初齋詩集》卷六十〈野雲為作小石帆亭圖，而《五七言詩鈔》重訂本適鋟板成，賦此邀梧門同作〉詩末自注（《續修四庫全書》（集部）第1455冊（上海市：上海古籍出版社，2002年版），頁232。

205 翁方綱評點：《（漁洋）古詩選》卷首，嘉慶十一年（1806）刊本。

206 方東樹在姚範《援鶉堂筆記》卷三十八「《阮亭古詩選》」條末按曰：「先生所閱《阮亭古詩選》凡數本，其詳本今失之。樹以先君舊所傳校及樹所錄記補編成此卷。五言自謝朓以下，七言自山谷以下，是也。然猶未能全備。又，其中廁有惜抱先生語，今《惜抱軒筆記》獨載謝朓、何遜、江淹、陰鏗、江總五人，疑編者誤羼。惜抱與先生所論，固為一家之言，今取入此以備此選全校，庶便來學鑽研

侄姚鼐對此選也是屢施評點，教習弟子作詩時，也常將漁洋《古詩選》與自己的《今體詩鈔》合而導之。[207]民國間，掃葉山房將《今體詩鈔》與《古詩選》合刊為《古今詩選》，大概也是出於王、姚古今體詩選互補可為學詩範本的考慮。而弟子方東樹在《昭昧詹言》比二姚有過之而無不及，對《古詩選》所選詩人、作品一一加以評騭，尤其對漁洋所選錄李白七古稱賞不已：「此選皆取其繩尺井然者，俾令後學知太白實未嘗不有法度。漁洋老眼苦心，鑑裁美善如此。」[208]劉大櫆與姚範交善，崇才尚氣，致力於詩，「所論次《歷朝詩選》，上下古今，力趨正軌，與漁洋《古詩選》意指略同，而門徑較為擴大。」[209]桐城後學蕭穆為之鐫刻，光緒二十三年（1897）冬作序曰：「近代詩家選本，正宗首推王文簡《古詩選》，姚比部《唐宋五七言今體詩鈔》。」[210]據此觀之，桐城詩派對漁洋《古詩選》可謂青睞有加，奉為古詩學習之寶笈。

同治四年（1865）乙丑十一月三日，孫衣言在浙江富陽的舟中觀罷姚鼐《今體詩鈔》，與《古詩選》比較後說：「予謂五言當止於貞元，七言唐當止於玉溪生，宋當但取蘇、黃、放翁，而以金之遺山附之，乃能成一家之風旨，示後世以途轍。阮亭能棄杜、韓五言，而惜翁不能芟去雜家，故阮亭真漢廷老吏也。」[211]再次證明了漁洋猶如老

云爾。」《續修四庫全書》（子部）第1149冊（上海市：上海古籍出版社，2002年版），頁85。

207 詳參本章第二節「桐城詩學與宋詩選本」。

208 方東樹：《昭昧詹言》卷十二，汪紹楹點校（北京市：人民文學出版社，1961年10月），頁248。

209 徐世昌著，傅卜棠編校：《晚晴簃詩話》卷六十七（上海市：華東師範大學出版社，2009年7月），頁471。

210 蕭穆：《敬孚類稿》卷二〈歷朝詩約選序〉，《續修四庫全書》（集部）第1560冊（上海市：上海古籍出版社，2002年版），頁635。

211 孫衣言：《遜學齋文鈔》卷十〈書姬傳先生〈今體詩鈔序目〉後〉，《續修四庫全書》（集部）第1544冊（上海市：上海古籍出版社，2002年版），頁428。

吏斷獄，擅於明斷。雖然選取的詩人有限，但足以討源溯流，不至於遊蕩無歸。宣統二年（1911），陳衍給廣東提學使秦樹聲寫信說：「知有姚氏《今詩選》，乃不知有王氏《古詩選》。如此之倫，未易悉數。傳播海內外，不亦羞朝廷，而輕中國之士耶。」[212]蜚聲海內的陳衍認為倘若知姚鼐《今體詩鈔》而不知漁洋《古詩選》，猶如不倫之舉會令朝廷蒙羞，假想傳之海外，更讓人輕蔑中國的讀書人。可見，漁洋《古詩選》在陳衍心中的重要分量。民國二年（1913）九月二十二日，商務印書館的出版鉅子張元濟想要印行詩選，問詢「同光體」主將鄭孝胥，鄭氏薦曰：「菊生欲印易售之詩，詢之于余；余曰，莫若《宋詩鈔》及王阮亭、姚惜抱二選本。」[213]這足以證明此選除詩學價值外，還有不菲的商業價值。

綜上所述，漁洋《古詩選》於康熙二十一年七月編成，起初以鈔本行世，後由弟子蔣景祁在常州刊行。自此以後，從詩壇中心的京師到人文淵藪的江南，從館閣重臣、詩壇耆宿乃至書院山長，從漁洋在世之時到民國初期直到現在，《古詩選》風靡於世，備受世人推重。雖然對《古詩選》所選作家作品偶有訾議，但大多數人認為如漁洋所自詡，《古詩選》著實頗具法眼，別有心裁。《古詩選》影響深遠，已成為學詩範本，翻印、合刊、重刻本不絕如縷，眾多詩界名流為之箋注、批校、修訂、評點，也催生了其他相關的詩選。

---

212 陳衍：《石遺室文集》卷八〈與秦右衡學使書〉，陳步編：《陳石遺集》（福州市：福建人民出版社，2001年6月），頁494。

213 勞祖德整理：《鄭孝胥日記》第3冊（北京市：中華書局，1993年10月），頁1484。

第二節　桐城詩學與宋詩選本──以姚鼐《七言今體詩鈔》為中心

一　「桐城詩派」鼻祖姚鼐的融通詩學

關於姚鼐的詩學，學界研究成果也不算少，所言啟人慧思，助益匪淺。如劉世南從反對以詩人自命、主情實、重學力、重氣勢、重音律、對明七子的取捨等六方面深入細緻地探討桐城詩論。[214]蔣雪豔、劉守安就詩境之論、雅正之說、熔唐鑄宋之旨及「詩窮而後工」之辨等進行了辨析。[215]柳春蕊認為姚鼐的詩歌創作和理論很有成就，自成一家，對桐城詩派的形成和宋詩運動產生了很大的影響，特拈出神、理、聲、色四個詩歌命題，闡明其詩論的內在邏輯，大致表現以下諸端：一、興象豐神與陽剛陰柔之美；二、切乎理而當於情；三、急讀以求其體勢，緩讀以求其神氣；四、文章之境，莫佳於平淡。[216]韓勝認為姚鼐評選詩歌一重才力、尚奇警，二以文法解詩，三評詩重圈點，四解詩重考據。[217]以上種種，皆是對姚鼐詩論內容具體化的論述。蔣寅對姚鼐的詩學品格及其淵源也作了有益的探討。[218]就形而上的角度而言，姚鼐詩學的理論特徵則是融通。融通即融合通達、全面中肯。姚鼐詩學能在乾嘉詩壇獨樹一幟，廣為流布，正是由於其調停、整合了諸家詩學，表現出客觀全面、通達中肯的詩學理性特徵。

214　劉世南：《清詩流派史》第十四章〈桐城詩派〉（北京市：人民文學出版社，2004年3月），頁342-352。

215　蔣雪豔、劉守安：〈姚鼐的詩論〉，《首都師範大學學報》1997年第6期。

216　柳春蕊：〈神、理、聲、色──姚鼐的詩歌體性論〉，《北京大學學報》2004年第4期。

217　韓勝：〈從《今體詩鈔》看姚鼐的詩歌批評〉，《安徽大學學報》2008年第3期。

218　蔣寅：〈海內論詩有正宗，姬傳身在最高峰──姚鼐詩學品格與淵源芻論〉，《文藝理論研究》2015年第5期。

姚鼐一方面再三謙稱不善於詩，詩歌創作的實際成就頗高；另一方面透過評點、箋注、編選詩歌選本，與門生故吏、親友同道談詩論藝，宣揚、傳授詩學心得。[219]姚鼐能夠開宗立派，高舉桐城詩派這面大纛，無疑與其「融通」的詩學特徵和《今體詩鈔》的經典效應密切相關。本節擬側重詩學理論特徵角度，試從以下諸方面論述之。

　　（一）從詩性論出發，姚鼐重情尚實，崇雅黜俗，主正而不棄變。姚鼐在給弟子陳用光的信中說道：「詩古文舉業，當以性情所近。」[220]方東樹《昭昧詹言》開篇亦言：「詩之為學，性情而已。」[221]詩由情生，這並不可力學而強致：「吾謂為詩自有性情，非其性情，雖學不能善。」[222]姚鼐所崇尚的是辭必己出，情真意實，詩如其人。他在〈朱二亭詩集序〉中云：「夫詩之於道固末矣，然必由其人胸臆所蓄，行履所至，率然達之翰墨，揚其菁華，不可偽飾，故讀其詩者如見其人。」[223]而這種由一己真情流露出來的「高格清韻」，讓人再三歎賞，方可謂「詩家第一種懷抱」[224]。若發無真性情之言，定是虛情假意，絕非能稱之為「工詩者」。「余嘗譬今之工詩者，如貴介達官相對，盛衣冠，謹趨步，信美矣，而寡情實。」[225]姚鼐深受伯父姚範不廢宋詩、

---

219 關於桐城派選評詩文在內部流通以及與本派發展關係的情況，詳參徐雁平：〈批點本的內部流通與桐城派的發展〉，《文學遺產》2012年第1期。

220 姚鼐：〈與陳碩士〉，盧坡點校：《惜抱軒尺牘》卷五（合肥市：安徽大學出版社，2014年3月），頁78。

221 方東樹：《昭昧詹言》卷一，汪紹楹點校（北京市：人民文學出版社，1961年10月），頁1。

222 姚鼐：〈抱犢山人李君墓誌銘並序〉，劉季高標注：《惜抱軒詩文集》（上海市：上海古籍出版社，1992年11月），頁376。

223 姚鼐：〈朱二亭詩集序〉，劉季高標注：《惜抱軒詩文集》（上海市：上海古籍出版社，1992年11月），頁260。

224 姚鼐：〈答蘇園公書〉，劉季高標注：《惜抱軒詩文集》（上海市：上海古籍出版社，1992年11月），第294頁。

225 姚鼐：〈吳荀叔杉亭集序〉，劉季高標注：《惜抱軒詩文集》（上海市：上海古籍出版社，1992年11月），頁45。

力倡蘇黃的影響，他以為：「山谷刻意少陵，雖不能到，然其兀傲磊落之氣，足與古今作俗詩者澡濯胸胃，導啟性靈。」[226]倡導性靈，乃姚鼐好友袁枚所舉。雖然姚鼐「斷謂樊榭、簡齋，皆詩家之惡派」[227]，但「鎔鑄唐宋」則是二人的共識。況且姚鼐認為袁枚「切不可以大家自待」[228]之論最善，自己也說：「古之善鳴為詩者，不自命為詩人者也。」[229]對其文采風流也頗為讚賞。因而不顧袁枚身後為人所詆毀，也不顧眾人所勸阻，毅然為之作志。[230]這種對袁枚其人其才的通達眼光，無疑對姚鼐重情尚實的詩論有著潛在的影響。從上述所引即可看出，姚鼐與袁枚一樣，對當下那些假情意、偽詩人深有所鄙，而倡舉山谷詩正是救弊返正的有效途徑。

　　情動於中，發言為詩。是什麼樣的情境促使詩人不得不發呢？姚鼐對「詩窮而後工」這一詩學命題進行了反思。其〈陳東浦方伯七十壽序〉云：

　　　昔昌黎韓文公之論為詩曰：「歡愉之詞難工，愁苦之言易好。」故世謂唐詩人罕達，獨高常侍稱為作詩之顯者而已。其後歐陽永叔因亦有「窮而後工」之說，世多述焉，或以為是不

---

226 姚鼐：〈五七言今體詩鈔序目〉，曹光甫標點：《今體詩鈔》卷首（上海市：上海古籍出版社，1986年3月），頁3-4。

227 姚鼐：〈與鮑雙五〉，盧坡點校：《惜抱軒尺牘》卷四（合肥市：安徽大學出版社，2014年3月），頁59。

228 姚鼐：〈與陳碩士〉，盧坡點校：《惜抱軒尺牘》卷七（合肥市：安徽大學出版社，2014年3月），頁121。

229 姚鼐：〈荷塘詩集序〉，劉季高標注：《惜抱軒詩文集》（上海市：上海古籍出版社，1992年11月），頁50。

230 姚鼐：〈與陳碩士〉，盧坡點校：《惜抱軒尺牘》卷五（合肥市：安徽大學出版社，2014年3月），頁77載：「隨園昨已自揚州回，然腹疾究未能癒，今見邀預作輓詩也。」頁84載：「簡齋先生，于一月十六日捐館，使人有風流頓盡之歎矣。」頁85載：「余謂隨園雖不免有遺行，然正是朱、毛一例耳。其文采風流有可取，亦何害于作志。」

必然。夫詩之源必溯于〈風〉、〈雅〉，方周盛時，詩人皆朝廷
卿相大臣也，豈愁苦而窮者哉？鼐嘗思之：當文、武、成、康
為治，周、召之倫，陳述祖宗，援引興亡，以為教諫，憂危恐
懼之意常多。逮宣王中興，尹吉甫之徒，于君友間，誼兼規
勉。是雖處極治之時，其詞固不得第謂為歡愉矣。若夫為歡愉
之詞，〈魚麗〉、〈蓼蕭〉、〈菁莪〉、〈魚藻〉之篇，寥寥數言，
不足以發為詩之極致。然則詩人誠不必盡窮，而歡愉之詞不如
愁苦，其說上推之《六經》，卒無以易也。[231]

歐陽脩明確提出「詩窮而後工」，自有其特定的歷史背景與理論內
涵。[232]詩人的窮達和創作狀態，題材與主題的選擇，文學技法的工
拙，這些因素之間的聯繫是非常複雜的。而判定作品的優劣，並非是
簡單一元的。離開了具體的歷史背景，「詩窮而後工」這一理論命題
難免就會導致眾說紛紜的局面，甚至出現截然相反的論調。姚鼐上溯
詩學經典，引用〈風〉、〈雅〉之篇，對此命題進行了辨說，既不固守
舊識，也不完全否定，而是具體情況具體分析，避免了極端化的認
識，其結論令人信服。[233]姚鼐〈方恪敏公詩後集序〉亦曰：「公自少
即以詩名，北窮徼塞，南涉江湖，其詞多沈鬱慷慨，固古人所云詩以
窮而工者。然詩人之情詞，因時而變易，朝野窮達，各有所宜，豈必
盡出於窮愁而後工哉？」[234]創作環境的變遷，社會身分的窮達，詩人
情性的類型，創作動機的誘因，等等，這些都是影響作品工拙的要
素。一言以蔽之，詩人之窮達與作品之工拙並無必然的聯繫。從形而

---

231 姚鼐：〈陳東浦方伯七十壽序〉，劉季高標注：《惜抱軒詩文集》（上海市：上海古
　　籍出版社，1992年11月），頁118。

232 詳參鞏本棟師：〈「詩窮而後工」的歷史考察〉，《中山大學學報》2008年第4期。

233 蔣雪豔、劉守安：〈姚鼐的詩論〉，《首都師範大學學報》1997年第6期。

234 姚鼐：〈方恪敏公詩後集序〉，劉季高標注：《惜抱軒詩文集》（上海市：上海古籍
　　出版社，1992年11月），頁265。

上的角度考量，姚鼐所論更具普遍意義，也體現出其詩學融通而不偏執的理性特徵。

在詩體正變這一方面上，姚鼐也表現得比較圓通。在與姪孫姚瑩的一通書信中，他說道：「所選吾詩，大抵取正而不取變。然觀人之才，須正變兼論之，得其真境乃善。夫文章之事，欲能開新境專於正者，其境易窮，而佳處易為古人所掩。近人不知詩有正體，但讀後人集，體格卑卑。務求新而入纖俗，斯固可憎厭。而守正不知變者，則亦不免于隘也。」[235]從評騭人才到探討詩學，正變並舉，辯證通達。其〈敦拙堂詩集序〉曰：「且古詩人，有兼〈雅〉、〈頌〉，備正變，一人之作，屢出而愈美者，必儒者之盛也。」[236]一人之詩，體備正變，辭必崇雅，創新而不入俗，守正而不囿舊，這足可為姚鼐「融通」詩學特徵之注腳。

（二）從創作論著眼，姚鼐主張隨其性情、天資而擇習一門一體，從專學一家到轉益多師，從摹擬漸修到頓悟明道，超越古人而自成一家，這些也充分體現著「融通」的詩學特徵。首先，姚鼐認為研修各種學問都得隨其天分，因其性情。「大抵所在有真逾人處，而不必其同途。詩佳則取詩，文佳則取文。經學、史學、天文、數算、地理、小學，即四六時文，皆可愛。但欲其精，不必其多。能兼者自佳，不能兼亦何害？」[237]何種天資的人適合修習何種學問，兼通數門固然可喜，專精一門也無可非議。在當時考據成風的時代，能有如此通達明智的教育思想也是很讓人欽佩的。能否工詩尚文，這也有天分的因素：「大抵古文深入難於詩，故古今作者少於詩人。然又有能文

---

235 姚鼐：〈與石甫姪孫〉，盧坡點校：《惜抱軒尺牘》卷八（合肥市：安徽大學出版社，2014年3月），頁138。

236 姚鼐：〈敦拙堂詩集序〉，劉季高標注：《惜抱軒詩文集》（上海市：上海古籍出版社，1992年11月），頁50。

237 姚鼐：〈與陳碩士〉，盧坡點校：《惜抱軒尺牘》卷六（合肥市：安徽大學出版社，2014年3月），頁104。

而不能詩者，此亦由天分耳。」[238]在與弟子管同的信中，姚鼐說：
「若以才氣論，此時殆未有出賢右者。勉力續學，成就為國一人物
也。賢今歲必是專於文大用功，故文進而詩退；有文若此，何必能詩
哉，況後尚未可量邪！諸文體格已成就，足發其才，所望學充力厚，
則光燄十倍矣。智過於師，乃堪傳法；須立志跨越老夫，乃為豪傑
耳。」[239]管同詩不逮於文，姚鼐因材施教，不是求全責備，反而開導
有加，望其青勝於藍。

　　單論學詩，更是如此。姚鼐與姚元之云：「所作詩則不能佳，蓋
緣初入手，即染邪氣，不能洗脫。雖天分好處，偶亦發露，然亦希
矣。必欲學此事，非取古大家正矩潛心一番，不能有所成就。近體只
用吾選本，其間各家，門逕不同。隨其天資所近，先取一家之詩，熟
讀精思，必有所見。然後又及一家，知其所以異，又知其所以同。同
者必歸於雅正，不著纖毫俗氣。起復轉摺，必有法度，不可苟且牽
率，致不成章。至其神妙之境，又須於無意中忽然遇之，非可力探。
然非功力之深，終身必不遇此境也。古體伯昂尤有魔氣，就其才所
近，可先讀阮亭所選古詩內昌黎詩讀之，然後上溯子美，下及子瞻，
庶不至如游騎之無歸耳。」[240]若要學詩，先得「隨其天資所近」，專
取一家，而後轉益多師。這裡還論及了何種情性的人適合學習何種詩
體，姚鼐還說：「大抵其才馳驟而炫燿者，宜七言；深婉而澹遠者，宜
五言。雖不可盡以此論拘，而大概似之矣。」[241]姚瑩在給姚元之詩集
的序中曰：「吾家鷹青總憲，不以詩鳴，乃古、近諸作，正復不少。諦

238　姚鼐：〈與石甫姪孫〉，盧坡點校：《惜抱軒尺牘》卷八（合肥市：安徽大學出版
　　社，2014年3月），頁139。

239　姚鼐：〈與管異之〉，盧坡點校：《惜抱軒尺牘》卷四（合肥市：安徽大學出版社，
　　2014年3月），頁67。

240　姚鼐：〈與伯昂從姪孫〉，盧坡點校：《惜抱軒尺牘》卷八（合肥市：安徽大學出版
　　社，2014年3月），頁128-129。

241　姚鼐：〈與陳碩士〉，盧坡點校：《惜抱軒尺牘》卷六（合肥市：安徽大學出版社，
　　2014年3月），頁96。

觀全集，雅託唐音，綿邈其思，俊逸其氣，清辭麗句，不絕於篇。」[242]
姚元之其氣俊逸，針對這種狀況，姚鼐認為應該「就其才所近」，以
王士禎《古詩選》為範本，先讀韓詩，再學杜詩，後及蘇詩。若是如
此尚未能得詩家真諦，那麼可以轉而學習今體詩。他在給姚元之的另
一封書信中就說到：「大抵作詩平易，則苦無味；求奇，則患不穩。
去此兩病，乃可言佳。至古體詩，須先讀昌黎，然後上溯杜公。下採
東坡。於此三家得門逕尋入，於中貫通變化，又繫各人天分。一時如
古今體不能並進，只專心今體可耳。」[243]由此可見，姚鼐的詩學教育
是多麼通達明智，既有人情味，又不迂腐，且頗具理性色彩。

　　其次，姚鼐認為學詩得摹擬漸修與頓悟明道二者統一起來。他在
給姚元之信中說：「來書云，欲於古人詩中尋究有得，然後作詩。此
意極是。近人每云，作詩不可摹擬，此似高而實欺人之言也。學詩文
不摹擬，何由得入？須專摹擬一家，已得似後，再易一家。如是數番
之後，自能鎔鑄古人，自成一體。若初學未能逼似，先求脫化，必全
無成就。譬如學字而不臨帖，可乎？」[244]學詩如習帖，先須師法古
人，從一人到多家，摹擬其形神，才能鎔鑄前賢，自成一體。姚鼐從
詩史論的角度出發，提出詩史進程中後出轉精之說。弟子郭麐曰：
「姬傳先生言，文章之事，後出者勝。如東坡〈石鼓歌〉實過昌黎，
蓋同此一詩，同此一體，自度力不能敵，斷不復出，此所謂於艱難中
特出奇麗也。」[245]同題之作，蘇詩超越韓詩，就在於一則蘇更才大力
雄，二來蘇能學韓而超韓。

---

242 姚瑩：《東溟文集後集》卷九〈鷹青詩集序〉，《續修四庫全書》（集部）第1512冊
　　（上海市：上海古籍出版社，2002年版），頁567。
243 姚鼐：〈與伯昂從姪孫〉，盧坡點校：《惜抱軒尺牘》卷八（合肥市：安徽大學出版
　　社，2014年3月），頁132-133。
244 姚鼐：〈與伯昂從姪孫〉，盧坡點校：《惜抱軒尺牘》卷八（合肥市：安徽大學出版
　　社，2014年3月），頁129。
245 郭麐：《靈芬館詩話》卷二，張寅彭主編：《清詩話三編》第5冊（上海市：上海古
　　籍出版社，2014年12月），頁3289。

　　若不示以古之軌則，則今人何以成家？第一，在師法先輩上，姚鼐提倡轉益多師。其〈答翁學士書〉曰：「鼐誠不工於詩，然為之數十年矣，至京師，見諸才賢之作不同，夫亦各有所善也。就其常相見者五六人，皆鼐所欲取其善以為師者。雖然，使鼐舍其平生，而惟一人之法，則鼐尚未知所適從。」[246]可知姚鼐平生習詩不固守一家。其自道：「鎔鑄唐、宋，則固是僕平生論詩宗旨耳。」[247]尊唐祖宋，實是乾嘉時期詩學發展之大勢。施山即云：「惜抱與隨園論詩皆鎔鑄唐宋，不分疆域。」[248]沈曾植亦曰：「惜抱選詩，暨與及門講授，一宗海峰家法，門庭階闥，矩範秩然。乃其自得之旨，固有在語言文字音聲格律外者。愚嘗合先生詩與《籜石齋集》參互證成，私以為經緯唐、宋，調適蘇、杜，正法眼藏，甚深妙諦，實參實悟，庶其在此。」[249]唐宋詩是中國詩學的並峙雙峰，自然是宗法的對象。但姚鼐並非僅限於此，姚瑩曰：「惜抱起而繼之，然後詩道大昌。蓋漢、魏、六朝、三唐、兩宋以及元、明諸大家之美無不一備矣。海內諸賢謂古文之道在桐城，豈知詩亦有然哉？」[250]第二，在學詩的過程中，先須「逼似」，再求「脫化」。姚鼐在給方東樹的信中說：「大抵學古人必始而迷悶，苦毫無似處，久而能似之，又久而自得，不復似之。若初不知有迷悶難似之境，則其人必終身無望矣。為學非難非易，只

246　姚鼐：〈答翁學士書〉，劉季高標注：《惜抱軒詩文集》（上海市：上海古籍出版社，1992年11月），頁85。

247　姚鼐：〈與鮑雙五〉，盧坡點校：《惜抱軒尺牘》卷四（合肥市：安徽大學出版社，2014年3月），頁59。

248　施山：《望雲詩話》，轉引自《清詩紀事‧乾隆卷》（南京市：鳳凰出版社，2004年版），頁1508。

249　沈曾植：〈惜抱軒詩集跋〉，轉引自《清詩紀事‧乾隆卷》（南京市：鳳凰出版社，2004年版），頁1508。

250　姚瑩：〈桐舊集序〉，轉引自《清詩紀事‧乾隆卷》（南京市：鳳凰出版社，2004年版），頁1508。

在肯用功耳。」[251]單靠摹擬，終入他人境地，畫地成牢，必成死障。這是無法取得「真經」的。學詩還得有悟性，悟古人之妙，有一己之得。「文家之事，大似禪悟；觀人評論圈點，皆是借徑。一旦豁然有得，呵佛罵祖，無不可者。此中自有真實境地，必不疑於狂肆妄言，未足為證者也。」[252]姚鼐以修禪為喻，師法古人終是「借徑」，最重要的是從中悟得詩家三昧。又曰：「凡詩文事與禪家相似，須由悟入，非語言所能傳。然既悟後，則返觀昔人所論文章之事，極是明瞭也。欲悟亦無他法，熟讀精思而已。」[253]姚鼐提倡學詩須悟，似源自於鄉先輩錢澄之。據王應奎《柳南續筆》卷四「虞山不知苦吟」條載：「桐城錢幼光《田間集》有云：『虞山不信詩有悟入一路，由其生長華貴，沉溺綺靡，兼以腹笥富而才情贍。因題布詞，隨手敏捷，生平不知有苦吟之事，故不信有苦吟後之所得耳！苦吟之後，思維路盡，忽爾有觸，自然而成。禪家所謂絕後重甦，庸非悟乎？』」[254]從《今體詩鈔》和《惜抱軒筆記》中多處批評錢謙益就可看出，姚鼐兼重詩悟與錢澄之有著潛在的淵源。第三，精習一家與泛覽眾家相結合。「凡學詩文之事，觀覽不可以不泛博。若其熟讀精思效法者，則欲其少不欲其多。如漁洋《五言詩選》，吾猶覺其多耳。其選不及杜公，此是其自度才力，不堪以為大家，而天下士之堪學杜詩者亦罕見。故不以杜詩教人，此正其不敢自欺處耳。今若病其缺此大對，只當另選一杜詩，或益以昌黎，以待天下士才力雄健之者自取法可也。

---

251 姚鼐：〈與方植之〉，盧坡點校：《惜抱軒尺牘補編》卷二（合肥市：安徽大學出版社，2014年3月），頁183-184。

252 姚鼐：〈與陳碩士〉，盧坡點校：《惜抱軒尺牘》卷五（合肥市：安徽大學出版社，2014年3月），頁76。

253 姚鼐：〈與石甫姪孫〉，盧坡點校：《惜抱軒尺牘》卷八（合肥市：安徽大學出版社，2014年3月），頁138。

254 王應奎：《柳南續筆》卷四（北京市：中華書局，1983年10月），頁208。

若此外別家，只有泛覽之詩，實無當熟讀效法之詩也。」[255]姚鼐以為學詩要處理好精與專、多與少的關係。具體而言，若要得古人之孤詣，先得精研一家，寧少勿多，而後旁及他人，泛覽博綜，終成一己之面目。概言之，姚鼐自己習詩、與人論詩，提倡轉益多師而自成一家，摹擬漸修與頓悟得道有機統一。

（三）從批評論而言，姚鼐不局限於時代與詩人的界域，也不迷信成說和權威，而是以全面客觀、通達中肯的理性態度來進行文學批評。談到摹仿古人，自然會涉及到具體的師法對象。在對待明「七子」的問題上，姚鼐也顯示出通達圓融的理性態度。一方面，姚鼐認為不可輕議明「七子」摹仿唐人。一是反駁明末清初錢謙益貶斥明人摹擬之論。「今人詩文不能追企古人，亦是天資遜之，亦是塗轍誤而用功不深也。若塗轍既正，用功深久，於古人最上一等文字，諒不可到，其中下之作，非不可到也。昌黎不云『其用功深者，其收名遠乎』。近世人習聞錢受之偏論，輕議明人之摹倣，文不經摹倣，亦安能脫化？觀古人之學前古，摹倣而渾妙者，自可法；摹倣而鈍滯者，自可棄。雖揚子雲亦當以此義裁之，豈但明賢哉？」[256]錢謙益出於對明人學唐詩之流弊的批判，卻有點矯枉過正。先天資性與後天修習本就是相輔相成，二者統一的。二是不迷信翁方綱之言，從上引的〈答翁學士書〉即可見一斑。姚鼐給弟子陳用光又說：「多作詩大佳，聽覃谿之論，須善擇之。吾以謂學詩，不經明李、何、王、李路入，終不深入。而近人為紅豆老人所誤，隨聲詆明賢，乃是愚且妄耳。覃谿先生正有此病，不可信之也。」[257]渾妙者自可法，鈍滯者自可棄，並

255 姚鼐：〈與陳碩士〉，盧坡點校：《惜抱軒尺牘》卷七（合肥市：安徽大學出版社，2014年3月），頁121。

256 姚鼐：〈與管異之〉，盧坡點校：《惜抱軒尺牘》卷四（合肥市：安徽大學出版社，2014年3月），頁69。

257 姚鼐：〈與陳碩士〉，盧坡點校：《惜抱軒尺牘》卷七（合肥市：安徽大學出版社，2014年3月），頁120。

不拘泥於某一時代某一家，只要於學詩有可取之處，即可擇而從之，這種科學對待前人遺產的理性態度洵可稱道。姚鼐也是如此踐行的，郭麐說：「吾師姚姬傳先生以古文擅海內，詩亦兼備眾長。」[258]又說：「吾師姚姬傳先生……又嘗曰：『近日為詩，當先學七子，得其典雅嚴重，但勿沿習皮毛，使人生厭。復參以宋人坡、谷諸家，學問宏大，自能別開生面。』」[259]並且能超越七子而得真諦，楊鍾羲《雪橋詩話餘集》載：

> 湘潭歐陽功甫師事新城二陳。……（二陳）在京師與梅伯言（按，即梅曾亮）談藝最洽。功甫〈寄吳南屏〉詩有「頗聞同調神仙慰，我亦私心奉瓣香」之句。其〈與羅秋浦書〉，謂伯言論學詩之法，初從荊公、山谷入，則庸熟繁蔓，無從擾其筆端，俟其才氣充沛，法律精熟，然後上薄諸大家，而融洽變化，以自成其面目，袁、蔣、趙才力甚富，不屑煉以就法，故多淺直俚諢之病，不能及古，而見喜於流俗。獨姬傳姚氏確守矩矱，由摹擬以成真詣，為七子所未有，亦見其端序之有自也。[260]

姚鼐「由摹擬以成真詣」，由「七子」入，又能由「七子」出。倚其性情才氣，精其法律規矩，上薄前賢，下攬眾家，「融洽變化，以自成其面目」，並且能以此法傳授眾弟子。另一方面，姚鼐對明人專宗唐體而不滿。乾隆三十五年（1770），他在典試湖南時稱：「七言律

---

258 郭麐：《樗園銷夏錄》，轉引自《清詩紀事・乾隆卷》（南京市：鳳凰出版社，2004年版），頁1507。

259 郭麐：《樗園銷夏錄》，轉引自《清詩紀事・乾隆卷》（南京市：鳳凰出版社，2004年版），頁1507。

260 楊鍾羲：《雪橋詩話餘集》卷八，《雪橋詩話全編》第4冊（北京市：人民文學出版社，2011年7月），頁2741。

詩，明人之論，或主王維、李頎，或主杜子美，而盡斥宋、元諸作者，意亦隘矣。然蘇、黃而下，氣體實自殊別。意有不襲唐人之貌，而得其神理者存乎？夫唐人之詩，古今獨出。」[261]唐人之詩固然淩轢古今，但其他諸朝之詩並非乏善可陳。明人推重唐人七律而摒斥宋元，實是出於寫作技巧、易於效法的觀念之故。[262]姚鼐單就七律一體而言，認為明人僅學唐人，一葉障目，其意必隘，自然無以服眾。而姚鼐對於明「七子」能有如此通達的理性態度，實源於伯父姚範。姚範「是於七子，未嘗盡奪而不與」，故而錢鍾書稱之為「古來評七子擬古，無如此之心平語妙者」，「惜抱淵源家學，可以徵信」[263]。由上可知，姚鼐在繼承姚範的基礎上，對待明人更為客觀通達，明智理性，而不像某些詩論家意氣用事，或出於一己之私。

　　具體到某家某體某篇的批評鑒賞，姚鼐亦是客觀通達，毫無避諱。〈今體詩鈔序目〉云：「杜公今體，四十字中包涵萬象，不可謂少。數十韻百韻中，運掉變化如龍蛇，穿貫往復如一線，不覺其多。讀五言至此，始無餘憾。」[264]是選甄錄杜甫五言排律達一卷計三十七首，讚譽之辭俯拾即是，但姚鼐也不為尊者諱。所選〈秋日夔府詠懷奉寄鄭監審李賓客之芳一百韻〉詩後評曰：「此詩後半覺用意少漫，頗有率率處。前半則崢嶸蕭瑟，分別觀之。」[265]杜詩自宋以來，推崇備至，絕無異論。迨及清季，文學批評觀念更趨於理性、客觀，此即一例。一首之中，能分而論之，優劣自明，撇開姚鼐所論此詩之對

261 姚鼐：〈乾隆庚寅科湖南鄉試策問五首〉，劉季高標注：《惜抱軒詩文集》（上海市：上海古籍出版社，1992年11月），頁139-140。

262 參見周勛初：〈從「唐人七律第一」之爭看文學觀念的演變〉，《周勛初文集》第3冊（南京市：江蘇古籍出版社，2000年9月），頁165-174。

263 錢鍾書：《談藝錄》（北京市：生活・讀書・新知三聯書店，2007年12月），頁370-371。

264 姚鼐：〈今體詩鈔序目〉，曹光甫標點：《今體詩鈔》卷首（上海市：上海古籍出版社，1986年3月），頁2。

265 姚鼐：《今體詩鈔》，曹光甫標點（上海市：上海古籍出版社，1986年3月），頁150。

錯，至少其批評觀念堪稱通達。又如，所錄李商隱七律〈九成宮〉，姚鼐論及尾聯「荔枝盧橘沾恩幸，鸞鵲天書濕紫泥」曰：「荔枝盧橘皆夏熟，切避暑。末句但謂詔求此果耳，而語乃迂晦，此義山之病。」[266]義山詩因求之過深以致於晦澀難解，正如〈今體詩鈔序目〉所言：「（義山詩）第以矯敝滑易，用思太過，而僻晦之敝又生，要不可不謂之詩中豪傑士矣。」[267]姚鼐所言義山之病，可謂切中肯綮。再如，山谷詩向為姚範所稱：「涪翁以驚創為奇，其神兀傲，其氣崛奇。元思瑰句，排斥冥筌，自得意表。玩誦之久，有一切廚饌腥螻而不可食之意。」[268]姚鼐承因家學，錢仲聯曰：「自姚姬傳喜為山谷詩，而曾求闕祖其說，遂開清末西江一派。」[269]但在具體論及黃庭堅某詩時，姚鼐也是毫不忌諱。《今體詩鈔》所錄〈送彭南陽〉一詩，末聯為「若見賢如武侯者，為言來仕聖明朝」，姚鼐曰：「結太淺直，不為佳。江西社中諸公多為此等語所誤。且武侯乃居襄陽之南陽里，非南陽郡也。」[270]

另外，姚鼐還從風格論的角度，提出陽剛與陰柔兼濟的詩歌審美風格。這一點，賀嚴在〈姚鼐的〈五七言今體詩鈔〉與桐城派詩論〉[271]已有深入探討，茲不贅言。綜上所述，姚鼐詩學在詩性論、創作論、批評論及風格論上，給人全面客觀、理性中肯、通達圓融之感。正是這種「融通」的詩學特徵，並借助其經典選本《今體詩鈔》，促使桐城詩學廣為流播，遂開一派。

---

266 姚鼐：《今體詩鈔》，曹光甫標點（上海市：上海古籍出版社，1986年3月），頁284。
267 姚鼐：〈今體詩鈔序目〉，曹光甫標點：《今體詩鈔》卷首（上海市：上海古籍出版社，1986年3月），頁3。
268 姚範：《援鶉堂筆記》卷四十，《續修四庫全書》（子部）第1149冊（上海市：上海古籍出版社，2002年版），頁82。
269 錢仲聯：《夢苕庵詩話》（濟南市：齊魯書社，1986年3月），頁85。
270 姚鼐：《今體詩鈔》，曹光甫標點（上海市：上海古籍出版社，1986年3月），頁333-334。
271 賀嚴：《清代唐詩選本研究》（北京市：人民出版社，2007年3月），頁204-208。

二　《今體詩鈔》的編撰緣起及經典化

　　吳汝綸在給桐城姚慕庭作墓誌銘云：「（桐城）至姚郎中乃以詩法
教人，其徒方植之東樹益推演姚氏緒論，自是桐城學詩者一以姚氏為
歸，視世所稱詩家，若斷潢野潦，不足當正流也。大亂以後，業此者
希。耳目所接，唯君一人。君沒，而桐城詩學幾乎熄也。夫豈一鄉縣
之不幸，抑亦文學絕續之所繫也。」[272]細繹此文，可知桐城詩派自姚
鼐而振興，加之數十年的書院教育，弟子眾多，從者如流。因兵燹之
亂，文苑蕭條，桐城詩學幾將熄匿。錢仲聯亦曰：「乙亥浴佛日，為
陳丈石遺八十壽誕。……家子泉（按，指錢基博）先生有文壽之，長
千數百字，茲節錄其論詩者。……又云：『桐城自海峰以詩學開宗，
錯綜震盪，其源出李太白。惜抱承之，參以黃涪翁之生嶄，開合動
宕，尚風力而杜妍靡，遂開曾湘鄉以來詩派，而所謂同光體者之自出
也。吾常謂惜抱之文，妙在不盡，而惜抱之詩，則敢於盡，兼能並
美，體勢絕異。而觀其選定《近體詩鈔》，意豈不欲開戶牖，設壇坫
者。何意嗣響無人，遂貽論同光體者以數典忘祖之譏。獨張濂卿《國
朝三家詩鈔序》，推惜抱七律為清代一手。』云云。此一段議論，余
亦主張。前曾於詩話中發之，惟尚不及此之詳。」[273]姚鼐融通的詩
學，並以自身詩歌創作為示範，開宗立派，其影響不言而喻。從當時
的詩壇來看，桐城詩派雖不可謂影響甚鉅，但足以鼎立於江南桐城、
南京之一隅。吳棣邨云：「吾鄉稱詩大宗者，田間（按，指錢澄之）
宗陶，海峰、惜抱（按，指劉大櫆、姚鼐）宗杜，鮮宗中唐者。田間
之派，傳者寥寥。近時詩人，多海峰、惜抱派別。」[274]吳汝綸〈劉笠

272 吳汝綸：《桐城吳先生詩文集》文集卷三〈姚慕庭墓誌銘〉，《續修四庫全書》（集
　　部）第1563冊（上海市：上海古籍出版社，2002年版），頁295。

273 錢仲聯：《夢苕庵詩話》（濟南市：齊魯書社，1986年3月），頁154-155。

274 吳棣邨：〈東隅草堂詩敘〉，轉引自吳孟復：《桐城文派述論》（合肥市：安徽教育
　　出版社，2001年7月），頁83。

生詩序〉曰：「吾縣自劉才父學博、姚姬傳郎中，以詩學軌則傳後進。是後學詩者滋益多，客游四方，往往持詩卷贈人。」[275]從後來的傳承來看，「同光體」派雖「數典忘祖」，但仍然無法掩蓋其源於桐城詩派之真相。實際上，「同光體」詩人在詩人詩體的取法上，多以「融通」的詩學宗旨為指導，尊唐宗宋，上溯漢魏，本於「詩騷」，而不固於一隅一代。職是之故，桐城詩派絕不可輕視之。詩學的倡導，無疑還有賴於經典選本的推廣。現擬就「開戶牖、設壇站」的《今體詩鈔》作一考察。

　　孫琴安《唐詩選本提要》附錄一「古代著名唐宋詩合選本」將《今體詩鈔》作為四種之一予以著錄，可見對是選的推重。[276]之後，又專作一文《桐城派詩選的經典──評介姚鼐的《今體詩鈔》》，對這個「影響最大，流傳最廣」的選本進行了簡要的評述，認為：「《今體詩鈔》不僅是我國古代最著名的唐宋詩合選本之一，而且堪稱桐城詩派詩選中的經典之作。」[277]

　　姚鼐所撰〈今體詩鈔序目〉，全文不長，徵引如下：

　　　　天下之是非有不可得而淆也，而人以己意決之，則不能不淆；
　　　　其不淆者，必其當于人心之公意者也。人心之公意雖具于人
　　　　人，而當其始，無一人發之，則人人之公意不見。苟發之而同
　　　　者會矣。論詩如漁洋之《古詩鈔》，可謂當人心之公意者也。
　　　　吾惜其論止古體而不及今體。至今日而為今體者，紛紜歧出，
　　　　多趨譌謬，風雅之道日衰。從吾游者，或請為初漁洋之闕編，
　　　　因取唐以來詩人之作採錄論之，分為二集十八卷，以盡漁洋之

---

275 吳汝綸：《桐城吳先生文集》卷三〈劉笠生詩序〉，《續修四庫全書》（集部）第1563冊（上海市：上海古籍出版社，2002年版），頁288。

276 孫琴安：《唐詩選本提要》（上海市：上海書店出版社，2005年1月），頁456-458。

277 孫琴安：〈桐城派詩選的經典──評介姚鼐的《今體詩抄》〉，《古典文學知識》2002年第3期。

遺志。雖然漁洋有漁洋之意，吾有吾之意。吾觀漁洋所取捨，
亦時有不盡當吾心者，要其大體雅正，足以維持詩學，導啟後
進，則亦足矣。其小小異同嗜好之情，雖公者不能無偏也。今
吾亦自奮室中之說，前未必盡合于漁洋，後未必盡當于學者，
然而存古人之正軌，以正雅祛邪，則吾說有必不可易者。世之
君子，其亦以攬其大者求之。嘉慶三年二月，桐城姚鼐識。[278]

　　先來談其編選緣起。乾隆四十一年（1776）朱孝純調守兩淮，與
寓揚商賈馬曰琯、馬曰璐等人共建梅花書院，是年秋姚鼐被聘任為山
長。[279]由此年始，直至辭世，姚鼐從事了長達近四十年的書院教育，
憑藉其學識與威望，從遊者日益增多。自乾隆年間科舉開考試帖詩以
來，詩學教育自然成為學院日常課業的一部分。乾隆五十五年
（1790）至嘉慶五年（1800），姚鼐主講南京鍾山書院。[280]據〈序
目〉所載，編選《今體詩鈔》緣起於從遊者的敦請，加之姚鼐也認為
王士禎《古詩選》只選古體不及今體，故而有續補其闕之舉。
　　文學經典建構大致要有如下要素：（1）文學作品的藝術價值；
（2）文學作品的可闡釋的空間；（3）意識形態和文化權力變動；
（4）文學理論和批評的價值取向；（5）特定時期讀者的期待視野；
（6）「發現人」（又可稱為「贊助人」）。六個要素中前兩項屬於文學
作品內部，蘊涵「自律」問題；第（3）、（4）項屬於影響文學作品的
外部因素，蘊涵「他律」問題；最後兩項「讀者」和「發現人」，處
於「自律」和「他律」之間，它是內部和外部的連接者。[281]《今體詩

278　姚鼐：〈今體詩鈔序目〉，曹光甫標點：《今體詩鈔》卷首（上海市：上海古籍出版
　　社，1986年3月），頁1。
279　孟醒仁：《桐城派三祖年譜》（合肥市：安徽大學出版社，2002年12月），頁173。
280　孟醒仁：《桐城派三祖年譜》（合肥市：安徽大學出版社，2002年12月），頁196。
281　童慶炳：〈文學經典建構諸因素及其關係〉，《北京大學學報》2005年第5期。

鈔》之能成為桐城詩派的經典選本，首先就在於它迎合了從游者（即讀者）的期待視野，給弟子們提供了學詩的範本，滿足了讀者的精神需求。

另外，王士禛《古詩選》無疑是一部研習古詩的著名範本，姚鼐也希望透過編選《今體詩鈔》與之配套進行古今體詩歌教育，示人以軌則。姚鼐給弟子管同（異之）的一封信札對此即有所點明：「吾向教後學學詩，只用王阮亭《五七言古詩鈔》；今以加于賢，卻猶未當。蓋阮亭詩法，五古只以謝宣城為宗，七古只以東坡為宗。賢今所宗，當正以李、杜耳，越過阮亭一層。然王所選，亦不可不看，以廣其趣。」[282]王士禛《古詩選》是姚鼐教導後學古詩之範本，管同對此似未領會其旨。姚鼐在另一封信中說：「《今體詩》，揚州尚未刻出。至《古體》，阮亭不取四傑，此是阮亭識力正處，異之豈可議之？必欲補其所少，其惟長吉一人乎？若玉川則不足錄矣。須知長吉、子瞻皆出太白，而全變其面貌。異之得此理，乃能善學太白矣。」[283]王氏所選，姚鼐亦有異議之處，如上所引〈序目〉中就說「吾觀漁洋所取捨，亦時有不盡當吾心者」。姚鼐在給另一弟子陳用光的信中說：「凡學詩文之事，觀覽不可以不泛博。若其熟讀精思效法者，則欲其少不欲其多。如漁洋《五言詩選》，吾猶覺其多耳。其選不及杜公，此是其自度才力，不堪以為大家，而天下士之堪學杜詩者亦罕見。故不以杜詩教人，此正其不敢自欺處耳。今若病其缺此大對，只當另選一杜詩，或益以昌黎，以待天下士才力雄健之者自取法可也。若此外別家，只有泛覽之詩，實無當熟讀效法之詩也。」[284]概言之，王氏所選

282　姚鼐：〈與管異之〉，盧坡點校：《惜抱軒尺牘》卷四（合肥市：安徽大學出版社，2014年3月），頁66-67。

283　姚鼐：〈與管異之〉，盧坡點校：《惜抱軒尺牘補編》卷一（合肥市：安徽大學出版社，2014年3月），頁167。

284　姚鼐：〈與陳碩士〉，盧坡點校：《惜抱軒尺牘》卷七（合肥市：安徽大學出版社，2014年3月），頁121。

在詩人的取捨上是有可議之處，不取初唐四傑、李賀、杜甫等名家，似為後人所詬病。而在姚鼐心中，正如〈序目〉所言，「論詩如漁洋之《古詩鈔》，可謂當人心之公意者也」，雖各有偏重，但「其大體雅正，足以維持詩學，導啟後進，則亦足矣。其小小異同嗜好之情，雖公者不能無偏也」。在教導姚元之學詩時，姚鼐說：「古體伯昂尤有魔氣，就其才所近，可先讀阮亭所選古詩內昌黎詩讀之，然後上溯子美，下及子瞻，庶不至如游騎之無歸耳。」[285]由此可見，姚鼐對王氏《古詩選》的推崇，並付諸教學實踐。民國間，掃葉山房將《今體詩鈔》與《古詩選》合刊為《古今詩選》，可謂得古人之心，也正說明了王、姚二選融合互補的關係與價值。

　　姚鼐拈大放小，自以為得漁洋之孤詣，將己選堪稱續補之佳作。〈序目〉云：「今吾亦自奮室中之說，前未必盡合于漁洋，後未必盡當于學者，然而存古人之正軌，以正雅祛邪，則吾說有必不可易者。」編選目的是與《古詩選》同為一體，矯偽存真，「正雅祛邪」，示人以正軌，成一家之言。姚鼐對《今體詩鈔》的倚重在與胡雒君的一通書信中再一次表露無遺：「吾所選五七言今體，重複批閱之本，彼行笥攜有之，可以借臨一過。鄙見自詡，此為詩家『正眼法藏』。不知他日真有識者論之，當複何如。若近時人毀譽，舉不足校耳。」[286]姚鼐如此自詡，實是針對當下詩壇而發。〈序目〉曰：「至今日而為今體者，紛紜歧出，多趨譌謬，風雅之道日衰。」姚鼐編選《今體詩鈔》，其當代意義就在於別裁譌體，矯正時弊。他在與陳用光的信中說：「《五七言今體詩鈔》，新刻本頗佳。今以一部奉寄，吾意以俗體詩之陋，鈔此為學者正路耳。使學者誦之，縱不能盡上口，然必能及

---

285 姚鼐：〈與伯昂從姪孫〉，盧坡點校：《惜抱軒尺牘》卷八（合肥市：安徽大學出版社，2014年3月），頁129。

286 姚鼐：〈與胡雒君〉，盧坡點校：《惜抱軒尺牘》卷三（合肥市：安徽大學出版社，2014年3月），頁44。

其半，乃可言學。」[287]姚鼐正是借助於《今體詩鈔》來倡導其詩學取向的。

　　風雅之道，首在甄辨雅俗。「詩之與文，固是一理。」[288]姚鼐認為「大抵作詩古文，皆急須先辨雅俗。俗氣不除盡，則無由入門，況求妙絕之境乎？」[289]雅俗之辨，自是頭等大事。姚鼐傳教弟子詩法，時刻不忘此旨。潘瑛曰：「姬傳夫子峻品高文，楷模當代，故其發為詠歌，金和玉節，懷抱獨遠。瑛久列門牆，側聞緒論，嘗與張荷塘論詩，有句云：『欲作古賢辭，先棄凡俗語。』可以知先生之風矣。」[290]在給從姪孫姚元之的信札中勸戒云：「所作詩則不能佳，蓋緣初入手，即染邪氣，不能洗脫。雖天分好處，偶亦發露，然亦希矣。必欲學此事，非取古大家正矩潛心一番，不能有所成就。近體只用吾選本，其間各家，門逕不同。隨其天資所近，先取一家之詩，熟讀精思，必有所見。然後又及一家，知其所以異，又知其所以同。同者必歸於雅正，不著纖毫俗氣。起復轉折，必有法度，不可苟且牽率，致不成章。至其神妙之境，又須于無意中忽然遇之，非可力探。然非功力之深，終身必不遇此境也。」[291]即使有詩人天分與性情，若學之不正，下筆就會出俗語、涉邪氣。所謂「近體只用吾選本」即指《今體詩鈔》。在品評方東樹詩時也指出：「寄示之詩，乃未見大進於往日。良由與俗人唱和，覺其易勝，便不復追古人，此何由得自卓立有成就可

---

287 姚鼐：〈與陳碩士〉，盧坡點校：《惜抱軒尺牘》卷六（合肥市：安徽大學出版社，2014年3月），頁111。

288 姚鼐：《與王鐵夫書》，劉季高標注：《惜抱軒詩文集》（上海市：上海古籍出版社，1992年11月），頁290。

289 姚鼐：〈與陳碩士〉，盧坡點校：《惜抱軒尺牘》卷六（合肥市：安徽大學出版社，2014年3月），頁96。

290 潘瑛、高岑：《國朝詩萃二集》，轉引自《清詩紀事・乾隆卷》（南京市：鳳凰出版社，2004年版），頁1507。

291 姚鼐：〈與伯昂從姪孫〉，盧坡點校：《惜抱軒尺牘》卷八（合肥市：安徽大學出版社，2014年3月），頁128-129。

觀乎？」[292]若想臻入古人之境，自鑄偉辭，卓然成家，便須棄俗邪崇雅正。而時下詩壇卻是「今日詩家大為榛塞，雖通人不能具正見」[293]。姚鼐在寫給陳用光的詩中感歎道：「我觀士腹中，一俗乃癥痞。……我雖辨正塗，才弱非騏驥。願子因吾說，巨若瓞引瓜。」[294]諄諄教誨，希求門生承傳其說。而姚鼐自幼學詩於劉大櫆，也正是摒棄劉之「客氣」、「俗氣」，以一己之力踐行其崇雅尚正之旨。吳汝綸曰：「竊謂姚公（鼐）所詣，過劉（大櫆）甚遠。故姚七言律詩，曾文正定為國朝第一家；其七古，曾以為才氣稍弱。然其雅潔奧衍，自是功深養到。劉雖才若豪橫，要時時有客氣，亦間涉俗氣，非姚敵也。」[295]概言之，姚鼐針對時下詩風，希求透過《今體詩鈔》與《古詩選》並行，正本清源，存雅祛俗。這是《今體詩鈔》編選目的之所在，也是《今體詩鈔》編選緣由之一，其當代意義不言自明。

　　如孫琴安文中所言，是選還有一個編纂原因即提出「唐宋詩並舉」的詩歌觀念。賀嚴也稱：「《今體詩鈔》唐宋並尊、陽剛陰柔各種風格兼取，體現出道與藝和、天與人一，義理、考據、辭章兼濟的折中融通傾向。」[296]鎔鑄唐、宋，固然是清代詩學融通的必然趨勢，但若僅以此來論《今體詩鈔》之編選宗旨，難免失於皮相。姚鼐說：「鎔鑄唐、宋，則固是僕平生論詩宗旨耳。又有《今體詩鈔》十八卷，衡兒曾以呈覽未？今日詩家大為榛塞，雖通人不能具正見。吾斷謂樊榭、簡齋，皆詩家之惡派。此論出必大為世怨怒。然理不可易，

---

292 姚鼐：〈與方植之〉，盧坡點校：《惜抱軒尺牘補編》卷二（合肥市：安徽大學出版社，2014年3月），頁183。

293 姚鼐：〈與鮑雙五〉，盧坡點校：《惜抱軒尺牘》卷四（合肥市：安徽大學出版社，2014年3月），頁59。

294 姚鼐：〈碩士約過舍久俟不至余將渡江留書與之成六十六韻〉，劉季高標注：《惜抱軒詩文集》（上海市：上海古籍出版社，1992年11月），頁508。

295 吳汝綸：《與蕭敬甫》，轉引自《清詩紀事‧乾隆卷》（南京市：鳳凰出版社，2004年版），頁1508。

296 賀嚴：《清代唐詩選本研究》（北京市：人民出版社，2007年3月），頁201。

非大才不足發明吾說，以服天下。意在足下乎？」[297]姚鼐編選《今體詩鈔》正是力矯袁枚「性靈派」流於滑、俗，厲鶚「浙派」失於晦、滯。最重要的是要以「通人」的態度，調停、融合各派之得失，大倡桐城詩學鎔鑄百家、自成機杼之宗旨。姚鼐又在與弟子陳用光的信中坦言道：「《五七言今體詩鈔》，新刻本頗佳。今以一部奉寄，吾意以俗體詩之陋，鈔此為學者正路耳。使學者誦之，縱不能盡上口，然必能及其半，乃可言學。故惟恐其多，不嫌其少，以謂此外絕無佳詩可增，此必無之理。亦不必求如此，欲使人知吾意所向耳。至若自宋後續添，雖至國朝可也，豈獨金、元哉？蘭雪所執，與吾稍有異同，此何害乎？」[298]「融通」才是姚鼐詩學的靈魂，「惟恐其多，不嫌其少」，續添金、元、明、清也無不可，核心的問題是要讓人明確旨向，步入正途。蘭雪，吳嵩梁之字，曾續補王昶《湖海詩傳》作《石溪舫詩話》二卷。吳氏與姚鼐從事書院教育多年，平生論詩與姚多有相同之處，如重詩家人品與才氣，重學詩門徑與詩歌之正。[299]吳氏在評「乾嘉三大家」之一鄉賢蔣士銓時曰：「蓋予喜讀太白、昌谷、義山三家詩，至是始知必從杜出，方能成家。二十三歲，受知于覃溪先生，因得窮究漢、魏、唐、宋、元、明以來諸家正變，洞悉其旨大要。由元遺山、蘇東坡以上溯李、杜，而參以王右丞、孟襄陽、白香山、李義山、韋蘇州、柳柳州、張文昌、賈浪仙、黃山谷、王荊公、歐陽公、陸放翁十數家。韓昌黎、虞道園頗用功而性不甚近，此外各有所采，都無專功。今逾四十，心力漸耗，其不能成就可知。」[300]這

---

297 姚鼐：〈與鮑雙五〉，盧坡點校：《惜抱軒尺牘》卷四（合肥市：安徽大學出版社，2014年3月），頁59。

298 姚鼐：〈與陳碩士〉，盧坡點校：《惜抱軒尺牘》卷六（合肥市：安徽大學出版社，2014年3月），頁111。

299 參見徐國華：〈吳嵩梁《石溪舫詩話》述評〉，《東華理工學院學報》2006年第1期。

300 吳嵩梁：《石溪舫詩話》卷一，張寅彭主編：《清詩話三編》第4冊（上海市：上海古籍出版社，2014年12月），頁2643。

與姚瑩評價姚鼐頗為相似曰：「惜抱起而繼之，然後詩道大昌。蓋漢、魏、六朝、三唐、兩宋以及元、明諸大家之美無不一備矣。」[301] 一言以蔽之，《今體詩鈔》選目只限於唐宋，這僅僅是詩法取向上的一個策略，關鍵是示人軌則，由此以臻佳境，成自家之面目。

　　持有如此清晰明確的詩學宗旨，再憑藉多年書院山長的地位與威望，姚鼐在門生詩友中大力倡導《今體詩鈔》之典範作用。這無疑加快了《今體詩鈔》作為桐城詩派經典選本的進程。單從姚鼐的信札中，即可見讀者對《今體詩鈔》的群體需求。

　　姚鼐尺牘由弟子陳用光編輯，所收致陳用光信札最多。據此可窺斑見豹。「去歲有寄鈔本《五言今體詩選》，乃亦未達。而鼐今亦且忘其為付何人矣。遠路寄字之難，乃如此，可歎也。此《五言詩》，方觀察世兄，已決意為刊，今不須更鈔。」[302]姚鼐不顧郵路艱難，奉寄《今體詩鈔》給陳氏最多，由此可見陳氏對《今體詩鈔》的需求願望多麼強烈！由於嘉慶三年（1798）方世平初刻本誤訛較多，閱覽多有不便。或是需求過大，或是初刻本品質低劣，以致於姚鼐都沒有底本。他在給甥兒張虯御的信中說：「吾所選《五言今體詩》失其本，望鈔一本見寄也。」[303]嘉慶十年（1805）姚鼐時在金陵鍾山書院，修訂初刻本後謀求重刊行世，以便流播。姚鼐與弟子陳用光說：「今年吾鄉有作聚珍版者，擬將《經說》及《五七言近體詩鈔》，皆另印出。當於秋冬間可奉寄。」[304]同年與鮑桂星的信中也說到：「鼐在此

301 姚瑩：〈桐舊集序〉，轉引自《清詩紀事·乾隆卷》（南京市：鳳凰出版社，2004年版），頁1508。

302 姚鼐：〈與陳碩士〉，盧坡點校：《惜抱軒尺牘》卷五（合肥市：安徽大學出版社，2014年3月），頁82。

303 姚鼐：《與張虯御》，盧坡點校：《惜抱軒尺牘補編》卷二（合肥市：安徽大學出版社，2014年3月），頁187。

304 姚鼐：〈與陳碩士〉，盧坡點校：《惜抱軒尺牘》卷六（合肥市：安徽大學出版社，2014年3月），頁94-95。

更謀將所訂《經說》、《今體詩》之類，重刊一本，此則居此之便愈於
上江者也。」[305]所謂吾鄉者，即程邦瑞。今所傳刻本多以程氏刻本為
底本。程在姚鼐〈序目〉後跋曰：「此《五七言今體詩鈔》十八卷，
昔曾開雕于金陵。今先生復加刪訂，郵寄示瑞。瑞謂是編雖與王文簡
公《古詩鈔》意趣稍殊，而其足以維持詩教、啟迪後學，則一也。爰
重為校付剞劂。時嘉慶十三年十月，績溪程邦瑞謹識。」[306]程氏重刊
姚鼐此選，正是出於「維持詩教、啟迪後學」之目的。聚珍版刻精
良，向為人所重，這極大地促進了《今體詩鈔》的傳播。姚鼐與陳用
光的信中說：「《五七言今體詩鈔》，新刻本頗佳。今以一部奉寄。」[307]
沒過多久，又贈陳「《詩鈔》、《詩集》各二部」[308]。

　　其他弟子、詩友也相繼得到新鐫本多部。與方東樹：「《五七言今
體詩選》定後，乃更有刪評，其批本不及奉寄，須後相見出之。」[309]
與姚元之：「新刻出所選《今體詩鈔》，雕手頗佳，今奉寄一部。」[310]
與胡虔：「前所寄《近體詩鈔》，鼐復有重訂，大增評注，惜前本付雕
之略早矣。其誤字亦殊多也。」[311]與吳鼐：「《五七言今體詩》二部寄
上。」[312]與鮑桂星：「鼐頃有《五七言詩今體》重雕本，頗增減於昔，

305 姚鼐：〈與鮑雙五〉，盧坡點校：《惜抱軒尺牘》卷四（合肥市：安徽大學出版社，
　　2014年3月），頁64。

306 姚鼐：〈今體詩鈔序目〉，曹光甫標點：《今體詩鈔》卷首（上海市：上海古籍出版
　　社，1986年版），頁4。

307 姚鼐：〈與陳碩士〉，盧坡點校：《惜抱軒尺牘》卷六（合肥市：安徽大學出版社，
　　2014年3月），頁111。

308 姚鼐：〈與陳碩士〉，盧坡點校：《惜抱軒尺牘》卷七（合肥市：安徽大學出版社，
　　2014年3月），頁114。

309 姚鼐：〈與方植之〉，盧坡點校：《惜抱軒尺牘補編》卷二（合肥市：安徽大學出版
　　社，2014年3月），頁183。

310 姚鼐：〈與伯昂從姪孫〉，盧坡點校：《惜抱軒尺牘》卷八（合肥市：安徽大學出版
　　社，2014年3月），頁131。

311 姚鼐：〈與胡雛君〉，盧坡點校：《惜抱軒尺牘》卷三（合肥市：安徽大學出版社，
　　2014年3月），頁42。

312 姚鼐：〈與吳山尊〉，盧坡點校：《惜抱軒尺牘補編》卷一（合肥市：安徽大學出版

刻亦較佳。率寄一部，於尊意當不，不妨寄聞也。」[313]如前引所述，因戰亂而導致桐城詩學幾將淹熄，但經典選本還是可以重構的。據筆者所考，《今體詩鈔》尚有道光二十二年（1842）重印程邦瑞刻本、同治五年（1866）金陵書局刻本、同治五年李翰章省心閣《惜抱軒全集》本、同治七年（1868）湘鄉曾氏刻本、光緒七年（1881）山西濬文書局刻本、民國中華書局鉛印《四部備要》本、掃葉山房《古今詩選》合選本。上海古籍出版社一九八三年曹光甫標點本印數多達一萬冊。在八十年代，詩歌合選本能有如此高的發行量，足以說明《今體詩鈔》堪稱經典選本。這在孫琴安一文中也得到了驗證。

　　當然，若要成為一部經典，最重要的在於作品的藝術價值與發現者之手眼。作為總集的選本，就在於刪繁汰蕪，彰顯菁華，建構經典，重塑經典。選本活動本身即是一個經典化的過程。選本從總集或別集中遴選作品，這是經典的建構過程。後出選本對前人選本進行品騭，重新甄選，這又是經典的重構過程。對經典選本而言，這就有兩重含義，一是所選作品是否經典，二是選本自身是否經典。對於選本而言，歸根到底還是在選家身上。「經典的權威主要不是來自系統的說明，而是來自編輯時獨具慧眼的選擇。」[314]

　　《今體詩鈔》是一部近體詩選，我們現在先來看看選家姚鼐近體詩創作的藝術水準。姚鼐近體成就不凡，慘佛《醉餘隨筆》稱：「桐城之文，吾所不解。而姚惜抱之近體，在當時第一。此非袁子才輩所曉也。今日輕薄派，尤無可論。」[315]將姚鼐詩置於桐城文之上，推譽

社，2014年3月），頁162。

313 姚鼐：〈與鮑雙五〉，盧坡點校：《惜抱軒尺牘》卷四（合肥市：安徽大學出版社，2014年3月），頁63。

314 宇文所安：《追憶——中國古典文學中的往事再現》，鄭學勤譯（北京市：生活・讀書・新知三聯書店，2004年12月），頁124。

315 慘佛：《醉餘隨筆》，轉引自《清詩紀事・乾隆卷》（南京市：鳳凰出版社，2004年版），頁1509。

備至。姚鼐詩尤以七律為最，一直為詩論家所美譽，如弟子姚瑩云：
「七律工力甚深，兼盛唐、蘇公之勝。七絕神俊高遠，直是天人說
法，無一凡近語矣。……七律中全篇如〈古意〉、〈效西崑體〉、〈出塞
南朝〉、〈金陵晚發〉、〈河上雜詩〉、〈彰德懷古〉、〈弔王彥章〉、〈懷劉
海峰〉、〈懷王禹卿〉、〈臨江寺塔〉等作，皆沉雄高渾，調響氣勁，唐
音之尤者。若〈清苑望郎山〉、〈漫興〉、〈泥汊阻風〉、〈謝簡齋惠黃
精〉諸作，則又蘇、黃妙諦也。」[316]吳汝綸〈與蕭敬甫〉稱：「姚七
言律詩，曾文正定為國朝第一家。」[317]由雲龍亦曰：「張濂卿選有清
《三家詩》，取施愚山之五古五律、鄭子尹之七古、姚姬傳之七律，
謂足津逮後人，誠知言也。」[318]清詩研究專家朱則傑也說：「姚鼐詩
歌最擅長七律，名篇絡繹。」[319]諸如此類，難以足徵。總而言之，姚
鼐近體詩水準之高古今皆為人所公認。

　　選家自身創作的高水準無疑為編選作品打下了重要的基礎。《今
體詩鈔》二集都十八卷，前集《五言今體詩鈔》九卷選錄唐人五律五
五二首，後集《七言今體詩鈔》九卷選錄唐宋人七律四〇九首。[320]
「舉凡唐宋今體詩中的名家名篇，大略已略。同時亦兼顧了不同時期
各種流派各種風格的代表作，酌量擷取，以備一格。」[321]今以《七言
今體詩鈔》為例，對其選目略作分析，以見姚鼐手眼之一斑。

---

316 姚瑩：〈識小錄〉，轉引自《清詩紀事・乾隆卷》（南京市：鳳凰出版社，2004年
　　版），頁1507。

317 吳汝綸：〈與蕭敬甫〉，轉引自《清詩紀事・乾隆卷》（南京市：鳳凰出版社，2004
　　年版），頁1508。

318 由雲龍：〈定庵詩話〉，轉引自《清詩紀事・乾隆卷》（南京市：鳳凰出版社，2004
　　年版），頁1508。

319 朱則傑：〈清詩中的若干版本與注釋問題〉，《浙江大學學報》2001年第5期。

320 此據曹光甫標點本統計，曹光甫〈今體詩鈔前言〉稱其有四一〇首，韓勝〈從《今
　　體詩鈔》看姚鼐的詩歌批評〉言其四一一首。

321 曹光甫：〈今體詩鈔前言〉，姚鼐：《今體詩鈔》卷首，曹光甫標點（上海市：上海
　　古籍出版社，1986年3月），頁1。

《七言今體詩鈔》選目〔據曹光甫校點本〕：六十九人四〇九首

唐代四十六人二二六首：

卷一〔六人十首〕：沈佺期二，杜審言二，李嶠一，蘇頲二，張說二，宗楚客一；

卷二〔八人二十九首〕：王維十一，李頎六，岑參三，高適三，崔顥二，崔曙一，張謂二，祖詠一；

卷三〔一人六十首〕：杜甫六十；

卷四〔十七人五十四首〕：劉長卿十二，韋應物二，韓翃三，李益一，皇甫冉四，盧綸四，李嘉祐二，李端二，劉禹錫五，楊巨源一，柳宗元三，秦系一，王建一，張籍一，竇叔向一，白居易十，元稹一；

卷五〔二人三十七首〕：李商隱三十二，溫庭筠五；

卷六〔十二人三十六首〕：許渾七，杜牧四，薛逢二，李頻一，李郢一，李群玉一，趙嘏三，韓偓三，吳融二，張泌二，羅隱二，韋莊八。

宋代二十三人一八三首：

卷七〔十人二十六首〕：楊徽之二，楊億四，劉筠四[322]，胡宿四，林逋二，宋庠一，宋祁二，文彥博一，王安石五，王安國一；

卷八〔九人六十六首〕：蘇軾三十一〔按，三十首〕，黃庭堅二十五，陳師道四，秦觀一，晁補之一，晁說之二，米芾一，劉季孫一，楊蟠一；

卷九〔四人九十一首〕：陸游八十七，陳與義一，曾幾二，楊萬里一。

---

322 按，楊億〈送客不及〉，《宋詩紀事》歸之於劉筠，故楊億當為四首，劉筠當為四首。

粗看此目，多寡不一，似乎水準一般，這實由姚鼐「欲其少不欲其多」，專精一家再轉益多師，而後自臻佳境以成一家的編選思想所致。不煩再引姚鼐所言：「《五七言今體詩鈔》，新刻本頗佳。今以一部奉寄，吾意以俗體詩之陋，鈔此為學者正路耳。使學者誦之，縱不能盡上口，然必能及其半，乃可言學。故惟恐其多，不嫌其少，以謂此外絕無佳詩可增，此必無之理。亦不必求如此，欲使人知吾意所向耳。」[323]所選詩人較少，數量也不多，這只是示人以正路。領會了姚鼐「融通」詩學的精髓，是不會以葉障目的。同治年間，《今體詩鈔》多有刊行，趙彥博在〈今體詩鈔注略序〉中稱：「遴擇嚴審，核議精深，洵習詩者之大宗也。」[324]並將她作為鄉里童蒙課本，由此可見是選為人之所重，詩學啟蒙之作用。換言之，《七言今體詩鈔》突出的是時代與流派，這與姚鼐〈序目〉中分卷選錄詩人詩派是相一致的。「就總體而論，《今體詩鈔》兼顧到唐、宋各個時期不同流派、不同風格、不同題材的五七言今體詩的代表作，所以基本上反映出了唐、宋詩的全貌。這對於人們瞭解唐、宋今體詩的概貌和遞嬗衍變良有裨益，所以此選問世以後，受到了極大的重視。」[325]

　　再以所選詩人黃庭堅為例。姚鼐〈今體詩鈔序目〉曰：「東坡天才，有不可思議處。其七律只用夢得、香山格調，其妙處豈劉、白所能望哉？山谷刻意少陵，雖不能到，然其兀傲磊落之氣，足與古今作俗詩者澡濯胸胃，導啟性靈。鈔蘇、黃詩一卷，蘇門諸賢附焉。」[326]蘇、黃詩堪稱宋詩類型之代表，姚鼐將蘇、黃及蘇門諸賢並為一卷，

---

323 姚鼐：〈與陳碩士〉，盧坡點校：《惜抱軒尺牘》卷六（合肥市：安徽大學出版社，2014年3月），頁111。

324 據曹光甫〈今體詩鈔前言〉所引，姚鼐：《今體詩鈔》卷首，曹光甫標點（上海市：上海古籍出版社，1986年3月），頁4。

325 賀嚴：《清代唐詩選本研究》（北京市：人民出版社，2007年3月），頁208。

326 姚鼐：〈今體詩鈔序目〉，曹光甫標點：《今體詩鈔》卷首（上海市：上海古籍出版社，1986年3月），頁3-4。

可見其推重。與姚鼐同時的王昶曰：「詩旨清雋，晚學玉局翁，尤多
見道之語，望其眉宇翛然，已知在風塵之表矣。」[327]姚鼐弟子郭麐
曰：「吾師姚姬傳先生以古文擅海內，詩亦兼備眾長。七古沈雄廉
悍，浩氣孤行，無所依傍。七律初為盛唐，晚年喜稱涪翁。嘗謂麐
曰：『竹垞晚年七律頗學山谷，枯瘠無味，意欲矯新城之習耳。』乃
其詩云：『江西詩派數流別，吾先無取黃涪翁。』此何為者耶？」[328]
姚鼐晚年詩學蘇軾、黃庭堅，故有此舉。自乾隆後期以來，黃庭堅在
宋詩選本中的地位逐漸凸顯，僅次於蘇、陸。據申屠青松的統計，乾
隆朝之前諸種宋詩選本中所選黃庭堅詩僅十餘首，一般不超過二十
首，最多的是清初陸次雲《宋詩善鳴集》三十四首。[329]而乾隆後期以
來，翁方綱《七言律詩鈔》選錄黃詩三十八首，排位第四；姚鼐《七
言今體詩鈔》收有二十五首，宋人第三；道咸間，曾國藩《十八家詩
鈔》宋人只錄蘇、陸、黃三家；民國時，陳衍《宋詩精華錄》黃詩入
選三十九首，數量第四。姚鼐此選之影響遠非翁氏所選可比，曾、陳
等人，與姚鼐桐城詩派淵源更深。道咸以來，黃庭堅詩之所以備受推
崇，姚鼐的推舉之功不可輕忽。

　　姚鼐頗具隻眼，其精闢貼切的品評與箋注更為《今體詩鈔》的
經典化進程錦上添花。據《中國古籍善本書目》著錄，是書有安徽省
博物館藏清嘉慶十三年刻本清姚鼐批注本、浙江大學藏清孫衣言批
本[330]、吉林大學藏殘本清蕭穆批點本。[331]姚鼐曾說：「大抵刻古書必

327 王昶著，周維德輯校：《蒲褐山房詩話新編》（濟南市：齊魯書社，1988年1月），
　　頁103。

328 郭麐：《樗園銷夏錄》，轉引自《清詩紀事‧乾隆卷》（南京市：鳳凰出版社，2004
　　年版），頁1507。

329 申屠青松：《清初宋詩選本研究》，南京大學2008年博士學位論文，頁9。

330 孫衣言：《遜學齋文鈔》卷十〈書姬傳先生〈今體詩鈔序目〉後〉（《續修四庫全
　　書》（集部）第1544冊（上海市：上海古籍出版社，2002年版，頁428）曰：「予謂
　　五言當止於貞元，七言唐當止於玉溪生，宋當但取蘇、黃、放翁，而以金之遺山附

不可有圈點，又其雜取人說，要歸一路乃佳。糅雜則無謂矣。」[332]實際上，姚鼐對評點很是看重。姚說：「震川閱本《史記》，於學文者最為有益，圈點啟發人意，有愈於解說者矣。可借一部，臨之熟讀，必覺有大勝處。」[333]劉聲木《桐城文學撰述考》載姚鼐撰《評點五七言詩鈔》一種，惜未得見。據韓勝所考：「世傳姚鼐《今體詩鈔》刊本中並沒有姚鼐的圈點，民國賀培新所藏《七言今體詩鈔》中過錄有姚鼐圈點。賀氏於此集卷首扉頁書云：『戊寅十月，于姚慕庭所得定本《七言鈔》，圈點間有異同。其題上均有圈識，有朱筆臨之。綠筆，劉海峰本。』可知姚鼐對於《今體詩鈔》的最後定本是有圈點的，此賴賀氏之功得以保存傳世。此外賀氏所藏王士禎《古詩選》中亦存有劉大櫆、姚鼐詳細的圈點。賀培新於此書序後以綠筆書云：『姚惜抱先生評點本以朱筆臨之，間有海峰先生評點則別以綠筆。批上不注姓名者皆惜抱評，其曰吳云，則桐城吳摯甫先生也。』可知此集中的圈點均是過錄劉大櫆、姚鼐所為。」[334]通行本《今體詩鈔》所載姚鼐評語雖少，但大多是有感而發，獨到之處，令人歎止，非一般詩論家可匹敵。雖然片言隻語，卻常被後人所引用，尤為桐城派所重。[335]如方東樹《昭昧詹言》、高步瀛《唐宋詩舉要》等書，多載姚鼐論詩之

之，乃能成一家之風旨，示後世以途轍。阮亭能棄杜、韓五言，而惜翁不能芟去雜家，故阮亭真漢廷老吏也。乙丑十一月三日富陽舟中記。阮亭五言不鈔王、孟，非無見也。不鈔老杜，則將置大、小《雅》於何地耶？又記。阮亭七言之取吳立夫，亦非予所解。又記。」孫對王、姚二選均有批注，見解又有異同。

331　上海古籍出版社編：《中國古籍善本書目（集部）》（上海市：上海古籍出版社，1996年12月），頁1599-1600。

332　姚鼐：〈與陳碩士〉，盧坡點校：《惜抱軒尺牘》卷七（合肥市：安徽大學出版社，2014年3月），頁117。

333　姚鼐：〈答徐季雅〉，盧坡點校：《惜抱軒尺牘》卷二（合肥市：安徽大學出版社，2014年3月），頁34-35。

334　韓勝：〈從《今體詩鈔》看姚鼐的詩歌批評〉，《安徽大學學報》2008年第3期。

335　孫琴安：〈桐城派詩選的經典——評介姚鼐的《今體詩鈔》〉，《古典文學知識》2002年第3期。

語。而且，高步瀛的《唐宋詩舉要》、《唐宋文舉要》、《秦漢文舉要》等書的編選、評議，都曾受到姚鼐的影響。

綜上所述，姚鼐「融通」詩學的理論指導，自身詩歌創作的示範作用，眾多弟子詩友的褒獎宣揚，以及精評本的多次刊行，這些都促使了《今體詩鈔》的廣泛流播，使之成為桐城詩派詩學啟蒙的經典選本，為振興桐城詩派添上了不可磨滅的一筆。在乾嘉以降的詩苑選壇，姚鼐均有著深遠的影響。

第四章
江南文化與宋詩選本

　　縱觀清代宋詩選本，從選家的主觀條件、憑據的文獻、編纂的環境、刊行的地點到影響的範圍，無不深深地烙上江南的印跡。江南——尤其自南宋以還，歷來均稱之為人文淵藪，文獻大邦。濃郁的文化底蘊，雄厚的經濟實力，宏富的書籍典藏，詩性的存在方式，悠久的史學傳統，等等，皆與宋詩選本有著千絲萬縷的關係。

第一節　清人宋詩選的地域性表徵

　　江南的行政區域雖然時有沿革變化，難以界定，但大體所指還是比較明確。從廣義來說，大概指長江以南的除四川盆地外的廣大陸地地區，大致與南方等而觀之。就狹義而論，主要指長江中下游以南的範圍，相當於江蘇南部、浙江北部和安徽東南地區。明代為應天、鎮江、常州、蘇州、松江、杭州、嘉興、湖州八府，清雍正二年（1724）太倉州升為直木木隸州，為八府一州。簡言之，江南是以「八府一州」為中心的太湖流域為核心區，並把揚州、寧波、紹興、徽州等地納入其周邊視閾。[1]本章所論及的「江南」即著眼於此。

　　首先，遍檢清代宋詩選本，操觚染翰者多為江南人。據筆者粗略統計，清代宋詩選本約八十六種，選家籍貫可考者五十九種，其中為江南人所選的達四十四種；含選宋詩的通代詩選約八十六種，選家籍貫可考者五十七種，其中為江南人所選的有四十三種。由此可見，江南文士占了清代宋詩選壇的半壁江山。

1　劉士林：〈江南與江南文化的界定及當代形態〉，《江蘇社會科學》2009年第5期。

　　大部分選本乃一人或數人操持，若從編纂者、校勘者、題簽者、撰序者、刊刻者的籍貫來看，他們多是祖孫、父子、兄弟、族人、姻親、師友之關係。加上這部分在編選之外的龐大群體，籍貫為江南的文士所占比重會更高。試舉數例以說明之。清初第一部重要的宋詩選集《宋詩鈔》，編撰者吳之振是吳自牧的從父，與另一位編撰者呂留良又有著姻親之誼。上海侯廷銓輯選《宋詩選粹》，未及刊行而卒，後由門生付梓，參訂人員亦不少。桐城蕭穆四方籌資，刊行乃師劉大櫆所編《歷朝詩約選》。宋詩鉅著《宋詩紀事》，參編、參校者多達七十餘人，編者群體之關係極為龐雜、密切，基本上以杭、揚二地文士為主。陳焯所編《宋元詩會》一百卷，弟子參校，祖孫三代同編。姚培謙編《唐宋八家詩》，雍正五年（1727）自序曰：「是刻始康熙辛丑，至今秋告成。斟酌出入，賴諸同學將伯之助云。」[2]最為甚者當屬吳綺所編之《宋金元詩永》，書前有徐乾學、李天馥、汪懋麟、吳綺、江湘序，後為「參閱諸先生姓氏」，計有一四四人，當時江南著名的文人名流庶幾囊括其中，頗為可觀。

　　其次，從編撰的地點來看，宋詩選本也多誕生於文化氣息濃郁，薈萃私家園林之勝的江南。童雋〈江南園林志序〉曰：「吾國凡有富宦大賈文人之地，殆皆私家園林之所薈萃，而其多半精華，實聚于江南一隅。」[3]編纂詩選，是一項文士引以自許的「名山」事業。「英雄未老，藉選句以移情；歲月多閒，仗鈔詩而送日。」[4]然而，正如李天馥所云：「詩難，選詩尤難。上下二千餘年，才人傑士林立，以一時之評騭去取謂古人之奇，罔有遺漏，無是理也。人心之不同如其面，欲以一人之選盡嘗於天下人之心，令之罔有後言，亦無是理

2　姚培謙：《唐宋八家詩》，雍正五年（1727）遂安堂刻本。

3　童雋：《江南園林志》（北京市：中國建築工業出版社，1984年10月），頁3。

4　陳維崧：〈徵刻吳蘭次宋元詩選啟〉，吳綺：《宋金元詩永》卷首，康熙十七年（1687）思永堂刻本。

也。」[5]因此，良好的著述環境是選家從事編纂工作的一個重要條件。著述環境的優劣，或多或少影響到選家的交游範圍、生活態度，甚至其文獻來源、編撰目的、審美趨向及文學趣味。江南極富山林池苑、亭館水榭之景觀，山莊、園林、書樓等無不是選家們激揚文字、文會雅集的理想之所，尤以蘇、揚、杭為著。[6]清代文士解組之後，或寄身於公家書院，或隱退於自家園林，或依託於東家館舍，著述立說，安身立命。山林館閣為之提供愜意自適的著述環境，營造寬鬆的人際關係，構建密切的學術合作，進而聯吟疊唱，詩酒風雅，考證文字，校勘古籍，商討學問。群體性文會雅集為選本的編撰活動提供了張力與契機，如浙江桐鄉吳之振、吳自牧等人在自家黃葉村莊編纂《宋詩鈔》，浙江嘉善曹庭棟在自家二六書堂選刊《宋百家詩存》，杭州厲鶚、揚州「二馬」等人依託小玲瓏山館輯撰《宋詩紀事》，江蘇婁縣許耀里居為童蒙選定《宋詩三百首》，江蘇丹徒冷鵬敦請座師朱梅溪、家叔冷諫庵編訂《宋元明詩三百首》，諸如此類，枚不勝舉。

　　另外，宋詩選本的刊行與江南豐裕的經濟息息相關。江南文化鼎盛，經濟豐腴，為選本的誕生與流布帶來了無限活力。如厲鶚〈徵刻宋詩紀事啟〉云：「慮鈔謄之難為力，必授梓以廣其傳。頭白而竚望汗青，囊澀而惟餘字飽。用告海內名流，共襄盛舉。捐十金而成一卷，謹錄芳名；垂不朽以附古人，勝為佛事。」[7]全祖望曰：「樊榭少孤家貧，其兄賣淡巴菰葉為業以養之。」[8]厲鶚根本沒有經濟實力將

5　李天馥：〈歷代詩發序〉，范大士、邵幹、王仲儒選評：《歷代詩發》卷首，康熙虛白山房刊本。

6　參見羅時進：〈清代江南文化家族雅集與文學創作〉，《文學遺產》2009年第2期，頁89-92。

7　厲鶚：《樊榭山房文集》卷七，董兆熊注、陳九思標校（上海市：上海古籍出版社，1992年6月），頁807。

8　全祖望：《鮚埼亭集》卷二十〈厲樊榭墓碣銘〉，朱鑄禹校注《全祖望集彙校集注》（上海市：上海古籍出版社，2000年12月），頁363-364。

其付梓。東家兼詩友的揚州馬曰琯、馬曰璐昆季，尚風雅，家殷富，慨然出資為之刊行於世，為宋詩在清代的傳播助益良多。

　　概言之，這些表徵都體現出清代宋詩選本發展歷程上的一大特點──地域性。有清一代宋詩選本，從選家的籍貫、編撰的地點、著述的環境到編刊的耗資，皆與江南結下了不解之緣。

第二節　清代江南文化的詩性精神

　　正如學人所論，江南文化異於中國其他區域之文化，本質上是它以詩性文化為根本特徵的。江南文化是一種具有很高審美價值的詩性文化，無論生活啟示、審美態度以及工藝美術原理與實踐，都呈現出以「審美──藝術」為精神本質的詩性文化形態。江南文士居家雅集時，或談經論史，或讀書賦詩，或題畫作字，或彈琴下棋，或品茗賞花。下面僅舉一例以見其詩性的生活方式。

　　厲鶚等人編刊《宋詩紀事》之後，曾有一詩記載眾文士與方外之間的軼事。〈聖因寺大恆禪師以龍井茶易予《宋詩紀事》，真方外高致也。作長句，邀恆公及諸友繼聲焉〉曰：「新書新茗兩堪耽，交易林間雅不貪。白甀封題來竹屋，縹囊珍重往花龕。香清我亦烹時看，句活師從味外參。舌本眼根俱悟徹，鏡杯遺事底須談？（白香山有〈鏡換杯〉詩）」[9]以茶易書，煮茗參禪，賦詩索和，江南文士之情趣雅致可以想見，《宋詩紀事》在方外之中亦廣為流布，影響可謂不小。百餘年後，安徽歙縣許承堯（1874-1946），從上海古舊書肆中偶得《宋詩紀事》手稿，完好無損，珍同拱璧，便敦請張大千作畫紀之，還遍徵詩友題詠。林思進有〈許疑盦承堯得厲太鴻《宋詩紀事》手稿十

9　厲鶚：〈樊榭山房集外詩〉，《樊榭山房集》，董兆熊注、陳九思標校（上海市：上海古籍出版社，1992年6月），頁1687。

卷，因請張大千繪〈南湖圖〉紀之，書來徵句，題寄三詩〉為證。[10]
與「同光體」派陳衍交善的李宣倜，即為《宋詩鈔補》校正的李宣龔
從弟，亦有和詩一首〈疑盦屬題樊樹《宋詩紀事》手寫稿〉：

> 明賢稱詩抑天水，峨眉雙井猶遭毀。一代作家遂久堙，推原咎
> 端肇王李。康乾學者有輯鈔，無若太鴻（誤作「鶴」）功獨
> 偉。三千二百有餘人，斷句搜羅到神鬼。譚半庵藏舊稿本，著
> 者手書尤致美。揮毫韻比林鹿原，斠字精于顧千里。許君閱市
> 偶得之，自製鴻篇用志喜。我讀疑盦初續集，浩無畛畦絕摹
> 擬。斯稿屬君得所歸，若璧依山珠藏海。為語分唐界宋人，鏟
> 門戶見趨前軌。[11]

李詩詳敘《宋詩紀事》及手稿本之源流脈絡，為《宋詩紀事》的研究
增色不少。此手稿最為許氏所珍藏。二十世紀抗戰期間，時任浙江省
主席的黃某欲出價黃金百兩交易。許氏雖家境漸窘，仍不肯割愛，一
口回絕。[12]誠為藝林佳話。

　　江南文化如此鼎盛，綿延不絕，很大程度上源於眾多文化家族對
前賢的歷史追憶，對家族精神的維繫與傳承。他們或埋首經史，或託
身制義，或衷情文學，或沉潛藝術，或癡迷書籍。在這當中，無疑是
文學家族尤為世人所矚目，也與江南詩性文化攸關，這可從江南文化
家族自覺收集、整理、刊刻豐贍的家乘、宗譜、文集和學術著作中得
以窺見。

---

10 林思進：《清寂堂集》（成都市：巴蜀書社，1989年8月），頁332。
11 轉引自錢仲聯主編：《清詩紀事・光宣朝卷》（南京市：鳳凰出版社，2004年版），
　頁3665。
12 陸德生、唐先田、徐天琪：《文苑英華》，史鈞傑主編：《安徽著名歷史人物叢書》
　第四分冊（北京市：中國文史出版社，1991年10月），頁293。

　　常州惲思贊在《毗陵惲氏家乘》之「詩文著作譜凡例」中說：
「著作為祖先精神所萃，學問攸關，文章為德性之符，詩詠根性情而
發。網羅散失，責無旁貸，雖吉光片羽，亦必匯而存之。」[13]進而言
之，江南文化家族不單單對本家族內部成員的文獻進行編刊，還常擴
展到家族外部的其他文士之中。眾多文化家族的精神「向心力」共同
託舉了江南文化這顆璀璨的明珠，屹立於中華傳統文化之林。王士禛
云：「吳自江左以來，號文獻淵藪，其人文秀異甲天下。」[14]其實何止
江左，整個江南人文蔚起，累世克紹，聞望不墜。而江南文士最鍾情
的莫過於詩。周亮工云：「工為制舉業者必兼為詩，即上不以此取
士，又無人督之使必為，而士非此無所容於世者。」[15]不習詩則不為
世人所容，不能獲得文士群體的身分認同。即便有礙制舉功名，也不
會捨棄作詩的稟性。方濬頤〈答於漢卿書〉稱有詩癖四十年，通籍後
才棄帖括而為韻語。[16]又如《宋百家詩存》編者曹庭棟自幼好拈韻賦
詩，「師戒有妨舉業，課餘私自吟詠」[17]。厲鶚曰：

　　　　往時東南人士，幾以詩為窮家具，遇有從事聲韻者，父兄師友
　　　　必相戒以為不可染指。不唯於舉場之文有所窒礙，而轉喉刺
　　　　舌，又若詩之大足為人累。及見夫以詩獲遇者，方且峨冠紆
　　　　紳，迴翔於清切之地，則又群然曰：「詩不可不學！」夫詩，
　　　　性情中事也，而顧以窮與遇為從違，即為之而遇，猶未足以自

13　轉引自羅時進：〈清代江南文化家族的文學文獻建設〉，《古典文學知識》2009年第
　　3期。
14　王士禛：《蠶尾續文集》卷一〈嘉定四先生集序〉，袁世碩主編：《王士禛全集》第3
　　冊（濟南市：齊魯書社，2007年6月），頁1985。
15　周亮工：《賴古堂集》卷十九〈與鏡庵書〉，康熙十四年（1675）周在浚刻本。
16　轉引自蔣寅主編：《中國古代文學通論·清代卷》（瀋陽市：遼寧人民出版社，2005
　　年5月），頁331。
17　曹庭棟：《永宇溪莊識略》卷六「康熙五十五年」條，《四庫未收書輯刊》拾輯第21
　　冊（北京市：北京出版社，1997年版），頁402。

信，使其不遇，則必且曰「是果窮家具」，而棄之惟恐不速。詩，果受人軒輊歟？[18]

在厲鶚心中，詩乃性情中事，不關乎人生之窮遇。而事實上絕大多數江南文士通籍後仍喜吟詩作賦，編集刊行。舉場困頓者，如上述的曹庭棟之輩，則絕意仕進，息隱田園，縱情山水，遊藝論道。正如周亮工所言，詩已是文士的「身分證」。為何詩受到如此高的禮遇呢？這是由於詩的功能而決定的。張伯行〈濂洛風雅序〉曰：「詩也者，性情之事也。治古之世，道德一而風俗同。自匹夫匹婦施于公卿尹，莫不有詩。自交游、贈答至于燕享、盟會，莫不得詩之意。其大、小〈雅〉雖殊，而發乎情、止乎禮義，其意未嘗異也。古之君子，蓋嘗從事于斯矣。其德高明純一，其所溫柔敦厚，故作而為詩也。」[19]詩教溫柔敦厚，可興觀群怨，道性情，曉風俗，明倫理，見學問。

從明末清初，迄及晚清民國，為何宋詩漸受文士的傾注與尊崇呢？特別是明清易代之際與同光二朝，佞宋之風愈發昌熾。有學者認為是宋詩是一種有意味的形式，是基於民族情感轉注宋人宋學而愛屋及烏的表現；又以為清代文士摧頹壓抑的心態，明朗高華的唐詩已不合時宜，倒是詩歌的另一種範式——宋詩，適合其枯槁哀啞的性情之抒發；還以為是由於清朝建國後的文化箝制政策，迫使有志文士沉溺學問，鍾情考據，注重實證，這也觸發了對宋詩的認同與喜好。[20]這些從內外因素來探討清人尊崇天水一朝之現象的論述，大體是妥當的。竊以為，還可作一申論，即清代是整個中國文化、學術、文學的總結期。清人，尤其是人文昌盛的江南文士，他們對中國傳統學術、

---

18 厲鶚：《樊榭山房文集》卷三〈葉筠客疊翠詩編序〉，《樊榭山房集》，董兆熊注、陳九思標校（上海市：上海古籍出版社，1992年6月），頁743。

19 張伯行：〈濂洛風雅序〉，《濂洛風雅》卷首，同治五年（1866）福州正誼書院刻本。

20 參見張仲謀：《清代文化與浙派詩》（北京市：東方出版社，1997年8月），頁16-22。

文化、詩史的認識、整合、總結與建構的自覺精神和歷史意識，才是根本的決定因素。對整部中國詩史中宋詩的缺位、斷裂，進行輯存、緇接與弘揚，這才是江南文士為何鍾情宋詩、編纂宋詩的真諦之所在。正如清初邵長蘅所云：「詩之不得不趨於宋，勢也。蓋宋人實學唐而能夐逸唐軌，大放厥辭。唐人尚醞藉，宋人喜逞露；唐人情與景涵，才為法斂；宋人無不可狀之景，無不可罄之情。故負奇之士不趨宋，不足以泄其縱橫馳驟之氣，而逞其贍博雄悍之才，故曰勢也。」[21]宋詩漸為清人所喜，是多種因素匯合的必然結果。

　　選本是最富包容性的一種文學批評形式。它集史傳（詩人之行實）、批評（本事與評點）、摘句（范式和蒙學）於一體。既保存文獻，又彰揚性情，澡雪精神。厲鶚曰：「宋承五季衰敝後，大興文教，雅道克振。其詩與唐在合離間，而詩人之盛，視唐且過之。前明諸公勦擬唐人太甚，凡遇宋人集，概置不問，迄今流傳者，僅數百家。即名公鉅手，亦多散逸無存，江湖林藪之士，誰復發其幽光者，良可歎也！」[22]尤其對於身處南宋故地，頗受浙東史學影響的浙人來說，輯存宋詩文獻，彰顯宋人精神，是義不容辭的責任。操觚染翰，既可以詩存人，又可以人存詩。章學誠在〈與胡雒君論校《胡稚威集》二簡〉中說：「浙東史學，自宋元數百年來，歷有淵源。」[23]《邵與桐（晉涵）別傳》又稱：「南宋以來，浙東儒哲講性命者多攻史學，歷有師承。」[24]從南宋葉適與永嘉學派、陳亮與永康學派、呂祖謙與金華學派到明末清初劉宗周、黃宗羲與蕺山學派，都可見史學影響在兩浙三吳等地的影響。清初錢謙益、黃宗羲等人便對宋末愛國詩

21 邵長蘅：《邵子湘全集·青門賸稿》卷四〈研堂詩稿序〉，《四庫全書存目叢書》（集部）第248冊（濟南市：齊魯書社，1997年版），頁183。
22 厲鶚：〈宋詩紀事序〉，《宋詩紀事》卷首，上海市：上海古籍出版社，2008年4月。
23 章學誠：《章氏遺書》卷十三，一九二二年吳興劉氏嘉業堂刊本。
24 章學誠：《章氏遺書》卷十八，一九二二年吳興劉氏嘉業堂刊本。

人大加讚揚，提出「以詩存史」、「以詩補史之闕」的觀點。詩史共存，互見性情。沈荃、施閏章為陳焯《宋元詩會》作〈募刻原啟〉亦云：「求其歲時積累，收括周詳，先列品流，後繫履歷，人備而詩亦備，佳妙悉登，詩存而史更存，浮誣必汰，如龍眠默公陳先生《宋元詩會》一編，誠建隆迄至正之寶書，北派與南宗之極致也。」[25]由於明人束書不觀，鄙棄宋詩，天水一朝詩史殘缺，趙宋文化精神斷裂。王史鑑〈宋詩類選自序〉云：「詩者，吟詠性情者也，肇于《三百篇》，盛于漢魏，侈于六朝，而大備于唐人。宋代人才前世無比，文章之盛與兩漢同風，而詩人輩出，雖窮達不同，哀樂有異，其名章雋句，莫不爭奇競秀，蔚然為一代風騷。……宋人三百年之詩更變遞興，稱極盛矣。自獻吉謂唐後無詩，嘉、隆以來紛然附會，然李川父已斥為輕狂，錢牧齋又詆為耳食，則宋人一代之詩，誠足以繼統三唐而衣被詞人也。」[26]故而清人選輯宋詩已賦予了深刻的文化內涵。它不僅是學者、詩人、藏書家的一種詩性存在方式，而且還有承衍文化緒脈的歷史使命與當代意義。眾多宋詩選本的編纂者懼文獻消沉，為古人續命，傳先哲之精蘊，啟後學之困蒙。這正是江南文化精神能得以賡續傳承的又一注腳。

第三節　江南私家藏書與宋詩選本

　　清代宋詩選本多出自江南，不僅與其詩性文化緊密相聯，還與其燦然的藏書文化有關。藏書與學術關係極為密切，猶如一代學術升降衍變之晴雨錶。王桂平在考察清代江南私家藏書與學術之關係時說：「在私家藏書活動的興盛之地，學術文化也往往比較繁榮，二者互相

---

25 陳焯：《宋元詩會》卷首，康熙二十七年（1688）刊本。
26 王史鑑：《宋詩類選》卷首，道光十九年（1839）樂古齋修補康熙本。

關聯。不管是什麼學派，從事考據、訓詁、校勘都離不開豐富的藏書。……而內府藏書是皇室的私產，非一般人能夠問津，所以清代江南學者在治學時主要依靠私家藏書。」[27]清代康乾嘉年間是私人藏書家藏書最鼎盛的，刻書最發達的時期，也是宋詩選本誕生最多的時期。

　　宏富的藏書是江南藏書精神、文化的體現。由宋迄今，江南文士愛書、藏書的精神彌久不絕。「浙江歷代的藏書家，除了洪亮吉所說的『掠販家』（書賈）之外，大多是學者或知識分子。他們視書如命，『菲飲食，惡衣服。減百俸，買書讀』，到處搜羅故書。」[28]南宋陸游作〈書巢記〉，其云：「吾室之內，或栖于櫝，或陳于前，或枕藉于床，俯仰四顧，無非書者。吾飲食起居，疾痛呻吟，悲憂憤歎，未嘗不與書俱。」[29]尤袤又有「四當」說。均可見其風神。降至清季，此種精神有過之而無不及。錢曾「二十餘年之心力，食不重味，衣不完采，摒擋家資，悉藏典籍中」[30]。「朱彝尊好書，自通籍後，又借鈔得宛平孫氏、無錫秦氏、昆山徐氏、晉江黃氏、錢塘龔氏各家之書，所藏日益富。」[31]朱氏還不滿足，不惜名譽偷鈔錢曾書。全祖望稱「不能一日無此君」[32]。江南藏書的地域風氣、家族傳統非常悠久。瞿鳳起〈虞山錢遵王藏書目錄彙編序〉曰：「吾虞多藏書家，自元迄清，綿綿延延，代不絕人，邑志人物，專關一門，多至三十餘家。」[33]光緒八年（1882）李宗蓮為陸心源作〈皕宋樓藏書志序〉，其云：「自古

27 王桂平：《清代江南藏書家刻書研究》（南京市：鳳凰出版社，2008年12月），頁42。

28 毛昭晰：〈浙江藏書家之精神〉，黃建國、高躍新《中國古代藏書樓研究》（北京市：中華書局，1999年7月），頁3。

29 陸游：《渭南文集》卷十八〈書巢記〉，《四部叢刊初編》本。

30 錢曾：〈述古堂藏書自序〉，《述古堂藏書目》卷首，《叢書集成初編》本。

31 錢林：《文獻征存錄》卷二〈朱彝尊傳〉，咸豐八年（1858）有嘉軒刻本。

32 全祖望：《鮚埼亭集外編》卷十七〈春明行篋當書記〉，朱鑄禹校注：《全祖望集彙校集注》（上海市：上海古籍出版社，2000年12月），頁1073。

33 錢曾著，瞿鳳起編：《虞山錢遵王藏書目錄彙編》卷首，上海市：古典文學出版社，1958年3月。

言藏書者，嫏嬛石室、蓬萊道山，皆荒渺無足徵信。若吾鄉富于典籍者，梁沈約聚書二萬卷，見于本傳。宋元之際，月河莫氏、齊齋倪氏，寓公若資中三李、陵陽牟氏，皆不下數萬卷。周草窗三世積累，有書四萬卷。……近乾、嘉間，石塚嚴氏芳茮堂、南潯劉氏眠琴館，皆以藏書名，與杭州振綺堂汪氏、蘇州滂喜園黃垿，為阮文達、錢竹汀兩公所稱。余嘗見二家書目著錄寥寥，豈足與先生比長挈短哉。」[34]錢塘汪氏振綺堂，四世藏書，甲於浙右。諸如汪氏的江南藏書世家，枚不勝舉。

正是由於這種嗜書如命、保存文獻的精神，才使得中華文化歷久不墜，彌久愈堅。即便受厄於「獨夫之專斷」，「人事之不臧」，「兵匪之擾亂」，「藏弃者之鮮克有終」[35]，而典籍之聚散「輾轉流播，終不出江南境外者，幾二百年」[36]，恰所謂「有清一代藏書，幾為江浙所獨占」[37]，如汪士鍾藝芸書舍，得于黃丕烈百宋一廛，「吳人散書，吳人得之，于東南收藏形勢，未為大變也」[38]。遠溯至五代宋初，江南文物便多集於南唐李氏、兩浙錢氏。馬端臨曰：「自諸國分據，皆聚典籍，惟吳、蜀為多，而江左頗為精真，亦多修述。」[39]自南宋迄清季，江南藏書之比重已漸為世人所矚目。「建炎中興，書之聚臨安者，不減東都。」[40]「四館開館日，清高宗嘗憂遺書之不至，以為『遺籍珍藏，固隨地均有；而浙江為人文淵藪，其流傳較別省更

---

34 陸心源著，馮惠民整理：《儀顧堂書目題跋彙編》（北京市：中華書局，2009年9月），頁563-564。

35 陳登原：《古今典籍聚散考》（上海市：上海書店出版社，1983年11月），頁16。

36 袁同禮：〈清代私家藏書概略〉，《圖書館學季刊》第1卷第1期，頁31。

37 袁同禮：〈清代私家藏書概略〉，《圖書館學季刊》第1卷第1期，頁37。

38 陳登原：《古今典籍聚散考》（上海市：上海書店出版社，1983年11月），頁354。

39 馬端臨：《文獻通考》卷一七四〈經籍考〉一（上海市：上海商務印書館1936年影印版），頁1508上欄。

40 錢謙益著，錢曾箋注，錢仲聯標校：《牧齋有學集》卷二十六〈黃氏千頃齋藏書記〉（上海市：上海古籍出版社，1996年版），頁995。

多。」故日後獻書得賞者，大抵皆江浙人。誠以永嘉喪亂，北方凋零，元帝都南，而江浙之文化一啟。靖康喪亂，中原殘破，康王南渡，而江浙之文明再啟。觀夫東南文物之盛，令人體會藏弆與學術之關係矣。」[41]靖康之難，是中華民族又一次大遷移。中原呂氏家族，寓居婺州（今浙江金華），加速了北方中原文化的南移。《宋史》〈呂祖謙傳〉云：「祖謙之學本之家庭，有中原文獻之傳。」[42]全祖望曰：「而所守者世傳也。先生（指呂本中）再傳為伯恭（即呂祖謙）焉，其所守者亦世傳也。故中原文獻之傳，獨歸呂氏，其餘大儒非及也。」[43]全氏為呂祖謙特立一學案，以揭示其學術價值。呂氏南遷，不僅帶來了浩繁的中原文獻，而且促使了南宋學術的發展。

　　「自明以來，私人收藏之事業，久已偏于東南。」[44]雖然江南文獻屢受戰亂之厄，但幸賴志士仁人網羅收集，尚無大恙。清初，錢謙益絳雲樓、黃虞稷千頃堂幾與內府相埒。「明季喪亂以後，東南之藏書仍盛。於此，足徵當日藏弆者抱殘守缺之功；向使甲申以後，無此諸人（指徐乾學傳是樓、陳自舜雲在樓），為網羅散失之舉，邦國文獻，尚可問乎？」[45]洪楊之亂後，江南四庫三閣損毀慘重，又是丁申、丁丙兄弟、錢恂、張宗祥等人搜集殘帙，遍覓底本，終使文瀾閣四庫書抄補恢復，保留了許多未經篡改的古籍，比文淵閣本還有文獻價值。[46]常熟瞿氏，搜羅散佚，搶救文獻，闕功甚傳。覺迷君《談鐵琴銅劍樓藏書》云：「自虞山錢氏絳雲樓火後，虞山藏書，當推瞿氏

---

41 陳登原：《古今典籍聚散考》（上海市：上海書店出版社，1983年11月），頁335-336。

42 脫脫等：《宋史》卷四三四，第37冊，（北京市：中華書局，1985年版），頁12872。

43 黃宗羲原著，全祖望補修，陳金生、梁運華點校：《宋儒學案》卷三十六〈紫微學案〉（北京市：中華書局，1986年版），頁1234。

44 陳登原：《古今典籍聚散考》（上海市：上海書店出版社，1983年11月），頁234。

45 陳登原：《古今典籍聚散考》（上海市：上海書店出版社，1983年11月），頁323-324。

46 毛昭晰：〈浙江藏書家之精神〉，黃建國、高躍新《中國古代藏書樓研究》（北京市：中華書局，1999年7月），頁2。

鐵琴銅劍矣。瞿氏銅劍樓藏書，在清初已著名海內。高宗數次南巡，曾以瞿氏鐵琴銅劍樓藏書之富，一度臨幸。而編纂《四庫全書》時……當時浙江藏書家，出其藏書進呈者，蓋以瞿氏鐵琴銅劍樓，甬上范氏天一閣為最多。……蓋瞿氏藏書，歷有代數；故宋元精槧，與一切孤本，為世人未經見者，瞿氏多有之。德宗在日，好鑒祕識，亦以瞿氏藏書，多為大內所無。光緒年間，至派侍郎四人，駐節樓中，從事搜討。其中祕籍凡大內所未有者，借之進呈，備為宸覽。」[47]瞿氏藏書歷經數代，就連皇家之藏也自歎弗如，帝王亦親幸之。宏富的江南藏書，孕育了讀書種子，延續著江南文化。江南文化不墜之因蓋緣於此。

眾多清代宋詩選本的編撰成功，無不憑據宏富的私家藏書。參編、參校人員多數是學者，又身兼藏書家。清代幾部較為重要的宋詩選本，均與各時期著名的藏書大賈相關聯。例如《宋詩鈔》編者吳之振、呂留良等人，都性好藏書。吳之振有《延陵吳氏藏書目》一卷，或已佚亡，難睹其實。[48]就連清初頗負盛名的大思想家黃宗羲，也曾在吳家借書閱覽數載。「甲辰館語溪，檇李高氏以書求售二千餘，大略皆鈔本也，余勸吳孟舉收之。余在語溪三年，閱之殆徧。」[49]另外，吳之振還收有山陰祁氏淡生堂之書。錢泰吉曰：「全謝山謂山陰祁氏曠園之書，其精華歸于南雷（黃宗羲），其奇零歸于石門，即指孟舉也。」[50]吳氏藏書之規模可以想見矣。吳氏藏有《宋人小集》四十二家，《中國叢書綜錄》、《著硯樓書跋》均著錄陳德溥舊鈔本。「此

---

47 原載《中國新書月報》一卷四號，此轉引自陳登原：《古今典籍聚散考》（上海市：上海書店出版社，1983年11月），頁362。

48 鄭偉章：《文獻家通考（清—現代）》（北京市：中華書局，1999年6月），頁109。

49 黃宗羲：《天一閣藏書記》，沈善洪主編：《黃宗羲全集》第10冊（杭州市：浙江古籍出版社，1993年11月），頁113。

50 錢泰吉：《曝書雜記》卷二「黃葉村莊藏書」條，《續修四庫全書》（子部）第926冊（上海市：上海古籍出版社，2002年版），頁21。

鈔本《宋人小集》四十二家，……前有朱筆跋語云：『《宋人小集》，
勉之姪從石門黃葉老人藏書鈔出，余轉鈔薈蕝成帙，各以鈔得先後為
序，今共四十二家。容有續鈔，再為訪採』云云。按黃葉邨莊吳氏，
藏書著稱，蓋此本所據有自，故所收宋賢，頗有出於他家所集者，雖
不逮毛鈔之精富，足與曝書亭本相頡頏焉。」[51]呂留良藏書處有天蓋
樓、南陽講習堂等。[52]淡生堂書散出時，呂氏也參與收購，有詩〈得
山陰祁氏淡生堂藏書三千餘本示大兒〉為證。黃宗羲弟子全祖望云：
「吾聞淡生堂書之初出也，其啟爭端多矣。初南雷黃公講學于石門，
其時用晦（即呂留良）父子俱北面執經，已而以三千金求購淡生堂
書，南雷亦以束修之入參焉。……然用晦所藉以購書之金，又不出自
己，而出之同里吳君孟舉。及購至，取其精者，以其餘歸之孟舉。」[53]
黃、吳、呂三人爭購祁氏淡生堂書聚訟不已，已成公案。據申屠青松
考察，此三人皆參與過《宋詩鈔》的編纂工作。[54]黃宗羲是名聞南北
的大藏書家。越中紐氏之世學樓，昆山徐氏之傳是樓，常熟錢氏之絳
雲樓，四明范氏之天一閣，黃氏均有所鈔錄，以富典藏。故上述諸家
藏書當助益編撰《宋詩鈔》良多，絕無疑義。[55]

　　因明人佞唐抑宋，清初宋人集及關於宋人的典籍較為稀缺，收
集、蒐藏、整理工作極其不易。因此，對宋詩的編選、輯錄、品評，
對詩人生平行實的考證，尤需宋元書籍作基礎，搜集群書，廣羅善

51 潘景鄭：《著硯樓書跋》（上海市：上海古籍出版社，2006年7月），頁248。
52 關於呂氏藏書，詳參申屠青松：〈石門呂氏「南陽講習堂」藏書考論〉，《嘉興學院
　　學報》2009年第4期。
53 全祖望：《鮚埼亭集外編》卷十七〈小山堂祁氏遺書記〉，朱鑄禹校注：《全祖望集
　　彙校集注》（上海市：上海古籍出版社，2000年12月），頁1074-1075。
54 詳參申屠青松：《清初宋詩選本研究》第二章第三節《宋詩鈔》成書考，南京大學
　　2008年博士學位論文，頁80-88。
55 關於《宋詩鈔》所采底本的來源，詳參申屠青松：〈《宋詩鈔》與宋詩文獻── 以
　　《宋詩抄》底本考為中心〉，《中國詩學》第14輯（北京市：人民文學出版社，2010
　　年3月），頁25-38。

本，校勘審定。迄及清中後期，如《宋詩紀事》、《宋詩紀事補遺》的編纂、輯校，無不依託於江南宏富的私家藏書。前者引書達千餘種，所據乃揚州「二馬」之小玲瓏山館、杭州趙氏小山堂、汪氏開萬樓、吳氏瓶花齋、杭氏道古堂，等等，雍乾盛世之私家藏書大賈皆在其中。後者所依的是自家之皕宋樓，參訂人員中則有八千卷樓主丁丙，吳縣潘祖蔭、祖同從兄弟，宦寓江南的滿洲貴族端方，甲骨文大家王懿榮，學術大師俞樾等。這些人，陸、丁二氏名載晚清「四大」藏書家，潘祖同竹山堂蓄書四萬餘卷，潘祖蔭滂喜齋藏書有宋元明鈔刻及東瀛刊本。簡言之，江南私家藏書與清代學術，宋詩選本的編撰、輯校之關係極為密切。

　　藏書與刻書相輔而行，相得益彰。江南藏書興盛，刻書業也很繁榮，江浙之蘇杭、安徽之徽州，即其典型。清代江南藏書家喜互易有無，轉借抄錄。如清初黃虞稷徵刻秘笈，曹溶流通古書。江南藏書家常有徵刻書啟，宋人集目也較為習見。眾多宋詩選本的編者或募請他人出資，或自行刊刻其著述。如厲鶚與振綺堂主人汪憲，「過從最密，……每著一書，輒訂可否，手稿皆留余家。《遼史拾遺》、《東城雜記》、《湖船錄》先後雕于振綺堂，《宋詩紀事》、《南宋院畫錄》、《玉臺書史》、《南宋雜事詩》、《絕妙好詞箋》、詩文詞曲諸集，或先生自刊，或後進續刊」[56]。又如陸鍾輝選刊的《南宋群賢詩選》。另外，好多重要的宋詩選本為江南藏書家所刊藏，如嚴長明的《千首宋人絕句》便是由幕主畢沅刻於漫月樓。

　　陳登原云：「吾人敢為一言，即吾人欲明清學之所以盛者，雖知其由多端，要不能與藏書之盛，漠無所關。」[57]簡言之，從文獻來源到付梓刊行來看，清代宋詩選本多出於江南，這與江南宏富的私家藏

---

56 汪曾唯：《厲鶚軼事》，《樊榭山房集》附錄四，董兆熊注、陳九思標校（上海市：上海古籍出版社，1992年6月），頁1743。

57 陳登原：《古今典籍聚散考》（上海市：上海書店出版社，1983年11月），頁319。

書及發達的刻書業關係密切。

　　綜上所述，清代宋詩選本富有濃郁的地域色彩，從選家的籍貫、選本的數量、編纂的地點、傳播的區域來看，與人文昌盛的江南有著密切的關係。江南濃厚的藏書風氣，豐贍的私家藏書，為操持選政者提供了大量的文獻來源，也帶來了學術視閾的拓展。江南文士詩性的存在方式，賡續傳統文化、弘揚先賢精神的歷史使命感，是纂輯宋詩選本的內在動力。

第五章
交游網絡與宋詩選本
——以《宋詩紀事》的編撰為中心

　　《宋詩紀事》從雍正三年（1725）始預其事到乾隆十一年（1746）刊行問世，歷時二十餘載。它是繼《宋詩鈔》、《御選宋詩》、《宋百家詩存》之後，詩人收錄最多、卷帙最繁的一部大型宋詩總集。由清迄今，諸家書目著錄《宋詩紀事》時向來題名厲鶚輯撰。這種做法雖無可厚非，卻輕忽了背後七十五位輯錄、勘定人員的群體力量與貢獻。王友勝已注意到這個問題：「馬曰琯、馬曰璐兩人不僅為厲氏提供資料，亦恭與其役，分別參加卷一至卷十、卷十一至卷二十的輯錄工作，對所收詩歌的出處與版本作過一些考訂。故王雲五主編《萬有文庫》時，所收《宋詩紀事》一書封面即署厲鶚、馬曰琯輯。又吳震生、毛德基、張四科、金農、查為仁、陳沆及杭世駿等七十二人亦曾參與過後八十卷的勘定工作。因而《宋詩紀事》實際上是以厲鶚為主輯錄編撰，若干學者協同努力的結果。」[1]王雲五署厲、馬二人輯，亦失之於偏，未得其實。王論稱《宋詩紀事》為集體著作，洵屬的當；但所言七十二人，又考核有誤，莫能深究。據筆者所考，除厲鶚、揚州「二馬」之外，尚有七十三人參與了《宋詩紀事》後八十卷的勘定工作。一部卷帙浩繁的總集，若想編刊成功，離不開人、物、錢三個大因素，而首要的無疑是人。由此言之，《宋詩紀

---

[1]　王友勝：〈《宋詩紀事》系列研究〉，《唐宋詩史論》（上海市：上海古籍出版社，2006年5月），頁316-317。王友勝的〈清人編撰的三部宋詩總集述評〉（《湘潭師範學院學報》1998年第4期）亦同此論述。

事》的編撰，是建立在以厲鶚為中心，杭、嘉、湖、津為基地的編撰
網絡基礎之上的。輕忽、脫離這個編者群的人力資源及其學術文化背
景，想必厲鶚也難擋一面，更遑論《宋詩紀事》歷時數十載的搜羅輯
錄、卷帙達百卷的雕版刊行！

　　煌煌鉅著《宋詩紀事》的編刊成功，實是以厲鶚為首集體創獲的
結晶。而厲鶚周圍七十餘家輯錄、勘定者，卻久湮無聞。《宋詩紀
事》收錄三八一二家，達百卷之鉅。作為私人著述，假若沒有編者群
體及其他人員的鼎力襄助，從文獻徵引、人力消耗、經費開銷到鏤版
刊行，每一項工作的開展簡直是寸步難行。厲鶚便有此種擔憂：「部
帙既繁，恐歸覆瓿。」² 《宋詩紀事》即便編輯成稿，也難免會壓置
案底，世人莫識其面。厲鶚希望社會賢達文士能玉成此事：「慮鈔謄
之難為力，必授梓以廣其傳。頭白而竚望汗青，囊澀而惟餘字飽。用
告海內名流，共襄盛舉。捐十金而成一卷，謹錄芳名；垂不朽以附古
人，勝為佛事。」³ 故對以厲鶚為中心的編撰人員之考察，是極有必
要的。厲鶚的身後是一個廣大的編者集群，他們的情趣才學、經濟狀
況、生存空間、編纂經歷、文學創作、學術活動、人氣名望，乃至藏
書量、交游面，都是玉成這部鴻篇鉅著的重要因素。考證七十餘位編
撰者的生平履歷、交游行實、詩學源流、藏書活動，考稽《宋詩紀
事》編撰過程與徵引文獻，從中考察以厲鶚為職志，以杭嘉湖為中
心、泛及天津的浙派詩群與清代初期浙派耆舊的關係，勾勒清代初中
期宋詩學的形成與發展過程。這對於厲鶚與《宋詩紀事》研究的深入
以及清代宋詩學體系的建構，無疑大有裨益。本章試從編者人員交游
網絡與群體著述之關係作一探討，以圖推進厲鶚與清中期浙派、《宋
詩紀事》與清代宋詩選史和宋詩學的研究。

2　厲鶚：〈宋詩紀事序〉，《宋詩紀事》卷首，上海市：上海古籍出版社，2008年4月。
3　厲鶚：《樊榭山房文集》卷七〈徵刻宋詩紀事啟〉，《樊榭山房集》，董兆熊注、陳九
　　思標校（上海市：上海古籍出版社，1992年6月），頁807。

第一節　厲鶚交游網絡的形成及其特點

　　儘管厲鶚深知「詩不可以無體而不當有派」[4]，卻仍擋不住以杭嘉湖為中心，泛及津門，上至達官顯宦，下到普通文士，對其人其詩的推崇和瓣香，而最終形成規模宏大、影響深遠的「浙派」。所謂的「浙派」，厲鶚在世時尚無此稱，只不過是其末流的群體追認而已。但毋庸置疑的是，厲鶚在世之際所營構的以杭、嘉、湖、揚、津為場域的詩人集群，足與吳中沈德潛為中心的格調詩群、金陵袁枚為中心的性靈詩群相頡頏。時代精神與地域環境，促成了獨具個性的「浙派」詩群，厲鶚以其群體公認的名望與話語成為「精神領袖」。清人自王士禛、朱彝尊之後，詩家多師法《樊榭山房集》、《小倉山房集》。與袁枚卒後便被門人倒戈攻訐相比，作為職志的厲鶚是幸運的，他受到了弟子、後輩的頂禮膜拜。洪亮吉稱：「近來浙中詩人，皆瓣香厲鶚《樊榭山房集》。」[5]錢蕙窗云：「春渚丈既備黃文節公之祀，見祠有隙宇，遂訪其栗主，遷于後廡之西，並以其姬人月上之主從焉。……青浦王述庵司寇時主萬松講席，聞之亦來薦奠。」[6]厲鶚與黃庭堅同祀已是很高的禮遇，而將厲鶚側室朱滿娘也一同祭拜，就連沈德潛的高足、位高權重的王昶也前來祭奠這位忘年交，《兩浙輶軒續錄》卷三十七收錄了蔣坦〈五月初二日為厲樊榭徵君生日同人集榆蔭樓公祀分得合字〉詩，這些皆可見厲鶚受尊崇的程度。降至道光二十四年（1844），張仲甫《彝壽軒詩鈔》云：「章次白奉厲徵君神位

4　厲鶚：《樊榭山房文集》卷三〈查蓮坡蔗塘未定稿序〉，《樊榭山房集》，董兆熊注、陳九思標校（上海市：上海古籍出版社，1992年6月），頁735。

5　洪亮吉撰，陳邇冬校點：《北江詩話》卷三（北京市：人民文學出版社，1983年7月），頁21。

6　厲鶚：《樊榭山房集》附錄四，董兆熊注、陳九思標校（上海市：上海古籍出版社，1992年6月），頁1752。

於永興寺，陪祀馮具區先生，醻以詩，余亦繼聲。」[7]民國楊鍾羲曰：「浙中詩派多宗樊榭山民，往往繪圖祀之。」[8]看來此言不虛。厲鶚不只是身後備受尊崇，就在生前也是極享禮遇的。從武林的南屏詩社到廣陵的邗江詩社，從杭州的小山堂再到津門的水西莊，無不以厲鶚為職志，「數十年大江南北，所至多爭設壇坫，皆奉為盟主焉」[9]。

七十六位編撰人員中，錢塘二十四人，仁和十三人，平湖、歙各十人，海寧五人，休寧、江都、祁門各二人，吳、吳江、宛平、臨潼、宣城、滿洲、德清、歸安各一人。這只是按照《宋詩紀事》諸卷首所署籍貫的初步考察。實際上，這一編者群體是一個關係緊密的網絡。

首先，成員主要活動於杭、嘉、湖、揚、津數地，有著同里、同鄉的地緣關係。錢塘、仁和、海寧、德清、歸安籍多達五十三位。如厲鶚，與同郡的趙昱家較近。厲詩有云：「卅載心交類飲醇，道南宅近更情親。」[10]康熙四十六年（1707），厲鶚與同里杭機遊，得交其子杭世駿四十年[11]。杭世駿與金肇鑾、金肇鐸、江源等人同居其閒，跨街而望。丁敬與金農居最近，名亦相垺。同郡吳焯吳城瓶花齋、趙昱趙信小山堂、汪臺復園等武林園家山林，更是厲鶚、杭世駿們流連雅集之地。從康熙五十三年（1714）始，厲鶚與同郡金農、汪沆父汪

7　厲鶚：《樊榭山房集》附錄四，董兆熊注、陳九思標校（上海市：上海古籍出版社，1992年6月），頁1755-1756。

8　楊鍾羲：《雪橋詩話餘集》卷四，雷恩海、姜朝暉點校：《雪橋詩話全編》第4冊（北京市：人民文學出版社，2011年7月），頁2354。按，與厲鶚深交的汪憲後人，如汪遠孫，以及坐館振綺堂、為厲鶚編撰年譜的朱文藻都參與過祭拜厲鶚的活動。詳參徐雁平：〈花萼與芸香——錢塘汪氏振綺堂詩人群〉，《漢學研究》第27卷第4期，臺北漢學研究中心2009年版。

9　〈杭州府志文苑傳〉，《樊榭山房集》附錄一，董兆熊注、陳九思標校（上海市：上海古籍出版社，1992年6月），頁1728。

10　厲鶚：《樊榭山房續集》卷六〈哭趙谷林四絕句〉其一，《樊榭山房集》，董兆熊注、陳九思標校（上海市：上海古籍出版社，1992年6月），頁1415。

11　杭世駿：〈輓樊榭先生詩〉其一云：「屈指論交四十年。」《樊榭山房集》附錄二，董兆熊注、陳九思標校（上海市：上海古籍出版社，1992年6月），頁1732。

熷、周京、金志章、汪臺等人訂交往來。就連宦寓兩浙的官員也廁事
其中。如滿洲舒瞻，實以詩名出宰浙中的地方官，結納名士，喜好風
雅，常招厲鶚、施安等人雅集倡和，極一時之盛，沈德潛稱之為「文
學飾吏治者」[12]。又如與全祖望交厚的宣城施念曾，乃施閏章曾孫，
乾隆九年（1744）夏除官餘姚，厲鶚賦詩送別。此外，尚有從其他各
地占籍錢塘的。如歙吳震生，從祖上吳豹然為仁和諸生起便寓居於
杭，雍正十一年（1733）秋入杭世駿、厲鶚所倡南屏詩社，乾隆九年
秋特意移家武陵與厲鶚為鄰。他如汪啟淑原籍新安，金志章郡望休
寧。新安即徽州，歙、休寧、祁門皆其轄縣。這一編者群中，除了以
杭郡為主的浙人之外，便是以新安籍為主的寓揚儒商、文士了。如最
負盛名的祁門馬曰琯、馬曰璐昆季，以及吳王藻、臨潼張四科，乃至
入贅揚州余氏的錢塘陳章和其弟陳皋，還有晚年寓揚近二十年的金
農，等等。而厲鶚本人自雍乾之際，每年往還杭、揚之間，幾乎是揚
州「二馬」小玲瓏山館的常客。至於津門水西莊主人宛平查為仁，在
《宋詩紀事》編撰時間內，雖據現有資料未見厲鶚與之謀面，但二人
神交已久，詩詞唱和見諸專集，如查氏乾隆五年選刻的《沽上題襟
集》，厲鶚序赫然在上；乾隆五年（1740）厲鶚自南湖移居東城蜀漢
麋公古社，七年（1742）秋查為仁遠寄和詩。網絡成員中厲鶚弟子汪
沆、陳皋早已於乾隆三年（1738）至八年（1743）在查家修纂史志、
結社賦詩。

　　其次，網絡成員間還存有亦師亦友的學緣關係。未滿二十的厲
鶚，自康熙五十三年（1714）至五十七年（1718）坐館汪家聽雨樓，
給汪浦、汪沆兄弟講授《詩經》，傳習詩法。他如孫廷蘭、孫廷槐昆
仲弱冠從學於厲鶚。孫廷槐作〈湖心寺見柳花作〉，厲鶚大賞其韻致
絕佳，唱和之作今載於《樊榭集》中。金肇鐸與從弟金肇鑾，既是厲

12　沈德潛：《清詩別裁集》卷二十九（北京市：中華書局，1975年11月），頁524。

鶚弟子，又是杭世駿畏友。又如許松，不但與厲鶚同里，且時從厲鶚、趙一清、汪還仁等編撰人員交游，《樊榭詩集》載有其同作二首。厲鶚與前輩周京也亦師亦友，厲鶚輓周京詩曰：「如君行誼友兼師，一慟秋風草木衰。徵士東岡有周燮，稱兄南國只爰絲。蕁鑪不返松江棹（先生卒于雲間客舍），山水空留汐社期（六年來，同人結社湖上，先生為之領袖）。僂指交情三十載，九原無路說相思。」[13]以上只是同郡之中。這種師友關係還跨越地域的界限。揚州「二馬」倡結邗江詩社，以馬曰琯為首的社中同仁共奉厲鶚為圭臬，直擁為「小師」[14]；與《宋詩紀事》其他編撰人員厲鶚、杭世駿、馬曰琯馬曰璐昆仲、王藻、張四科、方士庶等人友善的閔華，連這位「竹西布衣，百餘年來，罕有儷者」[15]，亦稱厲鶚為「文章交誼友兼師」[16]；另一社中詩友陸鍾輝也向厲鶚執弟子禮，謂其「儒雅風流洵我師」[17]；晚年寓揚的浙人金農、陳章之輩亦作如是觀。

最後，網絡諸成員沾親帶故，有著深厚的血緣、姻戚關係。如厲鶚與丁敬是兒女親家，與桑調元是孫兒女親家。「厲徵君子繡周，有女適桑弢甫先生之孫近仁。繡周亡，其妻丁氏，龍泓先生女，無所歸，奉厲氏先代栗主依於桑。」[18]吳仲雲《杭郡詩續輯小傳》曰：「厲

---

13 厲鶚：〈哭周穆門先生〉，周京：《無悔齋集附錄》，《四庫全書存目叢書》（集部）第277冊（濟南市：齊魯書社，1997年版），頁250。

14 馬曰琯：《沙河逸老小稿》卷五〈哭樊榭八截句〉其七云：「寒鑒樓空小師死，招魂又復酹寒廳。」《叢書集成新編》第72冊（臺北市：新文豐出版公司，1984年版），頁85。

15 王豫：《群雅集》，轉引自《清詩紀事·乾隆朝卷》（南京市：鳳凰出版社，2004年版），頁1965。

16 閔華：〈輓樊榭先生詩〉，《樊榭山房集》附錄二，董兆熊注、陳九思標校（上海市：上海古籍出版社，1992年版），頁1735。

17 陸鍾輝：〈輓樊榭先生詩〉，厲鶚：《樊榭山房集》附錄二，董兆熊注、陳九思標校（上海市：上海古籍出版社，1992年版），頁1735。

18 蔡朗餘：〈謄稿〉，厲鶚：《樊榭山房集》附錄四，董兆熊注、陳九思標校（上海市：上海古籍出版社，1992年6月），頁1752。

志齫字之甫，一字繡周，號層雲，錢塘諸生，為雄飛徵士從子，即為徵士後，又為丁鈍丁先生愛壻，詩筏文津，皆有所受。」[19]乾隆七年端午節，桑調元冒雨送白金十兩周濟連年窘困的厲鶚。[20]他如汪塤，即與厲鶚同輯《宋詩紀事》的始倡者汪祓江，據《樊榭山房文集》卷七〈朝議大夫候選主事馬公暨元配洪恭人墓誌銘〉所載，其妻乃揚州「二馬」父馬謙之女。編者群中，還有兄弟關係的，如揚州馬曰琯、馬曰璐，錢塘陳章、陳皋，仁和的孫廷蘭孫廷槐、趙昱趙信，平湖陸銘一、陸銘三。也有父子關係的，如趙昱與趙一清。也有同宗關係的，如金肇鐸與從弟金肇鑾及族父金志章。限於筆者目力所及，無從稽考的部分編勘人員如錢塘的許承模與許承燾，許檟、許梓、許松三人，似有血緣、姻戚、同宗之關係。

　　基於地緣、學緣、血緣三種關係，《宋詩紀事》編者群以自家園林、自然風光為依託，大肆舉行雅集文會，網絡成員間的關係更趨緊密。袁枚曰：「昇平日久，海內殷富。商人、士大夫慕古人顧阿瑛、徐良夫之風，蓄積書史，廣開壇坫。揚州有馬氏秋玉之玲瓏山館，天津有查氏心谷之水西莊，杭州有趙氏公千之小山堂、吳氏尺鳬之瓶花齋。名流宴詠，殆無虛日。」[21]世風與士風共同鑄就了文士仿效唐之漢上題襟、元之玉山雅集，喜交游、好雅集的潮流。

　　徽州馬曰琯、曰璐昆季乃業鹽於揚、富甲一方、士商兼融的代表。構築行庵，深納文士，結社雅集，吟詠酬唱，觥籌交錯，風流達二十餘年，為雍、乾間南北壇坫之首，時人比之漢上題襟、玉山雅集。若厲鶚、陳章等浙人多主其家。全祖望曰：「予交樊榭三十年，

---

19 吳仲雲：《杭郡詩續輯小傳》，厲鶚：《樊榭山房集》附錄四，董兆熊注、陳九思標校（上海市：上海古籍出版社，1992年6月），頁1754。

20 陸謙祉：《厲樊榭年譜》（上海市：上海商務印書館，1936年8月），頁57。

21 袁枚著，顧學頡校點：《隨園詩話》卷三（北京市：人民文學出版社，1982年9月），頁92。

祁門馬嶰谷兄弟延樊榭于館，予每數年必過之。嶰谷詩社以樊榭為職
志，連床刻燭，未嘗不相唱和。」[22]陳章自道：「近結邗江吟社，賓朋
酬唱，與昔時圭塘、玉山相埒。嗚呼，何其盛也！而余為石交既久，
主君家又二十餘年矣。」[23]與馬氏小玲瓏山館毗鄰的是張四科的讓
圃。「漁川僑居揚州，得隙地于天寧寺旁，築讓圃，與馬嶰谷昆季行
庵為鄰，並有竹木亭館之勝。互集詩社，一時名流，觴詠所聚，風雅
好事，兩家蓋如驂靳。」[24]「韓江雅集即在讓圃，一時之盛與圭塘、
玉山相埒」。[25]

　　「大江南北工于斯事者，咸相攀附，文章聲氣，何其盛也！……
查蓮坡歿而北無壇坫，馬嶰谷歿而南息風騷。」[26]與馬氏小玲瓏山館
遙相呼應的是津門查為仁水西莊。天津鹽商查為仁，原籍浙江海寧，
世居宛平。有才無命，橫遭囹圄，冤釋出獄。「為仁既不幸嬰世網，
絕志仕進，淡然一無所營。因築園于天津城西三里近河之處，曰水西
莊。縹緗錦軸、法物圖書、金石彝鼎之屬，悉充牣其中，偕其兩弟為
義、為禮，以詩文相切劘。莊去京都不滿三百里，大江南北，往來冠
蓋，相屬一刺之投，輒延款如故知，一時名宿，如萬光泰、厲鶚、劉
文煊、陳儀、英廉等，皆主其家。觴詠唱酬無虛日。故許佩璜贈詩有

22 全祖望：《鮚埼亭集》卷二十〈厲樊榭墓碣銘〉，朱鑄禹校注：《全祖望集彙校集注》
　　（上海市：上海古籍出版社，2000年12月），頁364-365。關於揚州二馬「小玲瓏山
　　館」的詳情，詳參方盛良《清代揚州徽商與東南地區文學藝術研究——以「揚州二
　　馬」為中心》第二章〈「小玲瓏山館」築建的人文情懷與文化生態圈〉（北京市：人
　　民文學出版社，2008年12月），頁47-91。
23 陳章：〈沙河逸老小稿序〉，《沙河逸老小稿》卷首，《叢書集成新編》第72冊（臺北
　　市：新文豐出版公司，1984年版），頁66。
24 徐世昌著，傅卜棠編校：《晚晴簃詩話》卷七十八（上海市：華東師範大學出版
　　社，2009年7月），頁557。
25 李斗：《揚州畫舫錄》卷四，汪北平、涂雨公點校（北京市：中華書局，1960年4
　　月），頁90。
26 杭世駿：《道古堂文集》卷十一〈吾盡吾意齋詩序〉，《續修四庫全書》（集部）第
　　1426冊（上海市：上海古籍出版社，2002年版），頁308。

『庶人北海，置驛南陽』之句。當雍乾之際，承平日久，天下殷富，士大夫競以廣交游、開壇坫為風流盛事。其時揚州有馬氏之玲瓏山館，杭州有趙氏之小山堂，皆與水西莊並擅一時之勝。至數海內詩人為所交口稱頌者，必推天津查氏為仁。……論者謂津沽風雅之盛，皆自為仁開之。」[27]向為人津津樂道的是，乾隆十三年（1748）幾近花甲的厲鶚一改常態，北上京師，本求仕進，抵津門，客查莊，同撰《絕妙好詞箋》，不就選試，興盡而歸。厲鶚弟子汪沆乾隆元年（1736）舉博學鴻詞報罷，「游天津，客查氏水西莊，南北論詩者奉為壇坫」[28]。同鄉陳皋亦是查家座上賓。汪沆《陳皋家傳》曰：「予與君修襋契之好，歷五十年矣。……先是戊午（乾隆三年，1738）間，陳榕門觀察聘予纂天津郡邑二志，得交查心穀、魯存岳季，心穀飫君名，屬予貽書，招之北行，同主查氏水西莊，對屋而居，數晨夕者五年。天津為畿南一大都會，舟車往來輻輳，名流翕集，花天月地，合樂傳觴，必授簡賦詩，君則搖筆立就，四座傳觀，莫不歎絕。」[29]正如晚清劉聲木所言：「查氏世居京師，以業鹺致富，置別業于天津，名水西莊。交納四方名彥，賓至如歸，樽酒唱和無虛日，與江都馬曰璐、曰琯兄弟小玲瓏山館南北輝映。時當承平，不特士大夫喜讀書研詩文，即鹺商亦篤好風雅，能自樹立如此，洵國朝之盛事，古今之佳話也。」[30]

---

27 《大清畿輔先哲傳》卷二十，周駿富輯：《清代傳記叢刊》第199冊（臺北市：明文書局，1985年版），頁560-561。

28 《兩浙輶軒錄》卷二十一引〈杭州府志文苑傳〉，《續修四庫全書》（集部）第1683冊（上海市：上海古籍出版社，2002年版），頁673。按，府志當援引自邵晉涵：《南江文鈔》卷九〈徵士汪先生家傳〉（《續修四庫全書》（集部）第1463冊（上海市：上海古籍出版社，2002年版，頁500），其曰：「乾隆元年舉博學鴻詞，廷試額溢，報罷，游天津，客查氏水西莊。查氏故耽風雅，喜賓客，奉先生主壇坫焉。」

29 《國朝耆獻類徵初編》卷四三三，周駿富輯：《清代傳記叢刊》第183冊（臺北市：明文書局，1985年版），頁26-28。

30 劉聲木：《萇楚齋隨筆續筆三筆四筆五筆》之《隨筆》卷九，（北京市：中華書局，1998年3月），頁194。

　　維揚、津門之外便數杭州。「乾隆初，武林壇坫最盛。杭、厲為之領袖。谷林昆季風雅好事，小山堂藏書之富，輝映林泉，一時文人騷客，倚為東道主。所作並博雅為宗，成為風氣。雖堂宇未閎，要皆洗淨屠沽也。」[31]趙昱、趙信兄弟性好客，喜吟詠，藏書富，「同學之士雨聚笠，宵續燈，讀書其家，谷林解衣推食以鼓舞之」[32]。小山堂、二林吟屋是在杭文士們的常駐之所。與趙氏「二林」相垺的是吳焯繡穀亭、瓶花齋。「尺鳧先生家有古藤一本，構亭曰繡穀。花時，招客吟賞。……子城號鷗亭，玉墀號小谷，杭薛其中，以吟誦為世業，武林搢紳家所不及也。」[33]毛奇齡亦曰：「余僦杭州，與時賢往來，共推吳子尺鳧為藝壇之宗。」[34]「海內先達，往往折輩行，與倡酬訂證。而四方騷雅，游展至武林，鮮不延接把臂，或下榻經年，講求摩切。」[35]厲鶚、趙氏「二林」與之搜集南渡遺事，共賦《南宋雜事詩》，盛為海內風雅所稱說。除此之外，尚有梁文濂、梁啟心父子所倡之詩酒文會。杭世駿曰：「耆名老德，閒僧曠士，咸參唫席，而以君家為顧氏之玉山。」[36]乾隆十年（1745）參修《西湖志》的張雲錦，與鮑詢、陸銘一等人結東湖吟社，厲鶚為之寄詩道賀，李調元亦曰：「平湖詩人張鐵珊雲錦，少年工詩，為洛如詩社領袖，從來名士

---

31 徐世昌著，傅卜棠編校：《晚晴簃詩話》卷七十三（上海市：華東師範大學出版社，2009年7月），頁517。

32 全祖望：《鮚埼亭集》卷十九〈趙谷林誄〉，朱鑄禹校注：《全祖望集彙校集注》（上海市：上海古籍出版社，2000年12月），頁352。

33 《兩浙輶軒錄》卷十五引《碧溪詩話》，《續修四庫全書》（集部）第1683冊（上海市：上海古籍出版社，2002年版），頁531。

34 徐世昌著，傅卜棠編校：《晚晴簃詩話》卷五十一（上海市：華東師範大學出版社，2009年7月），頁330。

35 《兩浙輶軒錄》卷十五引趙嘉楫序，《續修四庫全書》（集部）第1683冊（上海市：上海古籍出版社，2002年版），頁531。

36 杭世駿：《道古堂文集》卷三十四〈梁蔎林傳〉，《續修四庫全書》（集部）第1426冊（上海市：上海古籍出版社，2002年版），頁539。

之盛不啻顧氏玉山」[37]。他如被吳焯歎為後起之秀的施安，「家饒于貲，性喜結客，一時長人名德，如杭堇浦、梁蕘林、吳甌亭、顧月田、寸田諸人，皆騷壇夙契，捶琴擊缽以申古歡」[38]。

　　以杭為中心，揚、津為聲援，三地壇坫以厲鶚為領袖達數十年之久。弟子汪沆有云：「憶前此十餘年，大江南北，所至多爭設壇坫，皆以先生為主盟，一時往來通縞紵而聯車笠，韓江之《雅集》、沽上之《題襟》，雖合群雅之長，而總持風雅，實先生為之倡率也。」[39]厲鶚辭世後，友人杭世駿作詩輓曰：「邗江詩社迭為賓，憑仗君扶大雅輪。翡翠鯨魚皆有得，敦盤無復主盟人。」[40]當然，袁枚只是列舉了南北詩壇吟社幾個傑出的代表，在厲鶚的周圍還有諸如揚州方士廬西疇別業、王藻怡園，以及《宋詩紀事》編者之外的余元甲、程夢星、江春、寓揚地方官盧見曾等人所開的壇坫；杭州汪臺復園、杭世駿南屏詩社及太守鄂敏所舉的西湖修禊，等等。誠如丹納所說：「這個藝術家庭本身還包括在一個更廣大的總體之內，就是在它周圍而趣味和它一致的社會。因為風俗習慣與時代精神對於群眾和對於藝術家是相同的；藝術家不是孤立的人。我們隔了幾世紀只聽到藝術家的聲音；但在傳到我們耳邊來的響亮的聲音之下，還能辨別出群眾的複雜而無窮無盡的歌聲，像一大片低沉的嗡嗡聲一樣，在藝術家四周齊聲合唱。只因為有了這一片和聲，藝術家才成其為偉大。」[41]《宋詩紀

---

37 李調元著，詹杭倫、沈時蓉校正：《雨村詩話校正》（成都市：巴蜀書社，2006年12月），頁124。

38 吳振棫：《國朝杭郡詩輯》，轉引自《清詩紀事·乾隆朝卷》（南京市：鳳凰出版社，2004年版），頁1820。

39 汪沆：〈樊榭山房文集序〉，厲鶚：《樊榭山房集》，董兆熊注、陳九思標校（上海市：上海古籍出版社，1992年6月），頁703-704。林昌彝《射鷹樓詩話》卷六有與此幾近相同之論，可參。

40 杭世駿：〈輓樊榭先生詩〉，厲鶚：《樊榭山房集》附錄二，董兆熊注、陳九思標校（上海市：上海古籍出版社，1992年版），頁1732。

41 （法）丹納：《藝術哲學》，傅雷譯（北京市：人民文學出版社，1963年1月），頁6。

事》編者網絡的形成，除了以厲鶚為代表的名流之外，還離不開那些
在今天看來默默無聞的「群眾」。如周京，全祖望曰：「穆門以詩名天
下五十餘年，……杭之詩人為社集，群雅所萃，奉穆門為職志。詩
成，穆門以長箋寫之，醉墨淋漓，姿趣頹放，或弁數語于其端，得者
以為鴻寶。湖社風流，百年以來，于斯為盛，皆穆門之所鼓動
也。……穆門死，湖社諸人一若失其憑依者，其為人可想見也。」[42]
王藻，「至京師，每名流會合，分題角韻，梅沜詩出，輒壓倒儕輩。
晚寓維揚，維揚人士奉為壇坫」[43]。他如陳章陳皋昆仲，杭世駿云：
「時查氏兄弟方緝題襟之集，對鷗矯尾厲角，名噪京西。倦遊歸廣
陵，主玉山堂馬氏，與賢兄竹町闌入韓江雅集。建安七子應瑒繼璩而
興，謝庭蘭玉惠連踵靈運而起，可遠相方也。廣陵社事繁興，程翰林
午橋、張主事漁川、汪員外對琴、江藩伯鶴亭開設壇坫，爭以得對鷗
兄弟為勝。」[44]

　　另外，《宋詩紀事》編者網絡的形成還得到了其家室內部的有力
支持與熱情參與。如閔華母姚太夫人。「閔蓮峰少孤貧，不能就外
傳。母姚夫人親授句讀，夜則織紝以佐其讀書，如是者十餘年。」[45]
孟母三遷，為的是與營造一個育子成才的好環境。閔華詩名江東數十
載，與眾名士交接切劘，多賴其母之助。杭世駿云：「閔華蓮峰氏以
詩名江淮者二十年，遞變遞上，深造不已。然蓮峰未嘗敢自名強名
之，則曰吾非能詩，吾固有所受之。蓋其稟母夫人姚之教為多云。嗚

42　全祖望：《鮚埼亭集》卷十九〈周穆門墓誌銘〉，朱鑄禹校注：《全祖望集彙校集注》
　　（上海市：上海古籍出版社，2000年12月），頁341-343。

43　袁景輅：《國朝松陵詩徵》，轉引自《清詩紀事・乾隆朝卷》（南京市：鳳凰出版
　　社，2004年版），頁1217。

44　杭世駿：《道古堂文集》卷十一〈吾盡吾意齋詩序〉，《續修四庫全書》（集部）第
　　1426冊（上海市：上海古籍出版社，2002年版），頁308。

45　楊鍾羲：《雪橋詩話三集》卷五，《雪橋詩話全編》第3冊（北京市：人民文學出版
　　社，2011年7月），頁1698。

呼！獨詩也與哉？可以教孝矣。母夫人賢而蚤寡，淬屬蓮峰以學，縱之與碩人魁士者遊，凡詩人之菶揚者，高門縣薄日，無不趣退而不能不就蓮峰氏。投壺習射，分題刻燭，以為笑樂，母夫人庀治酒食以寵之。」[46] 復如徐以坤母：「為周櫟園（周亮工）司農甥，嫻禮工詩，著有《蘭藻閣集》，為閨媛所宗。君胚胎家學，肩隨諸舅，耳擩目染，殫見洽聞，尤耽吟詠。嘗讀《五代史》，賦十國詞百首。全椒郭韻清太史以「詩史」目之。一時騷壇若杭菫浦、厲樊榭諸君名流，胥引為莫逆之交。」[47] 他如趙昱母，亦為趙氏小山堂雅集之盛助益良多：「太孺人，山陰總督尚書朱襄敏公之曾孫，中丞忠敏祁公之外孫也。承彼高閎，播厥芳懿，胚秀毓靈，家聲益大。纘江東之舊業，購淡生之遺書，點注丹黃。煦鮮汰質，續敦交之集；石友載酒，而題襟寫主客之圖。」[48] 揚州「二馬」的庶母洪恭人亦如是，厲鶚曰：「陳恭人實生曰琯、曰璐，（洪）恭人撫之如已出，今二子束身修行，折節讀書，有聲士友間，蓋亦恭人之教有以成之也。」[49]

　　而像查為仁、厲鶚、許承祖、費樹楗、陸培等人之妻妾，耽風雅，能詩詞，是《宋詩紀事》編者群雅集的熱情參與者。與厲鶚忘年交的王昶曰：「蓮坡先生早賦〈鹿鳴〉，被訐得罪，數年而後得釋。因發憤讀書，博通典故。所居天津水西莊，貯書萬卷。南北往來名士，如萬柘坡、厲樊榭、趙飲谷等，無不攬環結佩，延主其家，相與覃研

46 杭世駿：《道古堂文集》卷九〈閔蓮峰雙清閣詩序〉，《續修四庫全書》（集部）第1426冊（上海市：上海古籍出版社，2002年版），頁291。

47 沈叔埏：《頤綵堂文集》卷十四〈國子監博士充四庫全書總校官議敘主事茗花徐君暨配汪朱兩恭人墓誌銘〉，《續修四庫全書》（集部）第1458冊（上海市：上海古籍出版社，2002年版），頁503。

48 杭世駿：《道古堂文集》卷三十四〈趙谷林傳〉，《續修四庫全書》（集部）第1426冊（上海市：上海古籍出版社，2002年版），頁541。

49 厲鶚：《樊榭山房文集》卷七〈朝議大夫候選主事馬公暨元配洪恭人墓誌銘〉，《樊榭山房集》，董兆熊注、陳九思標校（上海市：上海古籍出版社，1992年6月），頁817。

詩詞書畫。又所娶金夫人含英，亦躭風雅，人望如仙」[50]。金氏有《芸書閣賸稿》，編入查氏外集。厲鶚妾朱滿娘，「月上針管之外，喜近筆硯。從徵君，授唐人絕句二百餘篇，頗識其意」[51]。許承祖妻乃萊州太守陳謙之女，「朱徵君彭〈湖山遺事詩〉稱：雪莊在葛嶺下，海昌許貢士承祖別業也。貢士能詩，與武林諸詩人相倡和。其室人陳氏雅好山水，同居湖館。每知逢月夜，偕夫登山玩月，必造其巔。」[52]費樹楩妻汪亮，新安舊族之女，性溫淑，好讀書，師從錢陳群、張庚學詩。[53]陸培妻李貞媛亦能詩。

以厲鶚為首的杭、揚、津三地詩酒文會的網絡形成，還有賴其結社雅集形式的泛制度化、時間的泛固定化。從諸位參與者的專集，以及如《焦山紀遊集》、《林屋唱酬錄》、《韓江雅集》、《同林倡和集》、《南宋雜事詩》、《沽上題襟集》等酬唱總集中，聯章分韻、倡和贈答、送別追思之作俯拾即是，充盈其間。每逢上巳、寒食、清明、重九、立冬、生辰之日，網絡成員舉行的活動豐富多彩：消寒，賞菊，看梅，觀雨，品茗，慶生，啖臘八粥，泛遊東湖，賞南屏紅葉，觀南宮摩崖，西湖蘭亭詩會，行庵陶潛修禊……

綜上所述，厲鶚為首的《宋詩紀事》編撰人員以杭郡為中心，向外輻散至嘉、湖、揚、津等地，既有宦任浙中的官員，也有泛寓杭、揚、徽三地的文士。他們以厲鶚等人為盟主，依託自家園林、書樓及杭、揚等地的自然名勝，時間固定化，程式制度化，結社雅集，分韻

50　王昶著，周維德輯校：《蒲褐山房詩話新編》（濟南市：齊魯書社，1988年1月），頁4-5。

51　《兩浙輶軒續錄》卷五十二引吳振棫語，《續修四庫全書》（集部）第1687冊（上海市：上海古籍出版社，2002年版），頁166。

52　許仁傑：〈雪莊西湖漁唱序〉，《雪莊西湖漁唱》卷首，《叢書集成續編》第224冊，頁290。

53　錢陳群：《香樹齋文集續鈔》卷二〈文學費雨坪墓誌銘〉，《四庫未收書輯刊》玖輯第19冊（北京市：北京出版社，1997年版），頁345。

賦詩，聯章疊句，研經究史，品物鑑古，形成了一個複雜交錯、聲氣互通、關係密切的交游網絡。

《宋詩紀事》編者網絡之所以能形成，離不開雍乾間以文人、商賈、官員為主導的好雅集、嗜收藏、喜山水的時代審美風尚之浸染，也與諸成員間的集體認同密不可分。大體說來，編者網絡呈現出精神平等、關係融洽、包容開放的特點。

從《宋詩紀事》編撰人員的身世、履歷可看出，當中既有如舒瞻、施念曾出宰一方的官員，又有如杭世駿、江源、陸鍾輝一類的棄罷之士，也有如金肇鐸、王瀛洲、葉世紀納資捐官而無實職之流，也有如厲鶚、金農、陳章等不善營生、流寓寄附的貧寒文人，還有如馬曰琯、查為仁、徐以坤諸輩的富商大賈、簪纓世家。社會地位的懸殊、經濟狀況的貧富，這些並沒有造成個體間平等交往、志同道合的障礙。

邗江詩壇另一位重要人物程晉芳曰：「余生平耳目所及，北屆燕趙，南盡吳越。其間讀書嗜古，歲散萬金，拯士之寒饑，學與名日益進，家日以落，而兀兀不休者，在廣陵則為祁門馬嶰谷、半查，在天津則為查蓮坡、榕巢，于淮則吾家水南先生及先生之從子蓴江，皆學人才士所望而歸也。……自先生歿後十年，廣陵馬嶰谷卒。其弟半查老病，鍵戶謝客。查氏或死，或遠仕。蓴江兄又歿。士人由北之南者，順風曳帆，靡所止泊，益淒厲寥落矣。」[54]先世乃業鹽富賈的歙人程嗣立遷居淮北安東（今江蘇漣水），性好結客，構築別業「菰蒲曲」，名流達士，翕然麋集，與揚州馬氏、天津查氏南北輝映。此中尤以馬氏為最。方東樹曰：「雍乾之際，海內昇平，士大夫多以池館、賓客、收藏、鑒賞相競。而馬氏尤箸，幾可方元時顧阿瑛。」[55]

54 程晉芳：《勉行堂文集》卷六〈水南先生墓誌銘〉，《續修四庫全書》（集部）第1433
　　冊（上海市：上海古籍出版社，2002年版），頁356。

55 方東樹：《考盤集文錄》卷五〈江南春詞跋〉，《續修四庫全書》（集部）第1497冊
　　（上海市：上海古籍出版社，2002年版），頁343。

馬氏小玲瓏山館為何能有如此之影響力、向心力？入贅揚州富商余元甲家又是邗江詩社成員的陳章，為東家馬曰琯詩集作序云：

> 近結邗江吟社，賓朋酬唱，與昔時圭塘、玉山相埒。嗚呼，何其盛也！而余為石交既久，主君家又二十餘年矣。以道義相劘切，以文章相期許，風雨晦明，始終無間。然後知君真能推兄弟之好以及朋友，而豈世之務聲氣、矜標榜所可同日而語哉？[56]

「以道義相劘切，以文章相期許」，主客的精神平等[57]、情趣契合，正是東道主馬氏能夠聚集雍乾盛世如厲鶚、杭世駿、陳章等仕途失意、生活困頓之流的真諦所在。厲鶚六十無嗣，為之割宅納姬；范鎮、樓錡年長未婚，為之擇親成家；全祖望偶染惡疾，為之求醫治病；唐建中客死揚州，為之厚賻歸葬；石交辭世，周恤其孥；刊行朱彝尊遺著《經義考》，襄助全祖望數箋《困學紀聞》，厲鶚屢校《草堂詩餘》。尤其是《宋詩紀事》的編撰，馬氏昆仲恭與其役，並參加了前二十卷的輯錄工作及部分卷次的作品考訂，稿成又出資刊行。為推動雍、乾間文士的學術研究、文學創作以及書籍刊刻等文化活動，馬氏兄弟可謂不遺餘力。王昶曰：「揚州鹺商所萃，喜招名士以自重，而馬氏秋玉、佩兮小玲瓏山館，尤為席帽所歸。時盧雅雨任運使，又能奔走寒畯，於是四方輻輳，而浙人尤多，如全謝山祖望、陳楞山撰、厲太鴻

---

56 陳章：〈沙河逸老小稿序〉，《沙河逸老小稿》卷首，《叢書集成新編》第72冊（臺北市：新文豐出版公司，1984年版），頁66。

57 張仲謀：《清代文化與浙派詩》（北京市：東方出版社，1997年8月，頁221）曰：「浙派詩人所依靠的富家子弟，多是好學而能詩之人。這些人大都是著名的藏書家，厲鶚等人名曰坐館，實際主要工作是校勘書籍。校書是為人的，讀書是為己的，離開了這種圖書條件，厲鶚也不可能完成《宋詩紀事》那樣的大工程。更為重要的是，他們之間是主人與客人的關係，而客人往往兼有老師的身分，在精神上是平等的。」

鶚、金壽門農、陶篁村元藻，及授衣、弟江皋，尤以領袖稱。」[58]鹽
商、官方、民間三方的交融，無疑得之於精神上的平等、情趣上的諧
和。特別是對於那些以著述、講學託身立命的浙人來說，生活來源的
有力保障、書籍文獻的無償提供、性情志趣的相融一體，無疑最具吸
引力。唯馬首是瞻，自是情理之中。「小玲瓏山館」是雍乾間寒士趨
之若鶩的人間天堂與精神樂園，袁枚有詩為證：「山館玲瓏水石清，
邗江此處最知名。橫陳圖史常千架，供養文人過一生。自注：吾鄉屬太
鴻、陳授衣諸君，皆主其家」[59]徐大椿《洄溪道情》中有〈弔馬秋玉〉一
曲，其曰：「從今後邗江渡口，多少公卿耆舊，騷人墨叟，一聲聲哭
過揚州。自注：君好客樂施，凡一長一藝，無不周旋，懷恩感德，幾遍士林」[60]就
連嘉道以降的文人也追羨不已，阮元曰：「徵君昆弟業鹺貲產遜于他
氏，而卒能名聞九重，交滿天下，則稽古能文之效也。當時擁重貲過
于徵君者，奚翅什伯，至今無人能舉其姓氏矣。」[61]道光五年
（1825）重陽，包世臣披覽《竹西藝集圖》，題曰：

> 祁門馬氏，以業鹺餘財銜誘當時市言之士，亦欲集十六人以維
> 西園，其心可謂勞矣。然其中如全謝山，實能自植以垂聲後
> 世。即方環山、程香溪、屬樊榭諸人，亦皆有所深造，名聞都
> 邑。故揚州稱賓客以馬氏為盛。凌夷至今，當途之門不開，富
> 兒之炙空冷，而諸君子自挾其藝，馳騁翰墨之場，徒以口腹為

---

58 王昶著，周維德輯校：《蒲褐山房詩話新編》（濟南市：齊魯書社，1988年1月），頁
　28。

59 王英志主編：《袁枚全集》第1冊《小倉山房詩集》卷二十七（南京市：江蘇古籍出
　版社，1993年9月），頁594。

60 轉引自嚴迪昌：〈往事驚心叫斷鴻──揚州馬氏小玲瓏山館與雍、乾之際廣陵文學
　集群〉，《文學遺產》2002年第4期，頁113。

61 阮元：《淮海英靈集》乙集卷三，《續修四庫全書》（集部）第1682冊（上海市：上
　海古籍出版社，2002年版），頁107。

安。是累也，斯可為發一太息者矣。[62]

撫今追昔，徒增太息。包氏喟歎的是時下既無如馬氏風雅的東道主，亦無潛心著述的志士。主客亦師亦友、平等親密的場景，已是昨日黃花，不復再矣。

兩浙文化中心的杭州，莫不如此。梁文濂年老，子梁啟心乞假侍親，在杭葛嶺、孤山間，建葛林園，大舉詩文酒會。「耆名老德，閒僧曠士，咸參啖席，而以君家為顧氏之玉山。佳時勝日，輕車白舫，往來西湖之上。」[63]梁詩正子梁同書曰：「吾鄉詩社，自癸亥以後稱最盛者十年，每一會，率二三十人。緇袍朱履、布衣韋帶之流，靡不畢集社中。自顧月田、鄭筠谷、周穆門、金江聲、朱鹿田、吳東壁、厲樊榭、施竹田諸先生相繼下世，風流雲散，詩社遂已。既乃與杭堇浦及後輩數人為忘年友，相倡和云。」[64]

在這些詩社雅集中，既有耆舊名達，也有布衣韋帶；既有方外之流，也有狂狷之士。儘管身分不同，性格各異，但相仿的人生境遇，相同的價值取向，相契的藝術趣味，相近的文化消費，促成了彼此的人格認同與精神平等。厲鶚「其人孤瘦枯寒，于世事絕不諳，又卞急，不能隨人曲折，率意而行，畢生以覓句為自得」[65]。桑調元生性孤僻。金農「性倔強，不諧俗」[66]。杭世駿稱丁敬「不自聊，與人群

62　包世臣：《小倦遊閣集》卷二十七〈竹西藝集圖記〉，《續修四庫全書》（集部）第
　　1500冊（上海市：上海古籍出版社，2002年版），頁643。
63　杭世駿：《道古堂文集》卷三十四〈梁蔎林傳〉，《續修四庫全書》（集部）第1426冊
　　（上海市：上海古籍出版社，2002年版），頁539。
64　《兩浙輶軒錄》卷十九引梁同書〈行述〉，《續修四庫全書》（集部）第1683冊（上
　　海市：上海古籍出版社，2002年版），頁604。
65　全祖望：《鮚埼亭集》卷二十〈厲樊榭墓碣銘〉，朱鑄禹校注：《全祖望集彙校集注》
　　（上海市：上海古籍出版社，2000年12月），頁364。
66　法式善著，張寅彭、強迪藝編校：《梧門詩話合校》卷十一（南京市：鳳凰出版
　　社，2005年10月），頁346。

處輒隙末。意所不可，輒嫚罵累日，夕不肯休。余與梁翰編啟心每嘲弄之，以深契故得不怒」[67]。嗜石善印，「非性命之契，不能得其一字」[68]。諸如此類，難以臚列。但他們卻能在吟社雅集中彼此相契，主賓同樂。如金農，「揚州八怪」之一。「性情逋峭，世多以迂怪目之，然遇同志者，未嘗不熙怡自適也。」[69]兩淮運轉使盧見曾（雅雨）虹橋修禊，招人觀芍藥，金農詩先成，盧大賞其詩，一座為之擱筆，但「雅雨為人，目空一切，江南才藪，其許可者寥寥」[70]。他如舒瞻，「親交衛、霍，在京師屏居委巷如寒素。然既出仕，而浙東西頌其廉明，傳其風雅」[71]。座主、賓客之間已無貴賤、窮達之分，呈現的是一片詩心共振、情趣相諧的景象。

　　《宋詩紀事》編者群的個性情趣是相通的。絕大多數成員仕途淹蹇，不好功名；蕭散閒逸，縱情山水；喜好雅集，詩酒風流。共同的命運、相契的情趣使他們聚集到一起。先看厲鶚，博學鴻詞告罷便潛出京，侍郎湯右曾欲授館而徒奈何。仕途困頓之後，功名淡薄昭然。就連全祖望也自歎弗如：「太鴻以掞天之才，十載不上計車，荷衣槲笠，流連於搖碧之齋，不繫之園，而予歷陸風塵，未有寧晷。太鴻覯茲文也，其能弗動勞人之念哉。」[72]晚年忽上京師乃迫於親養之責，至津三月，與查為仁同箋《絕妙好詞》，興盡而返。我們常可看到事

---

67 杭世駿：《道古堂文集》卷三十三〈隱君丁敬傳〉，《續修四庫全書》（集部）第1426冊（上海市：上海古籍出版社，2002年版），頁530。

68 《兩浙輶軒錄》卷二十六引〈杭州府志文苑傳〉，《續修四庫全書》（集部）第1684冊（上海市：上海古籍出版社，2002年版），頁77。

69 王昶著，周維德輯校：《蒲褐山房詩話新編》（濟南市：齊魯書社，1988年1月），頁42。

70 袁枚：〈批本隨園詩話批語〉，袁枚著，顧學頡校點《隨園詩話》（北京市：人民文學出版社，1982年9月），頁853。

71 沈德潛：《清詩別裁集》卷二十九，（北京市：中華書局，1975年11月），頁524。

72 全祖望：《鮚埼亭集外編》卷二十六〈厲太鴻湖船錄序〉，朱鑄禹校注：《全祖望集彙校集注》（上海市：上海古籍出版社，2000年12月），頁1244。

孝友悌而捨棄功名的「不俗」之舉。如趙昱,「臨川（李紱）猶欲挽
谷林共修《三禮》,谷林念其太孺人年高謝歸。然竊謂以谷林之才,
必尚有所以發其伏櫪之氣者,而不謂其連蹇十年,竟以病死」[73]。馬
曰璐以親老不赴博學鴻詞。汪沆,「大學士史貽直欲薦舉經學,以母
老辭歸」[74]。桑調元乞養歸里,自闢書屋以教四方之士。查為仁少舉
解元,為人所誣,鋃鐺入獄,人稱其唐子畏後身有才無命,厲鶚亦
曰:「蓮坡少嬰世網,息機最早,力田侍養,澹然一無所營。」[75]周
京,全祖望云:「穆門以詩名天下五十餘年,平生嘗徧歷秦、晉、
齊、楚之墟,所至,巨公大卿皆為倒屣,顧終于蹭蹬不遇而死。其人
淵然湛然,莫能窺其涯涘,渾淪元氣,充積眉宇,蓋古黃叔度、陳仲
弓之流也。」[76]汪玉樞「沖夷恬澹,未嘗有蘄勝之心」[77]。吳震生、
金肇巒屢試不售,杭世駿狂言獲譴,江源伉直忤上,仕途困躓。

　　仕道阻塞,歸隱江湖,養親自娛,縱情山水,超塵脫俗。厲鶚平
生惟以著述文字為樂,生活自是蕭散閒逸:「老屋三楹,牙籤插架,
蓬蒿不翦,門無雜賓。法書、名畫而外,無儲藏也。瀹茗、焚香而
外,無功課也。冒雨尋菊、踏雪探梅而外,無往還應接也。」[78]王藻
「其為人如其詩,清談潔供,蕭然絕俗。所至焚香烹茗,擁卷長唫,
五月而披羊裘,三冬而衣皂褐,梅泘不以介意,猶且修飾牙籤,檢點

73　全祖望:《鮚埼亭集》卷十九〈趙谷林誄〉,朱鑄禹校注:《全祖望集彙校集注》(上
　　海市:上海古籍出版社,2000年12月),頁352。

74　《兩浙輶軒錄》卷二十一引〈杭州府志文苑傳〉,《續修四庫全書》(集部)第1683
　　冊(上海市:上海古籍出版社,2002年版),頁673。

75　厲鶚:《樊榭山房文集》卷三〈查蓮坡蔗塘未定稿序〉,《樊榭山房集》,董兆熊注、
　　陳九思標校(上海市:上海古籍出版社,1992年6月),頁735。

76　全祖望:《鮚埼亭集》卷十九〈周穆門墓誌銘〉,朱鑄禹校注:《全祖望集彙校集注》
　　(上海市:上海古籍出版社,2000年12月,第341頁。

77　杭世駿:《道古堂文集》卷十二〈汪恬齋遺詩序〉,《續修四庫全書》(集部)第1426
　　冊(上海市:上海古籍出版社,2002年版,第317頁。

78　鄭方坤:《本朝名家詩鈔小傳》卷四〈樊榭山房詩鈔小傳〉,《叢書集成新編》第101
　　冊(臺北市:新文豐出版公司,1984年版),頁342。

研席，長箋短札，一簽題俱不苟」[79]。汪沆「性肫篤，事親孝昆弟，未嘗析箸，迎養寡姊，惠周戚黨，前後葬三十餘棺。喜引翼後進，士論歸之」[80]。趙昱，「事父母，盡孝道，友于兄弟，施仁于姻族，于朋友義以誠」[81]。尤其是金肇鐸，「方親迎，而母得暴疾，躬奉湯藥，不入內室。連執親喪，泣血營葬。逾大祥，不見齒。……兄沒，為從子授室，親教育之。……肇鑾病革，公為不解帶者旬日。恤其遺孤，閭黨多待以舉火，推解無難色。……公性恬退，不謁選人，家居惟課子孫勉為善。」[82]桑調元「性至孝，清鯁絕俗」[83]。洪振珂築半隱齋，卜居一生。許承祖構築雪莊，託寄餘生。單從字型大小也可看出他們的隱逸志趣：

厲鶚——南湖花隱	馬曰琯——沙河逸老
施謙——紫薇山人	吳震生——讓溪居士
杭世駿——秦亭老民	周京——東雙橋居士
桑調元——獨往生	查為仁——蓮坡居士
施安——南湖老漁	金志章——安遇居士
許承祖——雪莊居士	丁敬——龍泓山人
汪玉樞——恬齋	趙一清——東潛村民、蘭風賣魚師、瓊花街散人

……

---

79 全祖望：《鮚埼亭集》卷三十二〈鶯脰山房詩集序〉，朱鑄禹校注：《全祖望集彙校集注》（上海市：上海古籍出版社，2000年12月），頁609。

80 《兩浙輶軒錄》卷二十一引〈杭州府志文苑傳〉，《續修四庫全書》（集部）第1683冊（上海市：上海古籍出版社，2002年版），頁673。

81 杭世駿：《道古堂文集》卷三十四〈趙谷林傳〉，《續修四庫全書》（集部）第1426冊（上海市：上海古籍出版社，2002年版），頁541。

82 邵晉涵：《南江文鈔》卷十一〈誥封中大夫候選道金公墓誌銘〉，《續修四庫全書》（集部）第1463冊（上海市：上海古籍出版社，2002年版），頁551-552。

83 徐世昌著，傅卜棠編校：《晚晴簃詩話》卷六十八（上海市：華東師範大學出版社，2009年7月），頁482。

「杭州以湖山勝⋯⋯揚州以園亭勝。」[84]息隱鄉野之餘,《宋詩紀事》
的編者多喜出遊,尤以厲鶚為著。吳城曰:「厲徵君性雅好遊,所至搜
剔名勝,攬葛攀藤,徘徊吟賞,必盡興而後已。」[85]杭世駿亦云:「性
耽閒靜,愛樂山水,一再計偕,遂絕仕進。」[86]隨手翻檢厲鶚年譜,
幾乎每年往還杭、揚二地,駐留山水之間,飽覽江南風色,吟詠流諸
筆端。袁枚曰:「乾隆初,杭州詩酒之會最盛。名士杭、厲之外,則有
朱鹿田樟、吳鷗亭城、汪抱朴臺、金江聲志章、張鷺洲湄、施竹田
安、周穆門京,每到西湖堤上,掎裳聯襼,若屏風然。」[87]又如金志
章,汪惟憲云:「予之獲交江聲,蓋讀其《始遊集》而好之,遂共聯文
社。江聲多逸興。曩昔與山行,終日登陟不厭,韜光冷泉之遊,一月
或三四往,予嘗謂為『煙霞水石間客』。」[88]吳震生與厲鶚、丁敬「買
舟同遊山陰,盡覽越中之勝而還,倡和詩朝傳夕徧,一時紙貴」[89]。
孫庭槐「宦游所至名山勝迹,皆見諸吟詠」[90]。許承祖自云:「僕性不
耐雜,惟遇佳山水,輒流連眷戀不已。」[91]馬曰琯出遊洞庭,出示詩

84 李斗:《揚州畫舫錄》卷六,汪北平、涂雨公點校(北京市:中華書局,1960年4
　　月),頁151。

85 《兩浙輶軒錄》卷二十一引吳城《雲蠖齋詩話》,《續修四庫全書》(集部)第1683
　　冊(上海市:上海古籍出版社,2002年版),頁660。

86 《兩浙輶軒錄》卷二十一引杭世駿《詞科掌錄》,《續修四庫全書》(集部)第1683
　　冊(上海市:上海古籍出版社,2002年版),頁660。

87 袁枚著,顧學頡校點:《隨園詩話》卷三(北京市:人民文學出版社,1982年9
　　月),頁93-94。

88 《兩浙輶軒錄》卷十七引汪惟憲《尊聞錄》,《續修四庫全書》(集部)第1683冊
　　(上海市:上海古籍出版社,2002年版),頁555。

89 杭世駿:《道古堂文集》卷四十五〈朝議大夫刑部貴州司主事吳君墓表〉,《續修四
　　庫全書》(集部)第1426冊(上海市:上海古籍出版社,2002年版),頁642。

90 《兩浙輶軒錄》卷二十二引〈行狀〉,《續修四庫全書》(集部)第1683冊(上海
　　市:上海古籍出版社,2002年版),頁709。

91 許承祖:〈雪莊西湖漁唱序〉,《雪莊西湖漁唱》卷首,《叢書集成續編》第224冊,
　　頁214。

卷，厲鶚、陳章等人題詩以和。施謙，「性復狷急，善謾罵，人以是率不樂與友。獨於仁和杭太史董浦為忘年交，唱和尤密」[92]。

　　《宋詩紀事》編者網絡是包容開放的，這不僅僅體現在群體中個性的相互包容上，還表現在對諸成員詩風多樣化的開放態度上。《宋詩紀事》編者人員大多能詩善詠，藝術修養較高。他們重學問，尚新奇，求脫俗，轉益多師，不主一家一代，卻能彼此認同，互相砥礪。如浙派領袖厲鶚，陳文述曰：「古來詩人，曹、劉、陶、謝、李、杜、韓、蘇數大家外，互有興替。獨樊榭以浙派著，迄今將及百年。後學遵守宗法，未之有改。顧或以生字僻典為浙派，諆之者即以是為口實，非知樊榭者也。蓋樊榭神骨俱清，獨得湖山之秀，未嘗無游仙繁縟之作，集中刪汰殆盡，是深知此道甘苦者。其原亦出於王、孟、韋、柳，近體尤近張水部、賈長江、許丁卯，而醞釀出之。……蓋詩之為體，雖境地不同，而山林實高於臺閣，即江湖亦不及山林也。樊榭詩，深於山林者也。而歸愚、海門、隨園於樊榭多不滿之辭，求瘢索垢，於此事致力未深，亦無怪其然耳。」[93]陳氏所言似可補充。實際上，厲鶚五言不僅源出王、孟、韋柳四家，還取法陶、謝。[94]沈德潛曰：「樊榭學問淹洽，尤熟精兩宋典實，人無敢難者。而詩品清高，五言在劉昚虛、常建之間。今浙西談藝家，專以飣餖撏撦為樊榭流派，失樊榭之真矣。」[95]可見，沈氏乃深詬學厲詩之末流，而非厲鶚本人。近人陳衍也認為：「厲樊榭先生《樊榭山房詩》，為浙派領袖，在前清風行頗久，至近日而稍衰。然其參會唐、宋，於漁洋、竹

92 吳壽暘：〈拜經樓藏書題跋記〉卷五《蘭坨詩鈔》（上海市：上海古籍出版社，2007年6月），頁194。
93 陳文述：《頤道堂文鈔》卷十〈書厲樊榭詩後〉，《續修四庫全書》（集部）第1506冊（上海市：上海古籍出版社，2002年版），頁52。
94 厲鶚：《樊榭山房集》附錄一，董兆熊注、陳九思標校（上海市：上海古籍出版社，1992年6月），頁1728。
95 沈德潛：《清詩別裁集》卷二十四，（北京市：中華書局，1975年11月），頁424。

垞外，自樹一幟，雖以沈歸愚之主張漢、魏、盛唐，亦盛稱之。」[96]
厲鶚融鑄唐宋，在王漁洋、朱彝尊之後，獨樹一幟，雄視百年。時人
對其稱揚頗多。鍾駿聲曰：「吾浙詩派，至樊榭而極盛，亦至樊榭而
一變。自新城、長水盛行，海內操觚者莫不乞靈于兩家。山人獨矯之
以孤淡，用意既超，征材尤博。杭董浦云：『吾鄉稱詩，于宋元之後
未之或過，其樂府尤為海內第一。』非虛語也。」[97]厲鶚詩不僅為好
友杭世駿所褒稱，杭氏自謙道：「吾經學不如吳東壁，史學不如全謝
山，詩學不如厲樊榭。」[98]厲鶚還頗得揚州壇坫所倡舉，法式善云：
「厲晚為廣陵寓公，以標新領異為揚人倡。」[99]李既汸云：「樊榭之
詩，能于漁洋、竹垞兩家外，獨闢畦徑，自成一派。其幽深精妙，窮
極雕鏤，譬如入幽崖峭谷，幾乎斷絕人迹。當時杭董浦、全謝山輩無
不推服，錢籜石翁有評本，亦為心折。今海內言詩者，標新領異，務
脫恆蹊，多以樊榭一家為宗。」[100]

　　這個開放多元的網絡，既有偏宋一派，最為典型的是尊宋黜唐的
施謙，詳見袁枚〈答施蘭垞論詩書〉、〈答蘭垞第二書〉所論。又如杭

96　陳衍：〈錢批樊榭山房詩一卷題識〉，轉引自《清詩紀事‧康熙朝卷》（南京市：鳳
　　凰出版社，2004年版），頁885。

97　鍾駿聲：《養自然齋詩話》，轉引自《清詩紀事‧康熙朝卷》（南京市：鳳凰出版
　　社，2004年版），頁885。

98　李元度：〈杭董浦先生事略〉，《國朝先正事略》卷四十一，周駿富輯：《清代傳記
　　叢刊》（臺北市：明文書局，1985年版），頁507。《兩浙輶軒錄》卷二十一引杭世駿
　　《詞科掌錄》曰：「錢塘厲鶚太鴻，庚子孝廉。為詩精深華妙，截斷眾流。鄉前輩
　　湯少宰西崖先生所最激賞。自新城、長水盛行，時海內操奇觚者，莫不乞靈于兩
　　家。太鴻獨矯之以孤澹，用意既超，徵材尤博。吾鄉稱詩于宋元之後，未之或過
　　也。」《續修四庫全書》（集部）第1683冊（上海市：上海古籍出版社，2002年
　　版），頁660。

99　法式善：《梧門詩話合校》卷四，張寅彭、強迪藝編校（南京市：鳳凰出版社，
　　2005年10月），頁122。

100　李既汸：《鶴徵後錄》，厲鶚：《樊榭山房集》附錄四，董兆熊注、陳九思標校（上
　　海市：上海古籍出版社，1992年6月），頁1754。

世駿，「才情爛漫，詩學蘇陸，頗工寫景」[101]；金志章，「其詩五言古體多近蘇軾，七言古體多近溫庭筠，近體多近陸游、范成大」[102]；馮溥，「積困先生詩宗陸劍南」[103]；陸鍾輝，「嘗刻宋姜白石《詞曲詩集》，蓋素所師法也」[104]。也有主唐之流，如陳章，蔣德云：「授衣格律嚴整，原本大歷十子，至其古樸恬雅，或出於儲太祝、韋左司之間。」[105]王昶亦曰：「授衣詩上規王、韋，下則錢、郎，非戴石屏等《江湖小集》所可並論也。」[106]又如施安，「竹田詩專學中晚唐人，宛轉淒清，別有一種風調，佳句亦難盡述」[107]。他如金農，花病鶴曰：「冬心自敘其詩，言所好在玉溪、天隨間。何義門則推其五七言，儼然孟襄陽、顧華流亞。」[108]舒瞻，「詩品在元、白之間」[109]。趙昱詩，時人以為「絕似中唐人所作」[110]，厲鶚卻云：「予受而讀之，綜論君之詩，大概格高思精，韻沈語鍊，昭宣備五色，鏘洋叶六義，胚

101　李慈銘撰，由雲龍輯：《越縵堂讀書記》（北京市：中華書局，2006年9月），頁745。

102　永瑢等：《四庫全書總目》卷一八五《江聲草堂詩集提要》（北京市：中華書局，1965年6月），頁1676。

103　《兩浙輶軒錄補遺》卷三引朱為弼語，《續修四庫全書》（集部）第1684冊（上海市：上海古籍出版社，2002年版），頁576。

104　阮元：《淮海英靈集》乙集卷三，《續修四庫全書》（集部）第1682冊（上海市：上海古籍出版社，2002年版），頁100。

105　《國朝耆獻類徵初編》卷四三三，周駿富輯：《清代傳記叢刊》第183冊（臺北市：明文書局，1985年版），頁25。

106　王昶著，周維德輯校：《蒲褐山房詩話新編》（濟南市：齊魯書社，1988年1月），頁28。

107　符葆森：《國朝正雅集・寄心盦詩話》，轉引自《清詩紀事・乾隆朝卷》（南京市：鳳凰出版社，2004年版），頁1820。

108　花病鶴：《十朝詩話》，轉引自《清詩紀事・乾隆朝卷》（南京市：鳳凰出版社，2004年版），頁1193。

109　沈德潛：《清詩別裁集》卷二十九（北京市：中華書局，1975年11月），頁524。

110　徐世昌著，傅卜棠編校：《晚晴簃詩話》卷七十三（上海市：華東師範大學出版社，2009年7月），頁517。

胎於韋、柳、韓、杜、蘇、黃諸大家，而能自出新意，不襲故常。」[111]
恰似嚴迪昌所論：「『浙派』在宗風上更多表現非『江西』、不專崇
『江西』，並比較趨近『江湖』、『四靈』一路。」[112]詩風的多樣化並
不妨礙成員間交往的融洽。這些「浙派」中期人物與前期耆老多有交
往。如查為仁向查慎行學詩，查慎行為《南宋雜事詩》作序。汪臺則
是湯右曾之婿，得其句法，又與鄭梁之子鄭性交厚。王藻為沈樹本所
延譽。像揚州「二馬」、許承祖、張雲錦、趙信等人，與「格調派」也
有往來，沈德潛與之或題序，或贈詩。他們的交情頗篤。如沈氏將馬
曰琯與王士禎並舉，作為清代揚州詩壇初、中期之盟主，其云：「結
詩文社，《韓江雅集》諸刻，可續王新城紅橋修禊風。嶰谷沒，風流
漸消歇矣。過其地者，每想見其為人。」[113]有趣的是，編者群中就有
宗法本朝前賢如王士禎等人的王藻。顧瞻泰云：「梅沜好讀名人集，
而於《帶經堂》、《曝書亭》二種尤能瀾翻背誦，不遺一字，故世之評
其詩者，亦謂能集兩家之長。」[114]鮑鈞亦云：「載揚詩上下古今，靡所
不窺，而一以漁洋山人為宗，時時出入於小長蘆釣叟。故余之贈載揚
詩云：『師資兼秀水，宗派本新城。』」[115]而網絡中的另一名成員金農
於王士禎、查慎行頗有微詞，但這並不影響個體間的正常交往，有賴
於網絡成員相互的認同與包容。

　　概言之，《宋詩紀事》編者人員間在性情志趣、文化心態、生活
方式等方面的相互認同與契合，使得交游網絡體現出精神平等、關係
融洽、包容開放的特點。

---

111 厲鶚：《樊榭山房文集》卷三〈趙谷林愛日堂詩集序〉，《樊榭山房集》，董兆熊
　　注、陳九思標校（上海市：上海古籍出版社，1992年6月），頁731。
112 嚴迪昌：《清詩史》（北京市：人民文學出版社，2011年11月），頁804。
113 沈德潛：《清詩別裁集》卷三十，（北京市：中華書局，1975年11月），頁553。
114 袁景輅：《國朝松陵詩徵》，轉引自《清詩紀事·乾隆朝卷》（南京市：鳳凰出版
　　社，2004年版），頁1217。
115 符葆森：《國朝正雅集》，轉引自《清詩紀事·乾隆朝卷》（南京市：鳳凰出版社，
　　2004年版），頁1217。

第二節　網絡資本與《宋詩紀事》的編撰

　　厲鶚為中心的編者群實質上就是一個場域、一個網絡。編者群所建立的網絡及其「資本」，既有編者間相互認同的知識、趣味、情志的被身體化的資本，也有編者擁有的書籍、繪畫等有形的被客體化的文化財產，也有定期定地的雅集結社的泛制度化的資本狀態，還有群體相互認同的、超越時間與空間的、以地緣、血緣、學緣為紐帶的社會關係資本。簡言之，作為編者的「人」所擁有的社會關係、文化氛圍、學術涵養、書籍資源，與《宋詩紀事》的編撰密切相關。

　　據前文所述，《宋詩紀事》編者群主要集中在杭、揚等地的文士，他們情趣契合，精神平等，聯繫密切，活動頻繁，為《宋詩紀事》的編撰營造了一個良好的學術氛圍。作為「編者」，他們學識博，校勘精，書畫工，還有編撰總集、修纂史志的經歷。他們多集學者、文人、藝術家於一身。這些有益的「人」的因素，為《宋詩紀事》的輯錄、校讎奠定了扎實的基礎。至於編者典藏富的特點，將在下節從文獻來源（「書」）與《宋詩紀事》編撰的關係來論述。本節主要著眼於「人」與《宋詩紀事》編撰的角度來探討二者之關係。

　　首先，編撰成員大多學識淵博。《宋詩紀事》一百卷，杭世駿稱其「搜采極富」[116]。袁枚亦云：「厲太鴻《宋詩紀事》，採取最博。」[117]鄭方坤曰：「所著有《宋詩紀事》百卷。天水華英，網羅殆遍，較諸孟棨、計有功，應高出一頭地。知其解者，固當不易吾言。」[118]《宋詩紀事》取資甚富，為世人所共知。大凡山經、地志、筆記、詩話、

116　《兩浙輶軒錄》卷二十一引杭世駿《詞科掌錄》，《續修四庫全書》（集部）第1683
　　　冊（上海市：上海古籍出版社，2002年版），頁660。

117　袁枚著，顧學頡校點：《隨園詩話》卷十四（北京市：人民文學出版社，1982年9
　　　月），頁483。

118　鄭方坤：《本朝名家詩鈔小傳》卷四〈樊榭山房詩鈔小傳〉，《叢書集成新編》第
　　　101冊（臺北市：新文豐出版公司，1984年版），頁343。

類書、別集、總集，乃至碑帖、書畫文獻，皆有涉獵。據筆者翻檢，所徵引書籍約有一〇三〇餘種。引書如此浩繁，當知輯錄、勘定人員學問之富，檢核之勤。

《宋詩紀事》編者群中，無疑數厲鶚最為博學，「讀書等身，搜奇愛博，尤熟于宋元以來叢書稗說，所著《遼史拾遺》、《宋詩紀事》、《南宋畫院錄》、《東城雜記》、《湖船錄》、《玉臺書史》，皆極貽洽」[119]，「考證詳明，足以傳後」[120]。厲鶚坐館揚州小玲瓏山館大半生，又是杭州趙氏小山堂、汪氏開萬樓、吳氏瓶花齋、汪氏振綺堂等藏書大家的座上客，得與博覽江南藏書之典籍。「樊榭熟于宋代掌故，二百年來幾無其匹。」[121]厲鶚不僅是飽學之士，且是名噪一時的詩詞大家。全祖望曰：「讀書數年，即學為詩，有佳句。是後遂於書無所不窺，所得皆用之於詩，故其詩多有異聞軼事，為人所不及知。」[122]汪師韓云：「先生之詩，搜討精博，蹊徑幽微。取材新則有獨得之奇，使事切則無寡情之采。自成情理之高，不關身世之感。至若典僻而意或晦，藻密而氣為傷，一丘一壑之勝，登臨之助于江山；一觴一詠之情，懷抱勿觀于今古。以云追漢、魏而近〈風〉、〈騷〉，豈其薄而不為！夫所謂幽人之貞，獨行其願者耶？然先生全集，要無一字一句不自讀書創獲，所以雄視一時。」[123]「鶚搜奇嗜博，館于揚州馬曰琯小玲瓏山館數年，肆意探討，所見宋人集最多，而又求之詩

119 吳振棫：《國朝杭郡詩輯》，轉引自《清詩紀事‧康熙朝卷》（南京市：鳳凰出版社，2004年版），頁884。

120 永瑢等：《四庫全書總目》卷一七三《樊榭山房集提要》（北京市：中華書局，1965年6月，頁1529。

121 陸心源：《儀顧堂題跋》卷十三〈宋詩紀事跋〉，《儀顧堂題跋‧續跋‧善本書室藏書志》（北京市：中華書局，1990年版），頁161。

122 全祖望：《鮚埼亭集》卷二十〈厲樊榭墓碣銘〉，朱鑄禹校注：《全祖望集彙校集注》（上海市：上海古籍出版社，2000年12月），頁364。

123 汪韓門：〈樊榭山房集跋〉，轉引自《清詩紀事‧康熙朝卷》（南京市：鳳凰出版社，2004年版），頁883。

話、說部、山經、地志，為《宋詩紀事》一百卷。」[124]熟稔宋事，人無敢難之；工於詩詞，為南北盟主。學問博洽詳贍，考證詳明精審，詩詞獨樹一幟，三者相得益彰，為《宋詩紀事》的編撰夯實了牢固的基礎，也奠定了厲鶚在編者群中的首要地位。他如杭世駿，少時便與同里厲鶚、汪大坤、叐聞望、張燧、龔鑒、嚴璘諸名輩結讀書社。乾隆元年，杭世駿與厲鶚同舉博學鴻詞，好友王曾祥贈云：「吾友厲鶚、杭世駿，博覽精核，於學無所不貫。」[125]杭世駿自謙曰：「吾經學不如吳東壁，史學不如全謝山，詩學不如厲樊榭。」[126]然其學問淹博，著述等身，為世人所共知。同舉鴻博的汪沆亦是飽學之士，邵晉涵稱之曰：「為學博涉無津涯，歸于根極理要。……覃思博綜，究遺經以達諸史。凡邊防、軍政、農田、水利之沿革，四方疆域利病所在，與夫風俗醇漓、折獄輕重之情，頓五指而數之，若振裘領。」[127]所撰《小眠齋讀書日札》四卷，跋古今書達五百餘種，係清代又一著名目錄學著作，可見其經眼之富。《宋詩紀事》編者群中，諸如此類者甚多：

> 查為仁：「家豪于財，而性嗜讀書，才名藉藉，年十七舉鄉試第一。……自經患難後，益肆力于學，于書無所不讀。」[128]
> 閔華：「玉井于書無所不窺，東南佳山水無不至，其于天道、

---

124 厲鶚：《樊榭山房集》附錄一，董兆熊注、陳九思標校（上海市：上海古籍出版社，1992年6月），頁1728。

125 王曾祥：〈送厲太鴻杭大宗應詞科序〉，《詞科餘話》卷一，《四庫未收書輯刊》壹輯第19冊（北京市：北京出版社，1997年版），頁656。

126 李元度：《國朝先正事略》卷四十一〈杭菫浦先生事略〉，周駿富輯：《清代傳記叢刊》第193冊（臺北市：明文書局，1985年版），頁507。

127 邵晉涵：《南江文鈔》卷九〈徵士汪先生家傳〉，《續修四庫全書》（集部）第1463冊（上海市：上海古籍出版社，2002年版），頁500。

128 《大清畿輔先哲傳》卷二十，周駿富輯：《清代傳記叢刊》第199冊（臺北市：明文書局，1985年版），頁559。

人情、物理，與夫否泰、順逆、經權、常變，前世之所行，當前之施設，蓋已諳而悉。」[129]

金志章：「金君江聲，高才博雅，以詩古文名家。鄉前輩龔蘅圃先生特重之，延課其子。龔故多藏書，江聲能盡讀之，與先生討論不輟，唱酬為樂。」[130]

施廷樞：「施慎甫嗜讀書，甫冠謝夫科舉業，博覽群籍，于經史傳注字句疑似者，每抉摘其同異謬誤而舉正之。」[131]杭世駿亦云：「余于北亭十年以長，北亭兄事余，摳衣趨隅，謹循弟子之職。然措思深湛，眼光所到，洞垣一方，偶睹所作，審定一二處，其意所不滿者，余未嘗不自知也。以故稠人廣坐，中有北亭在，輒矜慎不敢妄有論列，其見憚如此。勾甬全謝山穿穴群籍，意不可一世。北亭每有匡益，謝山旋即改定，今世所刊《經史問答》可證也。」[132]

桑調元：「少即博覽強識，以文章馳驟一時，後乃講學。受業於勞餘山，尤留心宋儒之書。……有別業在東皋，闢餘山書屋，以友教四方之士。論文講道，從者雲集，比於河、汾之盛。」[133]

四庫館臣亦云：「調元才鋒踔屬，學問亦足以副之。」[134]

129 沈大成：《學福齋文集》卷四〈閔玉井西崦集序〉，《續修四庫全書》（集部）第1428冊（上海市：上海古籍出版社，2002年版），頁44。

130 《兩浙輶軒錄》卷十七引汪惟憲《尊聞錄》，《續修四庫全書》（集部）第1683冊（上海市：上海古籍出版社，2002年版），頁555。

131 《兩浙輶軒錄》卷二十六引汪沆《傳》，《續修四庫全書》（集部）第1684冊（上海市：上海古籍出版社，2002年版），頁84。

132 杭世駿：《道古堂文集》卷二十八〈施北亭十駕齋集題辭〉，《續修四庫全書》（集部）第1426冊（上海市：上海古籍出版社，2002年版），頁488。

133 符葆森：《國朝正雅集》引《鶴徵後錄》，轉引自《清詩紀事‧雍正朝卷》（南京市：鳳凰出版社，2004年版），頁1114。

134 永瑢等：《四庫全書總目》卷一八五《桑弢甫集提要》（北京市：中華書局，1965年6月），頁1677。

趙一清：「博極群書，兼承庭訓。」[135]受業於全祖望，考據訂補，極為精核。尤精《水經注》、《三國志》。又師從鄭虎文。鄭詩〈題趙功千先生遺照。先生子一清，余門下士也，亦已物故〉，有云：「有子篤家學，著述誇等身。桑經與酈注，訂正稱功臣。」[136]

　　雍乾間重學問、尚考證的樸素學風，身處於藏書淵藪的江南，給以厲鶚為首的學者們提供了豐富的學術資源，造就了大批學術著作的問世，當然也包括《宋詩紀事》在內。《宋詩紀事》徵引浩繁，學識淵富的編者們擔任輯錄、勘定的工作是很合宜的。

　　其次，部分成員精於書籍校勘。《宋詩紀事》七十六位編撰人員，其中署名勘定者七十三人，實際上包括厲鶚、揚州「二馬」在內，所有的編者都參與了此項工作。這裡僅舉幾位精於校勘的代表，以說明對《宋詩紀事》編撰的有益影響。

　　先看厲鶚。四庫館臣云：「（《宋詩紀事》）全書網羅賅備，自序稱閱書三千八百一十二家。今江南、浙江所採遺書中，經其籤題自某處鈔至某處，以及經其點勘題識者，往往而是，則其用力亦云勤矣。」[137]在國內某些館藏中，我們至今還可寓見厲鶚在《宋詩紀事》部分徵引書籍上的題記、籤注、校跋和批語，比如殘存的《（咸淳）臨安志》、《白石詩詞集》、《梅山續稿》等。《宋詩紀事》中「鶚按」就有三十二條。

　　揚州「二馬」不僅參與了《宋詩紀事》前二十卷的輯錄，還對全

---

135 《兩浙輶軒錄》卷三十四引《杭州府志》，《續修四庫全書》（集部）第1684冊（上海市：上海古籍出版社，2002年版），頁300。

136 鄭虎文：《吞松閣集》卷十九，《四庫未收書輯刊》拾輯第14冊（北京市：北京出版社，1997年版），頁155。

137 永瑢等：《四庫全書總目》卷一九六《宋詩紀事提要》（北京市：中華書局，1965年6月），頁1795。

書部分卷次進行了考訂。據筆者翻檢，馬曰琯、馬曰璐按語共有四十
二則。內容涉及作品的歸屬、文字的異同、詩人的生平、篇章的箋釋
諸方面。尤其是互見者，皆題「兩存之」。可見校勘之精審，態度之
嚴謹。[138]時人多稱之。好友全祖望在給「二馬」叢書樓作記時云：
「聚書之難，莫如讐校。嶰谷於樓上兩頭，各置一案，以丹鉛為商
榷，中宵風雨，互相引申，真如邢子才思誤書為適者。珠簾十里，簫
鼓不至夜分不息，而雙鐙炯炯，時聞雒誦，樓下過者多竊笑之，以故
其書精核，更無譌本。而架閣之沈沈者，遂盡收之腹中矣。」[139]坐館
馬家多年的姚世鈺亦曰：「廣陵二馬君秋玉、佩兮築別墅街南，有叢
書樓焉。樓若干楹，書若干萬卷，其著錄之富，丹鉛點勘之勤，視唐
宋藏書家如鄴候李氏、宣獻宋氏、廬山李氏、石林葉氏，未知孰為後
先？若近代所稱天一閣、曠園、絳雲樓、千頃齋，以暨倦圃、傳是
樓、曝書亭，正恐無所不及也。」[140]難怪乎晚清文獻大家葉德輝贊
曰：「馬徵君曰璐叢書樓、玲瓏山館，考訂、校讎、收藏、賞鑒皆兼
之。」[141]洪亮吉論藏書有五等，除去惡名昭著的「掠販家」，馬氏身
兼四者，實至名歸。眾所周知，《宋詩紀事》承賴揚州「二馬」最
重。厲鶚序曰：「予自乙巳後，薄游邗溝，嘗與汪君祓江欲效計有功
搜括而甄錄之。會祓江以事罷去，遂中輟。幸馬君嶰谷、半槎兄弟，
相與商榷，以為宋人考本朝尚有未當：如胡元任不知鄭文寶仲賢為一
人；注蘇詩者不知歐陽闢非文忠之族；方萬里不知薛道祖非昂之子。

---

138 方盛良：〈清代揚州徽商與東南地區文學藝術研究——以「揚州二馬」為中心〉亦
　　稱「馬氏兄弟版本校讎水準精深」（北京市：人民文學出版社，2008年12月），頁
　　205。

139 全祖望：《鮚埼亭集外編》卷十七《叢書樓記》，朱鑄禹校注：《全祖望集彙校集
　　注》（上海市：上海古籍出版社，2000年12月），頁1065-1066。

140 姚世鈺：《屏守齋遺稿》卷三〈叢書樓銘并序〉，《四庫全書存目叢書》（集部）第
　　277冊（濟南市：齊魯書社，1997年版），頁553。

141 葉德輝：《書林清話》卷九，《民國叢書》影印本第二編第50冊。

以至阮閱休所紀三李定，王伯厚所紀兩曹輔之類，非博稽深訂，烏能集事？」[142]

馬氏小玲瓏山館藏書有一部分即得之於杭州趙氏小山堂。朱文藻曰：「（趙昱）谷林先生同時有繡谷老人吳尺鳧，亦好藏書，並多鈔本，每得一異書，彼此必鈔存，互為校勘數過。識其卷首『小山書畫印』，牙章精篆，神采可愛。先生卒後，悉載歸廣陵馬氏。比部魚亭與先生為僚壻，盡借其善本錄副以藏。予館比部家十數年，見先生校書跋語，知先生點勘之精。」[143]全祖望亦云：「谷林之聚書，其鑒別既精，而有弟辰垣，好事一如其兄，有子誠夫，好事甚於其父，每聞一異書，輒神飛色動，不致之不止。」[144]《宋詩紀事》所引《江南野史》中，便經趙氏庋藏。清末文獻學家丁丙在此書後跋曰：「小山堂者，仁和趙谷林、意林兄弟藏書處也。……儲藏之富，校勘之勤，為杭城冠。」[145]他如《北磵集》，尚載有「乙巳（雍正三年，1725）三伏日欒城谷林意林揮汗校」之語。校讎之勤，至今可以想見。

他如館於龔翔麟家數年的金志章。吳壽暘〈拜經樓藏書題跋記〉載有龔氏玉玲瓏閣舊藏鈔本《紺珠集》十三卷，有金氏校及借閱題記。[146]《藏園群書經眼錄》卷十九《蛻巖詞》錄有厲鶚雍正元年（1722）十月跋，其云：「是本為余友金君繪卣抄自龔田居侍御家，余從繪卣令子以寧借抄，遂得充几席研玩之娛。」[147]金志章不但研

---

142 厲鶚：〈宋詩紀事序〉，《宋詩紀事》卷首，上海市：上海古籍出版社，2008年4月。

143 《兩浙輶軒錄》卷二十三引《碧溪詩話》，《續修四庫全書》（集部）第1684冊（上海市：上海古籍出版社，2002年版），頁17。

144 全祖望：《鮚埼亭集外編》卷十七《小山堂藏書記》，朱鑄禹校注：《全祖望集彙校集注》（上海市：上海古籍出版社，2000年12月），頁1067。

145 丁丙：《善本書室藏書志》卷十「江南野史跋」條，《儀顧堂題跋·續跋·善本書室藏書志》，頁514。

146 吳壽暘：《拜經樓藏書題跋記》卷四（上海市：上海古籍出版社，2007年6月），頁115。

147 傅增湘：《藏園群書經眼錄》卷十九（北京市：中華書局，1983年9月），頁1605。

讀，且謄抄、校勘龔氏書，厲鶚又從其轉抄。又如徐以坤，世冑高華，秉承家學，尤耽吟詠。「嘗讀五代史，賦十國詞百首。全椒郭韻清太史以詩史目之。一時騷壇，或杭菫浦、厲樊榭諸名流，胥引為莫逆之交。」[148] 肄業敷文書院，求學愛山書院十年。乾隆四十三年（1778）循例授國子監博士。「次春明，恭值詔開四庫館。之八年，首部未成，而三編又積，廼全書浩如淵海，以次傾校，亟難其人。大學士于文襄公（于敏中）、程文恭公（程景伊）特疏薦君以原官充武英殿總校。先派文源閣書，君殫心校勘，昕夕靡寧，經邸中賓友閱定，必躬親瀏覽，披緗數四，雖手胝目眵不憚煩。諸總裁聞而益器之。復以第三，分文津閣書，奏派校閱。君感文字之知，不敢始勤終怠。自己亥至甲辰，六年辛苦如一日。……君宦學十餘年，以館書為職業。」[149] 又如瓶花齋主人吳焯之子吳城，「克承先志，殫心群籍，插架所未備者，復為搜求，勤加校勘，數十年丹黃不去手」[150]，「校勘其字句之訛脫者，卷帙無多，號稱善本」[151]。

　　概言之，《宋詩紀事》煌煌鉅著，編者群中像厲鶚、揚州「二馬」、杭州趙氏、吳氏等精於校讎者，功不可沒。

　　復次，編撰人員多工書畫，熟悉書畫文獻。《宋詩紀事》作為一部偏重於輯遺的大型總集，書畫文獻無疑是一個重要的資料來源。碑帖、篆刻方面，《宋詩紀事》徵引了《書史》、《書史會要》、《焦山刻

---

148 沈叔埏：《頤綵堂文集》卷十四〈國子監博士充四庫全書總校官議敘主事茗花徐君暨配汪朱兩恭人墓誌銘〉，《續修四庫全書》（集部）第1458冊（上海市：上海古籍出版社，2002年版），頁503。

149 沈叔埏：《頤綵堂文集》卷十四〈國子監博士充四庫全書總校官議敘主事茗花徐君暨配汪朱兩恭人墓誌銘〉，《續修四庫全書》（集部）第1458冊（上海市：上海古籍出版社，2002年版），頁504。

150 《兩浙輶軒錄》卷二十一引《杭州府志文苑》附，《續修四庫全書》（集部）第1683冊（上海市：上海古籍出版社，2002年版），頁677。

151 《兩浙輶軒錄》卷二十一引汪沆〈吳太學家傳〉，《續修四庫全書》（集部）第1683冊（上海市：上海古籍出版社，2002年版），頁677。

石》、《晉祠石刻》、《驪山刻石》、《嵩陽石刻集記》、《篆書醉翁亭記石
刻》、《淨名齋帖》、《見真跡詩帖》、《汝帖》等數十種，尚有《東坡題
跋》、《陸放翁題跋》、《魏鶴山題跋》、《周益公題跋》等題跋、書札。
繪畫方面，有《畫史》、《畫繼》、《畫繼補遺》、《圖畫見聞錄》、《圖繪
寶鑒》等。另外還有如《宣和書畫譜》、《式古堂書畫匯考》、《郁氏書
畫題跋記》等綜合類著作。甚至連關於墨的書籍也有涉獵，如《墨
史》等。簡言之，一大批擅長書畫篆刻、熟稔書畫文獻且工詩能文的
編撰人員參與《宋詩紀事》的輯錄、勘定工作，厲鶚可謂如虎添翼。
比如，乾隆九年（1744）中秋，陸騰招同厲鶚、周京、金農、金志
章、汪臺、丁敬、梁啟心、施安、吳城等人，登南屏觀米南宮摩崖，
分韻賦詩以紀游。[152]這一部分成員文學藝術修養頗高，《皇清書史》、
《國朝書人輯略》、《書林藻鑒》等書中多有載錄。

　　厲鶚不僅是一位學者、文人，而且多才多藝。康熙六十年（1722）
冬，厲鶚所著《南宋院畫錄》八卷完稿，尚輯有《玉臺書史》一卷。
後者乃按宮闈、女仙、名媛等七類，收錄歷代閨閣書家的第一部著
作。另外，像《武林石刻記》中的麻剌葛佛碑題詩為厲鶚手書，卷首
還有厲鶚題序。[153]雍正二年（1724）六月厲鶚北遊，符曾、吳焯、丁
敬等人為之餞行，厲鶚作行書數聯分贈諸君。葛金烺曰：「此聯栩栩欲
仙，超乎筆墨之外，尤覺神妙。南田或能到此，他人非所望也。」[154]
《古今名扇錄》還著錄其畫扇題辭若干。這些足以說明厲鶚是一位精
通書畫的文士。

　　與厲鶚齊名的金農，《郎潛紀聞二筆》載云：「樊榭先生之詩詞，

---

152 厲鶚：《樊榭山房續集》卷四〈中秋日陸芸軒招同人游南屏觀米南宮摩崖琴臺字分
　　韻〉，《樊榭山房集》，董兆熊注、陳九思標校（上海市：上海古籍出版社，1992年
　　6月），頁1269。

153 丁丙：《善本書室藏書志》卷十四「武林石刻記提要」條，《儀顧堂題跋・續跋・
　　善本書室藏書志》，頁561-562。

154 葛金烺：《愛日吟廬書畫別錄》卷四，1913年葛氏刻本。

與金農冬心之書畫，鄉里齊名，人稱髯金瘦厲。」[155]金農詩、書、畫
俱神妙絕俗，晚寓揚州賣書畫以自給，為「八怪」之一。工隸書，有
「漆書」之名，出入楷、隸，本之國山及天發神讖兩碑。善畫梅，脫
盡畫家之習，頗自矜許。像厲、金精通詩、書、畫的人，編者群中還
不少。與金農同館揚州徐氏的方輔，亦工詩，有《茹古齋稿》傳世，
書法蘇、米，能擘窠大書，善製墨，著有《隸八分辨》。丁敬博物工
詩，有《硯林詩集》；尤專金石之學，刻印為本朝之冠。《善本書室藏
書志》卷十四尚著錄其《武林金石記殘本稿本》。汪啟淑，與揚州
「二馬」一樣皆為徽商後裔，祖籍祁門，占寓杭州，為清中期著名的
藏書家。「喜藏古今文籍字畫，尤酷嗜印章，搜羅漢、魏、晉、唐、
宋、元人印極多……至數萬枚，集有《訒庵集古印存》二十四卷，又
刻《飛鴻堂印譜》三集，皆延近時諸名家攢集而成，海內傳為至
寶。……自稱『印癡先生』。」[156]王藻，「好蓄宋板書、青田石印章。
有友借觀，誤墮地碎，載揚垂泣三日，其風趣如此」[157]。陳沆研求經
史，亦工詩，善八分書。陳章精於詩，尤工楷，詩文屬稿，不作行
書。施安亦工詩，著《篋舫集》；善隸書，為揚州江春書「隨月讀書
樓」匾額。錢塘耆老周京，亦工書擅詩。厲鶚弟子金肇鑾，工書能文
章。馮溥詩宗陸游，書法歐陽率更。概言之，編撰人員中有一群精通
書畫的詩人，這為《宋詩紀事》的輯錄、校勘頗有助益。

　　另外，部分成員有修史志、編總集的經歷。前文已述，厲鶚有修
史編集的經驗，此不贅舉。除厲鶚之外，尚有多人有此種經歷。他們
在《宋詩紀事》編撰之前或之後，曾參與過地方誌、山水志、寺觀

---

155 陳康祺撰，晉石點校：《郎潛紀聞初筆二筆三筆》之《二筆》卷九（北京市：中華
　　書局，1984年3月），頁283。

156 錢泳撰，張偉校點：《履園叢話》卷十二，（北京市：中華書局，1979年12月），頁
　　315。

157 袁枚著，顧學頡校點：《隨園詩話》卷四（北京市：人民文學出版社，1982年9
　　月），頁114。

志、總集等大型書籍的修纂，這些編撰經歷也給《宋詩紀事》的輯錄、勘定工作幫助不少。

與厲鶚齊名的杭世駿著作尤夥，撰有《史記考證》、《漢書蒙拾》、《古今藝文志》、《兩浙經籍志》、《武林覽勝記》、《詞科掌錄》等四十三種，尚不包括參編的《浙江通志》，主修的《兩浙海塘通志》，重編的《武林理安寺志》、《烏程縣志》、《昌化縣志》等。[158] 又如汪沆，晚年以編審師友遺集、自定撰著為樂。除與厲鶚、杭世駿、張雲錦等人同修《西湖志》、《浙江通志》之外，還編纂了《全閩采風錄》、《蒙古氏族略》、《汪氏文獻錄》、《新安紀程識小錄》等。[159] 他如吳城，搜羅杭郡詩集，用盡一生心血。汪沆曰：「念吾杭一郡為雅材淵藪，昭代以來有專集者寥寥，其間……湮沒失傳者不知凡幾，爰銳意蒐羅，自簪組以迄青衿、韋布、方外、閨秀，得二千三百餘家，或因人以存詩，或因詩以傳人，甄錄不遺，篇什叢雜。未及編次，瘁十餘載之心力，而君已病肺不起矣。沒年七十有一。病中屬季弟玉墀稍為釐正，繕成副本，藏諸篋笥。」[160] 施念曾，雍正十二年（1734）任興寧知縣，邑志殘闕五十餘年，便敦請紳士開局重修，乾隆三年（1738）完稿刊行。更為重要的是，施念曾承繼祖輩夙志，與張汝霖同輯鄉邦文獻《宛雅三編》，收錄宣城歷代先賢詩二十卷，一四○一首，於乾隆十七年付梓。鄭虎文云：「君姓姜氏，名順蛟，字雨飛，號禹門，世為天水望族。……癸亥移吳，吳劇邑。……又以縣志漫漶訛舛，久且失考。公餘輟寢食之暇，與海昌施君蘭垞刪訂增葺，手勒成書。」[161]

158　詳參陳琬婷：《杭世駿年譜》，臺灣中山大學2007年碩士學位論文，頁3。

159　詳參《兩浙輶軒錄》卷二十一引〈杭州府志文苑傳〉、邵晉涵：《南江文鈔》卷九〈徵士汪先生家傳〉，《續修四庫全書》（集部）第1683冊、1463冊，上海市：上海古籍出版社，2002年版。

160　汪沆：《槐塘文稿》卷三〈吳太學家傳〉，《清代詩文集彙編》（上海市：上海古籍出版社，2010年12月），第301冊，頁467。

161　鄭虎文：《吞松閣集補遺》卷四十〈江南淮安府知府姜君禹門行狀〉，《四庫未收書

可知乾隆八年（1743），施謙協佐吳縣令姜順蛟纂修縣志。施廷樞，少棄舉業，博覽群籍，尤精經史傳注，為杭世駿、全祖望所重。乾隆十六年（1751），福州太守兩湖徐公延修郡志。乾隆十九年（1754）復應荊州葉太守之聘，纂輯郡志。金志章，「清才淵雅，耽詩，與杭世駿、厲鶚齊名。館冀翔麟家，故多藏書，志章盡讀之，日與討論唱酬為樂。……官口北時，續《兩鎮三關志》。歸田後，輯《吳山志》，援引賅博」[162]。王藻，官國子監學正，參修《一統志》凡七年。曹廷樞曰：「吳文恪公為學士，聞梅沜名，以賓禮延致之，青鞵布韈，長揖就坐，大為文恪激賞。文恪領《一統志》書局總裁官，遂專委梅沜以檢閱之任，殫精著錄，凡七閱寒暑，而文恪卒于位。」[163]雍正辛亥九年（1731），陸鍾輝據當時流傳的南宋群賢小集編選為《南宋群賢詩選》十二卷，共選錄南宋詩人六十一家一三四〇首，其中最多者為周文璞六十九首，次為厲、陸二人所鍾愛的姜夔六十七首。

綜上所述，《宋詩紀事》的編撰、校勘、刊刻成功，是與以厲鶚為中心的交游網絡分不開的。在厲鶚之外，尚有七十五位文人參與其中。這個交游網絡精神平等、關係融洽、包容開放，主要活動於杭、嘉、湖、揚、津數地，有著鄉里的地緣關係、亦師亦友的學緣關係以及姻親的血緣關係。網絡成員大多學識淵博，精於書籍校勘，工於書畫，熟悉書畫文獻，還有修史志、編總集的經歷，這些都是《宋詩紀事》編撰的有利因素。

輯刊》拾輯第14冊（北京市：北京出版社，1997年版），頁406-407。

162　《清史列傳》卷七十一〈金志章傳〉，周駿富輯：《清代傳記叢刊》第104冊（臺北市：明文書局，1985年版），頁899。

163　《國朝耆獻類徵初編》卷一四四，周駿富輯：《清代傳記叢刊》第151冊（臺北市：明文書局，1985年版），頁609。

第六章
詩學建構與宋詩選本

　　詩歌選本是一種包容性極強的文學批評形式，或存史，或立派，或標格。它既是某時段某體派詩歌文獻的重要載體，也是彰顯選家詩學宗旨的有效武器。清人所編宋詩選，便是清代宋詩學演變進程的一個窗口。透過它，我們可見清人大致從三個向度來建構宋詩學：一、辨體。這是詩界、選壇的首要命題，主要對「宋詩」這一詩歌體式進行探討與辨析，唐宋詩有無區別，什麼是「真」宋詩。二、推宗。在認識到唐音、宋調乃兩種詩歌範型而非時代之別後，隨之而來的便是選取哪些詩人來作為宋調的師法對象。三、融通。尊唐還是宗宋，抑或漢魏乃至「三百」，若偏執一端，以一例百，流弊必生，實非明智之舉，須依其性情才力，識其格調音律，貫通古今，分體各師，自成一家，此乃發展之大勢。現擬就這三個方面來探討清人是如何借助選本建構宋詩學的。

第一節　辨體：追求「真」宋詩

　　自明「七子」專崇盛唐、貶黜宋詩以來，主流詩壇充斥著「宋無詩」的論調。直到「性靈」思潮的湧現，這種天下獨尊、流弊叢生的局面才有所緩和與消解。在被唐詩逼仄的空間中，宋詩漸被人提及，對宋詩的認識也日益深入。迄及清代，詩人與選家所面臨的首要問題便是辨體，即對宋詩「驗明正身」，宋詩與唐詩有無分別，什麼才是「真」宋詩。這個辨體的過程，就是宋詩從唐詩的視域中逐漸分離、獨立的過程。就詩學理論體系而言，辨體屬於詩歌本質論的範疇。辨

體實是與唐詩存異,是清人建構宋詩學體系中本體論的根本命題。眾
多詩人、選家們或為人題序撰跋,或親自操觚染翰,對宋詩的辨體表
達一管之見。在很大程度上而言,清人對宋詩的辨體是與唐詩分不開
的。換言之,宋詩辨體是「唐宋詩之爭」題中應有之義。在「唐宋詩
之爭」的大背景下,清人多從性情之真偽、源流之正變兩個維度來辨
析宋詩異於唐詩之處。[1]

一　辨體的詩學背景與選壇現狀

明嘉、隆以來,詩界所瀰漫的是一片尊唐黜宋之音。儘管有公
安、竟陵諸有識文人的奮力反撥,終究影響式微,旁門別派擋不住
「格調」一統的大勢。但學唐末流之弊已是眾人皆知,詩壇亟需革故
鼎新。這不僅是詩歌發展的內在趨勢,也是詩界外部環境的必然要
求。源於唐而變於唐,身受數百年冷遇的宋詩,恰是醫治尊唐末流的
一劑良方。欲以宋詩救唐詩膚廓、空泛、軟熟之弊,必先知宋詩者為
何。故辨體是詩苑、選壇的首要任務,也是建構宋詩學的不二選擇。
大致說來,擺在清人面前的,一是選詩難,選宋詩尤難;二是前代宋
詩選本乏善可陳,可資借鑒者寥寥無幾;三是宗宋者撾撦皮毛,滋生
弊端,選壇多以唐存宋,而未能以宋詩選宋詩,亟需優秀的詩選範本
來正本清源。

詩難,選詩尤難。李天馥為《歷代詩發》作序時發出感歎:「詩
難,選詩尤難。上下二千餘年,才人傑士林立,以一時之評騭去取謂
古人之奇,罔有遺漏,無是理也。人心之不同如其面,欲以一人之選
盡嘗於天下人之心,令之罔有後言,亦無是理也。」[2]傅澤洪亦云:

1　張健在《清代詩學研究》後記中說:「明清詩學大體上是圍繞著真偽、正變、雅俗
　　三對範疇展開的。」(北京市:北京大學出版社,1999年11月),頁782。
2　李天馥:〈歷代詩發序〉,《歷代詩發》卷首,康熙間虛白山房刊本。

「詩之選也，蓋其難哉！一人之詩難矣，而況統論一代，又況合數代之人之詩而共進退也。難乎？不難。惟其難，故從事兼綜者寡，而善本亦卒未易覯。微特詩也，古文亦然，而詩尤無定衡耳。」[3]相比而言，唐詩歷經千年層積與淘洗，經典作品與著名詩人在清代已漸趨定型。在宋、元、明的基礎上，清人透過唐詩選本建構出完整而成熟的唐詩學體系。而宋詩選本則不然。自晚宋以降元明，宋詩備受訾議，在有限的詩學時空中，經典化進程並不到位，甚至可說是斷裂。朱彝尊引王士禛語云：「選家通病，往往嚴于古人而寬于近世。」[4]宋詩在後世詩人尤其是明人中一直處於邊緣的地位，甚至是被扭曲、誤解的形象，這造成了宋詩參照標準的缺失。簡言之，清人編選宋詩難上加難，可以說是在荊棘叢生中拓荒，在詩史長河裡揀金。唐詩選本汗牛充棟，精品紛呈。而自宋以迄明代的宋詩選本不僅數量寥寥無幾，而且上好的選本乏善可舉。曹庭棟曰：「竊考唐人詩集，則欽定《全唐詩》至精至備，元則秀野顧氏之選，明則朱竹垞輩先後摭輯，亦云盛矣。獨有宋一代之詩，諸選本所采寥寥。」[5]清初詩論家吳喬曰：「選宋詩不復可繩以古法，真須略玄黃取神駿耳。但當汰其已甚，違拜從純，不可無此權度也。」[6]無古法可循，也是清人編選宋詩所面臨的背景和困境。

康熙初期，沈荃、施閏章為陳焯《宋元詩會》作《募刻原啟》云：「際我皇朝始昭公論，欲加揚推，僅存《文鑑》、《文類》之數家，縱極蒐羅，難留江右、餘姚之全玩，近日宋鈔則有《語溪藏集》，奈錄者半，遺者半，所未見何止百人。新刊《詩永》則有廣陵

3　傅澤洪：〈歷代詩發序〉，《歷代詩發》卷首，康熙間盧白山房刊本。

4　朱彝尊：《曝書亭集》卷三十三〈答刑部王尚書論明詩書〉，《四部叢刊初編》本。

5　曹庭棟：〈宋百家詩存序〉，《宋百家詩存》卷首，乾隆六年（1741）二六書堂本。

6　賀裳：《載酒園詩話》，郭紹虞編選、富壽蓀點校：《清詩話續編》（上海市：上海古籍出版社，1983年12月），頁450。吳喬《圍爐詩話》卷五亦有近似之論，郭紹虞編選、富壽蓀點校：《清詩話續編》（上海市：上海古籍出版社，1983年12月），頁642。

約編，雖附以金益以元，即名家不過數首。」[7]陳焯亦曰：「潘訒叔、曹石倉舊選，宋元詩溼漫斷闕。」[8]道光年間，王史鑑云：「選唐詩者不下數十家，宋詩選本傳者甚寡。呂東萊《文鑑》所錄無幾，曾端伯《皇宋詩選》，宋人病其任一己之見，說見周輝（按，當為煇）《清波雜誌》。今已不傳。李子田《宋藝圃集》、曹能始《十二代詩選》、潘訒庵《宋元詩集》、吳園次《宋金元詩永》皆去取未精，近日呂晚村《宋詩鈔》登載甚廣，大有功於宋集，惜止於百家，刻猶未竟。」[9]前代所編宋詩選，或收羅欠備，文獻溼漫，難徵一代詩史；或揀擇不當，魚目混雜，未能別裁掇菁。汪景龍〈宋詩略自序〉曰：「編唐詩者不下數十家，兩宋之計獨少專選，東萊《文鑑》所錄寥寥，王半山、曾端伯曾有緝錄前賢，嘗病其偏任己見，今已罕有流傳，若《西崑酬唱》、《濂洛風雅》亦集僅數家，精而未備。內鄉李子田《藝圃集》，搜采頗多，然以五代、金源諸家廁其間，體例未合。曹石倉《十二代詩選》，去取尤為草率，而潘訒庵、吳蘭次、吳以巽、王子任之所選詳略雖殊，其未能厭人意則均也。惟石門吳孟舉之《宋詩鈔》、嘉善曹六圃之《宋詩存》有功于宋人之集而未經決擇；厲樊榭《宋詩紀事》網羅遺佚，殆無掛漏，然以備一代之掌故，非以未學者之準則。苟非掇其菁英，歸諸簡要，何以別裁偽體而新風雅哉？」[10]《石倉宋詩選》、《宋詩鈔》、《宋詩存》、《宋詩紀事》等大型詩選，已基本夯實有宋一代詩史文獻。從積極的角度來說，這些宋詩選本有效地保存了宋詩文獻。但從另一方面而言，「類選則有李蓘之《藝圃集》、陳焯之《詩會》，分選則有吳之振之《宋詩鈔》、厲鶚之《宋詩

7　沈荃、施閏章：〈募刻原啟〉，陳焯：《宋元詩會》卷首，康熙二十七年（1688）刊本。

8　陳焯：〈選例〉，《宋元詩會》卷首，康熙二十七年（1688）刊本。

9　王史鑑：〈例言〉，《宋詩類選》卷首，道光十九年（1839）樂古齋修補康熙本。

10　汪景龍：〈宋詩略序〉，《宋詩略》卷首，乾隆三十五年（1770）竹雨山房刻本。

紀事》、元好問之《中州集》、顧嗣立之《元詩三集》，然皆卷帙繁重，黃茅白葦，采掇非易」[11]。詩選既可傳播編者一己詩學宗旨，又為群體受眾提供學詩範本。卷帙繁重可能導致受眾群體「苦其繁，必置之不讀，而讀宋詩者愈少矣」[12]的局面。更何況部分選家眼界不高，遴錄不當，反讓讀者沾染宋詩流弊，而未能得宋詩之真。這也是有識之士透過編選宋詩來辨體的誘因之一。

　　晚明以迄清初康熙年間，是唐宋詩之爭最複雜激烈的時期。葉燮曰：「蓋嘗溯有明之季，凡稱詩者咸稱盛唐；及國初，而一變詘唐而尊宋，旋又酌盛唐與宋之間，而推晚唐，且又有推中州以逮元者，又有詘宋而復尊唐者。紛紜反覆，入主出奴，五十年來，各樹一幟。」[13]乾嘉之際的凌廷堪（1757-1809）對此深有體會：「公安、竟陵之取宋人、譏七子，蓋生唐風既盛之後，而思有以救之，不自知其矯枉之過正也。今之談藝家，自謂翻新闢奇，而不知適蹈公安、竟陵之故轍。」[14]用宋詩的奇險、新變來救學唐末流熟軟、膚廓之病，如施閏章引許子語曰：「今天下某某學唐而似焉者也。規規焉尋聲肖影，側足學步，非學人所嘗道過，則逡巡不敢吐一字。故出其所作，若古人所已作焉，讀其作未竟，若我所已讀竟焉。以是為學古，又奚以為？夫善學古者在得古人之法，神而明之，出以己意，不在乎膚立而毛附，故寧抉奇造險，毋蹈常襲故。」[15]但是，矯枉過正便會沾染宋詩

---

11 吳翌鳳：〈宋金元詩選序〉，《宋金元詩選》卷首，乾隆五十八年（1793）自序刊本。

12 許耀：〈宋詩三百首序〉，《宋詩三百首》卷首，道光二十五年（1845）春水草堂刻本。

13 葉燮：《已畦集》卷九〈三徑草序〉，《四庫全書存目叢書》（集部）第244冊（濟南市：齊魯書社，1997年7月），頁104。

14 凌廷堪：〈墨波堂詩集序〉，王鎮遠、鄔國平編選：《清代文論選》（北京市：人民文學出版社，1999年1月），頁670。

15 施閏章：《梁園詩集序》，王鎮遠、鄔國平編選：《清代文論選》（北京市：人民文學出版社，1999年1月），頁162。

俚俗、艱澀之弊。王士禛曰：「二十年來，海內賢知之流矯枉過正，或
乃欲祖宋祧唐，至于漢魏樂府、古選之遺音蕩然無復存者。江河日
下，滔滔不返，有識者懼焉。」[16]自康熙初期宋詩盛行以來，學宋者遍
布海內，粗鄙無識者不知宋詩之精華而盡染其弊。徐乾學為吳綺《宋
金元詩選》作序云：「今不探其本，轉而以學唐者學宋、元，惟其口
吻之似，則粗疏坳硬，佻巧窒澀之弊，又將無所不至矣。故無宋、元
人之學識，不可以學唐，無唐人之才致，不可以學宋、元。」[17]詩壇
風氣一時尊唐黜宋，忽而祖宋抑唐，末流所向，依葫畫瓢，句剽字
竊，未能得古人之興會神理。那些宗唐者便借此來貶斥學宋之流，姜
宸英（1628-1699）曰：「今世稱詩家，上者規模韓、蘇，次則摭拾
楊、陸，高才橫屬，固無所不可及；拙者為之，弊端百出，險辭單
韻，動即千言，街坊讕語，盡充比興，不復知作者有源流派別，徒相
與為呫噱而已。」[18]潘耒（1646-1708）為顧有孝《五朝名家詩選》作
序亦云：「若徒襲其皮毛，落其窠臼，則今之為宋、元詩者，惡趣正
復不少，執藥成病，傳染更深。」[19]這種指責也不無道理。透過尊唐
或宗宋來拯救各自末流之弊，久而久之，實際上彼此都陷入了同一窠
臼。納蘭性德（1654-1685）即云：「十年前之詩人，皆唐之詩人也，
必嗤點夫宋；近年來之詩人，皆宋之詩人也，必嗤點夫唐，萬戶同
聲，千車一轍。」[20]乾嘉年間紀昀（1724-1805）對整個宋詩史之流弊

16　王士禛：《蠶尾文集》卷一〈冏津草堂詩集序〉，袁世碩主編：《王士禛全集》第3冊
　　（濟南市：齊魯書社，2007年6月），頁1799。
17　徐乾學：〈宋金元詩選序〉，王鎮遠、鄔國平編選：《清代文論選》（北京市：人民文
　　學出版社，1999年1月），頁337。
18　姜宸英：《史蕉飲燕城詩集序》，王鎮遠、鄔國平編選：《清代文論選》（北京市：人
　　民文學出版社，1999年1月），頁278-279。
19　潘耒：〈五朝名家詩選序〉，王鎮遠、鄔國平編選：《清代文論選》（北京市：人民文
　　學出版社，1999年1月），頁408。
20　納蘭性德：〈原詩〉，王鎮遠、鄔國平編選：《清代文論選》（北京市：人民文學出版
　　社，1999年1月），頁433。

作了精到的評述：「宋楊、劉變而典麗，其弊也靡；歐、梅再變而平暢，其弊也率；蘇、黃三變而恣逸，其弊也肆；范、陸四變而工穩，其弊也襲；四靈五變，理賈島、姚合之緒餘，刻畫纖微；至江湖末派，流為鄙野，而弊極焉。」[21]

宗宋者也意識到了這一點。早在康熙十二、三年間（1673-1674），汪懋麟論曰：「今之竊學言唐者，必以黜乎宋為言；而竊學言宋者，又未深究乎所以為宋之意，之二者，其失一而已。……按以古人之法，若者唐，若者宋，若者于唐、宋之貌似矣而非似，至不能名為唐之詩，宋之詩，則亦自名其為己之詩而已，又烏可不辨耶？」[22]唐宋兩派相互詆辱，其失實一。鄭梁亦曰：「詩從性情發為聲，耳目所觸皆材料。必于經史子集求，猶恐古未盡其妙。……亦有不受俗論瞞，不因時代分拙巧；又舍大清康熙年，劣唐優宋徒尋鬧。其心總務傍人門，彼此同歸一賊劖。古人是人我非人，此等學術吾亦傚？」[23]康熙三十二年（1693），陳訏〈宋十五家詩選序〉曰：「昔敝於舉世皆唐，而今敝於舉世皆宋。舉世皆唐，猶不失辭華聲調、堂皇絢爛之觀。至舉世皆宋而空疏率易，不復知規矩繩墨，與陶鑄洗伐為何等事？嗟乎，此學宋詩者之過也。」[24]正如康熙三十五年（1696），王嗣槐代人為顧貞觀編選《積書巖宋詩刪》作序所云：「今選詩家必坦唐而訾宋之性靈，又必有坦宋而訾唐之膚廓，此昔時拘以風格而棄之者。」[25]

---

21 紀昀：〈冶亭詩介序〉，王鎮遠、鄔國平編選：《清代文論選》（北京市：人民文學出版社，1999年1月），頁535。

22 汪懋麟：〈韓醉白詩序〉，王鎮遠、鄔國平編選：《清代文論選》（北京市：人民文學出版社，1999年1月），頁401-402。

23 鄭梁：《論詩偶述》其二，王鎮遠、鄔國平編選：《清代文論選》（北京市：人民文學出版社，1999年1月），頁381。

24 陳訏：《宋十五家詩選》卷首，《四庫全書存目叢書》（集部）第410冊（濟南市：齊魯書社，1997年7月），頁283。

25 王嗣槐：《桂山堂文選》卷二，《四庫未收書輯刊》柒輯第27冊（北京市：北京出版社，1997年版），頁186。

尊唐祖宋之末流，只襲其貌而不得其真，貌合神離，故皆有流弊。這也是詩人、選家們辨體宋詩的一大誘因。

　　康熙十年（1671）秋，《宋詩鈔》編成，吳之振序曰：「自嘉、隆以還，言詩家尊唐而黜宋。……黜宋詩者曰『腐』，此未見宋詩也。宋人詩，變化於唐而出其所自得，皮毛落盡，精神獨存。不知者或以為『腐』，後人無識，倦於講求，喜其說之省事，而地位高也，則群奉『腐』之一字，以廢全宋之詩。故今之黜宋者，皆未見宋詩者也。雖見之而不能辨其原流，則見與不見等。此病不在黜宋，而在尊唐。」[26]康熙二十六年（1687），陸次雲歷代《善鳴集》刊行於世，云：「宋詩之弊有三：曰庸，曰腐，曰拖遝。庸者，大約出手信手拈來者也；腐者，大約出於墮入理障者也；拖遝者，大約出於才有餘而少錘鍊者也。去此三弊，而後宋詩可選焉，而後不同乎唐人之宋詩與不異乎唐人之宋詩始出焉。」[27]乾隆三十五年（1770），汪景龍、姚塤所編《宋詩略》付梓，王鳴盛序曰：

　　　　宋承唐後，其詩始沿五季之餘習。至太平興國以後，風格日超，氣勢日廓，迨蘇、黃輩出而極盛焉。乃其所以盛者，師法李、杜而不襲李、杜之面貌，宗仰漢魏而不取漢魏之形橅，此卓然成一朝之詩而不悖於正風者矣。顧後之學詩者，率奉所謂唐音以抹煞後代，故有稱宋詩者，則群譏之曰庸，曰腐，曰纖。……是書也，可使天下逖世，考見宋人之真詩。學西崑者，承唐末之餘藩而非宋也。師擊壤者，開道學之流派而非詩也。輕滑率易者，係晚宋之末流而非宋之真也。若宋之詩則沈雄博大者、其氣鏤肝刻髓者、其思新異巧妙者，其才若僅以派別論之，猶拘於墟也，且宋人之集浩如煙海，竟歲不能窺其

26 吳之振：《宋詩鈔序》，《宋詩鈔》卷首，北京市：中華書局，1986年12月。
27 陸次雲：〈善鳴集選例〉，《善鳴集》卷首，康熙間刻本。

全，得此集之甄綜而條貫焉，亦可以為學詩者之指南矣夫。[28]

道光二十五年（1845），許耀為童蒙編纂家塾課本《宋詩三百首》，序曰：「世之學者率尊唐抑宋，謂其腐也、纖也，不知此特宋詩之流弊，非宋詩之真也。」[29]宗唐者泛稱學宋者有「庸」、「腐」、「纖」三病，以宋詩之病貶抑師宋之流，實是以葉障目，未見宋詩之真，猶如祖宋者譏刺學唐末流摹而不化，皆未能得唐宋詩之三昧。而且，宋人中如承晚唐之餘的西崑派、學邵雍「擊壤體」的詩人以及晚宋輕滑率易之流，亦非全是「真」宋詩。不見宋詩的廬山「真」面目，何以論「宋人之真詩學」？那麼，清人是透過哪些途徑來辨體宋詩的呢？

二　辨體的一條主線和兩大途徑

清代詩學理論的發展，很大程度與唐宋詩之爭密切相關。清人對宋詩的辨體，也是圍繞著分唐界宋這條主線開展的。這主要表現在兩方面：一、有無唐宋之別，即有無朝代之分。二、有無唐宋之優劣，即尊唐還是宗宋，是宋襲於唐，以唐存宋，還是宋變乎唐，自有面目。清人對宋詩的辨體，主要從性情之真偽、源流之正變兩個維度來著眼的。

（一）以性情、人品論宋詩

承繼晚明性靈思潮，明末清初詩論家目睹學唐之弊，多提倡用宋詩來滌清其病，由此帶來了宗宋詩風的興起。清人借助性靈思潮這面

---

28 王鳴盛：〈宋詩略序〉，《宋詩略》卷首，乾隆三十五年（1770）竹雨山房刻本。
29 許耀：〈宋詩三百首序〉，《宋詩三百首》卷首，道光二十五年（1845）春水草堂刻本。

大旗，主要是對宋詩與唐詩的辨析，乃至宋詩地位的確立。錢謙益直指學唐末流之非，曰：

> 今之譚詩者，必曰某杜，某李，某沈、宋，某元、白。其甚者，則曰兼諸人而有之。此非知詩者也。詩者，志之所之也。陶冶性靈，流連景物，各言其所欲言者而已。如人之有眉目焉，或清而揚，或深而秀，分寸之間，而標置各異，豈可以比而同之也哉？沈不必似宋也，杜不必似李也，元不必似白也。有沈、宋，又有陳、杜也；有李、杜，又有高、岑，有王、孟也；有元、白，又有劉、韓也。各不相似，各不相兼也。今也生乎百世之下，欲以其蠅聲蛙噪，追配古人，儼然以李、杜相命，浸假而膏唇拭舌，訾議其短長，蜉蝣撼大樹，斯可為一笑已矣。[30]

後人取法前賢，本是學詩之途徑。若以古繩今，以古律己，竭力「追配古人」，反而會誤入歧路，甚至喪失本性。錢氏以為此類人皆非知詩者。詩本性情，發為吟詠，自有不同，猶如人的面目，各有其態。即便唐人亦各有本色，更遑論宋人。恰如柴望康熙三十二年（1693）《宋四名家詩選敘》所云：「初盛以高渾為氣格，中唐號為嫻雅，降及晚唐，則以雕刻取致，即唐一代之詩，且遞變若此，而欲以之范宋人可乎？宋固有宋之詩也，宋又不一宋也。」[31]揆之以理，就不在乎是尊唐抑或宗宋，只要能存留其真性情，便是學詩之正途，便可取靈山之真經，得詩道之真諦。錢氏乃詩壇耆舊，為宋詩辨體與獨立開了

---

30 錢謙益著，錢曾箋注，錢仲聯標校：《牧齋初學集》卷三十一〈范璽卿詩集序〉（上海市：上海古籍出版社，1985年9月），頁910。

31 周之鱗、柴升編：《宋四名家詩選》卷首，《四庫全書存目叢書》（集部）第394冊（濟南市：齊魯書社，1997年7月），頁583。

風氣之先。尤侗曰：

> 今之說詩者，古風必曰漢、魏，近體必曰盛唐。以愚論之，與
> 其為似漢、魏，寧為真六朝；與其為似盛唐，寧為真中、晚，
> 且寧為真宋、元。……眉山、劍南下筆妙處，有李、杜不能過
> 者，近日虞山亟稱之矣。愚又論之，則無論其為漢、魏也，六
> 朝也，初、盛、中、晚也，宋、元也，皆是也，而莫不善于今
> 人擬之一說。有人于此，面目我也，手足我也，一旦憎其貌之
> 不工……古則古矣，于我何有哉！今人擬古，何以異是？夫自
> 《三百篇》來，魯已不同于齊，鄭已不同于衛矣，況使漢、魏
> 之不必為六朝，唐之不必為宋、元乎？……有真性情，然後有
> 真格律；有真格律，然後有真風調。[32]

在錢氏倡舉宋詩的大纛下，尤侗細加推衍，「變本加厲」地為「真性
情」吶喊，呼喚「真我」，反對一味泥古不化。清初「重真」的詩學
觀念在此一覽無遺。在此種風氣所被之下，眾多詩人已跳出尊唐宗
宋、非儒即墨的時代偏見。陳之遴曰：「予少時學詩，服膺諸老先生
之論，古體必漢、魏，律體必盛唐，罔敢失尺寸。既乃悟其非是。人
殊其才，人殊其學，人殊其性情，則亦各為其人詩爾。」[33]錢謙益以
一人有一人之面目，來比喻唐宋詩各有千秋，不可軒輊。錢鍾書推衍
道：「唐詩、宋詩，亦非僅朝代之別，乃體格性分之殊。天下有兩種
人，斯分兩種詩。」[34]又曰：「一集之內，一生之中，少年才氣發揚，

---

32 尤侗：〈吳虞升詩序〉，王鎮遠、鄔國平編選：《清代文論選》（北京市：人民文學出
　版社，1999年1月），頁147。
33 陳之遴：〈浮雲集自序〉，王鎮遠、鄔國平編選：《清代文論選》（北京市：人民文學
　出版社，1999年1月），頁183。
34 錢鍾書：《談藝錄》（北京市：生活・讀書・新知三聯書店，2007年12月），頁3。

遂為唐體，晚節思慮深沈，乃染宋調。」[35]唐宋詩名曰時代之分，實
乃性情之故。唐人有宋詩，宋人亦有唐詩；一人一生之中，亦有唐
音、宋調之別。這可以青年主唐，中年入宋，晚年返唐的詩壇領袖王
士禛為例。上有所行，下必效焉。葉燮為清初宋詩派代表吳之振詩集
作序時云：「孟舉之詩……五古似梅聖俞，出入于黃山谷，七律似蘇
子瞻，七絕似元遺山，語必刻削，調必鑿空，此其概也。不知者謂為
似宋，孟舉不辭；知者謂為不獨似宋，孟舉亦甚愜。蓋孟舉之能因而
善變，豈世之蹈襲膚浮者比哉！」[36]從葉序可以看出，吳之振詩兼取
唐宋，分體各師，不主故常，而有自家面目。吳之振對他人的詩評
「不辭」、「亦甚愜」，這便是其「善變」而出「真詩」、「真我」的注
腳。劉繹就說：「論詩不界唐宋，惟以得性情之真者為宗。」[37]

　　選壇亦作如是觀。康熙十七年（1687），吳綺編成《宋金元詩
永》，自序道：

> 詩之道本於性情，此之性情非彼之性情也。詩之教關於氣運，
> 今之氣運非昔之氣運也。十五國之不得不漢魏，漢魏之不得不
> 六朝，六朝之不得不三唐，三唐之不得不宋金元者，氣運之所
> 為也。而十五國之後，漢魏成其漢魏，六朝成其六朝，三唐成
> 其三唐，宋金元成其宋金元，則其人之性情在焉。……讀此者
> 以己之性情合於宋、合於金、合於元之性情，始可以論宋金元
> 之詩，始可以論三唐之詩矣。以己之性情得乎宋、得乎金、得
> 乎元之性情，又何氣運之足云乎？[38]

---

35 錢鍾書：《談藝錄》（北京市：生活・讀書・新知三聯書店，2007年12月），頁5。

36 葉燮：《已畦集》卷八〈黃葉村莊詩序〉，《四庫全書存目叢書》（集部）第244冊
　　（濟南市：齊魯書社，1997年7月），頁84。

37 劉繹：《存吾春齋文鈔》卷一〈郭羽可舍人詩集序〉，同治刊本。

38 吳綺：《宋金元詩永》卷首，康熙十七年（1687）思永堂刻本。

吳氏以為氣運關乎時代，漢、魏、唐、宋、金、元詩各有其真性情在。儘管此選被宗宋詩人汪懋麟所譏：「是選諸體，一律以法，似中、晚者尤多。讀其詩而揜其名，止知為唐人之詩，不知其為宋、金、元之詩也。」[39]是選以唐存宋，但選家由性情來辨別宋、金、元詩的存在意義已不容忽視。康熙二十八年（1689），楊梓、蕭殿揚同編《歷代詩岑》，選錄漢魏迄趙宋詩。許承家序曰：

> 詩以世代分盛衰，然以世代論詩而詩益壞。古人之詩具在，若者漢魏晉及六朝，若者唐，若者宋，有目共睹之也。乃選詩家拘執此見，得人一詩，輒曰若者似漢魏六朝，若者似唐，若者似宋，無論不相肖也。即有矣，而不幾于木偶之肖物，神氣去而萬里乎？蓋先設一漢魏六朝唐宋之見於胸中，而非以世代論詩，即以詩別世。此詩學之所以日壞也。今二子只以詩論詩，而未嘗分今古、盛衰之見，其大旨以獨抒性靈、推陳出新而止。[40]

形似神散，猶如木偶肖物。這是典型的以性靈論詩。許氏還認為選詩不可囿於時代，切不可預先設定一個標準在胸中。郭士璟為此選作序曰：「詩本性情，發為歌詠。雖世代為盛衰而出於性情，則盛衰不分。……其間，體製、音律或數十年一變、數百年一變者，其運會使之然也。夫唐豈盡優於宋，宋豈盡絀於唐，即漢魏六朝亦豈盡異於宋。作者須遴選刪訂，去瑕存瑜，使一出於性情之正始，不以世代分盛衰矣。」[41]唐宋詩自各有面目，並無優劣之分。這也是從性情、氣

---

39 汪懋麟：〈宋金元詩選序〉，王鎮遠、鄔國平編選：《清代文論選》（北京市：人民文學出版社，1999年1月），頁404。

40 許承家：〈歷代詩岑序〉，《歷代詩岑》卷首，康熙積風樓刻本。

41 郭士璟：〈歷代詩岑序〉，《歷代詩岑》卷首，康熙積風樓刻本。

運來駁斥以時代論詩分盛衰。

　　列朝列代，諸位詩人皆有自家性情，發言為詩，便是各家之真文字、真性情、真精神。自錢謙益、黃宗羲高舉宋末遺民詩人以來，以人品、道德論詩，這也可算作性情論詩的界域。清人所編宋詩選本，尤其是在清初遺民思潮的影響下，體現出以人品、性情、道德論詩的特點，以人傳詩，以詩傳人，詩補史闕，詩史互證。選家編選宋詩，很大程度上是為了弘揚宋人精神，傳播天水文化，彰顯宋詩的倫理價值，展現文士的人格魅力。此尤以陳焯所編《宋詩會》為著。是集將宋遺民詩集《谷音》全部輯錄。清初浙派巨匠查慎行的族侄查昇為陳訏《宋十五家詩選》作序曰：

> 就宋言詩，當日號稱作手者，不棄數十百輩。而今之競傳者無幾，豈非數家之精神發越，長如日星之麗天，江河之行地。其人品、文章、功名、道德，雖久不磨而特于流聲發響中，規撫彷彿猶能想見其為人。則宋詩之傳之以人，又不僅傳以詩也。……今自宛陵以迄信國，反覆循覽，皆所謂弱而後強，以上續乎變而得正之意。風流文藻，炳耀千古，而其間盛德大業又掩暎乎詞章之外？[42]

詞章之內亦有「盛德大業」，詩人品行文藻，千載之下仍可想見，這正是選詩以立言存史的文化意義之所在。這種選詩宗旨的風氣，從清初一直沿續至晚清。康熙三十三年（1694），邵鼎、柯弘祚合編的《宋詩刪》刻成，〈凡例〉有云：「詩雖盛於唐，然晚益衰靡，至於氣節遠不逮宋。如謝疊山、鄭思肖忠憤所激，發為□歌，不當以聲律求

---

42 查昇：〈宋十五家詩選序〉，《宋十五家詩選》卷首，《四庫全書存目叢書》（集部）第410冊（濟南市：齊魯書社，1997年7月），頁280-282。

之，疊山謂黍離無興周之志，所南以鐵函貯集沉井以□□宋之心，此等血誠皆唐末詩人所絕無。」[43]康熙五十一年（1712）中秋，王史鑑〈宋詩類選自序〉云：「詩者，吟詠性情者也。……晚宋諸人感傷變革，忠義蟠鬱，故多悽愴之作，文信國身任綱常，從容就義壯烈之語，真可驚風雨而泣鬼神。水雲之哀怨，晞髮之慟哭，疊山仗義于諸陵，所南發憤于心史，千載而下猶堪痛心。宋詩之終，終于義烈，豈非道學之流風、忠直之鼓動哉？」[44]光緒元年（1875），鄒湘倜輯魏晉以迄明代詩成《歷朝二十五家詩錄》，其〈凡例〉云：「有詩品有人品，論詩品兼論人品。……尊唐抑宋，此是朝代之見，其真面目、真性情各有精詣，不可掩也。」[45]王文韶序曰：「予觀〈詩錄凡例〉暨所選諸家詩，論詩品必兼論人品，人品既正，感動為詩，邪思自絕。因詩以考究其人，因人以討論其世。即其詩之風調音律，而其時治亂得失，其人學行品詣，畢著於篇章焉。」[46]宋人宋詩自有面目，故不可以時代之見尊唐抑宋，此其一。知人論世，以詩究人，知時政之得失，曉學行之品詣，這是詩歌功能論的題中應有之義，此其二。簡言之，「詩以言情，唐宋一也」[47]，從性情的角度出發，宋人有宋人之詩，唐人有唐人之詩，這只關乎時代，二者並無優劣、高下之分，宋詩自可為其一體。正如清中期著名詩人厲鶚所云：「詩不可以無體……詩之有體，成於時代，關乎性情，真氣之所存，非可以剽擬似，可以陶冶得也。」[48]袁枚也說：「夫詩，無所謂唐、宋也，唐、宋

43 邵曧、柯弘祚：《宋詩刪》卷首，康熙三十三年（1694）刻本。

44 王史鑑：《宋詩類選》卷首，道光十九年（1839）樂古齋修補康熙本。

45 鄒湘倜：《歷朝二十五家詩錄》卷首，光緒元年（1875）新化鄒氏得頤堂刊本。

46 鄒湘倜：《歷朝二十五家詩錄》卷首，光緒元年（1875）新化鄒氏得頤堂刊本。

47 許耀：〈宋詩三百首序〉，《宋詩三百首》卷首，道光二十五年（1845）春水草堂刻本。

48 厲鶚：《樊榭山房文集》卷三〈查蓮坡蔗塘未定稿序〉，《樊榭山房集》，董兆熊注、陳九思標校（上海市：上海古籍出版社，1992年6月），頁735。

者，一代之國號耳，與詩無與也。詩者，各人之性情耳，與唐、宋無
與也。」[49]從性情來辨體，詩壇、選壇已達成共識，一代有一代人之
詩，宋詩異於唐詩，宋詩作為唐詩附庸的境地逐漸得以改觀。當然，
這並非詩歌內部藝術型質的辨別。從清代詩學的發展軌跡來看，以性
情、人品、道德等辨宋詩之體，與清人重「真」觀念緊密相聯。

（二）以源流、正變論宋詩

與清人求「變」觀念密切相關的是，詩人、選家還多以源流、正
變來辨宋詩之體。從詩史的源流考察，宋承唐後，宋源於唐，是無可
爭議的常識。但這又可分為幾種論調：有的認為宋不如唐，有的則不
置可否，有的認為宋出於唐而變於唐，只是兩種範式，並無優劣之
分。

「唐詩沿六朝，宋詩出唐賢。」[50]在清人的詩史觀念中，宋源於
唐乃一大共識。宋不如唐，多是宗唐派操觚家的慣用陳詞。徐曰都為
戴第元《唐宋詩本》撰序曰：「大庾戴侍御箇圃評選唐宋詩，係以古
今諸論說，刻成八卷，命予為序。予謂詩與時變更者也。今士甫能拈
韻輒示於人，曰吾宗唐而祧宋。夫果其能唐也，匪不足以進取，乃考
其所樋，聲格往往去南渡諸家遠甚，何論北宋？故宋詩之不逮唐，時
代使然也。」[51]潘問奇〈宋詩啜醨集自序〉曰：「夫宋之遜于唐，盡人
能知之，亦盡人能言之矣。然余竊謂豈惟唐使溯而上之，即中晚已不
及初盛。初盛不及漢魏。漢魏又不及《三百篇》。此蓋氣運升沉之
數。雖造物有不能力為挽回者，何獨于宋過責哉？」[52]從時代升降興

49 袁枚：〈答施蘭垞論詩書〉，王英志主編：《袁枚全集》第2冊《小倉山房文集》卷十
　　七（南京市：江蘇古籍出版社，1993年9月），頁28。

50 舒位：〈答孟楷論詩三首〉其二，王鎮遠、鄔國平編選：《清代文論選》（北京市：
　　人民文學出版社，1999年1月），頁699。

51 戴第元：《唐宋詩本》卷首，乾隆三十八年（1773）覽珠堂刻本。

52 潘問奇、祖應世編：《宋詩啜醨集》卷首，清乾隆刻本。

替而論，古繁衍今，今不如古，在這種倒退、復古的詩史觀念下推衍開去，自然會導致宋源於唐而遜於唐的論調，也會鬧出《三百篇》尚不如鳥跡代繩的笑話。在重真、求變、尚奇的浪潮中，這種蹈襲故常、落後退化的觀念終不能流布於時。畢竟詩史是向前發展的，請看葉燮那段關於中國詩史的精闢之論：

> 余之論詩，謂近代之習，大概斥近而宗遠，排變而崇正，為失其中而過其實，故言非在前者之必盛，在後者必衰。若子之言，將謂後者之居於盛，而前者反居於衰乎？吾見歷來之論詩者，必曰：蘇李不如《三百篇》，建安、黃初不如蘇李，六朝不如建安、黃初，唐不如六朝。而斥宋者，至謂不僅不如唐；而元又不如宋。惟有明二三作者，高自位置，惟不敢自居於《三百篇》，而漢、魏、初盛唐居然兼總而有之，而不少讓。平心而論，斯人也，實漢、魏、唐人之優孟耳。竊以為相似而偽，無寧相異而真，故不必泥前盛後衰為論也。夫自《三百篇》而下，三千餘年之作者，其間節節相生，如環之不斷；如四時之序，衰旺相循而生物、而成物，息息不停，無可或間也。吾前言踵事增華，因時遞變，此之謂也。故不讀「明」「良」《擊壤之歌》，不知《三百篇》之工也；不讀《三百篇》，不知漢魏詩之工也；不讀漢魏詩，不知六朝詩之工也；不讀六朝詩，不知唐詩之工也；不讀唐詩，不知宋與元詩之工也。夫惟前者啟之，而後者承之而益之；前者創之，而後者因之而廣大之。使前者未有是言，則後者亦能如前者之初有是言；前者已有是言，則後者乃能因前者之言而另為他言。總之，後人無前人，何以有其端緒；前人無後人，何以竟其引伸乎！[53]

---

53 葉燮著，霍松林校注：《原詩》（北京市：人民文學出版社，1979年9月），頁33-34。

前啟後承，因時遞變，故宋詩自有其「安身立命」之處。隨後那段以生物週期的譬喻，不僅至今讓人津津樂道，更重要的是使人懂得了詩至宋而「能開花」、「事方畢」。也如後人所說，較之唐詩，宋詩堂廡大開、體製日精。這極大地影響到詩人、選家們的詩史觀。諸多宋詩選本的序跋都可體現出這一點。潘江〈宋元詩會原序〉曰：「在昔成周盛世，上自朝廟燕饗，下逮卿大夫聘問贈答，以至田畯游女感時詠物之作，莫不采之太史、隸諸樂官。漢魏以還，風氣愈開，聲歌大備，詩固不始于唐也。不始于唐，而規規焉謂唐以後無詩。遂欲抹摋宋元，蔽以迂弱纖薄之一言，烏得為通論歟？」[54]龔麗正〈宋詩選粹序〉云：「文章之事，窮則變，變則通，通則久。執一代之氣體而以為不可以易焉者，非通人之論也。今天下言詩者競詬趙宋，其意欲懲夫闒冗蕪蔓俚誕之負重名者，而束之于唐人之格律，不可謂非正論。顧宋之始為詩者，何嘗若是乎？蘇則學韓矣，歐、梅、黃皆為學杜矣，陸則學白矣。學之而不屑以字句面目之，肖為肖，欲自成面目於兩間，而造物者遂適異以一代之面目以成為一代之氣體，微獨宋然？昔者漢魏之變而為六朝，六朝之變而為初唐，初唐之變而為杜、韓，皆造物之所必開，而六朝與唐人無權焉。唐以後之詩亦若是而已矣，微獨詩然？」[55]概言之，從源流論的角度來看，宋源於唐是時代發展也是詩史發展的必然趨勢。從重真求變的思潮而言，以唐繩宋來貶斥宋不如唐，直謂唐後無詩，這是一種退化、短視的詩史觀，必然遭到歷史無情的淘汰。宋詩，從而獲得了應有而恰當的詩史地位。

　　不僅如此，清人對宋詩源流的辨識已推衍到具體作家身上。〈宋詩選粹例言〉即云：「宋人學唐，如王黃州之學香山，廬陵之學昌黎，林處士之學孟襄陽，徐仲車之學盧全，謝皋羽之學李長吉，幾於

54 陳焯：《宋元詩會》卷首，康熙二十七年（1688）刊本。

55 侯廷銓：《宋詩選粹》卷首，道光五年（1825）刻本。

各體具備，學韋蘇州者殊少，惟朱紫陽近之。」[56]曹庭棟〈宋百家詩存自序〉亦曰：「獨有宋一代之詩，諸選本所采寥寥，並不獲媲美元、明，豈見聞儉陋亦侈口三唐者，附頰逐響，莫為兩宋一揭塵翳也？且宋人何嘗不學唐，騎省學元和，廬陵學昌黎，宛邱學香山，和靖學韋、孟，陳、黃為西江宗祖，亦學少陵，四靈為江湖領袖，亦學姚賈。特風會漸移，同一門戶、途徑，自別外此，標新立異，不知凡幾。」[57]自宋初徐鉉、王禹偁以迄宋末四靈、謝翱，莫不學詩於唐而自成一家面目。不單單是對宋代詩人師法的淵源流變有了深刻的體認，而且對兩宋詩史的演變也有了明確的看法。康熙晚期，王史鑑〈宋詩類選序〉曰：

> 宋初詩體沿襲晚唐，騎省工部夙擅雄名，契玄仲先語多幽致，九僧篇什少傳，患其才短，萊公妙年馳譽，詩思清華。自天聖以後，縉紳間為詩者益少，惟丞相晏元獻、錢文僖、翰林楊大年、劉子儀皆宗李義山，號「西崑體」，雕章麗句，照暎當時。二宋高才，詩多崑體，惟王黃州師法樂天，獨開有宋風氣，於是歐陽公承流接響，以精深雄渾為宗，一反西崑之舊，此宋詩之始變也。林和靖之瘦潔，蘇子美之豪橫，梅宛陵之平淡，石曼卿之奇峭，抒寫胸臆，各自名家。此其盛也。王半山步趨老杜，寓悲壯於嚴刻，在諸家中別搆一體。蘇長公挺雄傑之才，波瀾萬頃。少公抒峭拔之氣，琳琅千首，誠天縱之奇英，斯文之砥也。晁、秦之肆決風流，張、黃之淡泊新闢，皆足羽翼二蘇，挺秀詞林，後人蘇、黃並稱，或反右涪翁於長公，則大非也。叔用、子蒼雅亮而精密，後山、襄陽嚴勁而清

56 侯廷銓：《宋詩選粹》卷首，道光五年（1825）刻本。

57 曹庭棟：《宋百家詩存》卷首，乾隆六年（1741）二六書堂刻本。

拔，此宋詩之再盛。江西詩派創於呂紫微，而山谷、後山為之
鼻祖，清江三孔名亞二蘇，惜文仲攻毀程子為生平大玷，錢塘
沈氏兄弟並負雅才，四洪、二謝皆見許豫章，而人品懸絕矣。
南渡之後，陳簡齋崎嶇亂離，不忘忠愛，苦心拔俗，能涉老杜
之涯涘。後陸放翁、楊誠齋、范石湖、尤遂初人各為體，咸稱
大家。放翁詩最富，朱子謂近代唯見此人為有詩人風致。劉後
邨亦云南渡而下，當為一大宗。此南宋詩人之盛也。三洪雖擅
文名，詩非本色。吳興三沈詩不盡傳，屏山幽鍊，止齋蒼勁，
鄭北山體製清新，周益公追趨白傳，皆翹秀也。文公少喜作
詩，淡庵以詩人論薦旨多典則，而非風雲月露之詞。葉水心、
樓攻媿雖以文名，詩亦平雅。薛常州之樸質，趙章泉之平易，
雖號名家，頗傷直致。此又一變矣。四靈苦學唐人，多工五
言，較其才致天樂為優，石屏擅江湖之詠，後邨為淡泊之篇，
雖有可觀而氣格卑弱矣。晚宋諸人感傷變革，忠義蟠鬱，故多
悽愴之作，文信國身任綱常，從容就義壯烈之語，真可驚風雨
而泣鬼神。水雲之哀怨，晞髮之慟哭，霽山仗義於諸陵，所南
發憤於心史，千載而下猶堪痛心。宋詩之終，終於義烈，豈非
道學之流風、忠直之鼓動哉？宋人三百年之詩更變遞興，稱極
盛矣。自獻吉謂唐後無詩，嘉、隆以來紛然附會，然李川父已
斥為輕狂，錢牧齋又詆為耳食，則宋人一代之詩，誠足以繼統
三唐而衣被詞人也。[58]

此序在清代宋詩選家中難得一見，不啻為一部宋詩流變小史。從宋初
三體，到晚宋遺民，宋詩大家、名家庶已囊括其中。透過對眾位元詩
人的師法對象、藝術特質及人格魅力的評騭，天水一朝詩史的各個分

---

58 王史鑑：《宋詩類選》卷首，道光十九年（1839）樂古齋修補康熙本。

期與數次演變，大體也勾勒清楚。乾隆年間全祖望作〈宋詩紀事序〉，以為宋詩史經歷了五次嬗變：「宋詩之始也，楊、劉諸公最著，所謂『西崑體』者也，說者多有貶辭。然一洗『西崑』之習者歐公，而歐公未嘗不推服楊、劉，猶之草堂之推服王、駱，始知前輩之虛心也。慶曆以後，歐、梅、蘇、王數公出，而宋詩一變。坡公之雄放，荊公之工練，並起有聲，而涪翁以崛奇之調，力追草堂，所謂『江西派』者，和之最盛，而宋詩又一變。建炎以後，東夫之瘦硬，誠齋之生澀，放翁之輕圓，石湖之精致，四壁並開，乃永嘉徐、趙諸公以清虛便利之調行之，見賞於水心，則『四靈派』也，而宋詩又一變。嘉定以後，江湖小集盛行，多『四靈』之徒也。及宋亡，而方、謝之徒相率為急迫危苦之音，而宋詩又一變。」[59]降至道光，侯廷銓編《宋詩選粹》，其弟子作〈例言〉以為：「宋詩凡三變，建隆太平興國間，沿五季之餘，益以楊、劉、錢西崑之體，衰靡已極，迨王黃州、歐陽公出以宏肆而詩一變；江西派興，多入頹唐，四靈矯之，宗晚唐而一變；然邊幅拘窘，意致迫狹，劉後邨、戴式之振起，上接范、陸而又一變。」[60]無論是五變，抑或是三變，都充分說明清人對宋詩流變的關注與認識。這對於宋詩的辨體及傳播皆是有益的。

　　自順康以降，詩苑、選壇在重真求變的思潮下，從源流、正變的角度，逐漸認識到宋源於唐而異於唐的特質。以宋詩選宋詩，來凸顯「真宋詩」的呼聲愈來愈響亮。康熙十年（1671）仲秋，吳之振作《宋詩鈔序》云：

　　　　宋人之詩，變化於唐而出其所自得，皮毛落盡，精神獨
　　　　存。……今之黜宋者，皆未見宋詩者也。雖見之而不能辨其原

---

59 全祖望：《鮚埼亭集外編》卷二十六，朱鑄禹校注：《全祖望集彙校集注》（上海市：上海古籍出版社，2000年12月），頁1247。

60 侯廷銓：《宋詩選粹》卷首，道光五年（1825）刻本。

流，則見與不見等。此病不在黜宋，而在尊唐。蓋所尊者，
嘉、隆後之所謂唐而非宋人之唐也。唐非其唐，則宋非宋，以
為「腐」也固宜。宋之去唐也近，而宋人之用力於唐也尤精以
專。……嘉、隆之謂唐，唐之臭腐也。宋人化之，斯神奇矣。
唐宋人之唐，唐宋人之神奇也。[61]

吳氏認為宋人生唐後，詩變化於唐而能得其精粹，化腐朽為神奇。而
今之黜宋者皆未能辨其源流，識其真諦。操觚家以唐選宋，實則泯滅
了宋詩之真。正如吳序所譏：「萬曆間，李蓘選宋詩，取其離遠於宋
而近附乎唐者。曹學佺亦云：『選始萊公，以其近唐調也。』以此義
選宋詩，其所謂唐終不可近也，而宋人之詩則已亡矣。」[62]以唐存
宋，以宋附唐，自非正途，必使宋詩隱而不彰，走向銷亡。也就是
說，從康熙前期宋詩風興起，宋源於唐而變於唐，以宋選宋，這種選
家意識便已出現，而且憑藉《宋詩鈔》的廣泛流傳而影響漸大。康熙
三十五年（1696），顧貞觀編選《積書巖宋詩刪》，王嗣槐替他人代序
曰：

古今詩各因風氣而變……至宋詩，神韻風格與前代迥殊，非其
時名流、大家與前人才思不相及，亦風氣使然耳。操選政者多
以別調自之，近代以詩名家者多有取乎爾而好尚之，其所選定
本旨不過以宋之不類乎唐也。擇其似唐者選之，以庶幾與唐為
類焉耳。夫宋之不類乎唐，雖擇其似者與為類，亦似其形則有
之，似其神則迥然不同也。蓋詩之為詩，一代有一代之風氣。
斯一代有一代之好尚，一代有一代之名。……無錫顧中翰梁溪

---

61 吳之振等：《宋詩鈔》卷首，北京市：中華書局，1986年12月。
62 吳之振等：《宋詩鈔》卷首，北京市：中華書局，1986年12月。

　　先生……出其先人所選宋詩以示余而梓行。余受而讀之，而歎
　　其不徒以唐詩選宋詩，而以宋詩選宋詩，與前後人所選自有殊
　　耳。[63]

王氏深受尊唐顯貴馮溥的禮遇，曾寫信給詩壇主要人物王士禛、王又
旦等人，向宋詩倡導者發難，提倡回歸唐音。[64]康熙中葉，是唐宋詩
之爭最為激烈的時期。雖是代他人言說，實已打上了時代的烙印。就
是這樣一位宗唐護唐的人，也以為詩因風氣、時代而變，宋詩之神
韻、體格已迥異於唐。從性情而言，唐人亦有宋詩，宋人亦有唐詩，
但是以「唐詩選宋詩」，則宋人宋詩之精神不見，所選之詩也「庶幾與
唐為類」，這不是真正的宋詩。所以有人就不斷地提出，要消弭唐宋
之別。如陸嘉淑（1620-1689）為女婿查慎行《慎旃集》[65]作序時說：
「今之稱詩者，挾持唐宋，頌酒爭長，各為門戶，余竊以為皆非也。
夫詩何分唐宋，亦別其雅俗而已。」[66]查慎行箋注蘇詩三十年，平生
推重東坡、放翁，「祧唐祖宋，大暢厥詞，為詩派一大轉關」[67]。更為
重要的是，他能學宋而不沾其弊，四庫館臣稱道：「明人喜稱唐詩，
自國朝康熙初年窠臼漸深，往往厭而學宋，然粗直之病亦生焉。得宋

---

63 王嗣槐：《桂山堂文選》卷二，《四庫未收書輯刊》柒輯第27冊（北京市：北京出版
　社，1997年版），頁185-186。

64 詳參張立敏：《馮溥與康熙京師詩壇》第四章〈宋詩風運動中的王嗣槐〉，中國社會
　科學院研究生院2009年博士學位論文。

65 陸序曰：「夏重自黔歸，裒其三年往反道路之詩，自題曰《慎旃集》。」據《查他山
　年譜》可知，查慎行詩集自此集始，收康熙十八年至二十年（1679-1681）詩。查慎
　行於康熙十九年夏至黔陽。推之，陸序作於康熙二十年至二十八年之間，正屬康熙
　中葉唐宋之爭最為激烈的時期。

66 查慎行撰，周劭標點：《敬業堂詩集》附錄《陸嘉淑序》（上海市：上海古籍出版
　社，1986年11月），頁1756。

67 徐世昌著，傅卜棠編校：《晚晴簃詩話》卷五十六（上海市：華東師範大學出版
　社，2009年7月），頁373。

人之長而不染其弊，數十年來，固當為慎行屈一指也。」[68]陸序如此論斷，表面上打著反對詩分唐宋的幌子，平息唐宋之爭，其實這也為在唐詩逼仄下的宋詩爭得了一些發展空間。嚴迪昌說得更為精到：「反對『分唐宋』，實即反對以唐淩宋，標榜正統，故凡以『分唐宋』為非的幾乎都是為宋風爭地位者，也都是持『變』的觀念的。」[69]

　　唯有操政者出以別調，「以宋詩選宋詩」，才能讓世人見到源於唐而變於唐的「真」宋詩。也唯有如此，學詩者可濾唐之膚廓、軟熟，去宋之俚俗、腐澀，領悟到唐自為唐，宋自為宋的詩中三昧。乾隆中葉以後，以袁枚為首的性靈派崛起，融通唐宋的思潮不斷高漲。以翁方綱為首的宗宋詩派聲名大噪，宗宋詩派的力量日益壯大，並有淩越之勢。[70]在這種背景之下，有些宋詩選家一方面從性情論出發，以為唐宋各異；另一方面從源流論出發，則認為宋源於唐而自有一家面目。乾隆三十四年（1769），姚塤在《宋詩略》編纂之前，自序曰：

> 兩宋詩人變化於矩矱之中，舒寫性情，牢籠物態，脫去唐人面目。而抨彈者奉嘉、隆間三四鉅公之議論，直謂宋人無詩，蒼古也而以為邨野，典雅也而以為椎魯，豪雄也而以為粗獷，索垢指瘢，不遺餘力。矯其弊者又甚而流為打油、釘鉸之體。嗚呼！豈知宋詩皆濫觴於唐人哉？如晏元獻、錢文僖、楊大年、劉子儀諸公則學李義山，王黃州、歐陽文忠精深雄渾，始變宋初詩格，而一則學白樂天，一則學韓退之，梅聖俞則出於王右丞，郭功父則出於李供奉，學王建者有王禹玉，學陳子昂者有

68　永瑢等：《四庫全書總目》卷一七三《敬業堂集提要》（北京市：中華書局，1965年6月），頁1528。

69　嚴迪昌：《清詩史》（北京市：人民文學出版社，2011年11月），頁516。

70　詳參王英志主編，張麗華執筆：《清代唐宋詩之爭流變史》中編《乾嘉時期唐宋詩之爭流變史》第五章「乾嘉年間宗宋思潮的不斷上揚」（北京市：人民文學出版社，2012年3月），頁398-439。

朱紫陽。又若王介甫之峭厲、蘇子美之超橫、陳去非之閎壯、陳無己之雄肆，蘇長公之門有晁、秦、張、王之徒，黃涪翁之派有三洪、二謝，陳、潘、汪、李之輩俱宗仰浣花草堂，或得其神髓，或得其皮骨，而原本未嘗不同，南渡之尤、楊、范、陸絕類元和，永嘉四靈格近晚唐，晞髮奇奧得長吉風流，月泉吟社寒瘦如郊、島。以兩宋較諸三唐，宮商可以叶其音也，聲病可以按其律也，正變可以稽其體也。譬諸伶倫之典雅樂，鏗於方響皆合鈞；韶仙靈之鍊神丹，金碧元黃都歸爐韝，使必拘拘然形貌之惟肖，萬喙同聲，千篇一律，亦何異捧西施之心而抵優孟之掌哉？紉青汪先生不棄檮昧，邀余商訂宋詩，故推陳其源流如此。非敢援唐以入於宋，亦非推宋以附於唐，要使尊宋詩者無過其實，毀宋詩者無損其真而已。如必謂唐、宋源流各異，則《十九首》及六朝未嘗以楚詞、樂府而廢，楚詞、樂府亦未嘗緣〈風〉、〈雅〉、〈頌〉而廢，奈何獨以唐人而廢宋詩也。[71]

此序兼合性情與源流，以辨宋詩之體，為宋詩正名，其中深意頗可玩味。除了開頭以性情論宋詩「脫去唐人面目」之外，更多的是從唐宋二者之源流著眼，透過對宋代一系列詩人與唐人關係的辨析，推陳「宋詩皆濫觴於唐人」。唐源宋流，唐宋異質。隨著唐宋詩之爭的深入，唐宋詩各自之弊病，詩林也漸有體認。若以明嘉、隆譏宋無詩，以宋詩之短掩飾其長，實是以唐廢宋，使「真」宋詩湮滅不彰。因而，「援唐以入於宋」、「推宋以附於唐」，一失之於真，二拘之於偏。若以此來學宋詩，猶如明「七子」摹擬盛唐，形肖神離，也會是優孟衣冠的下場。理性的態度是，「尊宋詩者無過其實，毀宋詩者無損其

---

71 姚塤：《宋詩略》卷首，乾隆三十五年（1770）竹雨山房刻本。

真」。「正變可以稽體」，唯有如此辨源析流，「真」宋詩才呼之愈出。

　　另外，在乾嘉重考證、尚學識的風氣下，詩壇對宋人學問化、文人化多有欽賞，故有以此肯定宋詩、辨別宋詩者。這一點可追溯到清初的王士禛，其曰：「予習見近人言詩，輒好立門戶，某者為唐，某者為宋，李、杜、蘇、黃，強分畛域，如蠻觸氏之鬭於蝸角，而不自知其陋也。……歐、梅、蘇、黃諸家，其才力、學識皆足凌跨百代，使俛首而為捃拾吞剝，禿屑俗下之調，彼遽不能邪？其亦有所不為邪？」[72]王氏認為唐宋詩不可強分畛域，充分肯定宋人尤其是歐、梅、蘇、黃等宋詩大家的才力與學識。迄至清代中葉，這種認識更是深入人心，也影響到了選壇的編纂取向。如厲鶚等人所編的《宋詩紀事》，徵引書籍達一千多種，輯錄詩家三千餘人，不可不謂之鴻編鉅帙。厲氏自序曰：「宋承五季衰敝後，大興文教，雅道克振。其詩與唐在合離間，而詩人之盛，視唐且過之。」[73]所謂「合離間」，大致即指宋詩源於唐而異於唐之義。稍後，「肌理派」盟主翁方綱曰：「談理至宋人而精，說部至宋人而富，詩則至宋而益加細密，蓋刻抉入裏，實非唐人所能囿也。」[74]厲鶚就是清人閱覽宋代說部最多的一位選家。翁氏又云：

> 宋人精詣，全在刻抉入裏，而皆從各自讀書學古中來，所以不蹈襲唐人也。然此外亦更無留與後人再刻抉者。
> 若夫宋詩，則遲更二三百年，天地之精英，風月之態度，山川之氣象，物類之神致，俱已為唐賢占盡，即有能者，不過次第

72　王士禛：《漁洋文集》卷二〈黃湄詩選序〉，袁世碩主編：《王士禛全集》第3冊（濟南市：齊魯書社，2007年6月），頁1546。

73　厲鶚：〈宋詩紀事序〉，《宋詩紀事》卷首，上海市：上海古籍出版社，2008年版。

74　翁方綱：《石洲詩話》卷四，郭紹虞編選、富壽蓀點校：《清詩話續編》（上海市：上海古籍出版社，1983年12月），頁1426。

翻新，無中生有，而其精詣，則固別有在者。宋人之學，全在
研理日精，觀書日富，因而論事日密。[75]

二則大體指出宋詩異於唐詩的一大特質便是富有學卷氣，而且這種
「刻抉入裏」是源於唐而能「次第翻新，無中生有」。宋調是可與唐
音異質並舉的。這皆因宋人學問化之故。詩壇提倡學問，推崇學人之
詩，並且與性情、源流結合起來。法式善曰：「詩之為道也，從性靈
出者，不深之以學問，則其失也纖俗；從學問出者，不本之以性情，
則其失也龐雜。……一人有一人之詩，一時有一時之詩，彼與此不相
蒙也，前與後不相混也，安得執一以例百哉！……山谷學少陵，而其
詩不似少陵。惟其不似也，而東坡、山谷之真始出。」[76]法氏以為性
情須濟之以學問，提倡詩人取法前賢而有一己之真詩。這不僅給詩
壇、選壇帶來了新的氣息，也是宋詩辨體最終融合的大趨勢，為後學
開闢了一條可供師法的康莊大道。

第二節　推宗：師法蘇、黃、陸

　　透過從性情之真偽、源流之正變以及學識之豐贍等角度的辨析，
清人大致對宋詩有了較為清醒而深刻的認識：宋詩，不僅僅是有宋一
代詩人之詩，且是源於唐而異於唐音的宋體之詩。自明末清初以迄晚
清民國，雖然康乾年間有過頗為激烈的唐宋論爭，但宗宋之風並未曾
停歇，反倒愈演愈烈，尤其是道咸以降宋詩派、同光體詩群的誕生將
其推向了高潮。除了宋詩辨體，推宗便是詩苑、選壇所面臨的另一個

75 翁方綱：《石洲詩話》卷四，郭紹虞編選、富壽蓀點校：《清詩話續編》（上海市：
　　上海古籍出版社，1983年12月），頁1426、頁1428。
76 法式善：〈鮑鴻起野雲集序〉，王鎮遠、鄔國平編選：《清代文論選》（北京市：人民
　　文學出版社，1999年1月），頁654-655。

問題，即選取哪些能代表「真」宋詩的詩人作為師法對象，這些詩人哪些詩體的作品可以作為效倣的範本。職是之故，推宗也就具備了兩層詩學意義：一方面指導學詩者的創作實踐，規範後學的師法途徑，這主要就詩界而言；另一方面，彰顯選家開宗立派的詩學觀念，建構批評史中的宋詩經典，推進宋詩傳播與研究的廣泛深入，這主要就選壇而言。當然，文學史與批評史的進程並非完全吻合。細言之，編者詩學觀念與選本具體編纂也往往不一致。詩人的詩學思想與創作實踐，猶如選家的編纂宗旨與具體擇錄，二者能否符契終是兩碼事。詩苑、選壇的複雜性給宋詩學與宋詩選本之關係的考察帶來了難度，也帶來了百家爭鳴、異彩紛呈的局面。

有清一代近三百年，詩界、選壇大致所推崇的宋代詩人以蘇軾、黃庭堅、陸游三人為最。所謂推宗蘇、黃、陸，大致包含兩個層面上的意義：第一個層面指詩界對三人詩歌的認同與標舉，著重考察人們是從哪些方面來推崇三人之詩，至於這些詩學觀念與思想是否影響到詩人的創作實踐，則不予以討論。第二個層面指選壇對三人詩歌的選錄與接受，重點分析選家、題序者關於三人之詩的看法，以及探討選旨在詩歌具體編纂中的落實情況。本節擬從師法對象的角度，就清人所編宋詩選本與清代宋詩學之關係作一探討。

一　詩界對蘇、陸、黃詩的接受與推崇

清人對蘇、黃、陸詩的接受與推崇，大體也沿用宋詩辨體的路線——從淵源正變、學識境界以及思想性情來標舉三人之詩，而又各有側重，與清代主情、重真、尚變、崇學的詩學思潮息息相關。現擬從時序的先後，具體探討清代詩壇是從哪些方面來接受和推舉蘇、黃、陸詩的。

（一）總論：蘇、黃、陸詩並舉。蘇、陸是兩宋詩壇的代表。自

明末清初以來，二人如同眾星拱月，一直是詩苑選壇追捧、效倣的對象。[77]筆者所見清人首次並舉蘇、黃、陸詩的文字，出自於清初的徐釚（1636-1708），曰：「今日而詩之變已窮，世之欲通其變者，則又厭苦唐人之規幅，而爭以宋為師，於是東坡、山谷、放翁諸集，家絃而戶誦之矣。」[78]從通變的角度，以東坡、山谷、放翁為師法對象來挽救學唐之弊失，此乃有識之舉。

　　明人尊唐黜宋，蘇詩也有所殃及，金元風靡的輝煌已不再。自晚明以來，公安派袁宏道、陶望齡等人方推許蘇詩，以批駁獨尊盛唐的七子派，雖有矯枉過正之嫌，卻是清代「家誦戶習皆東坡」的濫觴。康熙間，朱從延作〈王十朋蘇詩集注序〉曰：「海內能詩家……言宋詩者必以眉山為指歸。」[79]道光時期林昌彝（1803-1876）云：「東坡詩……獨步北宋，為一大家也。」[80]與蘇軾閃耀南北兩宋詩壇者，非陸游莫屬。以晚明公安派為前導，經詩壇耆老錢謙益的大力提倡，陸游已是最為風行的詩人之一。清初賀裳曰：「天啟、崇禎中，忽崇尚宋詩，迄今未已。究未知宋人三百年間本末也，僅見陸務觀一人。」[81]康熙年間，詩壇甚至出現「今《渭南》、《劍南》遺稿家置一編，奉為楷式」[82]的局面。乾嘉之際，洪亮吉（1746-1809）亦曰：「南宋之詩，

---

77 詳參王友勝：〈明人對蘇詩的接受歷程及其文化背景〉（《南昌大學學報》2000年第3期）、蔣寅：〈陸游詩歌在明末清初的流行〉（《中國韻文學刊》2006年第1期）。

78 徐釚：《南州草堂集》卷二十〈山薑詩選序〉，《續修四庫全書》（集部）第1415冊（上海市：上海古籍出版社，2002年版），頁368。

79 朱從延：〈王十朋蘇詩集注序〉，轉引自四川大學中文系唐宋文學研究室編：《蘇軾資料彙編》（北京市：中華書局，1994年4月），頁1217。

80 林昌彝：《射鷹樓詩話》卷十四，王鎮遠、林虞生標點（上海市：上海古籍出版社，1988年12月），頁319。

81 賀裳：《載酒園詩話》，郭紹虞編選、富壽蓀點校：《清詩話續編》（上海市：上海古籍出版社，1983年12月），頁453。

82 李振裕：《白石山房集》卷十四〈新刊范石湖詩集序〉，《四庫全書存目叢書》（集部）第243冊（濟南市：齊魯書社，1997年7月），頁698。

陸務觀大家也。」[83]洪氏所論，蓋與汪琬同調。概言之，蘇、陸在清代也是極受推崇的宋詩大家，而且清人常蘇、陸共舉。康熙二十七年（1688），孫鈜編《皇清詩選》，撰《刻略》云：「數年以來，又家眉山而戶劍南矣。」[84]邵長蘅（1637-1704）曰：「今海內談藝家盛宗宋詩，玉局、劍南幾於人挾一編。」[85]張世煒（1653-1724）也說：「今三十年來，天下之詩皆宋人之詩，天下之家誦戶習皆東坡、放翁之句也。」[86]一言以蔽之，蘇、陸詩自清初以來，便風行海內。

　　蘇、黃並稱，宋人便有之，一直沿襲至清初，吳喬曰：「宋詩之最高者蘇、黃，終是宋詩之高者。」[87]作為宋詩代表的蘇、黃，自然成了效法的對象。朱彝尊（1629-1709）便云：「今之言詩者，每厭棄唐音，轉入宋人之流派，高者師法蘇、黃。」[88]也就是說，蘇、黃、陸自清初以來，便備受人們青睞。這種風氣到道光以後更為昌熾。林昌彝曰：「宋詩至東坡、山谷、渭南，雄視一代，而蒼然入古，是詩至宋而未嘗亡。」[89]李慈銘（1830-1894）同治三年（1864）十月十九日日記亦云：「宋人自蘇、黃、陸三家外，絕無能自立者。」[90]綜而言之，蘇、黃、陸三人齊稱，在清代獲得了極高的清譽，也是詩家紛紛仿效的重要對象。

---

83 洪亮吉撰，陳邇冬校點：《北江詩話》卷三（北京市：人民文學出版社，1983年7月），頁46。

84 永瑢等：《四庫全書總目》卷一九四《皇清詩選提要》（北京市：中華書局，1965年6月），頁1771。

85 邵長蘅：《邵子湘全集‧青門簏稿》卷七〈漸細齋集序〉，《四庫全書存目叢書》（集部）第247冊（濟南市：齊魯書社，1997年7月），頁744。

86 張世煒：〈宋十五家詩刪序〉，載《秀野山房二集》，道光二年（1822）重刊本。

87 吳喬：《圍爐詩話》卷五，郭紹虞編選、富壽蓀點校：《清詩話續編》（上海市：上海古籍出版社，1983年12月），頁606。

88 朱彝尊：《曝書亭集》卷三十八〈葉李二使君合刻詩序〉，《四部叢刊初編》本。

89 林昌彝：《射鷹樓詩話》卷五，王鎮遠、林虞生標點（上海市：上海古籍出版社，1988年12月），頁95。

90 李慈銘著，張寅彭、周容編校：《越縵堂日記說詩全編》內編「總集類」（南京市：鳳凰出版社，2010年4月），頁418。

（二）分論：推舉蘇、黃、陸詩的幾個維度。清人論詩大抵有以下諸端：主情，重真，求變，尚學。這一點，也體現在清人推舉蘇、黃、陸詩上。現分而述之。

1　從主變、求新的角度推舉之

清初詩界推揚宋詩，是在對尊唐風氣的反撥中展開的。由於宗唐勢力過於堅挺，好多詩人採取了宋源於唐而變於唐的策略。清初費錫璜在〈百尺梧桐閣遺稿序〉中說：「自明人摹擬唐調，三變而至常熟，乃極稱蘇、陸以新天下耳目。」[91]常熟指明末清初詩壇領袖錢謙益。以蘇、陸之「新」救唐詩之熟。稍後的田雯（1635-1704）亦曰：「今之談風雅者，率分唐、宋而二之。不知杜、韓，海內俎豆之矣，宋梅、歐、王、蘇、黃、陸諸家，亦無不登少陵之室，入昌黎之室。」[92]田雯編有《山姜書屋唐宋四家詩選》，宋人占據三席，分別是歐、黃、陸。杜甫、韓愈備受宗唐派的頂禮膜拜，在主變求新的詩學思潮下，主宋派也「巧妙」地抓住了杜、韓實開宋人先河這一特點，「借力打力」。既肯定了唐詩尤其是詩聖杜甫無可動搖的地位，也消弭了唐宋詩的時代之爭，同時委婉地表達了宋源於唐而異於唐的觀點。田雯又曰：「善學者須變一格，如昌黎、義山、東坡、山谷、劍南之學杜，則湘靈之於帝妃，洛神之於甄后，形體不具，神理無二矣。」[93]概言之，在學唐，尤其是學杜、韓的宋人當中，蘇、黃、陸是首屈一指的。宋之蘇，猶如唐之杜。康熙年間，張榕端作〈施注蘇詩序〉概云：「古今

91　汪懋麟：《百尺梧桐閣集》卷首，上海市：上海古籍出版社，1980年10月。
92　田雯：《古歡堂集》雜著卷一《論詩》，郭紹虞編選、富壽蓀點校：《清詩話續編》（上海市：上海古籍出版社，1983年12月），頁695。
93　田雯：《古歡堂集》雜著卷一〈論詩〉，郭紹虞編選、富壽蓀點校：《清詩話續編》（上海市：上海古籍出版社，1983年12月），頁692。

詩人之總萃，唐則子美，宋則子瞻。」[94]徐乾學（1631-1694）也著眼於淵源、主變的角度，曰：「宋之詩渾涵汪茫莫若蘇、陸。合杜與韓而暢其旨者，子瞻也，合杜與白而伸其辭者，務觀也，初未嘗離唐而別有所師。」[95]清人還具體從蘇軾以文為詩這一角度來談其源於唐而變於唐。乾嘉之際，趙翼（1727-1814）詳論道：「以文為詩，自昌黎始。至東坡益大放厥詞，別開生面，成一代之大觀。今試平心讀之，大概才思橫溢，觸處生春，胸中書卷繁富，又足以供其左旋右抽，無不如志。其尤不可及者，天生健筆一枝，爽如哀梨，快如并剪，有必達之隱，無難顯之情。此所以繼李、杜後為一大家也。」[96]

　　清人推舉黃、陸之詩，亦作如是觀。蘇黃並鶩，蘇詩「家誦戶習」，黃詩也破繭而出，元明之際的冷遇已一去不復返。[97]清初黃宗羲便以為黃庭堅乃上承杜甫、下開宋詩的一代宗師，曰：「天下皆知宗唐詩，余以為善學唐者唯宋。……少陵體則黃雙井專尚之，流而為豫章詩派。乃宋詩之淵藪，號為獨盛。」[98]田雯可謂清初極力推崇黃庭堅的第一人：「余嘗謂宋人之詩，黃山谷為冠，其體製之變，天才筆力之奇，西江詩派，世皆師承之。夫論詩至宋，政不必屑屑規摹唐人。當宋風氣初闢，都官、滄浪，自成大雅。山谷出，耳目一新，摩壘堂堂，誰復與敵？……山谷之詩力可以移王、歐之席，而其盤空硬語，更高踞於梅、蘇之上，所謂西江詩派也。」[99]他還從善變求新的

94　張榕端：〈施注蘇詩序〉，轉引自四川大學中文系唐宋文學研究室編：《蘇軾資料彙編》（北京市：中華書局，1994年4月），頁1161。

95　徐乾學：《憺園文集》卷二十一〈漁洋山人續集序〉，《續修四庫全書》（集部）第1412冊（上海市：上海古籍出版社，2002年版），頁579-580。

96　趙翼著，霍松林、胡主佑校點：《甌北詩話》卷五（北京市：人民文學出版社，1963年2月），頁56。

97　邱美瓊：〈黃庭堅詩歌在清代的接受歷程〉，《青島大學師範學院學報》2006年第4期。

98　黃宗羲：〈姜山啟彭山詩稿序〉，沈善洪主編：《黃宗羲全集》第10冊（杭州市：浙江古籍出版社，1993年10月），頁57。

99　田雯：《古歡堂集》卷二十四〈芝亭集序〉，影印文淵閣《四庫全書》本。

角度推舉黃之七古：「山谷詩從杜、韓脫化而出，創新闢奇，風標娟秀，陵前轢後，有一無兩。宋人尊為西江詩派，與子美俎豆一堂，實非悠謬。」[100]王士禛曰：「山谷雖脫胎于杜，顧其天資之高，筆力之雄，自闢庭戶。」[101]汪琬亦以為：「夔州句法杳難攀，再見涪翁與後山。留得紫微圖派在，更誰參透少陵關。」[102]乾嘉以還，黃詩更是備受推崇。翁方綱唐宋兼宗，實偏師蘇、黃。其曰：「古今善學杜者無若義山、山谷，義山、山谷貌皆不似杜者也。」[103]這種論調在道咸之後深入人心。姚範、姚鼐、曾國藩以及清末民初陳衍多主此說。有人云：「黃山谷詩，歷宋、元、明，褒譏不一。至國朝王新城、姚惜抱又極力推重。然二公實未嘗學黃，人亦未肯即信。今曾滌生相國學韓而嗜黃，風尚一變，大江南北，黃詩價重，部值千金。」[104]清初詩人也多從學杜的角度來論陸游詩。王士禛曰：「宋、明以來，詩人學杜子美者多矣。予謂……子瞻得杜氣，魯直得杜意，……陸務觀、袁海叟輩又其次也。」[105]宋犖曰：「南渡後，陸游學杜、蘇，號為大

100 田雯：《古歡堂集》雜著卷二〈論七言古詩〉，郭紹虞編選、富壽蓀點校：《清詩話續編》（上海市：上海古籍出版社，1983年12月），頁701。

101 王士禛撰，張宗柟纂集，戴鴻森校點：《帶經堂詩話》卷四（北京市：人民文學出版社，1963年11月），頁96。

102 汪琬《堯峰文鈔》卷五〈讀宋人詩五首〉，《四部叢刊初編》本。

103 翁方綱：《復初齋文集》卷三十四〈題漁洋先生戴笠像〉，《續修四庫全書》（集部）第1455冊（上海市：上海古籍出版社，2002年版），頁676。

104 施山：《薑露盦詩話》，張寅彭主編：《清詩話三編》第9冊（上海市：上海古籍出版社，2014年12月），頁6645。又載《望雲詩話》卷一（傅璇琮編：《黃庭堅和江西詩派資料彙編》北京市：中華書局，1978年版，頁379）文字稍有小異：「今曾相國酷嗜黃詩，詩亦類黃，風尚一變，大江南北，黃詩價重，部直十金。」《清詩話三編‧薑露盦詩話提要》（頁6629）載：施山生於一八三五年，《望雲詩話》較早出，但文字率易，而此詩話為最晚者。據此可知：一是曾國藩由韓而學黃的詩學轉向，二是經曾國藩的大倡而黃詩有價值千金的實際效應。

105 王士禛撰，靳斯仁點校：《池北偶談》卷十六（北京市：中華書局，1982年1月），頁391。

宗。」[106]宋犖從「變」的角度指出陸不但學杜，而且學蘇。汪琬也以為「放翁已得眉山髓」[107]。綜上所述，清人從淵源正變的角度，以為蘇、黃、陸之詩出於唐而變於唐，並極力推舉之。

2　從學識、境界的角度推舉之

宋代詩人多集學者於一身。自清中期翁方綱拈出宋詩「皆從讀書學古中來」之後，此已成為學界之共識。實際上，自清初以迄晚清，眾多詩家俱明此理。如論蘇詩之才富力雄，取材廣博，境界闊大。清初錢謙益曰：「眉山之學，實根本六經，又貫穿兩漢諸史，演迤弘奧，故能凌獵千古。」[108]錢氏精通儒家經義，通曉史部典籍，深諳釋子之書的大詩人，也是力倡宋詩的旗手。康熙詩壇盟主王士禛中年折宋，曾為余柏巖所編《韓白蘇陸四家詩選》作序，亦對蘇詩之才頗為稱許：「子瞻貫析百家，及山經海志，釋家道流，冥搜集異諸書，縱筆驅遣，無不如意，如風雨雷霆之驟合，砰礚戛擊，角而成聲，融然有度，其用實處多，而用虛處少，取其少者為佳。」[109]張道（1821-1862）對此言之甚詳：「東坡博極群籍，左抽右取，縱橫恣肆，隸事精切，如不著力。尤熟於《史》、《漢》、六朝、唐史，《莊》、《列》、《楞儼》、《黃庭》諸經，及李、杜、韓、白詩，故如萬斛泉源，隨地噴湧，未有羌無故實者。」[110]事實的確如此，有人還以蘇比杜：「子瞻之才，可謂冠宋，唐之子美也。瞻于學術而放乎性靈，睥睨一世而

106　宋犖：《漫堂說詩》，丁福保輯：《清詩話》（上海市：上海古籍出版社，1978年9月），頁420。

107　汪琬：《堯峰文鈔》卷五〈讀宋人詩五首〉，《四部叢刊初編》本。

108　錢謙益著，錢曾箋注，錢仲聯標校：《牧齋有學集》卷三十九〈復遵王書〉（上海市：上海古籍出版社，1996年版），頁1359-1360。

109　王士禛：《蠶尾文集》卷一，袁世碩主編：《王士禛全集》第3冊（濟南市：齊魯書社，2007年6月），頁1796。

110　張道：《蘇亭詩話》卷一，張寅彭主編：《清詩話三編》第8冊（上海市：上海古籍出版社，2014年12月），頁5848。

擺落萬象。」[111]蘇軾之才，舉一斑可知全豹。次韻詩，向被人稱為逞才之作。蘇軾便是極諳此道的翹楚。李重華（1682-1754）曰：「次韻一道，……宋則眉山最擅其能，至有七古長篇押至數十韻者，特以示才氣過人可耳。」[112]趙翼也說：「蘇、陸古體詩，行墨間尚多排偶，一則以肆其辨博，一則以侈其藻繪，固才人之能事也。」[113]李氏深受其師葉燮之影響，推重宋詩自是情理之中。就連不喜宋詩的人，也對蘇詩的才高學厚讚許有加。李調元（1734-？）曰：「余雅不好宋詩，而獨愛東坡。以其詩聲如鍾呂，氣若江河；不失於腐，亦不流于郛。由其天分高，學力厚，故縱筆所之，無不精警動人。不特在宋無此一家手筆，即置之唐人中，亦無此一家手筆也。」[114]蘇軾如此，黃、陸也非泛泛之輩。汪琬說：「唐詩以杜子美為大家，宋詩以蘇子瞻、陸務觀為大家。此三家者皆才雄而學贍，氣俊而詞偉，雖至片言隻句，往往能不易名之狀，與不易吐之情，使讀者爽然而覺，躍然而興，固非餖飣雕畫者所得彷彿其萬一也。」[115]趙翼曰：「北宋詩推蘇、黃兩家，蓋才力雄厚，書卷繁富，實旗鼓相當。」[116]

才大力雄，自能熔鑄萬千。清人還從境界的角度來推舉蘇詩。葉燮曰：「蘇軾之詩，其境界皆開闢古今之所未有，天地萬物，嬉笑怒罵，無不鼓舞於筆端，而適如其意之所欲出。此韓愈後之一大變也，

---

111 闕名：《靜居緒言》，郭紹虞編選、富壽蓀點校：《清詩話續編》（上海市：上海古籍出版社，1983年12月），頁1646。

112 李重華：《貞一齋詩說》，丁福保輯：《清詩話》（上海市：上海古籍出版社，1978年9月），頁929。

113 趙翼撰，霍松林、胡主佑校點：《甌北詩話》卷八（北京市：人民文學出版社，1963年2月），頁117。

114 李調元：《雨村詩話》卷下，郭紹虞編選、富壽蓀點校：《清詩話續編》（上海市：上海古籍出版社，1983年12月），頁1532。

115 汪琬：《堯峰文鈔》卷二十九〈蓬步詩集序〉，《四部叢刊初編》本。

116 趙翼撰，霍松林、胡主佑校點：《甌北詩話》卷十一（北京市：人民文學出版社，1963年2月），頁168。

而盛極矣。」[117]其弟子沈德潛標舉「格調說」，也說：「蘇子瞻胸有洪
爐，金銀鉛錫，皆歸熔鑄。其筆之超曠，等于天馬脫羈，飛仙游戲，
窮極變幻，而適如意中所欲出，韓文公後，又開闢一境界也。」[118]晚
清劉熙載亦云：「無一意一事不可入詩者，唐則子美，宋則蘇、黃。
要其胸中具有鑪錘，不是金銀銅鐵強令混合也。」[119]大多數人都知道
黃詩「脫胎換骨」、「點鐵成金」，無一字無來歷，但對蘇詩這方面知
者寥寥。王士禛曾據蘇詩「蔞蒿滿地蘆芽短，正是河豚欲上時」之
「蔞蒿」一詞，說：「可見坡詩無一字無來歷也。」[120]趙翼對蘇、黃
詩驅使才學進行了比較，對黃庭堅的才學尤為推重，曰：「坡使事
處，隨其意之所之，自有書卷供其驅駕，故無捃摭痕跡。山谷則書卷
比坡更多數倍，幾於無一字無來歷。」[121]概言之，蘇、黃、陸三人詩
名齊稱，頗受清人推舉，這也與其倡導學人之詩、才人之詩的詩學觀
念有關，還與其崇實學、尚考證等學術思潮相表裡。

　　另外，清人論詩主情尚雅，喜以人品論詩品。這一點尤其在陸游
身上體現得淋漓盡致。眾所周知，陸游是繼屈原、杜甫之後名垂青史
的愛國詩人。清人也多從這個角度來推舉陸游之愛國詩篇。潘德輿
曰：「放翁詩學所以絕勝者，固由忠義盤鬱于心，亦緣其於文章高下
之故，能有具眼，非後進輕才所能知也。」[122]李兆元對世人偏取陸游

117　葉燮著，霍松林校注：《原詩》（北京市：人民文學出版社，1979年9月），頁9。
118　沈德潛著，霍松林校注：《說詩晬語》卷下（北京市：人民文學出版社，1979年9
　　月），頁233。
119　劉熙載著，袁津琥校注：《藝概注稿》卷二〈詩概〉（北京市：中華書局，2009年5
　　月），頁327。
120　王士禛：《帶經堂詩話》卷十六，張宗柟纂集，戴鴻森校點（北京市：人民文學出
　　版社，1963年11月），頁449。
121　趙翼撰，霍松林、胡主佑校點：《甌北詩話》卷十一（北京市：人民文學出版社，
　　1963年2月），頁168。
122　潘德輿：《養一齋詩話》卷五，郭紹虞編選、富壽蓀點校：《清詩話續編》（上海
　　市：上海古籍出版社，1983年12月），頁2075。

那些流連光景之什頗有不滿，曰：「放翁詩，世但取其寫景清新之句，轉相摹效。不知放翁詩所以卓然可稱為大家者，不在此也。放翁詩根本忠孝……死不忘君，便是李、杜嫡脈，真不愧乎東坡所謂止乎忠孝者。從此著眼，放翁之真詩出矣。然其聲情氣象，自是放翁，正不必摹倣李、杜。」[123]李氏以為陸之愛國詩才是李、杜之嫡傳，才是陸之真詩。故能與李、杜相頡頏，而不必追摹李、杜，這從主情重真的角度間接地推揚了陸詩。

二　選壇對蘇、陸、黃詩的標舉與選錄

從上節論述可知，清人推崇蘇、黃、陸詩，大體從淵源正變、學識境界以及思想性情來展開，這與清代主情、重真、尚變、崇學的詩學思潮相關聯。而選壇是否與詩界同樣採用這些途徑來推舉蘇、黃、陸詩呢？二者是否同步呢？選家的編纂宗旨能否在選本的具體編排上得到體現呢？選本中多傾向於蘇、黃、陸哪些詩體與詩作呢？現就此類問題試作探討。

（一）選壇對蘇、黃、陸詩的標舉及與詩界之關係

清代詩壇對蘇、黃、陸詩的接受與推崇，大抵著眼於三人之詩善變求新，學識豐贍，才氣過人，境界宏闊。在這裡，我們主要根據選家、題序者的跋識，來考察選壇是從哪些角度標舉蘇、黃、陸詩及與詩界之互動關係。

選壇對蘇、黃、陸詩的標舉，首先是建立在三人詩集整理工作的基礎上的。僅據《現存宋人別集版本目錄》所著錄清人對蘇、黃、陸詩集的翻刻、箋注、編選、品評等，不僅持續時間久，而且數量極為

---

123 李兆元：《十二筆舫雜錄》卷八，轉引自孔凡禮、齊治平編：《陸游資料彙編》（北京市：中華書局，1962年11月），頁352。

可觀。[124]單論清人對蘇、黃、陸詩集的整理，蘇軾詩集便有邵長蘅等
人整理的《施注蘇詩》、查慎行《補注東坡先生編年詩》、翁方綱《蘇
詩補注》、馮應榴《蘇文忠詩合注》、沈欽韓《蘇詩查注補正》、王文
誥《蘇文忠公詩編注集成》等；黃庭堅詩集有翁方綱校刻本《黃詩三
集注》、盧秉鈞敘府山谷祠校刻本，以及陳三立據東瀛翻宋刻本與朝
鮮活字本而刻印的仿宋本《山谷詩集注》等；陸游詩集則有明末清初
毛扆據陸子虡江州郡齋刻本而刊的《劍南詩稿》汲古閣本等。這還不
包括清人對蘇、黃、陸詩宋槧元明精抄名刻大量的影印、翻刻本。總
之，這些詩集的整理，一方面促進了蘇、黃、陸詩的廣泛流播，另一
方面為選集、專人選本的編纂提供了有力的文獻支撐。在如此厚重的
基礎上，選家們的編撰、批評便有了可靠的憑依。

　　蘇、黃、陸詩集整理的繁榮帶來了詩學批評的興盛，眾多詩壇名
宿紛紛為其題序撰跋，廣發宏論。宋詩選界也抓住了這一契機，因為
部分編者自身就是詩論家。他們不僅親自操觚染翰，編纂詩選，而且
以選帶論，評頭論足，標舉蘇、黃、陸詩。從接受的維度而言，選壇
對蘇、黃、陸詩的標舉大體與詩界近似，也是主要著眼於淵源正變、
才力學識、境界氣象、忠君思想等層面。

1　從討源、主變的角度來標舉蘇、黃、陸詩

　　《宋詩鈔・山谷詩鈔》序曰：「庭堅出而會萃百家句律之長，究
極歷代體製之變，自成一家，雖隻字半句不輕出，為宋詩家宗祖，江
西詩派，皆師承之。史稱自黔州以後，句法尤高，實天下之奇作，自

124　參見四川大學古籍所編：《現存宋人別集版本目錄》（成都市：巴蜀書社，1990年6
　　月），頁80-101、109-115、214-219。又見王友勝：〈清代蘇詩研究的繁盛局面及其
　　文化成因〉（《湖南大學學報》2003年第5期）、邱美瓊：〈黃庭堅詩歌在清代的傳
　　播〉（《涪陵師範學院學報》2005年第6期）、張毅：《陸游詩傳播、閱讀專題研究》
　　（上海市：復旦大學出版社，2014年版）、蔣寅：〈陸游詩歌在明末清初的流行〉
　　（《中國韻文學刊》2006年第1期）等文的相關論述。

宋興以來，一人而已，非規模唐調者，所能夢見也。」[125]也就是說，黃詩最大的特點在於學而能變，薈萃百家之長，自成一家面目，故與唐調者相異。稱歎其「奇作」，推許為至尊，此序不啻清初標舉黃詩的一篇鴻文，足令學唐末流振聾發聵。詩界向來蘇、黃並稱，選壇亦作如是觀。康熙三十二年（1693），周之鱗〈宋四名家詩選序〉曰：「世之稱蘇、黃舊矣，不徒詞翰之謂，惟詩亦然。」[126]同年，陳訏《宋十五家詩選·山谷詩選》序曰：「黃山谷詩，語必生造，意必新奇，想力所通，直窮天際，宜與眉山頡頏。」[127]陳訏大抵也是從主變求新的角度來推舉蘇、黃詩的。康熙三十九年（1700）秋，王復禮〈放翁詩選序〉曰：「詩以唐為宗，不易之論矣；然晚唐即流纖巧弱薄，不獨宋詩為然也。是雖一代風氣所關，其間驚人傳世、嗣響唐音者亦復不少。至於放翁詩實宗李、杜，為宋人之冠，非予私言也，放翁固自言之，諸公亦嘗許之矣。」[128]雖然王氏祖唐祧宋，其識力卻非泛泛之輩。一方面肯定唐詩之尊顯，也意識到晚唐詩之「纖巧弱薄」，另一方面又認可陸詩師學李、杜而為宋人之冠的地位。乾隆時期「格調派」領袖沈德潛別裁詩歌，頌唐抑宋，晚年便意識到論詩之失，編選《宋金三家詩選》來彌補其局限。《宋金三家詩選》中於宋只取蘇、陸二人，也是從學唐而變唐的角度來大肆推揚。弟子陳明善說：「東坡、放翁、遺山為宋金大家，其源皆出於少陵。」[129]稍前，官方御選的《唐宋詩醇》亦如此來推舉陸詩：「宋人繼唐之後，不規

---

125 吳之振等：《宋詩鈔》（北京市：中華書局，1986年12月），頁889。

126 周之鱗：《宋四名家詩選》黃庭堅詩卷首，《四庫全書存目叢書》（集部）第394冊（濟南市：齊魯書社，1997年7月），頁670。

127 陳訏：《宋十五家詩選》〈山谷詩選序〉，《四庫全書存目叢書》（集部）第410冊（濟南市：齊魯書社，1997年7月），頁450。

128 王復禮：〈放翁詩選序〉，轉引自孔凡禮、齊治平編：《陸游資料彙編》（北京市：中華書局，1962年11月），頁197。

129 陳明善：〈三家詩選例言〉，沈德潛：《宋金三家詩選》卷首，濟南市：齊魯書社，1983年影印清乾隆三十四年（1769）刻本。

規模擬前人，要以自成一家而止。然其體製雖殊，而波瀾未嘗二也。
耳食之流未窺古人門戶，於一代大家橫生訾議；而不善學者，又徒襲
其聲貌，亦兩失之矣。宋自南渡以後，必以陸游為冠。」[130]嘉慶間，
姚鼐撰〈五七言今體詩鈔序目〉，也從黃、陸學杜而善變的角度說：
「山谷刻意少陵，雖不能到，然兀傲磊落之氣，足與古今作俗詩者澡
濯胸胃，導啟性靈。……放翁激發忠憤，橫極才力，上法子美，下攬
子瞻，裁制既富，變境亦多，其七律固為南渡後一人。」[131]顧立功編
有《詩窺》，也如此論道：

> 宋詩大半從少陵分支，故山谷云：「天下幾人學杜甫，誰得其皮
> 與骨。」若放翁者，寧惟皮骨，蓋得其髓矣。讀古人書，須自
> 出手眼，究其根源。昆山徐司寇之論曰：「宋詩渾涵汪茫，莫
> 如蘇、陸。合杜與韓而暢其旨者，子瞻也；合杜與白而伸其詞
> 者，務觀也。」細閱陸詩，本諸少陵，而兼取樂天，得其神韻，
> 不徒格調，所以可貴。其時范石湖、楊誠齋、尤遂初與放翁同
> 稱大家，不獨楊、尤莫及，即石湖亦難抗行。讀者審之。[132]

顧氏以為，陸詩能風靡天下就在於其能化得杜、白之神韻，非摹聲襲
調的學唐者所比擬。

2　從才力學識、境界氣象的角度來推舉，這集中表現在蘇軾詩上

《宋詩鈔‧東坡詩鈔》序曰：「子瞻詩，氣象洪闊，鋪敘宛轉，
子美之後，一人而已。然用事太多，不免失之豐縟，雖其學問所溢，

130 《御選唐宋詩醇》卷四十二，陸詩卷首，影印文淵閣《四庫全書》本。

131 姚鼐：〈五七言今體詩鈔序目〉，曹光甫標點：《今體詩鈔》卷首，上海市：上海古
　　籍出版社，1986年3月。

132 顧立功：《詩窺》〈陸游詩末跋語〉，清刻本。

要亦洗削之功未盡也。而世之訾宋詩者，獨於子瞻不敢輕議，以其胸中有萬卷書耳。」[133]儘管尊唐訾宋之流抑或有識之士，都洞察到蘇詩恃才逞學而有失於粗豪、滑稽、草率之處，但仍然「不敢輕議」。這正是由於蘇軾天分高，學識富，實在讓後人難以望其項背，模擬萬一，倒是擔心「畫虎不成反類狗」。[134]康熙三十二年（1693）冬，柴升與周之鱗合編《宋四名家詩選》，於蘇詩卷首撰序曰：「世之膾炙於蘇詩者多矣，蓋自邇年來，學士家競為新聲，不膠於捫燭扣盤之見冠冕而趨唐，故宋詩行而蘇詩尤盛行。夫蘇之可以為唐也，人皆信之。蘇詩之未嘗非唐也，人未必然之。今觀其沈鬱豪邁之音，實能逼真李、杜，何論其他？特取材過博，凡一切方言外典，皆在不刪，故其詩若與唐異，若節省而整齊之，唐人不能過也。」[135]柴氏以為，蘇詩源於唐而變於唐，超李越杜，一個很大的原因便是其取材廣博，富於變化。到了乾隆年間，《御選唐宋詩醇》宋詩只取蘇、陸二家，於蘇詩前跋曰：「雄視百代者，必也其蘇軾乎！軾之器識學問，見於政事，發於文章⋯⋯洵乎獨立千古，非一代一人之詩也。而陳師道顧謂其初學劉禹錫，晚學李太白，毋乃一知半解歟！但其詩氣豪體大，有

133　吳之振等：《宋詩鈔》（北京市：中華書局，1986年12月），頁628。

134　如賀裳《載酒園詩話》卷一曰：「坡公之美不勝言，其病亦不勝摘，大率俊邁而少淵渟，瑰奇而失詳慎，故多粗豪處、滑稽處、草率處，又多以文為詩，皆詩之病。然其才自是古今獨絕。」納蘭性德《淥水亭雜識》曰：「詩乃心聲，性情中事也。『發乎情，止乎禮義』，故謂之性。亦須有才，乃能揮拓；有學，乃不虛薄杜撰。才學之用於詩者，如是而已。昌黎逞才，子瞻逞學，便與性情隔絕。」袁枚《隨園詩話》卷四曰：「凡事不能無弊，學詩亦然。學漢、魏、《文選》者，其弊常流於假；學李、杜、韓、蘇者，其弊常失於粗；學王、孟、韋、柳者，其弊常流於弱；學元、白、放翁者，其弊常失於淺；學溫、李、冬郎者，其弊常失於纖。人能吸諸家之精華而吐其糟粕，則諸弊盡捐。大概杜、韓以學力勝，學之刻鵠不成猶類鶩也。太白、東坡以天分勝，學之畫虎不成反類狗也。」

135　周之鱗、柴升編：《宋四名家詩選》蘇軾詩卷首，《四庫全書存目叢書》（集部）第394冊（濟南市：齊魯書社，1997年7月），頁587。

非後哲所易學步者。」[136]官方詩學認為蘇軾因其「器識學問」而雄視
百代、獨立千古，其詩已超乎時代，也因其「氣豪體大」，後人不易
效傚，只能望洋興嘆。乾嘉之際，姚鼐也以為：「東坡天才，有不可
思議處。」[137]概言之，選壇對蘇詩才大力雄、境界閎肆的推許是公認
的。當然，《御選唐宋詩醇》也以此認為陸詩境界閎深，足與蘇詩齊
名：「詩至萬首，瑕瑜互見。評者以為，譬之深山大澤，包含者多，
不暇剪除蕩滌，非如守半畝之宮，一草一石可屈指計數，可謂知言
矣。若捐疵類，存英華，略纖巧可喜之詞而發其閎深微妙之指，何嘗
不與李、杜、韓、白諸家異曲同工，可以配東坡而無愧者哉？」[138]

3 從儒家忠君愛國思想的層面來推舉陸游詩

　　這一點與詩界評論陸詩的角度極其相似。清初，吳之振等編《宋
詩鈔》，序曰：「宋詩大半從少陵分支，……若放翁者，不寧皮骨，蓋
得其心矣。所謂愛君憂國之誠，見乎辭者，每飯不忘。故其詩浩瀚崒
崒，自有神合。嗚呼，此其所以為大宗也與！」[139]稍後，周之鱗也是
如此來標舉陸詩，曰：「渭南之詩，……獨不見夫惓惓憂國之詩耶？
自夫神京陸沉，偷安南渡，渭南以一書生蒿目當塗，彎弧躍馬之思，
既老不釋，觀于『家祭無忘』之語，千秋而下，亦為長慟，此其用心
與子美何以異？詩云爾哉！」[140]老杜乃宋詩之鼻祖。宋承唐後，終身
「愛君憂國」的陸游正是杜甫「一飯未嘗忘君」的異世傳人。僅憑此
點陸游也可成為宋詩之「大宗」。汪琬〈劍南詩選序〉曰：「宋南渡百

---

136 《御選唐宋詩醇》卷三十二，蘇詩卷首，影印文淵閣《四庫全書》本。

137 姚鼐：〈五七言今體詩鈔序目〉，曹光甫標點《今體詩鈔》卷首（上海市：上海古
　　籍出版社，1986年3月），頁3-4。

138 《御選唐宋詩醇》卷四十二，陸詩卷首，影印文淵閣《四庫全書》本。

139 吳之振等：《宋詩鈔》（北京市：中華書局，1986年12月），頁1819。

140 周之鱗、柴升編：《宋四名家詩選》，陸游詩卷首，《四庫全書存目叢書》（集部）
　　第394冊（濟南市：齊魯書社，1997年版），頁756。

四十年，詩文最盛，其以大家稱者……於詩當推務觀。」[141]與周之鱗
同編《宋四名家詩選》的柴升也推舉陸詩為南宋之大家，曰：「越自
宋室渡江，騷壇角立，放翁先生實以詩為紹興後冠冕。……若先生
者，著述為最勞，其為傳後計最深遠，固南宋詩人之偉，豈得私之吾
浙，謂為照耀江東已哉！」[142]迄及乾隆年間，官方選本《唐宋詩醇》
於陸詩評曰：「觀游之生平，有與杜甫類者：少歷兵間，晚棲農畝，
中間浮沈中外，在蜀之日頗多。其感激悲憤忠君愛國之誠，一寓於
詩。酒酣耳熱，跌蕩淋漓。至於漁舟樵徑，茶椀爐熏，或雨或晴，一
草一木，莫不著為詠歌，以寄其意。此與甫之詩何以異哉？」[143]這幾
乎是康熙時期以忠君愛國來推崇陸詩的翻版。簡言之，詩界、選壇異
曲同聲，都緊緊抓住了杜、陸詩忠君愛國、一脈相承的特點。

　　從接受的維度來說，清代宋詩選壇與詩學批評界對蘇、黃、陸詩
的標舉不外乎上述幾點，二者可謂枎鼓相應，大體同步。

（二）清人所編宋詩選本對蘇、黃、陸詩作的選錄

　　如果說選壇從三大角度標舉蘇、黃、陸詩算作接受層面的第一層
次的話，那麼清人所編宋詩選本對蘇、黃、陸詩具體的編排、選錄，
便是微觀細緻的第二層次。選家擇取三家哪些詩體詩作來彰顯其詩學
觀念呢？選本的具體編纂能否恰如其分地體現選家對蘇、黃、陸詩的
標舉呢？這些都是值得探討的問題。

　　清人對蘇、黃、陸詩的編選，可謂多矣。先談專人選本。據相關
書目、題跋之著錄，可知蘇詩選集達數十種之多，較為重要的有查慎

---

141 轉引自孔凡禮、齊治平編：《陸游資料彙編》（北京市：中華書局，1962年版），頁
　　151。

142 周之鱗、柴升編：《宋四名家詩選》，陸游詩卷首，《四庫全書存目叢書》（集部）
　　第394冊（濟南市：齊魯書社，1997年7月），頁757。

143 《御選唐宋詩醇》卷四十二，陸詩卷首，影印文淵閣《四庫全書》本。

行、孟濤、柯煜、李鴻裔、陸君啟、苕華館主等人所輯之選。黃詩選
集有姚鼐、黃爵滋、曾國藩等人的詩選。陸詩選集則有朱陵、王復
禮、楊大鶴等人的選本。次論總集之選。這方面輯錄蘇、黃、陸詩的
選本尤夥，包括通代詩選（含唐宋合選）、斷代詩選。較為著名的吳之
振等《宋詩鈔》、陳焯《宋詩會》、《御選宋詩》、潘問奇等《宋詩啜醨
集》、陸次雲《宋詩善鳴集》、陳訏《宋十五家詩選》、周之鱗等《宋
四名家詩選》、張景星等《宋詩別裁集》、侯廷銓《宋詩選粹》、許耀
《宋詩三百首》、曾國藩《十八家詩鈔》等等，還有專體詩選如王士
禎《古詩選》、嚴長明《千首宋人絕句》、彭元瑞《宋四家律選》、翁
方綱《小石帆亭五言詩續鈔》《七言律詩鈔》、姚鼐《七言今體詩鈔》
等。另外，清人詩話汗牛充棟，其中對蘇、黃、陸詩的申講、箋釋、
品評更是難以計量。總之，這些詩選為考察清人選錄蘇、黃、陸詩的
詳實情況搭建了良好的平臺。關於綜合研究有清一代選錄蘇、黃、陸
詩的論著，筆者所見大抵有王友勝《簡論清代的蘇詩選錄》[144]、邱美
瓊《黃庭堅詩歌在清代的傳播》[145]、張毅《陸游詩傳播、閱讀專題研
究》[146]等。另外，尚有專論清代某一時期的，如李由《清初陸游詩歌
選本》（南京大學2009年學士學位論文）。這些又為本文的研究提供了
有益的借鑒。本文擬從以下幾個方面論述之。

　　首先，從入選數量來看蘇、黃、陸詩的選錄。現就部分重要的宋
詩選所錄三人詩的情況臚列如下：

---

144 《漳州師範學院學報》2001年第3期。又見王友勝：《蘇詩研究史稿（修訂版）》
　　（北京市：中華書局，2010年7月），頁323-333。
145 《涪陵師範學院學報》2005年第6期。又見邱美瓊：《黃庭堅詩歌傳播與接受研究》
　　（南昌市：江西人民出版社，2009年9月），頁197-201。
146 復旦大學2008年博士學位論文，後改名為《陸游詩歌傳播、閱讀研究》，由上海
　　市：復旦大學出版社，2014年5月出版。

部分宋詩選本選錄蘇、黃、陸詩情況表

詩人／選本	蘇軾		黃庭堅		陸游	
	收詩數	排名	收詩數	排名	收詩數	排名
《宋詩啜醨集》	十六	八	六	二十一	五十六	一
《宋詩鈔》	四六一	二	二六八	十	九三六	一
《宋十五家詩選》	三二〇		一三二	十	九六六	一
《宋四名家詩選》	七二二	二	四〇二	四	九八六	一
《宋詩略》	三十五	一	十	九	二十三	三
《宋詩選粹》	二十九	一	十六	三	二十二	二
《宋詩百一鈔》	六十三	一	十四	十	五十四	二
《宋詩三百首》	六十二	一	二十二	三	六十	二
《積書巖宋詩刪》	九十二	三	三十二		一二九	一

由上表大抵可知，清代宋詩選本對蘇、陸詩選錄比較多，在所選宋代詩人中位次也靠前，而黃詩的選錄稍稍有些滯後，他如吳翌鳳《宋金元詩選》選錄宋人一〇九家三〇九首，蘇軾最多四十四首，次陸游四十，次歐陽脩十六首，餘皆不滿十首。申屠青松稱，康熙及乾隆前期選本對黃詩的抑制是極為明顯的。[147]實際上，選壇對黃詩的青睞還須等到嘉道以後。除上表中的《宋詩三百首》蘇、陸、黃問鼎三強之列外，他如鄒湘倜《歷朝二十五家詩錄》於宋僅錄四人，蘇、陸、黃位居三甲。總體而言，蘇、黃、陸詩在選家眼中，尤其是蘇、陸二人，一直是備受追捧的對象。當然也有少數幾部詩選是例外，如顧貞觀《積書巖宋詩選》偏重陸游詩，高達一三二首，而不錄蘇軾詩，黃庭堅也只選一首。詩苑雖對黃詩多有推崇與讚譽，但在乾隆之前的選壇

---

147 關於黃詩選錄排名的情況，參見申屠青松：《清初宋詩選本研究》，南京大學2008年博士學位論文，頁9。

卻是一片孤寂。這或許與極富官方意識形態的唐宋合選《唐宋詩醇》
不無關聯。《御選唐宋詩醇》之〈原書纂校後案〉曰：「至于北宋之
詩，蘇、黃並鶩；南宋之詩，范、陸齊名。然江西宗派實變化于杜、韓
之間，既錄杜、韓，可無庸複見。……權衡至當，洵千古之定評
矣。」[148]《御選唐宋詩醇》附載了乾隆中期以前大量的評語，這些打
上了選家權衡之後的烙印，恰恰反映了選壇對黃詩的冷遇。黃詩在選
壇的復興與繁榮，還須待到道咸之後如姚鼐、曾國藩等選家的推揚。

　　其次，從詩歌體式來看蘇、黃、陸詩的選錄。至於某些專體詩
選，則情況略有不同，蘇、黃、陸向為關注的焦點。像王士禎《古詩
選》選宋人八家七古之詩，蘇、陸、黃位列前三，依次是蘇軾一○四
首，數量為所有入選詩人之冠，陸游七十八首，黃庭堅五十四首，除
了杜甫六十八首外，遠遠超過唐代李白（二十五首）、韓愈（三十七
首）等人，也非宋之歐陽脩（四十首）、王安石（三十三首）所能匹
敵。翁方綱《七言律詩鈔》選有宋詩六卷五十六家三四七首，其中前
四家為蘇軾九十四首，陸游八十九首，王安石四十二首，黃庭堅三十
八首。姚鼐《七言今體詩鈔》於宋代選錄二十三人一八三首詩，最多
的為陸游八十七首，蘇軾三十首居其次，黃庭堅二十五首位列第三。
曾國藩《十八家詩鈔》於蘇軾、黃庭堅僅收七古、七律二體，陸游僅
收七律、七絕二體，但三人諸體收詩數量皆居前列。如七古以蘇軾為
最多，凡三二八首，次黃庭堅一六五首。七律以陸游為最，凡五四四
首，次蘇軾五四○首，次黃庭堅二八六首。七絕亦以陸游為鉅，多達
六五二首，次蘇軾四三八首。七古、七律、七絕三體，曾氏眼中實以
蘇、黃、陸為旨歸。大體而言，清代選家在詩體上仍以蘇、黃、陸三
家為重心，且對三人所擅之體多有會心。

　　比如蘇詩，古體乃其所長。王士禎《古詩選》〈七言詩凡例〉

---

148 《御選唐宋詩醇》卷首，影印文淵閣《四庫全書》本。

曰：「文忠公七言長句之妙，自子美、退之後一人而已。」[149]《帶經堂詩話》卷一亦云：「七言歌行至子美、子瞻二公，無以加矣。」[150]同書卷二十九又云：「七言古若李太白、杜子美、韓退之三家，橫絕萬古，後之追風躡景，唯蘇長公一人耳。」[151]陳訏也說：「東坡五七古，才大思精，沉鬱頓挫。昌黎而後，一人而已。」[152]可見選家對蘇軾七古的推崇，《古詩選》所錄蘇詩最多。這又說明編者詩學觀念與選本具體編撰二者之契合。許耀《宋詩三百首》所錄蘇詩六十二首中，五、七古共有二十六首，比例高達四成有餘。又如陸詩，陳訏《宋十五家詩選‧劍南詩選》序曰：「放翁一生精力，盡於七律，故全集所載最多最佳。……讀放翁詩，須深思其鍊字鍊句，猛力鑪錘之妙，方得真面目。若以淺易求之，不啻去而萬里。」[153]沈德潛也說：「放翁七言律，隊仗工整，使事熨貼，當時無與比埒。」[154]他晚年所編《宋金三家詩選》選錄陸詩二〇九首，其中七律最多，達八十四首，約占總數的百分之四十一。陸詩律體之工，尤可作為選家之資。李調元〈陸詩選序〉曰：「放翁詩非選不可，過選亦不可，何也？不選則卷軸煩多，難於繙閱，過選則片鱗隻羽，不免遺珠。……余獨選先生詩如此之多者何也？蓋以示初學入門之基也。先生取材宏富，對

149　王士禎《古詩選》〈七言詩凡例〉，聞人倓箋：《古詩箋》卷首，上海市：上海古籍出版社，1980年5月。

150　王士禎《帶經堂詩話》卷一，張宗柟纂集，戴鴻森校點（北京市：人民文學出版社，1963年11月），頁41。

151　王士禎《帶經堂詩話》卷二十九，張宗柟纂集，戴鴻森校點（北京市：人民文學出版社，1963年11月），頁826。

152　陳訏：《宋十五家詩選》〈東坡詩選序〉，《四庫全書存目叢書》（集部）第410冊（濟南市：齊魯書社，1997年7月），頁372。

153　陳訏：《宋十五家詩選》〈劍南詩選序〉，《四庫全書存目叢書》（集部）第410冊（濟南市：齊魯書社，1997年7月），頁487。

154　沈德潛著，霍松林校注：《說詩晬語》（北京市：人民文學出版社，1979年9月），頁234。

仗精工，而出以雋筆，每遇佳句，不啻如楊柳承露，芙蓉出水，天然不假雕飾；而嘔出心肝者，雖鏤冰刻骨，無以過之。洵執後學之津梁也。」[155]陸詩取材富，對仗工，佳句多，誠為後學之津梁、入學之根基。清末民初，陳衍編《宋詩精華錄》，稱引陸詩：「劍南最工七言律、七言絕句。略分三種：雄健者不空；雋異者不澀；新穎者不纖。」[156]所選五十四首陸詩中，七言律、絕竟達四十七首之多，而且還附有十多聯名句。概言之，蘇、黃、陸詩在清代的經典建構中，選家的詩學觀念與其選本的具體編纂，大體還是比較吻合的。

最後，僅以陸詩為例，著重從詩歌內容來談選本的具體輯錄與選家詩學觀念之關係。陸詩主要有兩方面：「一方面是悲憤激昂，要為國家報仇雪恥，恢復喪失的疆土，解放淪陷的人民；一方面是閒適細膩，咀嚼出日常生活的深永的滋味，熨帖出當前景物的曲折的情狀。」[157]清人所編的陸詩選本頗為壯觀，尤值得一提的是康熙二十四年（1685）楊大鶴編選的《劍南詩鈔》（2200餘首）、次年朱陵所編的《陸放翁劍南詩選》（912首）。楊選雖多為文人所不齒，卻流傳較廣，影響甚鉅。「問世後的二百年間，卻不斷翻刻，國內各大圖書館現存此書不下十餘種版本，總數約在兩百部以上。」[158]二選多傾向於那些描寫鄉村生活、自然風光的詩作。錢鍾書說：「陸游全靠那第二方面去打動後世好幾百年的讀者，像清初楊大鶴的選本。……當然也有批評家反對這種一偏之見，說『忠憤』的詩纔是陸游集裏的骨幹和

---

155 李調元：《陸詩選序》，轉引自孔凡禮、齊治平：《陸游資料彙編》（北京市：中華書局，1962年11月），頁261-262。

156 陳衍：《劍南摘句圖》，轉引自孔凡禮、齊治平：《陸游資料彙編》（北京市：中華書局，1962年11月），頁378。

157 錢鍾書：《宋詩選注》，陸游小傳（北京市：人民文學出版社，1989年9月），頁170。

158 張毅：《陸游詩歌傳播、閱讀研究》（上海市：復旦大學出版社，2014年5月），頁28。

主腦，那些流連光景的『和粹』的詩只算次要。可是，這個偏向要到清朝末年纔矯正過來；讀者痛心國勢的衰弱，憤慨帝國主義的壓迫，對陸游第一方面的作品有了極親切的體會，作了極熱烈的讚揚。」[159] 錢氏所論，洵為的當。綜合考察清代詩選所錄的陸詩，便是循著這兩個維度展開的。選壇注重的是流連光景之篇什，而那些愛國忠憤之佳作卻備受冷遇，儘管批評界對此有所非議。除錢氏所提及的之外，尚可補充二例。梁章鉅（1775-1849）曰：「放翁詩派，初境本宗少陵，雖窮極工巧，而仍歸雅正。……《劉後村詩話》僅摘其對偶之工，已為皮相；後人又專取其流連光景、可以剽竊移掇者，轉相販鬻，而劍南一派，遂為論者口實。不知其全集中，感激豪宕、沈鬱深婉之作，指不勝屈，豈可以讀者之誤，并集矢於作者哉？」[160]道光三十年（1850）十月六日，錢泰吉（1791-1863）〈跋劍南詩稿〉云：「讀放翁詩，當遵《唐宋詩醇》，參以羅潤谷、劉須溪選本。放翁真面，不為流連光景之詞蒙翳，詩家正脈，庶幾不墜。近人所習見者，楊氏大鶴選本，放翁許為知音與否，我不敢知矣。」[161]梁氏是乾嘉詩壇盟主翁方綱的弟子，錢氏推崇富有官方意識形態的《唐宋詩醇》，二者極富代表性。大致說來，陸詩在清人的接受，是「朝」與「野」、上層精英與下層文人之間詩學觀念的分合消長。概言之，選家與選本、選壇與詩壇之關係是比較複雜的，這與選家的身分地位、詩學觀念、編纂宗旨密切相關。

　　比楊、朱二選稍晚，康熙三十二年（1693）潘問奇、祖應世所編的《宋詩啜醨集》，便是一部極其推重陸詩、極其標舉第一方面的詩

---

159 錢鍾書：《宋詩選注》，陸游小傳（北京市：人民文學出版社，1989年9月），頁170。

160 梁章鉅《退庵隨筆》，郭紹虞編選、富壽蓀點校：《清詩話續編》（上海市：上海古籍出版社，1983年12月），頁1979。

161 錢泰吉《甘泉鄉人稿》卷六，轉引自孔凡禮、齊治平編：《陸游資料彙編》（北京市：中華書局，1962年版），頁349。

選。所錄五十六首詩中，大抵屬於此類詩作的就有〈謁漢昭烈惠陵及諸葛公祠宇〉、〈五月十一日夜且半夢從大駕親征盡復漢唐故地……〉、〈晚春書懷〉、〈追感往事〉等。潘問奇在〈謝韓實之直閣送燈〉詩末曰：「一燈耳，忽然觸著，可見此老無一日忘了中原也。」於其名作〈示兒〉末曰：「劍南詩，海內操觚家奉之不啻拱璧矣。然一時所為翕然者，不過喜其陶寫風雲流連月露而已。而其惓惓宗國，悱惻纏綿，顧未有及之者。僕于此集中特為一一標識之，使知先生當日傷半壁之無依，痛兩宮之不返，終天歎悼，不徒沾沾景物間也，以比少陵庶幾『一飯不忘』之誼云。」祖應世亦曰：「放翁易簀開禧間，國弱已極。而尚作此想，則其齎志可悲矣。」[162]為何會如此推崇陸詩呢？因為潘問奇是清初遺民。身遭國破之悲，千載之下，唯借陸詩釋懷鳴志。那些流連光景、閒適蕭散之詞，自然難以入其法眼。這也就是說，選本的輯錄大體上反映了選家的眼光。到了道光二十四年（1844），作為一縣教諭的許耀，蓋為初學之計，編撰了家塾讀本《宋詩三百首》。是選所錄陸詩六十首，僅次於蘇軾。愛國詩篇已不見蹤影，躍入眼簾的幾乎全是流連光景、閒適生活之詩。單寫梅花的就有四首之多，從所錄詩作的題目，如〈暇日登東岡〉、〈游山西村〉、〈書室明暖終日婆娑其間倦則扶杖至小園戲作長句〉、〈出游〉、〈移花遇小雨喜甚為賦二十字〉、〈劍門道中遇微雨〉、〈花時遍游諸家園〉、〈舍北望水鄉風物戲作絕句〉等，也可看出選家之所重。選家之宗旨便是讓蒙童易於誦習，正如其弟子王慶勳所云：「是編也，吟詠既便於取法，考試率以之命題。」[163]選家的身分地位與編纂宗旨，已為陸詩的具體選錄定了基調。

　　綜上所述，選壇與詩壇關於蘇、黃、陸詩的推崇大抵是同步的。選家因其身分地位、詩學觀念及編纂宗旨的差異而對蘇、黃、陸詩

---

162 潘問奇、祖應世編：《宋詩啜醨集》卷三，陸游詩末，清乾隆刊本。

163 許耀：《宋詩三百首》卷首，道光二十五年（1845）春水草堂刻本。

的選錄也呈現出不同的傾向，或偏於某一詩歌體式，或倚重某一類型之什。

　　由上兩節的論述可知，清人對宋詩的辨體是在尊唐的正統詩學觀念下的反撥與矯正。透過清代近三百年宋詩學的發展與演進，從性情論來說，清人認為唐人中有宋詩，宋人中亦有唐詩，一人之中亦有唐宋詩，各家自有各家之面目，不可以一馭百。從淵源論而言，清人以為唐宋詩是同源異質，宋源於唐而變於唐，唐詩是花，宋詩是果，不可以時代軒輊高下。辨體之後，清代詩界、選壇在主真、重變、求新、尚學的思潮下，對宋代蘇軾、黃庭堅、陸游詩極為推崇，特別是到了嘉道以降，宗宋之風愈演愈熾。

　　就在宋詩日漸備受清人追捧之際，無論是尊唐派還是宗宋派的有識之士，都看到了倣習宋詩的弊病。最為典型的是朱彝尊。他對清初宗宋之風大肆批評，其實生怕學宋之人蹈襲宋詩粗屬、俚俗、生熟之惡習，曰：「今之言詩者多主于宋，黃魯直吾見其太生，陸務觀吾見其太縟，范致能吾見其弱，九僧、四靈吾見其拘，楊廷秀、鄭德源吾見其俚，劉潛夫、方巨山、萬里吾見其意之無餘而言之太盡，此皆不成乎鵠者也，尤而效之，是何異越人之學遠射，參天而發，適在五步之內也乎！」[164]又曰：「邇後詩人多舍唐學宋，予嘗嫌務觀太熟，魯直太生。生者流為蕭東夫，熟者降為楊廷秀。蕭不傳而楊傳，效之者何異海畔逐臭之夫邪！」[165]至於朱氏到底是宗唐派還宗宋派，自清以

---

164 朱彝尊：《曝書亭集》卷三十九〈橡村詩序〉，《四部叢刊初編》本。

165 朱彝尊：《曝書亭集》卷五十二〈書劍南集後〉，《四部叢刊初編》本。稍後的田同之亦有相似之論，其《西圃詩說》曰：「宋詩中，黃魯直不免於生強，陸務觀不免於滑易，范致能之縟且弱，楊萬里、鄭德源之鄙且俚，劉潛夫、方巨山之意無餘而言太盡，此皆不成乎鵠者也。尤而効之，是何異越人之學遠射，參天而發，適在五步之內也。」乾隆年間，沈德潛《說詩晬語》卷下也說：「西江派黃魯直太生，陳無己太直，皆學杜而未嚌其臠者也，然神理未浹，風骨獨存。南渡以下，范石湖變為恬縟，楊誠齋、鄭德源變為諧俗，劉潛夫、方巨山之流變為纖小，而『四靈』諸公之體，方幅狹隘，令人一覽易盡，亦為不善變矣。」

來聚訟不已。不可否認的是，朱彝尊尤其是中年以後之詩，崇尚學問，追求新奇，富於變化，離唐遠而近於宋，是暗合還是有意為之，這已不重要。實際上，最能說明朱氏詩學理論主張的還是其自道之語：「吾於詩而無取乎人之言派也。」[166]這是有識之士縱觀詩史，尤其是明人推宗結派、黨同伐異、入主出奴之後而悟出的有得之言。清初詩壇這種惡習，邵長蘅批評到：「曩時，海內一二稱詩家喜標別同異，更相齮齕，某人某體是同乎吾也，則尊之譽之；某人某體是異乎吾也，則詆之讐之，雖心識其工，不欲與也。」[167]專尊一家一體，方法極不可取，弊端頗為可怕。劉世南在考察清初宗宋派時，認為如錢澄之、宋琬、宋犖等宗宋派從創作實踐中已總結出了一條原則：擇善而從，分體各師。[168]其實，兼宗唐宋的田雯早就提出了這條原則，曰：

> 宋人之詩與夫唐人之詩渠有異道乎？惟其生於宋也，二程、邵子，競趨理學，遂以訓詁語入四聲，去風人之旨實遠。南轅以後，楊誠齋輩又俚俗過甚。於是談風雅者，一概牴牾訾窳之，謂宋詩為非，譬啜狂泉而病唒嚘也。嗟夫！亦嘗攟摭宋代梅、歐、王、蘇、黃、陸各大家之詩，按其篇章而一闚其大略否乎？束書不觀之徒，寓目「雲淡風輕」一首，輒詆宋人之詩比比是矣。余嘗謂：學詩者宜分體取法乎前人，五言古體必根柢於漢、魏，下及鮑、謝、韋、柳也；五七言近體則王、孟、錢、劉，晚唐溫、李諸人也；截句則王、李、白、蘇、黃、陸也；至於歌行，惟唐之杜、韓，宋之歐、王、蘇、陸，……學

---

166 朱彝尊：《曝書亭集》卷三十八〈馮君詩序〉，又參見卷三七〈葉指揮詩序〉，《四部叢刊初編》本。

167 邵長蘅：〈金生詩序〉，王鎮遠、鄔國平編選：《清代文論選》（北京市：人民文學出版社，1999年1月），頁378。

168 劉世南：《清詩流派史》（北京市：人民文學出版社，2004年3月），頁223。

詩者何分唐、宋？總之，以匠心求工為風雅之歸而已。[169]

　　細味此序，田雯明確地指出：唐宋無別，各有所短長，不可因噎廢食，舉唐詘宋。學詩者當隨其性情天分，不僅兼宗唐宋，還可遠追漢魏，近紹元明，分體各師，歸於風雅，自成一家。此乃清人折衷融通詩學之濫觴。這種分體各師、折衷融通的詩學主張，不僅消弭了時代之分，還解構了唐宋之爭，融匯了眾家之說，昭示了詩學發展之大勢，開闢了創作實踐的一條坦途。這種學詩策略，還可順延到道咸年間推舉宋詩的曾國藩手裡。道光二十五年（1845）三月初五日，他在致諸弟的信中說：「詩之為道，各人門徑不同，難執一己之成見以概論。吾前教四弟學袁簡齋，以四弟筆情與袁相近也。今觀九弟筆情，則與元遺山相近。吾教諸弟學詩無別法，但須看一家之專集，不可讀選本，以汨沒性靈。至要至要。吾于五七古學杜、韓，五七律學杜，此二家無一字不細看。外此則古詩學蘇、黃，律詩學義山，此三家亦無一字不看。五家之外，則用功淺矣。我之門徑如此，諸弟或從我行，或別尋門徑，隨人性之所近而為之可耳。」[170]不強求他人曲從，而以性情為根柢，順應人的本然，因人而異，因材施教，無疑能探驪得珠，悟得詩學之三昧；也可避開唐宋論爭的泥淖，走上康莊的大道。曾文正公以詩壇盟主的地位，引領詩界一時之風氣，由此而言，這種隨其性情、分體擇師的論見，更具有典範的詩學意義。

---

169 田雯：〈鹿沙詩集序〉，王鎮遠、鄔國平編選：《清代文論選》（北京市：人民文學出版社，1999年1月），頁370-371。

170 曾國藩：《曾國藩全集・家書（一）》（長沙市：岳麓書社，2011年9月），頁96。

附錄
清人宋詩選敍錄

　　申屠青松《清初宋詩選本研究》附錄一〈清人編宋詩選本經眼錄〉和附錄二〈清人編宋詩選本待訪書目〉分成宋詩斷代選本、宋金元詩合選本、唐宋詩合選本、其他重要通代選本四類，共著錄八十二種，在選本規模、編纂體例、文獻來源、選詩宗旨、編者仕履、版本源流諸方面發凡起例，多有創獲，於宋詩選本研究裨益良多。高磊《清代知見宋詩選本敍錄》著錄宋詩斷代選本五十九種。本附錄在此基礎之上廣為搜羅稽考，就其疏略、訛誤之處稍加訂補，僅敍錄清人所編宋詩選（斷代）八十六種，通代詩選、專人詩選概不涉及。凡前三文所錄者，皆在書名右上角用「＊」予以標明，不掠人之美；若其有粗略疏漏之處，皆予以訂補，以助研究之資。體例如下：一、為彰顯清代宋詩選本的發展歷程和清代詩學的演進態勢，酌情以時代為序，具體分為三個時段；二、結合諸宋詩選本的具體狀況，所錄皆不分類，謹依選家生平、詩選編刊年代的前後排次；三、編選、刊刻年代未詳者，則另闢一節，並盡可能探析其成書時代；四、為全面細緻地瞭解諸選本，將不煩筆墨從選家履歷、館藏著錄、版本內容、選本特點、文獻來源等多方面敍錄。清代文獻浩繁，書目題跋眾多，囿於學識，難免掛一漏萬，定有遺珠之憾，欲全面採摭詳核，尚待賢哲。

第一節　順康雍朝宋詩選本

一　宋人近體分韻詩鈔 *

　　盧世㴫輯。稿本，不分卷。盧世㴫（1588-1653），字德水，一字紫房，晚號南村病叟，又號杜亭亭長，德州左衛（今山東德州）人。明天啟五年（1625）進士，官監察御史。入清辭官，佯狂而終。事蹟見田雯《古歡堂集》卷三十三《盧南村公傳》、《晚晴簃詩匯》卷十三等。《清史稿藝文志拾遺》（北京市：中華書局，2000年版，頁2100）云：「宋人近體分韻詩鈔不分卷，盧世㴫編，朱筆批校底稿本，中圖。」今臺灣「國家」圖書館藏盧氏稿本，《「國家」圖書館善本書志初稿》（「國家」圖書館出版社，1999年版，集部第四冊，頁61-62）曰：「宋人近體分韻詩鈔不分卷，存二冊，朱筆批校底稿本。清盧世㴫編。……四周單邊。每半葉十行，行二十字，注文小字雙行，字數多寡不等。版心大黑口，上下皆墨，中間雙黑魚尾相對，唯悉空白未題署，亦不記葉次。本書選錄宋人詩，據卷末安德布衣跋稱：『以分類選平韻三十韻，皆是五七言近體詩而不及古體，卷中七律少下平九韻，七絕少上平十三韻，五言詩全無，蓋殘本也。』所選以蘇軾、陸游之詩為多，約居半數以上。全書總一百一十四葉，無書名標題，亦不分卷第，所錄各詩，多朱墨圈點批註，彌望皆是，附載袁宏道詩三數首，選鈔宋人詩而錄及明人，附之七絕卷末，似是稿本而非定本也。內頁空白處有癸丑冬月編者哲嗣盧仲言跋語；又有盧中倫跋二處，一署『壬戌月識於紅豆山房』，另一識於卷末，未署年月。此外另一冊卷末有安德布衣跋語。」是集編撰於明末還是清初，尚無法查明。申屠青松亦作兩存，〈明代宋詩選本論略〉（《南京師範大學文學院學報》2007年第4期）、〈清人編宋詩選本待訪書目〉皆著錄。今姑繫於此。《御選唐宋詩醇》〈陸游詩〉引盧世㴫評語二十七則。盧氏對宋集多有會心，尤重蘇軾、陸游詩，詳見其《尊水園集略》卷七。

二　宋詩英華 *

　　丁耀亢輯。丁耀亢（1599-1669），字西生，號野鶴，晚號木雞道人，別號甚多，山東諸城人。明諸生，順治五年（1648）拔貢，官容城教諭、惠安知縣。與詩人龔鼎孳交善。著作宏富，有《野鶴詩鈔》、《續金瓶梅》等。生平事蹟見《國朝詩人徵略初編》卷十四、《漁洋山人感舊集》卷六、張清吉《丁耀亢年譜》（南京市：南京大學出版社，1996年版）等。是書《中國古籍善本書目（集部）》（上海市：上海古籍出版社，1996年版，頁1685）、《山東文獻書目》（濟南市：齊魯書社，1993年版，頁434）著錄，抄本，四卷，半頁八行，行二十字，無格，山東省圖書館藏。

三　宋詩鈔 *

　　呂留良、吳之振、吳爾堯輯。吳之振（1640-1717），字孟舉，號柳丁，別號竹洲居士，晚年又號黃葉老人、黃葉村農，石門（今浙江桐鄉）洲泉鎮人。幼聰穎，順治九年（1652）應童子試，與呂留良定交，後與黃宗羲兄弟交往。舉貢生，以貲為內閣中書，不赴任。性坦率豪爽，淡泊名利。是時重宋詩，之振家富，購藏宋集秘本甚多。康熙二年（1663）與呂留良、吳自牧合編《宋詩鈔》，收錄宋詩成集者八十四家，凡九十四卷。集前有作者小傳，為呂留良所撰。又選施國章、宋琬、王士禎、王士祿、陳廷敬、沈荃、程可則、曹爾堪八人詩為《八家詩》，刊刻行世。十二年，進京訪求宋人遺集，與名流、復社詩人冒襄、長洲尤侗、汪琬、錫山嚴繩孫、工部尚書湯斌等訂交。南歸時，冒襄等為之餞行，席間吳之振賦〈種菜詩〉以言志，眾人和之，彙編《種菜詩倡和集》。築別墅於石門城西，因愛蘇軾名句「家在江南黃葉村」，命名為黃葉村莊。《宋詩鈔》版本有四種，即康熙十

年（1671）鑑古堂原刻本、《四庫全書》本、和刻本和涵芬樓刻本。
上圖藏有康熙十年（1671）吳氏鑑古堂刻本，內封面題「吳孟舉、吳
自牧同選《宋詩鈔初集》，古錢吳氏鑑古堂藏」，半頁十二行，行二十
二字，黑口，左右雙欄，雙花魚尾，版心署「××詩鈔」，下記頁
碼，首吳之振序，次細目。受呂留良文字獄的影響，雍正後印本皆不
署呂留良名，序言、凡例涉及呂氏之語亦遭剗改。康熙本原題名《宋
詩鈔初集》，後有署《宋詩鈔四集》者，實析分《初集》卷次之故，
內容並未增加。《四庫全書》本題名《宋詩鈔》，署名僅吳之振一人，
無凡例，有吳之振序，但序中涉及呂留良與吳爾堯之語皆被刪削，書
中違礙文字亦悉遭改竄。康熙本未分卷次，此書析為一百零六卷，但
所錄詩人僅七十九家，比康熙本少方岳、何夢桂、道潛、惠洪、花蕊
夫人五家。乾隆四十三年（1778），此本曾被入《四庫全書薈要》，供
乾隆御覽。和刻本只是斷斷續續的選刻，計有四種，一為秦觀《淮海
詩鈔》，日本享和三年（1803）刻本，題吳之振、土屋正修校，卷首
有山本信有、土屋正修二序。二為方岳《方秋崖詩鈔》，日本文化二
年（1805）刻本，題吳之振、大窪行、佐羽芳校，卷首有山本信有
序，書末有佐羽芳跋。三為《楊誠齋詩鈔》，日本文化五年（1808）
刻本，題吳之振選、大窪行等校。四為《四靈詩鈔》，日本文化十二
年（1815）刻本，題吳之振選，山藤清、佐羽槐等校。涵芬樓本乃一
九一四年據康熙刻本影印，版式無異，惟康熙刻本闕文斷句過多，李
宣龔據涵芬樓藏書校補闕文728字。次年，涵芬樓又將管庭芬、蔣光
煦所輯之《宋詩鈔補》排印出版。此後《宋詩鈔》凡四次再版，分別
為一九三五年商務印書館版、一九六九年臺灣世界書局版、一九八六
年中華書局版、一九八八年三聯書店版，底本皆據涵芬樓本《宋詩
鈔》和《宋詩鈔補》。是集《八千卷樓書目》卷十九、《中國古籍善本
書目（集部）》（頁1491）著錄，館藏地較多。《中國古籍善本書目
（集部）》（頁1494）還著錄上圖藏清陸嘉淑評點、張元濟跋本。

四　宋詩選 *

　　曹溶輯。曹庭棟〈宋百家詩存序〉曰：「秀水司農倦圃先生，余宗大父行也，亦嘗裒集宋詩，遍采山經地志，得一二首即匯鈔，不下二千餘家，未及梓，今亦散佚略盡。」曹溶（1613-1685），字潔躬、一字鑒躬，號秋岳，一號倦圃，浙江秀水（今嘉興）人。明崇禎十年（1637）進士，官御史，入清官至戶部侍郎。少有詩名，與龔鼎孳齊稱，時稱「龔曹」。家富藏書，好庋宋元人集。著有《靜惕堂詩集》、《靜惕堂詞》等。生平事蹟見《清史稿》卷四八四、《清史列傳》卷七八等。

五　宋詩善鳴集 *

　　陸次雲編。陸次雲，生卒年不詳，字雲士，號北墅，浙江錢塘（今杭州）人。康熙初拔貢，官江蘇江陰知縣。沈德潛《清詩別裁集》卷十五（頁263）曰：「雲士詩本真性情出之，故語多沉著，而所選詩轉在宋、元，以之怡情，不以之為宗法也。」著有《澄江集》、《玉山詞》、《北墅緒言》等。生平事蹟見《清史列傳》卷七十、《國朝詩人徵略》卷十四等。康熙二十六年（1687）冬，陸次雲撰成《五朝善鳴集》十二卷（含中唐詩二卷，晚唐詩二卷補遺一卷，五代詩一卷，宋詩二卷，金詩一卷，元詩一卷，明詩二卷），付梓刊行。《中國古籍善本書目（集部）》（頁1598）著錄，有《五朝善鳴集》十二卷，康熙二十六年蓉江懷古堂刻本，半頁九行，行十九字，白口，左右雙邊，北大圖書館等館藏；又有《宋詩善鳴集》二卷單行本，上圖藏。《清史稿藝文志拾遺》（頁2087）亦著錄。今有康熙刻本十二卷十冊，南圖藏。半頁九行，行十九字，小字雙行同，白口，單魚尾，左右雙欄，版心署朝代、卷次及頁碼，上題「×詩善鳴集」。首李振裕

及繆氏（名字不詳）二序，次陸次雲自序，次陸氏所撰選例，諸卷又有細目。鈐有「真州吳氏有福讀書堂藏書」白文長方印（即江蘇儀征藏書家吳引孫，約1844-？，有福讀書堂又名測海樓）、「先生萬福」朱文方印、「詩是吾家事」朱文圓印、「得一居珍藏印」白文方印、「曾在江陰詩憲揆家」朱文方印等，並有藏家之批語、圈點。南圖、上圖另藏有《宋詩善鳴集》二卷單行本，內封面題「錢塘陸雲士先生選《宋詩善鳴集》，蓉江懷古堂梓」，次目錄，版式與合集本同。茲編詩人名下附以小傳，字行間加圈點，篇末時有品評。小傳多取自《宋詩鈔》，詩作主要源於《宋詩鈔》和《宋金元詩永》。關於此書選宋詩的標準，《選例》曰：「宋詩之弊有三：曰庸，曰腐，曰拖遝。庸者，大約出於信手拈來者也；腐者，大約出於墮入理障者也；拖遝者，大約出於才有餘而少錘鍊者也。去此三弊，而後宋詩可選焉，而後不同乎唐人之宋詩與不異乎唐人之宋詩始出焉。」陸氏論詩頗尚清新警秀，猶青睞晚唐體。從茲編十二卷來看，晚唐卷即有三卷，所占比重最大。故於宋詩中，所錄者亦多與此相近，尤重南宋詩人，而各體詩作也以五律最多二二八首，若效法姚、賈之林逋、四靈、戴復古、真山民等人，其入選數量皆在前十名之內。是集選錄宋代詩人九十四家六四〇首，最多者陸游六十四首，次楊萬里三十七首，次梅堯臣三十四首，林逋二十八首，戴復古二十六首，蘇軾二十五首，四靈六十七首，而黃庭堅、朱熹、范成大諸人皆不過五六首。

六　宋詩選 *

吳曹直、儲右文輯。吳曹直，字以巽（申屠青松誤作「以遜」），康熙十七年（1678）舉人，官韓城縣令，著有《恭受堂文集》、《秋英詞》。生平事蹟見《（乾隆）韓城縣志》卷四、《國朝詞綜續編》卷一和《國朝詞綜補》卷四小傳、《清秘述聞》卷四等。儲右文（1659-

1726），字雲章，號素田，宜興「三儲」之一儲方慶之子，與儲在文等四位兄弟先後同登甲乙榜，世稱「五鳳齊飛」，官福建寧德知縣，刊刻乃父文集，康熙十六年（1677）舉人，以吏能稱，著有《敬義堂集》。生平事蹟見《清代人物生卒年表》（頁777）、《國朝詞綜》卷六小傳、《中國文學家大辭典・清代卷》（北京市：中華書局，1996年版，頁804-805）「儲方慶」、「儲雄文」條等。上圖藏，康熙二十六年（1687）吳氏刻本，四周雙欄，凡半頁十行，行二十一字，黑口，卷首有尤侗序，次為凡例。凡二十卷，以體分次，收宋代詩人三二〇家，詩歌三五九八首。此選大致來源於《西昆酬唱集》、《濂洛風雅》、《升庵詩話》、《宋詩鈔》、《宋金元詩永》等，梅堯臣、王安石、蘇東坡、陸游、謝翱、鄭思肖六家則主要參考專集。《宋詩鈔》選詩過寬，《宋金元詩永》擇汰過嚴，《宋詩選》試圖調停二者，折衷於博約之間。惜其文獻來源範圍狹窄，編撰又倉促，故其選詩鮮見別裁。

七　宋詩啜醨集 *

　　潘問奇、祖應世輯選。潘問奇（1632-1695），字雲程，又字雲客，號雪帆，錢塘（今浙江杭州）人。明諸生，入清不仕。自幼卓異有宏志，年十五詩名於越。因厭嫉者而遠遊四方，賦詩弔屈原、武侯及明帝陵。後流寓江都，出家天壽山，歿於天寧寺，卒年六十四。揚州太守傅澤洪重其人，葬之平山堂側，撰文並志墓曰：「錢塘詩人潘雪帆之墓」，查士標（二瞻）書丹。潘氏遺稿甚富，其至友石霞舉（紫嵐）舊有藏本。傅擇其詩篇與田登合刻，刊有《拜鵑堂詩集》四卷。潘氏尚撰有《康熙昌平州志》二十六卷首一卷。潘問奇乃明末清初著名的遺民，與曹寅、田登、李騊、祖應世諸輩交好，生平行迹可詳參潘承玉《清初詩壇：卓爾堪與〈遺民詩〉研究》和申屠青松《清初宋詩選本研究》。祖應世，生卒年不詳，字夢巖，奉天寧遠人。監

生。康熙二十二年（1683）知武清縣，有惠政，興學愛民，後降職調用，百姓為之立祠，二十九年巡撫於成龍保其復任，三十五年調大城，三十八年調固安，明年知通州，次年升巡撫。能詩，與宋犖、林佶等人倡和。是集成書於康熙三十一年（1692）冬至三十二年（1693）夏之間，擬於康熙三十三年付梓刊行。是集四卷，半葉八行，行十八字。四周單邊，白口，雙黑魚尾（同向）。版心上鐫「宋詩啜醨集」，中記卷數，下注頁碼。內封面題「宋詩啜醨集」，右上署「錢塘潘雪帆、醫閭祖夢巖選輯」，右下有「江城居士」墨筆題識，鈐有白文「是耶非耶」等藏印數枚。南京圖書館藏，清刻本，四冊。首潘、祖二序，次凡例，次總目，總目於各詩人下注有篇數，入選詩家六十五人，大致按時代先後為序，依人排次，張耒、何夢桂各多一首，實計四二三首。諸卷首行右上頂格署有「錢塘潘問奇雪帆醫閭祖應世夢巖選」，次僅列詩人姓名，無篇數、小傳。正文中旁有圈點和小楷批語，詩末時加總評。是集小有殘缺，如朱熹詩一首僅存其目。另，蘇軾〈石鼓〉詩中「虜」、「犬戎」鏤空，可知此本非康熙年間刻。筆者後在上海圖書館得以寓見是集乾隆十八年刻本，版式與前者小異，為同向雙魚尾，無殘缺，鈐有陳氏「半華草堂」等印，載有藏者墨筆批識。是集排列雖大體以時代先後（詩人生年）為序，但在具體的編序中多有顛倒混亂之處。是集以啜醨名編，高標風雅，上溯《三百篇》，其編選乃針對詩壇祧唐禰宋風氣之弊所做的調和之舉。該選對宋詩確有會心，特摘出瑕瑜之處，並詳加圈點品鑒，使讀者收醇棄疵。大致而言，重南宋輕北宋，尤多選取愛國詩篇、遺民隱士；在詩體擇取上，尚能拈出宋代諸家之擅。此集今雖久湮不揚，《唐宋詩醇》對其評語卻有所甄錄。

八　南宋二高詩 *

　　高士奇選。高士奇（1645-1704），字澹人，號江村，先世餘姚人，徙居平湖，後隸籍錢塘。士奇學識淵博，工詩文，善書法，精考證，擅品鑒。諸生，官至禮部侍郎，卒諡文恪。生平事蹟見《清史稿》卷二百七十七本傳、《清史列傳》卷十、《國朝耆獻類徵初編》卷六十等。是選抄本，無格，半頁十行，每行二十一字，文中有紅筆校勘。蘇州圖書館藏。前選高翥《信天巢遺稿》，載元貞元年（1295）姚燧和清黃虞稷二序。後選高鵬飛《林湖遺稿》，有嘉泰甲子（1204）王晞平父序。末附高選《江村遺稿》，高似孫《疏寮小集》。書末高士奇〈跋〉曰：「頃在都門，從御史大夫徐公所藏宋板書籍中，得菊磵詩一百有九首，合向之所錄三十二首，又于他集中得十三首。頃同年朱竹垞復從宋刻《江湖集》中搜示四十七首，統計重出者十二首，前後凡五七言近體詩一百八十九首。竊念先賢遺稿，忍使湮沒不傳，遂並南仲節推縣尉之詩，同付剞劂，而附質齋、遜翁詩于卷尾。海內藏書家或有其遺集者，毋吝寄示，獲成全璧，實至望焉。康熙丁卯十二月朔日江村高士奇。」

九　宋十五家詩選 *

　　陳訏輯。陳訏（1650-1732以後），字言揚，號宋齋，一號煥吾，海寧人。貢生，官淳安教諭、溫州訓導。陳乃黃宗羲門人，與同里查慎行友善。撰有《時用集》、《勾股引蒙》、《勾股述》、《考字》、《畫鑒》、《東坡編年詩目》、《古文褒異》、《唐省試詩》、《宋十五家詩選》等。生平事蹟見《四庫全書總目》卷一〇七《勾股引蒙提要》、《晚晴簃詩匯》卷三十九等。是書完稿於康熙癸酉三十二年（1693），同年付刊。南圖藏。內封面署「宋十五家詩」，右上題「東海陳言揚選」，

左記十五家姓氏。卷首有查昇、陳訏二序，次發凡五則。半頁十一行，行二十二字，小字雙行同，大黑口，雙魚尾，左右雙欄。版心署「××詩選」（如「宛陵詩選」），下記頁碼。尚有日本江戶文政十年（1827）昌平黌刊本（李銳清《日本見藏中國叢書目初編》，杭州市：杭州大學出版社，1999年版，頁468）。另有《續修四庫全書》本（第1621冊影印清康熙刻本，上海市：上海古籍出版社，2002年版）、《四庫全書存目叢書》本（集部第410冊影印清康熙刻本）。《中國古籍善本書目》（頁1494）、《四庫全書總目》卷一九四、《中國叢書綜錄》（上海市：上海古籍出版社，1982年版，第一冊，頁840）、《「國家」圖書館善本書志初稿》（集部第4冊，頁63-64）等著錄。是集十六卷，選錄宋代詩人十五家，依次是梅聖俞堯臣、歐陽文忠修、曾南豐鞏、王臨川安石、蘇東坡軾、蘇欒城轍、黃山谷庭堅、范石湖成大、陸放翁游、楊誠齋萬里、王梅溪十朋、朱文公熹、高菊磵翥、方秋崖岳、文文山天祥。僅陸游徵錄二卷，餘悉為一卷。諸家卷首皆附小傳，敘其生平履歷和詩歌風格；詩論先引前賢之評，後附以一己管見。是書大都據宋人全集擇取，唯楊萬里詩據《宋詩鈔・誠齋詩鈔》選錄。此集選詩講究有法，嗜愛宋詩瘦硬之風，強調鍛鍊精深；尊崇韓愈，突出宋詩氣格與思理相結合的特點；重視江西詩法，主張以舊為新。《晚晴簃詩匯》卷三十九稱其「菁英略具，後來言宋詩者莫能外也。銓擇具有意恉，與吳孟舉《宋詩鈔》、曹六圃《宋百家詩存》足相方駕」。

十　宋四名家詩選 *

　　周之鱗、柴升編。周之鱗，字雪蒼，海寧（今浙江海寧）人，諸生。柴升，字舜聞，號錦川，仁和（今浙江杭州）人，諸生。今存《錦川集》二卷清人王晫選編，輯入《浙西四子詩鈔》，康熙四十八

年刻本，上圖藏。是書別名《宋四家詩鈔》、《宋四名家詩》、《宋四名家詩鈔》，選輯蘇軾、黃庭堅、范成大、陸游四家之詩，二十七卷，以體分次，其中《東坡詩鈔》七二二首，《山谷詩鈔》四〇二首、《石湖詩鈔》四四〇首、《劍南詩鈔》九八六首，皆據各自全集輯錄。《東北地區古籍線裝書聯合目錄》（瀋陽市：遼海出版社，2003年版，頁3085）著錄有清康熙有文堂刻本，題名《宋四名家詩》，其中蘇軾二卷、黃庭堅六卷、范成大三卷、陸游七卷，齊齊哈爾市圖書館藏。是選成於康熙三十二年（1693），同年弘訓堂刊刻，南圖藏，半頁十行，行二十一字，小字雙行同，小黑口，單魚尾，左右雙欄。版心署「××詩鈔」、詩類及頁碼。首柴望敘，次目次，諸家卷首皆有周之鱗、柴升序論各一篇。另有嘉慶二十二年（1817）博古堂刻本、同治五年（1866）星沙經濟堂刻本、光緒元年（1875）刻本、光緒六年（1880）湘西章氏刻本、清官衙刻本、清有文堂刻本、一九一九年上海同文堂石印本。日本庋藏清康熙年間刊本和清敬藝堂刊本，另有和刻本《東坡詩鈔》、《放翁詩鈔》兩種，《東坡詩鈔》有文化三年（1806）裳華房刻本，朝川鼎、松井元輔校，前山本信有、朝川鼎二序；《放翁詩鈔》有文化八年（1811）須原屋刻本，大窪行、山本謹校，前山本信有、山本龍二序，後有嵩山堂刻本，全據須原屋本翻刻。此選尚有《四庫全書存目叢書》本（集部第394冊影印清康熙本）。《四庫全書總目》卷一九〇、《八千卷樓書目》卷十九、孔廣陶《三十有三萬卷堂書目略》、《中國古籍善本書目（集部）》（頁1495）、《中國叢書綜錄》（第一冊，頁840）等著錄。

十一　宋詩刪 *

　　邵喆、柯弘祚輯。邵喆，字葵園，號崖山，平湖（今浙江湖州）人，生平不詳，父邵延陵，與邵長蘅交往甚密。柯弘祚（1620-？），

號柯山，平湖人，明亡棄諸生，浪游四方，撰有《九山草堂詩鈔》。《八千卷樓書目》卷十九著錄。是書有康熙三十三年（1694）刻本，首為邵曼自序、凡例八則、總目，書末則有柯弘祚〈宋詩刪後序〉，但此序流露出較明顯的反清復明思想，故後來印本多予刪去。上圖藏康熙三十三年刻本無柯序，小有殘缺。半頁九行，行十九字，小字雙行同，單魚尾，黑口，四周單邊，版心署「宋詩刪卷（上、下）」和頁碼。鈐有「當湖陸氏求是齋藏書」朱文方印等。是選康熙三十三年編成付梓。凡上、下二卷，收宋代詩人六十二家（申屠青松誤稱63家），詩歌三六四首（申屠青松稱365首）。據〈凡例〉所稱，大部分據《宋詩鈔》選錄，輯於別書者僅二十七首，五古六十四首，七律六十首，七絕五十九首，五絕六首，四言、五排各一首。是選主要為初學者而作。古體重歐陽脩而輕蘇軾，如七古選詩以歐詩最多，凡十首，蘇軾僅三首，位列第九，可見其對宋詩主體風格的認識，主要在於永叔之平易疏暢。選本具有濃厚的遺民氣質，所收感時傷亂、懷念故國之作近占全書的三分之一，風格亦多偏於蒼涼激楚，一定程度上反映了編者的遺民意識。

十二　積書巖宋詩刪 *

　　顧貞觀輯。顧貞觀（1637-1714），初名華文，字遠平，一字華峰，號梁汾，江蘇無錫人。康熙五年（1666）年舉人，官國史院典籍，升內閣中書。能詩擅詞，所作〈彈指詞〉名譽海內外，與陳維崧、朱彝尊並稱詞家三絕。少與吳兆騫齊名，交誼極篤。吳以事戍邊，時顧館於太傅明珠家，藉以贖吳還鄉。晚歲稱疾歸，構築積書巖、楚頌亭，藏書萬卷。著有《徵緯堂詩》、《積書巖集》、《顧梁汾先生詩詞集》等，又與納蘭性德合輯《今詞初集》。生平事蹟見《清史稿》卷八四八、《清史列傳》卷七十《文苑傳》一、《國朝耆獻類徵初編》卷一四二、

《清詩紀事》康熙朝卷等。是書版本有：一為康熙年間刻本，題《積書巖宋詩刪》，半頁九行，行十九字，左右雙欄，單魚尾，黑口，前有張純修康熙丙子三十五（1696）年序，次為總目，每卷首又各有細目，很可能就是康熙年間的初刻本。《中國書店三十年所收善本書目》（北京市：中國書店，1982年版，頁224）著錄有康熙三十五年刻本，竹紙，二十四冊，或即為此本。今上圖藏有康熙三十五年寶翰樓刻本，二十五卷，十冊，內封面題「顧梁汾先生宋詩選，寶翰樓梓行」，鈐有「金聲玉振」印。首魏勷、張純修序，次總目，次諸卷細目，首頁首行頂格題「積書巖宋詩選卷一」，次二行署「錫山顧貞觀梁汾選，武陵胡獻徵存人閱」，半頁九行，行十九字，單魚尾，黑口，左右雙欄，版心署詩體及編次，如「五古一」。首頁鈐有「丁福保印」白文方印等。共選有五古四九五首，七古三一八首，五律五百首，七律五八〇首，五排四十一首，七排八首，五絕九十四首，六絕二十二首，七絕四四三首。二是康熙寶翰樓刻本，題名改為《積書巖宋詩選》，內封面題有「寶翰樓梓行」五字，版式、行款與康熙本同，僅多魏勷一序（按，王嗣槐《桂山堂文選》卷二有〈宋詩選序〉（《四庫未收書輯刊》柒輯27冊，北京市：北京出版社，1997年版，頁185-186）一文，亦為顧書而作，但筆者所見《積書巖宋詩刪》諸本，皆未見此序），細目前及每卷首皆題「積書巖宋詩刪×卷」，寶翰樓本「刪」皆作「選」，另外卷六最後一首韓希孟〈練裙帶中絲〉下有小注「刪本」二字，依此來看，此當為寶翰樓重刻之本。三是康熙刻春草堂印本，《中國科學院圖書館藏中文古籍善本書目》（北京市：科學出版社，1994年版，頁378）著錄。又有乾隆春草堂刻本，題名〈積書巖宋詩選略〉，署名為「錫山顧梁汾先生原本，江都李諫臣、蓬門重編」，版式、行款、序目皆與寶翰樓本完全相同，雖題雲重編，但書中內容並無任何變化，推測可能僅是據寶翰樓本重印，而非翻刻之本。李諫臣生平不詳，李本宣（1703-？），字蓬門，江都（今

江蘇揚州）人，活動於乾隆年間，工曲，著有傳奇《玉劍緣》等。《中國古籍善本書目（集部）》（頁1685-1686）著錄：《積書巖宋詩刪》二十五卷，清康熙刻本；《積書巖宋詩選》二十五卷，清康熙寶翰樓印本（國圖藏）；《積書巖宋詩選》二十五卷，清康熙刻春草堂印本（南圖藏）。另有《四庫全書存目叢書補編》本（第41冊影印北京圖書館藏清康熙刻本，即康熙寶翰樓本）。凡二十五卷，收宋代詩人三一八家，詩歌二千五百首，分體編次。是書主要根據《宋詩鈔》、《石倉宋詩選》、《宋金元詩永》、《宋元詩會》輯錄而成，部分詩家亦曾參考宋人全集。關於此書的選詩標準，顧氏自謂「寬於正變，而嚴於雅俗」，此語主要是針對《宋詩鈔》和《宋金元詩永》而發，《宋金元詩永》嚴於正變，以唐存宋，未能得宋詩真髓，《宋詩鈔》專以性情選詩，其流弊在於粗枝大葉，顧氏之選意在矯正這兩個偏向。

十三　積書巖宋詩選

顧貞觀輯，佚名重編，不分卷，現存抄本兩種，一為姚氏咫進齋抄本，南圖藏。另一種藏臺灣「國家」圖書館。《「國家」圖書館善本書志初稿》（集部第4冊，頁61）著錄：「舊鈔本。清顧貞觀編。無邊匡界欄，每半葉十行，行二十字；注文小字雙行，字數同。中縫空白未題署，亦不記葉次。首葉首行頂格題『積書巖宋詩選』，次行低十格題『錫山顧貞觀梁汾選』；第三行復頂格題類目『五言古詩』；其後作者名低二格，詩題則低三格，而詩皆頂格。格式多變化而清朗。封面右上方書腦處題『積書巖宋詩選』一冊。本書選錄兩宋詩人之詩，自北宋初年之潘閬、徐鉉，至南宋末葉之謝翱、林景熙，共選錄八十三人，中多當代名臣如范仲淹、韓琦、司馬光、王安石、蔡襄、余靖、文彥博等皆是，釋氏亦有道潛、志銓、惠洪等數人，唯未選蘇東坡詩，或蘇軾大家，人所習見，故未選錄歟？其蘇門四學士亦只錄

一、二首。所選詩皆以類分，凡五言古詩八十四首，七言古詩十九首，五律三十四首，七律二十九首，五言絕十四首，七言絕二十八首，全書都二〇八首，總四十七葉。書中鈐有『費印念慈』白文方印、『屺懷父』朱文方印、『西蠡所藏』朱文方印。是書選宋代詩人八十二家，詩歌二〇三首，以體分次，其中五古八十四首，七古十八首，五律三十二首，七律二十七首，五絕十四首，七絕二十八首。是書為顧貞觀《積書巖宋詩刪》的刪節本，但其中有三首不見於顧選，為編者所增。編者選詩似頗粗疏，不錄蘇軾、范成大詩，或別有所因，黃庭堅亦僅選一首。民瞻為王庭珪字，德暘為林景熙字，編者皆析作兩人，尤可見其粗陋。

十四　御選宋詩 *

　　張豫章等輯，康熙四十八年奉敕編。此為康熙《御選宋金元明四朝詩》之宋代部分，簡稱「御選宋詩」，七十八卷（申屠青松誤作八十七卷），姓名爵里二卷，作者凡八八六人（申屠青松誤作882人）。卷一、卷二為詩人小傳，詳敘作者爵里生平，詩以分體編次，首則帝制，次為四言、樂府歌行、古體、律詩、絕句、六言、雜言。張豫章等奉敕編撰，因內府藏書豐富可資參考，故清代宋詩選本中收錄詩人以此書為巨，並有不少佚詩為他書所未載，文獻價值較高，惜因書中對宋人違礙字句多有竄改。選詩主溫柔敦厚，宋詩中激直發越者，尤其是涉及宋金時事者悉遭刪除。此書雖題「御選」，似因卷帙浩繁，並未大量刻印，流傳範圍不廣，影響比較有限。是本有康熙四十八年（1709）揚州詩局刻本，半頁十一行，行二十字，白口，左右雙邊，雙魚尾，前有玄燁〈御製四朝詩選序〉，次為詩人姓名爵里。《中國古籍善本書目（集部）》（頁1388、1596）著錄有清康熙四十八年內府刻本，社科院文研所等館藏。孔廣陶《三十有三萬卷堂書目略》著錄尚

有康熙四十八年武英殿刊初印本《御選四朝詩》。後又有《四庫全書》本，《四庫全書總目》卷一百九十著錄。

十五　宋人絕句 *

　　王士禎輯。王士禎（1634-1711），字貽上，號阮亭，別號漁洋山人，新城（今山東桓臺）人。順治十五年（1658）進士，官至刑部尚書。清初詩壇盟主，倡舉神韻說。有《漁洋精華錄》、《帶經堂詩話》等，另編《古詩選》、《唐人三昧集》等。生平事蹟詳見蔣寅《王漁洋事蹟徵略》。是集一卷。《中國古籍善本書目（集部）》（頁1685）著錄乾隆朱振圖抄本，南圖藏。《山東文獻書目》（頁434）亦著錄。館方因其殘缺而未出示，不能寓目。嚴長明〈千首宋人絕句詩例〉云：「宋劉文定當南渡時，欲取中興後諸家五七言絕句，各選百首行世。本朝王文簡亦欲為之，其書惜皆未就。」王士禎《池北偶談》卷十九有「宋人絕句」條，其曰：「偶為朱錫鬯太史彝尊舉宋人絕句可追蹤唐賢者，得數十首，聊記於此。」又，《漁洋文集》卷十二〈跋自書宋人絕句〉曰：「書竟偶錄此詩。」不知與此同耶？

十六　宋詩類選 *

　　王史鑑輯。王史鑑，字子任，江蘇無錫人，諸生，何焯高足，與兄王史直（1679-1718）俱以熟悉地方掌故著稱，嘗合撰《錫山文獻集》，著有《醉經草堂文集》十九卷《詩集》一卷等。生平事蹟見《國朝耆獻類徵初編》卷四三一等。此書成於康熙五十一年（1712），是年付梓，半頁九行，行二十字，黑口，雙魚尾，左右雙欄，書前有王史鑑自序、凡例及引用書目。上圖藏有清康熙五十一年（1712）樂古齋刻本，二十四卷，二十四冊，內封面題「吳郡王子任

撰錄《宋詩類選》，詳載諸家評論及宋代奇聞軼事，樂古齋藏板」，行框上署「何太史屺瞻先生鑒定」。首頁天頭上鈐有華亭封氏藏印。首王史鑑康熙五十一年中秋自序，次例言，次總目，各卷又有細目。半頁九行，行二十字，小字雙行同，小黑口，花雙魚尾，左右雙欄，版心署「宋詩類選」、卷次及頁碼。此選道光十九年（1839）年重校補刻。今南圖藏有道光十九年樂古齋刻本，二十四卷，內封面款式與康熙本同。鈐「張鏡所藏」朱文方印。首葉桐作於道光十九年夏五月〈重刻宋詩類選序〉，次王史鑑自序，次史鑑之從玄孫元標序，次例言七則，次引用書目，次總目，諸卷首又有細目。版式與康熙同。《普林斯頓大學葛思德東方圖書館中文善本書志》（《屈萬里全集》第13冊，臺北市：聯經出版事業公司，1984年版，頁571-572）云：「《宋人詩囿精華錄》二十四卷，十二冊，二函。清王史鑑編。清錫山王氏手訂底稿本。十行二十一字。是書題：『錫山王史鑑子仕選。』無序跋。史鑑生平未詳。所選宋人五言古詩、五言律詩、七言律詩、五言長律、七言長律、五言絕句、六言絕句、七言絕句，都為二十四卷。詩後間附有前人詩評。繕寫頗整飭，避玄字諱；曆、寧等字，若避若不避。未知究著成於何時也。書中有朱筆圈點，並有校訂刪削處，當為史鑑手跡。別有墨筆評語，未詳出於何人。卷內有『東里居士藏書』印記。」題二十四卷，詩後附詩評，皆與《宋詩類選》相同，不同之處在於：屈氏云《宋人詩囿精華》收錄五古、五律、七律、五排、七排、五絕、六絕、七絕八體，而《宋詩類選》不收古體。據葉序所云，王史鑑從玄孫王元標雲齋俟竣工之後，欲於近體外續選古體，循是集之例以成宋詩大觀，續繼先祖之志。故其收五古而不收七古，頗為不類，抑或屈氏將一部分五律誤作五古，則所謂《宋人詩囿精華》極有可能是《宋詩類選》的底稿本。是編收錄宋代詩人三三九家，詩歌一六二二首。體例仿自宋周弼《三體唐詩》、元方回《瀛奎律髓》，僅收近體，以類分次，凡二十四類，分為天、地、歲

時、詠物（又分為草木、禽獸、昆蟲、飲食、器用五類）、詠史、慶
賀、及第、落第、宴集、懷約、呈獻、贈、寄、酬和、閒適、自詠、
品目、題詠、游覽、行旅、送別、雜詩、寺院、哀輓等。詩後附以詩
話，廣征博引，其詩作及詩評多有未見於他書者，故文獻價值較高。
卷首有列引用書目，正詩所集（專集不載）有十四種，夾注所引二九
七種，尚不含未注明出處的諸家之言。

十七　四靈詩鈔

吳之振選。別名《宋四靈詩鈔》。《中國叢書綜錄》未收，僅見李
銳清《日本見藏中國叢書目初編》（頁470）著錄，有日本享和三年
（1803）昌平黌鈔本、江戶文化十二年（1815）江戶三田屋喜八等序
刊本，內閣文庫、國會圖書館藏。不知與《宋詩鈔》中的《四靈詩
鈔》是否相同？

十八　宋詩 *

李國宋選。李國宋（1636-？），字湯孫，號大村，江蘇興化人。
康熙二十三年（1684）舉人。王士禛任揚州推官，招集四方名士，大
舉文酒之會，國宋方弱冠，常推第一。性耽吟詠，時人以陸游比之。
著有《大村集》、《螺隱居詩集》。生平事蹟見《淮海英靈集》丁集卷
一、《（乾隆）江南通志》卷一百六十六等。是選有清雍正三年
（1725）邵陽李氏古栗堂初印本，半頁九行，每行二十一字，小字雙
行同，白口，單魚尾，左右雙邊，國圖藏。

十九　宋十五家詩刪

　　張世煒編。張世煒（1653-1724），字煥文，江蘇吳江人。撰有
《秀野山房詩草》等。此選今未見，或佚。其《秀野山房二集》載有
〈宋十五家詩刪序〉（康熙刻本，道光二年1822重刊本），約知此選編
於雍正二年，是在陳訏《宋十五家詩選》的基礎上刪選而成。據該序
稱，張世煒先編有《歷朝詩約真賞集》，「更擬自宛陵而下為宋十家詩
選，以正天下學宋之謬。其宛陵、廬陵、東坡、石湖、放翁五家，雖
有成帙，尚未卒業，因即海昌陳言揚《宋十五家詩選》刪其什六，補
其什二，去其膚廓，存其菁英，為《宋十五家詩刪》。雖未能盡宋人
之詩，已盡宋人靈動警秀之妙。」

二十　宋詩刪 *

　　顧嗣立輯。顧嗣立（1665-1724），字俠君，號閭邱，江蘇長洲
（今蘇州）人，康熙三十六年（1697）順天鄉試舉人，五十一年
（1712）進士。著有《秀野堂詩集》、《閭邱詩集》，撰有《元詩選》，
參編《御選四朝詩》等。生平事蹟見《自訂年譜》等。顧嗣立曾孫顧
達尊《寒廳詩話》（《清詩話》本，上海市：上海古籍出版社，1978年
版，頁96）識語：「先太史著述繁富，其見於世者，韓昌黎、溫飛
卿、蘇東坡《詩集注》及《元詩選》、《閭邱辨囿》、《閭邱詩集》流傳
最廣，此外又有《唐詩述》、《宋詩刪》、《金詩補》、《今詩定》……十
餘種，或散佚無存，或毀棄篋笥。」

二十一　宋詩選 *

　　鄭鉽輯。未分卷，收宋代詩人六十三家，詩歌四○四首，僅五律

五十八首，七律二四〇首，七絕一〇六首。此書據《宋詩鈔》輯錄而
成，未付梓，國圖藏有抄本。鄭鉥（1674-1722），字季雅，一字冀
野，長洲（今江蘇吳縣）人，著有《柘湖小稿》、《冀野詩集》等。朱
彝尊對其甚為賞識：「吳人狂，鄭生獨狷；吳人詩靡，鄭詩獨剛。」
《清詩別裁集》卷二十六錄其詩八首。是選《北京圖書館古籍善本書
目》（北京市：書目文獻出版社，1987年版，頁2799）著錄：「鄭鉥
輯，清抄本，一冊，十行二十四字，白口，左右雙邊或四周單邊。」
或此「鉥」形誤為「鉥」。《清人別集總目》（合肥市：安徽教育出版
社，2000年版，頁1489）載：鄭鉥，字冀野，號季雅，長洲人。虎文
父，與張大受、陳夢雷等交往。《清人詩文集總目提要》（北京市：北
京古籍出版社，2001年版，頁456）載其字與申屠青松同，稱光緒
《蘇州府志》卷一三七載鉥有《括囊居士集》二十卷。生平事蹟見李
果《在亭叢稿》卷十一所撰《墓誌銘》、《初月樓續聞見錄》卷四等。

二十二　宋詩紀事 *

　　厲鶚輯。厲鶚（1692-1752），字太鴻，一字雄飛，號樊榭，一號
南湖花隱，又號西溪漁者，浙江錢塘人。康熙五十九年（1720）舉
人，乾隆元年（1736）薦舉博學鴻詞落紲。厲氏工詩擅詞，袁枚稱其
為浙派詩人之大成者，「浙西六家」之一。嘗館於揚州馬曰琯小玲瓏
山館數年，所見宋人集最富，與多位學人同撰《宋詩紀事》。著有《樊
榭山房集》等，又與查為仁同撰《絕妙好詞箋》。生平事蹟見《清史
稿》卷四八五，《清史列傳》卷七十一、《國朝耆獻類徵初編》卷四三
四、全祖望〈厲樊榭先生墓碣銘〉等。《八千卷樓書目》卷十九、《儀
顧堂題跋》卷十三、《四庫全書總目》卷一九六等著錄，又參見蔣寅
《清詩話考》（北京市：中華書局，2005年版，頁89、330）。厲鶚與
汪祓江於雍正三年（1725）始撰是集，又有杭世駿、馬曰琯、馬曰

璐、金農、查為仁、陳沆等七十餘人預其事，成於乾隆十一年
（1746），同年付梓。今有乾隆十一年錢塘厲氏樊榭山房本、《四庫全
書》本、國學基本叢書本、臺灣商務印書館影印本、臺灣鼎文書局一
九七七年影印歷代詩史長編本、新華出版社一九八三年排印本、上海
古籍出版社一九八三年和二○○八年排印本。另，廣東省中山圖書館
藏光緒二十四年（1898）子瞻鈔本（二冊，存卷一至卷七），南圖藏
佚名抄批校本（一冊，七卷）、清江都馬曰琯刻本。茲編卷帙浩繁，
收羅宏富，考訂精審，所附資料遍及宋人文集、詩話、筆記、史傳、
方志、類書等等，誠為宋代詩學文獻之淵藪。凡一百卷，共採錄詩人
三八一二家，大致以時代編次。體例仿襲計有功《唐詩紀事》。上圖
藏有清乾隆十一年江都馬氏刻本，內封面題「厲樊榭先生緝，《宋詩
紀事》，知不足齋藏板」，首厲氏自序，次總目，有翁方綱批語，吳興
劉氏嘉業堂等經藏，半頁十一行，行二十二字，小字雙行同，白口，
單魚尾，左右雙欄，版心署「宋詩紀事卷×」及頁碼，首頁首行題
「宋詩紀事卷一」，次二行署「錢唐厲鶚緝，祁門馬曰琯同緝」，有厲
氏手書《徵刻宋詩紀事啟》，是頁鈐有「翁方綱」、「蘇齋」、「劉承幹
字貞一號翰怡」等印十多枚。上圖另藏有乾隆十一年錢唐厲氏刻本，
內封面題楷體「宋詩紀事」，版式與知不足藏板同，鈐有「陳毓咸
印」白文方印、「芷房」朱文方印、「樂寐盦所藏」朱文長方印等。

二十三　南宋詩選 *

　　陸鍾輝輯。陸鍾輝（？-1761），字南圻，又字淳川，號環溪，江
都（今江蘇揚州）人。乾隆間著名鹽商，喜好風雅，所刻《笠澤叢
書》、《南宋詩選》極其精工。著有《放鴨亭小稿》等。茲編成於雍正
辛亥九年（1731）四月，同年陸氏家刻付梓。今南圖藏有清雍正九年
（1731）陸氏水雲漁屋刻本，十二卷，內封面署「南宋詩選，水雲漁

屋刊本」，右上鈐「陸氏放鴨亭印」朱文長方印，即陸氏之家藏。次
陸氏自序，次題有詩人姓氏及詩作數量之總目，諸卷首皆署「江都陸
鍾輝淳川甄錄」。半頁九行，行二十一字，小字雙行同，白口，單魚
尾，左右雙欄，版心署卷次和頁碼，上鐫「南宋詩選」。是本還鈐有
「楊氏家藏」朱文方印，天頭附有藏家朱筆題識。南圖另藏有雍正九
年（1731）陸鍾輝晚晴書屋刻本，半頁九行，行二十一字，小字雙行
同，白口，左右雙欄。卷首有陸鍾輝自序，次為總目。是選《萬卷精
華樓藏書記》卷一三八（北京市：北京圖書館出版社，1997年版，頁
4517）、孔廣陶《三十有三萬卷堂書目略》、《八千卷樓書目》卷十九
皆著錄為《南宋群賢詩選》十二卷，雍正辛亥水雲漁屋精刻本一函四
冊。陸鍾輝序亦云：「有宋詩人，自建隆以逮德祐三百年間，粲然輩
出，渡江以往，雖體淪卑近，然放翁、石湖、晦翁三君子屹然鼎峙，
足稱繼起。其間卓然成家者，亦不乏人，第悉有端集，及行世選本，
惟此六十餘家，自臨安匯刻之後，絕罕流傳，倘不亟為甄收，誠慮終
歸湮落。閒居誦讀之餘，爰加決擇，存其什三，釐為十二卷。」可知
是書乃據當歸流傳之南宋群賢小集選抄，所錄大多為江湖詩家。茲集
詩人名下標明詩作篇數，並附以小傳，共選錄南宋詩人六十一家一三
四〇首（申屠青松誤作1246首）。其中最多者為周文璞六十九首，次
姜夔六十七首（正文誤題60首），次高翥五十六首，次嚴粲四十九
首，次王同祖四十二首，次黃文雷四十首，次敖陶孫三十九首。諸卷
數量多寡不一，多者如卷一達二〇六首，少者如卷九僅七十三首。

二十四　增訂宋詩鈔 *

　　車鼎豐、孫學顏撰。車鼎豐（1692-1733），一名道南，字邁上，
號雙亭，湖南邵陽人，居江寧上元。康熙四十七年（1708）副貢。車
萬育之子。著作多佚，遺稿見劉達武所輯《邵陽車氏一家集》本之

《車雙亭集》一卷。孫學顏（1677-1734），字用克，號周冕，又號華農子，居麻山，故又號麻山，安徽桐城人。布衣，著有《麻山詩集》、《麻山遺集》、《麻山先生遺詩》、《麻山先生文集》等。生平事蹟見《麻山遺集》所附方宗誠撰《三隱君子傳》。二人因罹呂留良案而被害。《（光緒）湖南通志》卷二五八（光緒十一年1885刻本）：「《重訂宋詩鈔》一二〇卷，邵陽車鼎豐編。」孫學顏《麻山詩集》卷一有詩題云《和酬車南東，兼憶胡虹山，時與雙亭選宋詩》，此書蓋為孫、車二人同選。

第二節　乾嘉道朝宋詩選本

一　宋百家詩存 *

　　曹庭棟輯。曹庭棟（1699-1785），初名廷棟，字楷人，又字六吉，號六圃，別號慈山居士、慈山先生、漱秋居士，浙江嘉善人。著名書畫家曹鑑倫之孫。乾隆初舉孝廉方正，後隱居不仕。平生最愛賀鑄詩，所為詩「大似北宋人」。專主性情，晚作尤佳，嘗謂「詩真豈在分唐宋，語妙何曾露雕刻」。著有《產鶴亭詩稿》、《永宇溪莊識略》、《續識略》等。生平事蹟見《清史列傳》卷七十二及其《永宇溪莊識略》卷六所載自訂年譜等。據其《永宇溪莊識略》所附自訂年譜卷六《識閱歷》（《四庫未收書輯刊》拾輯21冊，頁405）：「乾隆五年庚申，選《宋百家詩存》，閱兩載，始竣事，校刻者我友陸蓼九也。」則是集始編於乾隆五年（1740），次年三月完稿並付梓。今有乾隆六年（1741）嘉善曹氏二六堂刻本，南圖藏，二十卷，二十冊，半頁十一行，行二十一字，小字雙行同，白口，單魚尾，左右雙欄，版心署所選詩人專集名稱，如「××集」，下記頁碼。內封面題「嘉善曹六圃選《宋百家詩存》……二六書堂藏板」，次曹庭棟作於乾隆

六年三月序，次例言，次總目，書末有乃弟曹庭樞跋。鈐有「八千卷
樓藏書記」朱文方印。尚有《四庫全書》本，其字句多有改動，書末
曹跋亦已刪除。尚有上海古籍出版社一九九三年影印《四庫文學總集
選刊》本。另據楊鍾羲《雪橋詩話餘集》卷四所載，曹六圃編選《宋
百家詩存》，錢文端有絕句百首逐加品題，汪槐塘題詩存後，即錢陳
群有〈宋百家詩存題詞並序〉、汪沆有〈題曹六圃選宋百家詩存後〉
（參見《槐堂詩稿》，袁行雲《清人詩集敘錄》，北京市：文化藝術出
版社，1994年版，頁922），而所見刊本並未收錄。是書為補《宋詩
鈔》之闕而作，收錄未見於《宋詩鈔》之宋代詩人一百家。體例即倣
《宋詩鈔》，每集前有小傳，敘作者生平、詩風。各家以時代先後為
次，因曹氏嗜愛賀鑄，特置之卷首。詩歌皆據宋人本集輯錄，實有七
十餘家則取自《南宋群賢小集》等文獻。正如曹氏〈例言〉所云，編
者急於成書，加之疏於校讎，故文獻上瑕疵頗多，但仍是《宋詩鈔》
和《宋詩紀事》以外影響最大的宋詩文獻。《八千卷樓書目》卷十九
亦著錄、《柏克萊加州大學東亞圖書館中文古籍善本書志》（上海市：
上海古籍出版社，2005年版，頁342）載之較詳，惜所藏為殘本。《中
國古籍善本書目（集部）》（頁1495）著錄，有乾隆六年曹氏二六書堂
刻本及乾隆刻本。孔廣陶《三十有三萬卷堂書目略》著錄有乾隆六年
二六堂選刻精本。除二十卷本外，南圖尚藏有乾隆六年二十八卷本。

二　宋詩選 *

　　馬維翰輯。馬維翰（1693-1740），字墨臨，號墨麟，又號侶仙，
浙江海鹽人，康熙辛丑六十年（1722）進士，歷官四川川東道、江南
常鎮道，著有《墨麟詩集》等。生平事蹟見《清史稿》卷三〇六、
《清史列傳》卷七十一、《碑傳集》卷八十二、《國朝耆獻類徵初編》
卷二一〇等。茲選南圖藏有清刻本，七卷，內封面署「宋詩選」，無

序跋、凡例，各卷首題「海鹽馬維翰輯，孫緯雲校正」，半頁十行，行二十字，單魚尾，下小黑口，四周又欄，版心署詩體、頁碼，上題「宋詩選」及卷次。以體分次，七卷分別選錄五古、七古、五律、七律、五絕、六絕、七絕，共收宋代詩人六十二家四九二首，其中蘇軾三十九首、黃庭堅二十九首、陸游二十五首、朱熹二十二首、范成大二十首、秦觀十八首。大體據《宋詩鈔》輯錄而成，個別詩人參考其它文獻。詩人名下附以小傳，字行間施圈點，天頭載有批識。書末有「辛巳季秋下澣夢蘇山人手校」朱筆題識，有藏家之品評和校語。未詳刻於何時。

三　宋詩選本 *

　　陳玉繩輯。抄本，不分卷。無序跋、凡例，有詩人小傳。格紙謄寫，僅錄二十二首，與《金詩選本》、《元詩選本》、《明詩選本》合訂為一冊，末附「摘句」若干。上圖藏。陳玉繩，浙江錢塘人，雍乾間著名詩人陳兆崙（1701-1771）之姪，倪承寬次婿（見邵晉涵《南江詩文鈔》卷十一〈誥授光祿大夫太常寺卿倪公墓誌銘〉）。餘不詳。

四　宋詩選 *

　　張庚輯。錢陳群《香樹齋詩續集》（清乾隆刻本）卷六有詩題云〈瓜田大兄以編摩兩宋詩集客苕上有詩見懷次韻為報〉，查《清人室名別稱字型大小索引（增補本）》（上海市：上海古籍出版社，2001年版，頁123）：「瓜田、瓜田逸史，張庚。」申屠青松於編者無考。張庚（1685-1760），原名燾，字溥三，更字浦山，又號公之於，自號瓜田逸史，又號爾伽居士、白苧村桑者，浙江秀水（今嘉興）人。雍正十三年應博學鴻詞試，善畫山水，肆力於《史記》、《漢書》及唐宋大

家之集數十年。著有《強恕齋詩文集》、《瓜田詞》等。桑調元文集中
有〈瓜田集序〉。生平事蹟見《清史稿》卷五〇四、《清史列傳》卷七
一、盛百二〈張徵君庚墓誌銘〉、《碑傳集》卷一四〇、《國朝耆獻類
徵初編》卷四二七等。

五　宋八家詩鈔 *

　　鮑廷博輯。又名《南宋八家集》，十六卷，《中國叢書綜錄》（第
一冊，頁845）著錄，一九二二年據鮑氏知不足齋抄本景印。半頁十
行，每行十八字，小字雙行同，白口，左右雙邊。是書輯錄收薛師石
《瓜廬詩》一卷、《附錄》一卷，趙師秀《清苑齋集》一卷、《補遺》
一卷，翁卷《葦碧軒集》一卷、《補遺》一卷，徐照《芳蘭軒集》一
卷、《補遺》一卷，徐璣《二薇亭集》一卷、《補遺》一卷，李龏《梅
花衲》一卷、《剪綃集》二卷，吳淵《退庵先生遺集》二卷，陳起
《芸居遺詩》一卷。

六　宋詩百一鈔 *

　　姚培謙、張景星、王永祺撰。後名《宋詩別裁集》。凡八卷，收
宋代詩人一三七家，詩歌六四午首，以體分次。此書文獻來源主要有
《宋詩鈔》、《宋百家詩存》、《宋文鑑》、《瀛奎律髓》四種，部分詩人
亦曾參考全集。是書有明顯的詩教色彩，崇尚雅正平和之美，收入不
少歌功頌德的作品，在宋詩體派中重視西昆，對江西和江湖詩派則比
較忽視，選詩範圍亦有偏隘之嫌，如劉克莊只首未選。故在反映宋詩
風格、體製和源流上，這並不是一個很好的選本。張景星，字行之，
江西奉新人，乾隆十年（1745）進士，官至河南魯山知縣。姚培謙生
平見上文，王永祺生平則未詳。此書版本繁多，初刻為乾隆二十六年

（1761）誦芬樓刻本，上圖藏有巾箱本，內封面前右上題「乾隆辛巳仲夏」，中署隸字「宋詩百一鈔」，左下鐫「誦芬樓雕版」，前有傅王露序，次總細目，首頁首行頂格題「宋詩百一鈔卷一」，次三行署「雲間姚培謙述齋、張景星二銘、王永祺補堂點閱」。半頁七行，行十五字，白口，單魚尾，左右雙欄，版心署「宋詩百一鈔卷×」和詩體，下記頁碼，姚、張、王三人另編有《元詩百一鈔》，後人將此二鈔與沈德潛「別裁」三種合在一起刊行，稱為《歷朝詩別裁集》。此書清代版本可考者有務本堂刻本、元聚堂刻本、三讓堂刻本、小酉山房刻本、令德堂本、道光十九年（1833）巾箱本等，民國後多次再版，有掃葉山房本、一九三七年商務印書館《國學基本叢書》本、一九六二年香港商務印書館排印本、一九七三年中華書局影印本、一九七八年上海古籍出版社排印本、一九九八年浙江古籍出版社影印本等。和刻本亦夥，見於著錄者有日本寬政六年（1794）江戶青藜閣須原屋伊八刊本、慶應二年（1866）尚友堂刊本、明治三年江戶玉巖堂刻本（《東北地區古籍線裝書聯合目錄》，頁3200）、明治十三年（1880）東京書肆金鱗堂刻本、江戶玉巖堂和泉金右衛門刊本等。又有批點本，明治十五年（1882）大阪松田莊助刊刻，題《批評宋詩鈔》，後藤元太郎評。

七　千首宋人絕句 *

　　嚴長明輯。嚴長明（1731-1787），字東友，一字用晦，號道甫，江寧（今江蘇南京）人，乾隆二十七年賜舉人，授內閣中書，官至侍講學士。早年受業於方苞，又館揚州馬氏，盡讀小玲瓏山館藏書，後入畢沅幕。著述頗豐，其詩作今匯為《嚴東友詩集》，另有學術論著數十種。生平事蹟見錢大昕《內閣侍讀嚴長明傳》（《潛研堂文集》卷三十七）、《清史稿》卷四九〇、《清史列傳》卷七十二、《碑傳集》卷

四十二、《國朝耆獻類徵初編》卷一四六等。據畢沅〈序〉，此書嚴氏始編於乾隆二十八年（1763），又經陳兆倫星齋、程晉芳蕺園刪汰，適成千首，稿成於乾隆三十五年（1770）。是選初刻於乾隆三十五年，今有湖北省圖書館藏乾隆三十五年畢沅刻漫月樓藏本，內封面題篆體「千首唐人絕句」，次畢沅序，次凡例六則，次為總目，每卷首又有細目。半頁十一行，行二十一字，左右雙欄，黑口，無魚尾，版心署「千首唐人絕句」、卷次及頁碼。是集凡十卷，倣宋洪邁《萬首唐人絕句》原本之例，選宋人絕句一千首，其中七言二八九家六八六首，五言一一二家二一六首，六言四十四家九十八首。一九二二年，上海涵芬樓出版仿古活字本，一九三〇年再版，一九三三年又版。商務印書館亦於一九二七年、一九三〇年、一九三三年、一九三五年四版此書。一九四九年後又有三版，分別為浙江古籍出版社一九八六年吳戰壘校注版、上海書店一九八七年版、天津古籍書店一九九一年版。是書《中國古籍善本目錄（集部）》（頁1686）著錄，鄂圖藏乾隆三十五年畢沅刻本、江蘇揚州市圖藏乾隆三十五年畢沅刻潘德興批校本。南圖藏有清乾隆刻本、民國涵芬樓活字印本、上海商務印書館一九三五年、一九三六年鉛印本。

八　宋詩略 *

　　汪照、姚塤編。汪照，初名景龍，字紃青，嘉定（今屬上海）人，貢生。少能詩，著有《陶春館吟稿》、《碧雲詞》。通經義，注《大戴禮》數萬言，又纂集齊、魯、韓三家詩說。覃心金石之學，與申兆定、錢坫編次《金石編》。曾從王傑游、入王昶幕，歷主有莘、橫渠兩書院山長。又與王鳴盛、錢大昕交善。歸家未幾，年五十八病歿。先是照以詩名吳下，王鳴盛稱其詩甚工。王昶謂其所選《宋詩略》最為精當。生平事蹟見《（嘉慶）直隸太倉州志》卷三十八、王

昶《蒲褐山房詩話》及《湖海詩傳》卷三十等。姚塤，字和伯，嘉定人，清代著名學者王鳴盛婿。二人均為乾隆間人。卷首先後有王鳴盛、汪景龍、姚塤三序，汪、姚二序均作於乾隆三十四年十二月，王序作於次年二月，即茲編成於乾隆三十四年而刊於次年。南圖藏有乾隆間竹雨山房刻本，似為乾隆三十五年刻本，十八卷，半頁十行，行十九字，小字雙行同，小黑口，單魚尾，左右雙欄，版心署「宋詩略」、卷次、詩人姓名及頁碼。內封面題「嘉定汪紉青、姚和伯同輯宋詩略，竹雨山房藏板」，首王、汪、姚三序，次凡例八則，諸卷首又標有詩人和篇數。據〈凡例〉，是選廣搜博採，透過善本、選本及專集互為校勘，使其所錄作品紕謬論甚少，文獻價值甚高；因王禹偁開宋詩風氣，故列於卷首，而方外、名婉亦採擷不少，如花蕊夫人二十首、朱淑真甄錄十二首，比黃庭堅、張耒、秦觀、汪元量、朱熹（四人皆各十首）、梅堯臣（八首）還多，此尤堪注意者；依厲鶚《宋詩紀事》之例，於前賢評論詩家本事，酌情節錄，並於字行間加以評點、箋釋，以示初學者之軌則，曉宋詩之崖略。所錄詩人四三二家一二〇一首，多寡不一，較多者如蘇軾三十五首、陸游二十三首、王安石二十四首、范成大二十一首、歐陽脩二十首。大致以詩存人，依時代先後，按詩體編次。茲編所據文獻主要取自《宋詩鈔》、《宋百家詩存》、《宋詩紀事》、《瀛奎律髓》、《石倉宋詩選》等典籍，詩話多轉錄於《宋詩紀事》。是書汪序對唐、宋詩和此前之宋詩選本評騭精到，而姚序則對宋詩的源流演變多有會心之言。其選詩宗旨頗有調和唐宋詩論爭之舉，如姚序所言：「非敢援唐以入宋，亦非推宋以附于唐，要使尊宋詩者無過其實，毀宋詩者無損其真而已。」《八千卷樓書目》卷十九、《續修四庫全書總目提要（稿本）》（濟南市：齊魯書社，1996年版，第28冊，頁593）、《藏園訂補邵亭知見傳本書目》（北京市：中華書局，1993年版，第四冊，卷十六上，頁118）等著錄。

九　集宋賢詩 *

　　孔昭焜輯。孔昭焜（1776-？），字堇生，山東曲阜人。孔昭虔弟。嘉慶十五年（1810）舉人（申屠青松誤作五年），官蓬溪知縣。著有《食我實館吟稿》、《利於不息齋初集》等。《東北地區古籍線裝書聯合目錄》（頁3199）著錄：《集宋賢詩》不分卷，清孔昭焜輯，清孔氏利於不息齋抄本，吉林大學圖書館藏。又，申屠青松誤題作《唐宋賢詩》。

十　宋詩鈔補 *

　　熊為霖輯。申屠青松於生卒年無考，字誤作「涼青」。熊為霖（1715-1786），字浣青，一字鶴嶠，號鶴嶠道人，又號心松居士、學橋老人，江西新建人，乾隆七年（1742）進士，官翰林院檢討，升侍講。乾隆四十九年主粵秀書院講席，有兩年之久。著有《鶴嶠詩鈔》、《紀行詩》（一名《熊為霖詩集》）等。生平事蹟見《詞林輯略》卷四、《湖海詩人小傳》卷十九、梁廷枏《粵秀書院志》卷十五《熊為霖傳》。李宣龔序管庭芬、蔣光煦〈宋詩鈔補〉（《宋詩鈔補》卷首，商務印書館，1914年版）云：「斠印將竟，吾友人山陰諸真長，復得熊心松為霖《宋詩鈔補》三冊于京師，為嘉應黃公度遵憲人境廬故物。雖僅補原缺十六家，而甄採較此編為富。惜中佚一冊，不知流轉何所？」

十一　宋人七言絕句詩選 *

　　管世銘輯。張惟驤《清代毗陵書目》卷五《總集類》（1944年鉛印本）：「《宋人七言絕句詩選》四卷，管世銘。」管世銘（1738-

1798），字緘若，小字興隆，號韞山，人稱韞山先生，江蘇武進人。
乾隆四十三年（1788）進士，官至浙江道監察御史。以制舉文得名，
實詩出其之上。著有《韞山堂詩集》、《韞山堂文集》、《讀雪山房唐詩
鈔》等。生平事蹟見《韞山堂文集》所附陸繼輅《掌廣西道監察御史
管世銘墓表》和管繩萊《行狀》、《清史稿》卷三五六、《清史列傳》
卷七十二《文苑傳》三等。

十二　宋四家律選 *

　　彭元瑞輯。彭元瑞（1731-1803），字掌仍，一字輯五，號芸楣，
江西南昌人。乾隆二十二年（1756）進士，官至吏部尚書，四庫館副
總裁。工詩能文，與紀昀同有才人之稱。卒諡文勤。著有《恩餘堂
稿》、《知聖道齋讀書跋尾》等，又撰有《宋四六選》、《宋四六話》。
生平事蹟見《清史稿》卷三二〇、《清史列傳》卷二十六〈大臣傳次
編〉一。《中國古籍善本書目（集部）》（頁1499-1500）著錄，抄本，
半頁九行，行十九字，小字雙行同，白口，四周雙邊，有彭元瑞跋
語，山西臨猗縣圖書館藏。此書未曾付梓，但抄本流傳頗廣，現存有
四本，分藏於湖北圖書館、山西臨猗圖書館、臺灣「國家」圖書館、
臺灣東海大學圖書館。《「國家」圖書館善本書志初稿》（集部第4冊，
頁62）著錄：「左右雙邊。每半葉九行，行二十一字，注文小字雙
行，字數同。版心白口，單魚尾，唯悉空白未題署。文中附鈔句讀、
旁圈，字里行間有極小字之批語。簡端偶亦有小字批註。……本書為
彭元瑞所輯之讀書課本，選錄南宋大詩人所作之律詩，五七言律並
錄，未加析分，首二卷皆陸放翁詩，每卷各八十首；後三卷分別為范
石湖、楊誠齋及劉後村詩，每卷亦各八十首。詩後偶有評語，蓋彭氏
所加注者。」關於選詩標準，編者識云：「五、七言律非詩家高格，
四家非宋極品，特以貶餖飣晦澀、躓復重膇之病而已，陸取其生者，

范取其壯者，楊取其新者，各視乎其人。」其中湖北圖書館藏本有黃侃朱筆批語彌足珍貴，《中國叢書綜錄》稱鄂圖於黃侃百年誕辰之際特借得武昌徐孝宬所藏稿本複印行世，一名《黃侃批點南宋四家律選》，載其批語約百條。

十三　今體宋詩選 *

　　陸式玉編。陸式玉，字琪音，江蘇丹陽人，生平不詳。凡四卷，收宋人近體詩，以體分次，其中卷一五律八十一首，卷二七律一四〇首，卷三五絕十一首，六絕四首，七絕九十二首，卷四為補遺，其中五律補二十首，七律補十八首，七絕補二十四首，六絕補三首，總計四九三首。此選具有較濃厚的理學意味，收錄理學家詩頗多，而一些著名詩人卻漏選，如陳師道、陳與義、劉克莊等一首未錄。是集似據選本輯錄而成。此書國內圖書館鮮有著錄，日本流傳頗廣，有文化三年（1806）江戶山城屋佐兵衛刊本，山本謹校。

十四　宋詩集評 *

　　莊師洛輯。王苣孫《淵雅堂全集・憔甫未定稿》卷十四〈婁縣學生莊君墓誌銘〉（嘉慶刻本）：「君諱師洛，字蒓川，其先自浙來徙青浦，又徙婁縣天馬山之陰，遂隸其籍考。心鑑生四子，為諸生者二，而君其次也。其補諸生，出故諸城劉文清公。娶于薛、于姚，皆賢而先殞，君殞以今嘉慶十七年正月二日，年七十，有子敬君。好觀乙部書，作詠史詩，既試高等，薦不售，遂棄科舉，以貧故，授徒館其偉家最久。時王侍郎昶為雲南布政使，聞君名，往聘君，弗與易也。居之凡二十年，慕其鄉先生陳、夏二公之遺風，陳故有集，君輯之增倍，又注其年譜，營畫其墓祠。夏公之文無傳，獨其子完淳所著，驟

出于湮沉斷爛之中，雖不無鄉人士君子助錢為力，而實皆君之功也。
性耿介，所交無烜赫者。其授徒不責修脯，亦不專尚舉業，所務讀
書。其偉習其教亦篤，古有雅尚。君所為《十國宮詞》，余序以行
世。其所自定之詩曰《不直杯水集》，與所著《吳詩集覽刊誤》、《唐
賢三昧集補注》、《宋詩集評》，凡若干卷，藏于家。」申屠青松於莊
氏仕履無考。《清人詩文集總目提要》（頁827）稱：莊師洛（1743-
1812），字蓴川，號泖客，江蘇婁縣人，諸生。

十五　宋詩小錦

　　許仲堪撰。許仲堪（1745-1794），字美尊，號眉岑，江蘇無錫
人。縣諸生，善詩文。有《放翁詩注》、《本朝詠物詩》、《螺哈集》、
《種學樓詩》、《印史會要》等。此據鄭偉章《文獻家通考（清─現
代）》（北京市：中華書局，1999年版，頁452）著錄。

十六　宋詩選＊

　　劉翰圃輯。成書《多歲堂詩集》（道光十一年刻本）卷四有〈題劉
翰圃孝廉治手鈔宋詩〉：「三十年來耐久盟，萬千里外故人情。也知別
後能懷思，不見書來問死生。良友心期非落寞，老夫襟抱轉淒清。黃
沙攪地西風急，手把陳編涕淚盈。」成書（1760-1821），姓莫爾察氏，
字倬雲，號誤庵，滿洲鑲白旗人。乾隆四十九年（1784）進士，著有
《多歲堂詩集》、《古詩選》等，生平事蹟見《國朝耆獻類徵初編》卷
一〇五本傳。劉翰圃，即劉治，成書最早的受業弟子，撰有〈多歲堂詩
集序〉，道光十一年（1831）尚在世，生平事蹟待考。《多歲堂詩集》
以時間先後排次，是詩編在嘉慶丁丑二十二年（1817），時成書在新
疆烏什，可知劉氏乾隆五十二年（1787）已師從成書，是選一八一七
年之前完稿。

十七　宋詩選粹 *

　　侯廷銓輯。侯廷銓，上海寶山人，嘉慶年間人，撰有《錢溪志》等。是集《八千卷樓書目》卷十九著錄。今上圖藏有道光五年（1825）瑞實堂刻本，首龔麗正序，次例言，次參定姓氏，次目錄。半頁十行，行二十一字，白口，單魚尾，左右雙欄，版心署卷次和頁碼，上題「宋詩選粹」。詩人下附小傳，字行間施圈點，天頭加有批語。鈐「蘅甹珍賞」白文方印、「蘭卿經眼」朱文長方印，有藏者墨筆題識。據例言所記，此為侯氏手稿，未刊而卒，後由門人付梓，錯訛一仍其舊。十五卷，收詩人三四一家，詩歌九六二首，其中蘇軾二十九首，陸游、楊萬里皆二十二首，黃庭堅十六首，梅堯臣十三首。內容分詩選和評點兩部分。是書詩歌主要取自《宋詩鈔》、《宋百家詩存》、《宋詩紀事》、《宋詩略》，部分江湖詩家參考《南宋群賢小集》等。詩人次序編排上多有先後顛倒之誤，如梅堯臣置於蘇、黃之後。

十八　顧鄭鄉先生宋詩鈔 *

　　顧廷綸輯。未分卷，收三家九十九首詩，其中梅堯臣十首，歐陽脩九首，蘇軾八十首。諸宗元〈顧鄭鄉先生宋詩鈔序〉曰：「蓋先生所選錄，今僅存宛陵、永叔、東坡三家。」可知此書出版時即為殘卷，原來所選則不止此。諸序又盛稱顧氏此選頗具別裁，如「至東坡之詩，世多稱其七言，即曾氏滌生亦蹈此習，今先生之所甄錄，則以五言佳篇，十居七（其）八，是亦有勝於世俗之稱東坡者。」顧廷綸（1767-1834），初名鳳書，字鄭鄉，會稽（今浙江紹興）人，曾任天臺訓導、武康訓導，著有《玉笥山房集》。此書有一九二八年科學儀器館石印本，上圖藏。半頁九行，每行三十字左右，白口，四周雙欄，單魚尾，魚尾上題「宗經堂日鈔」，象鼻署「怡齋藏本」，卷首有

諸宗元序。南圖藏有一九二八年顧鼎梅石印本，北大藏有一九一七年、一九二八年會稽顧氏刊本。

十九　宋詩三百首 *

　　許耀輯。選宋代詩人八十家，詩歌三百首，其中五古二十六首，七古四十八首，五律五十二首，七律七十六首，五絕十八首，七絕八十首。許耀編撰此選以作家塾課本。許耀（？-1866），字淞漁，江蘇婁縣（今上海）人，道光十九年舉人，官靖江教諭，撰有《典齋賦鈔》等。是書編選始於道光二十四年（1844），次年春水草堂刊刻，上圖藏，半頁九行，行二十一字，單魚尾，無格，左右雙欄。前有許耀自序，次為總目和門人王慶勳識語。《東北地區古籍線裝書聯合目錄》（頁3200）著錄，黑龍江省圖書館藏有一卷本。內封面署「道光乙巳秋刊，宋詩三百首，春水草堂藏板」。版心上題「宋詩三百首」，下記頁碼。

二十　宋詩隨意鈔 *

　　楊行傳輯。六卷，續鈔四卷。《中國人民大學圖書館古籍善本書目》（北京市：中國人民大學出版社，1991年版，頁170-171）著錄，道光三十年（1850）抄本，十冊一函，綠格，半頁九行，行二十五字，小字雙行同，白口，左右雙邊，鈐「昆山王德森藏」印。採《宋詩鈔》、《宋之詩鈔》、《東坡集》、《劍南詩鈔》等書，輯錄宋詩二千三百餘首。

二十一　微波榭鈔詩三種 *

　　孔繼涵抄校並跋。孔繼涵（1739-1784），字體生，一字誧孟，號荭穀，室名微波榭等。乾隆三十六年（1771）進士，官至戶部主事。匯刻古本秘笈入《微波榭叢書》，又刊《算經》等書，為世所稱。著有《紅櫚書屋詩集》等。生平事蹟見《清史列傳》卷六十八、翁方綱〈戶部主事河南司主事孔君墓誌銘〉等。是鈔八卷，半頁九行，每行二十一字，無格。抄錄吳龍翰《古梅吟稿》五卷、劉克莊《南嶽詩稿》二卷、張公庠《張泗州集》一卷。山東省圖書館藏。

第三節　咸同光宣朝宋詩選本

一　南宋群賢七絕詩 *

　　盧景昌選。盧景昌，字小菊，原籍金華，順康年間徙居桐鄉烏鎮，為鄉邦望族。同治十二年（1873）舉人，歷任青鎮立志書院、南潯潯溪書院山長，另輯有《桐鄉詩鈔》二卷。盧孫學溥乃茅盾之表叔。生平事蹟詳見鍾桂松《茅盾文學道路上一個不可忽視的人物——盧學溥》（成都市：四川文藝出版社，1991年版，頁40-41）。一卷，手抄本。九行二十字，無格，有圈點、小注。無序、凡例、目錄，集後附李龏《梅花衲集句》詩四十首、釋紹嵩《詠梅五十首集句》二十首。入選詩人六十二位，入選詩作十首以上的依次為：高翥二十四首、趙崇鉘十三首、吳仲孚十五首、沈說十三首、王同祖四十六首、陳允平二十一首、何應龍四十七首、許棐三十一首、胡仲參十四首、施樞二十九首、武衍二十二首、葉紹翁十二首、薛嵎三十五首、俞桂七十首、張良臣二十八首、張蘊十七首、朱繼芳五十四首、林尚仁十二首、宋伯仁五十二首、戴復古十八首、葉茵三十五首、劉過十三

首、姜夔六十五首、周又璞二十四首、周弼二十六首、釋斯植三十五首、釋永頤二十首、樂雷發十首、徐璣十首、嚴粲二十首，未選「中興四大家」詩作。蘇州大學圖書館藏。

二　三體宋詩 *

　　劉鍾英編。劉鍾英（？-1930），字芷衫，號紫山，河北大城縣人，光緒乙酉科（1885）拔貢生，長年坐館於安次縣得勝口馬家，撰有《大城縣志稿》、《三餘漫堂詩文集》、《全唐詩補遺》、《七家詩注》、《東萊情議》等。抄本，未分卷，國圖藏。收宋代詩歌八十六首，全據顧貞觀《積書巖宋詩刪》殘本選輯而得，故僅有五律、五排、絕句三體。半頁九行，行二十字，紅格，四周雙欄，板心有「榮寶齋」三字，單魚尾。卷首題云：「大城劉鍾英芷衫編，受業馬鍾秀手校」，並有馬鍾秀光緒三十年所撰序：「客秋游海王村肆，見顧梁汾氏手編《積書巖宋詩刪》二冊，閱之，只餘五律、五排、絕句，亦無卷數，蓋非完書也。以其不經見，遂購之，置諸書篋。今夏歸里，爰出斯編，亟請劉芷衫先生為選其尤者，作為讀本。計得八十六首，秋杪攜之入都，公餘之暇，手鈔成冊。既畢，因敘其緣起，並題卷端曰〈宋三體詩〉云。閼逢執徐歲鞠月，馬鍾秀識于師寓齋。」

三　宋代五十六家詩集 *

　　坐春書塾輯。是書選宋代詩人五十六家，詩歌九四七首，五十六家分別為王安石、蘇軾、鄭俠、王令、陳師道、文同、米芾、黃庭堅、張耒、晁沖之、秦觀、徐積、王炎、趙師秀、王十朋、徐照、劉宰、王阮、戴復古、戴昺、方岳、謝翱、文天祥、林景熙、真山民、汪元量、梁棟、王禹偁、徐鉉、韓琦、蘇舜欽、張詠、趙抃、梅堯

臣、余靖、歐陽脩、林逋、石介、孔武仲、孔平仲、韓維、唐庚、孫
覿、范浚、劉子翬、吳儆、周必大、程俱、朱熹、范成大、陸游、翁
卷、徐璣、黃公度、劉克莊、王庭珪，另謝翺後又附《天地間集》十
首。除王十朋外，余皆見於呂留良等《宋詩鈔》，所收絕大部分亦取
自後者。選詩以陸游為最多，達六十八首。有宣統二年（1910）龍文
閣石印本，上圖藏，半頁九行，行二十二字，無行格，四周雙欄，白
口，單魚尾。前有序言，次為總目。總目上記詩人集名，中署詩人姓
字，下標篇數。版心上題詩人集名，下記頁碼。《中國叢書綜錄》（第
一冊，頁842）著錄。內封面「宋代五十六家詩集，庚戌春日，一駝
署」，另題「宣統庚戌春日，北京龍文閣印」。首頁署「臨川詩集，宋
代詩集五十六家，坐春書塾選本」。

四　宋七絕選錄＊‧宋詩紀事選

　　況澄輯。廣西桂林市圖書館藏。《宋七絕詩選錄》一卷，《宋詩紀
事選》一卷，附《銅雀硯硯箋》九則，編者手抄本，二冊。《中南西
南地區省市圖書館館藏古籍稿本提要（附鈔本聯合目錄）》（武漢市：
華中理工大學出版社，1998年版，頁412）云：況氏於家藏眾多史籍
中擷出宋人七絕詩二百餘首。宋代名人紀事詩若干，匯鈔成冊。是輯
除七絕詩外，還收有少量律詩及名言雋句，詩文作者也不盡為宋人，
間有少量斷代不詳的「前人」詩作。據《清人別集總目》（頁975）和
《中南西南地區省市圖書館館藏古籍稿本提要（經部）》所載，況澄
（1799-1866）（見《清代人物生卒年表》，頁344），字少吳，號西
舍，廣西臨桂人，道光二年（1822）進士，著有《西舍詩鈔》、《西舍
文遺編》。

五　宋七言律詩注略 *

劉承幹《嘉業藏書樓書目》卷八（林夕主編《中國著名藏書家書目彙刊（近代卷）》，商務印書館，2005年版，第34冊，頁47）著錄：「三卷，丹徒趙彥傅編注，同治八年（1869）刊本，二冊。」趙彥傅，生平不詳，俟考。按，此似為姚鼐《今體詩鈔》之宋人七律部分。安徽師範大學圖書館藏有同治八年刻本《宋人今體詩鈔注略》三卷，署趙彥博注。

六　宋詩鈔 *

邱曾輯。上圖藏。一卷，一九二〇年吳江柳氏抄本。無序、凡例，紅格稿紙謄寫，版心印「南社叢刊」，卷首署「吳江邱曾撰味梅氏選」。此選共錄五十七首，五律三十首、七律十九首、五絕四首、七絕四首。

七　批評宋詩鈔 *

高磊《敘錄》甚簡，省題《宋詩鈔》，今補正如下：是選四冊，揚州大學瘦西湖分館文史研究室藏。封面右題「清張雲間編輯，日本後藤元太郎纂評」，中間隸署「批評宋詩鈔，全部四冊」，左署「浪華書房、招田尚友堂藏」。卷首有明治壬午十五年（1882）序，次傅王露序，次目錄；卷末有跋，並附有出版等資訊。知是選乃日人對《宋詩百一鈔》的纂評本，半頁七行，行十五字，無格，四周雙欄，單魚尾，版心署「宋詩鈔」及卷次、詩體、頁碼。天頭載日人所撰評語，正文有圈點。

八　宋詩鈔補 *

　　管庭芬、蔣光煦輯。是書為補《宋詩鈔》之缺而作，收詩八十五家，約二七八〇首，內容分小傳、詩選、詩話三部分，絕大部分取自曹學佺《石倉宋詩選》、曹庭棟《宋百家詩存》、厲鶚《宋詩紀事》，且收詩基本未有去取，故價值不高。管庭芬（1797-1880），字培蘭、子佩，號芷湘，海寧人，諸生，撰有《海昌藝文志》、《芷湘吟稿》等。蔣光煦（1813-1860），字日甫，一字愛荀，號生沐，海寧人，編有《別下齋叢書》、《涉聞梓舊》等，著有《東湖叢記》等。此書有一九一五年涵芬樓石印本，嗣後與《宋詩鈔》先後四次再版，皆以涵芬樓本為底本。錄八十五種八十六卷。今上圖藏有一九一五年鉛印本，內封面署「涵芬樓校印，宋詩鈔補，安吉吳昌碩篆」，首李宣龔序，次目錄，各卷詩人下有小傳，書末附有王存「宋詩鈔補勘誤表」。半頁十二行，行二十四字，黑口，雙魚尾，四周單欄，版心署「××詩鈔」，下記頁碼。

九　宋詩紀事補遺

　　陸心源撰。陸心源（1834-1894），字剛父，號存齋，晚稱潛園老人，浙江歸安（今吳興）人。咸豐九年（1859）舉人。陸氏乃著名藏書家，蒐羅古籍，宋元版書庋藏尤多，建有皕宋樓。一生著述宏富，有《儀顧堂文集》、《儀顧堂題跋》、《續跋》、《皕宋樓藏書志》、《續志》等，合署《潛園總集》。生平事蹟見繆荃孫〈二品頂戴記名簡放道員前廣東高廉兵備道陸公神道碑銘〉（《碑傳集補》卷十九）等。另見蔣寅《清詩話考》（頁89、頁625-626）。是集《八千卷樓書目》卷二十等著錄。一百卷，附小傳補正四卷，今有光緒癸巳十九年（1893）浙江刊潛園總集本、臺灣中華書局一九七一年影印本、臺灣

鼎文書局一九七七年版歷代詩史長編影印本、山西古籍出版社一九九七年排印本，收入《續修四庫全書》（第1708-1709冊）。南圖藏光緒十九年刻本，光緒癸巳秋七月楊峴署簽，首總目，次凡例，次參訂姓氏，次補遺補目，半頁十行，行二十字，小字雙行同，黑口，單魚尾，四周雙欄，版心題「宋詩」、卷次及頁碼。詩人名下附以小傳。

十　宋詩紀事補遺

　　羅以智撰。羅以智（1800-1860），字鏡泉，號文山。浙江錢塘人，原籍新城。道光二十五年（1845）官鎮海教諭。著有《恬養齋詩集》五卷、《恬養齋文抄》五卷、《應潛齋先生年譜》、《新門散記》、《詩苑雅談》等。生平事蹟見《兩浙輶軒續錄》卷三十一、《清續文獻通考》卷二五八、《忠義紀聞錄》卷二十五及王騫《羅以智年譜》等。另見蔣寅《清詩話考》（頁89、203）。是集《八千卷樓書目》卷二十、《（民國）杭州府志》卷九十五（《中國地方志集成・浙江府縣志輯》，上海市：上海書店，1993年版，第2冊，頁682上欄）等著錄，今南圖藏有鈔本一卷。

十一　宋詩紀事鈔

　　貝信三輯。貝信三，事蹟不詳，另有《顏氏家訓節錄》。是鈔四卷，上圖藏。所錄詩作皆選自厲鶚《宋詩紀事》。首行頂格題「宋詩紀事鈔卷一」，次行低一格題「錢唐厲鶚原本」，空六格署「桐橋漁隱編次」，下鈐「潤翁」朱文方印。無行格，半頁十一行，行二十七字，字行間有圈點、批識，天頭亦有評語。各卷尾皆署有抄錄年月和地點。是鈔成於同治二年（1863）三月至五月，共選有一百三十餘人。

十二　宋詩選 *

　　童槐等輯。童槐《今白華堂詩錄》卷五〈垛莊阻雨三日〉(《續修四庫全書》本，第1498冊，頁336)詩自注云：「日與筠亭評選宋詩。」童槐（1773-1857），譜名傳林，字晉三，又字樹眉，號萼君，晚號眉叟，或署香士、晚雲居士，浙江鄞縣人，嘉慶十年（1805）進士，官至通政司副使，後主講於月湖書院。書室名今白華堂。著有《今白華堂集》、《過庭筆記》等。生平事蹟見其子童恩所撰《顯考萼君府君年譜》(《今白華堂集》附、《今白華堂詩錄》卷首)、《清詩匯》卷一一七等。「筠亭」，未曉何人。

十三　宋四靈詩

　　蔣劍人選。蔣劍人（1808-1867），初名爾鍔，更名敦復，字純甫，亦作純父，又字克父、克夫、子文、超存，號劍人，自號江東劍、江東老劍、麗農山人、老太倉等，江蘇寶山（今上海寶山）人，與王韜、李善蘭等人名著松滬。曾一度削髮為僧，名「妙塵」，號「鐵岸」，後還俗。好游，遍及大江南北。狀貌不揚但性情奇傲，江淮人名之為「怪蟲」。參修《大英國志》、《上海縣志》。著有《嘯古堂詩集》、《嘯古堂文集》、《芬陀利室詞》、《寰鏡》等。生平事蹟見王韜《甕牖餘談》、陳琰《藝苑叢話》、費行簡《近代名人小傳》、滕固《蔣劍人年譜》(《圖書館學季刊》1932年第9卷第2期)。今有一九二七年上海文明書局鉛印陸律西音注本《宋四靈詩》，《南京大學圖書館中文舊籍分類目錄初稿》著錄。據音注本，可知是書輯選宋四靈五七古、五七律及七絕共二四二首，其中趙師秀七十三首、徐照五十八首、翁卷五十七首、徐璣五十四首。

十四　西昆集選錄 *

　　董文煥選。是集選錄西昆體詩人作品一卷，抄本，山西省圖書館藏。董文煥（1833-1877），初名文煥，字堯章，號硯秋、硯樵，有硯樵山房、藐姑射山房、不薄今人愛古人等室名。山西洪洞人。咸豐六年（1856）進士，官至甘肅甘涼道。咸同間著名詩人、詩律學家，與祁寯藻、馮志沂、王闓運等人交善，古詩取法韓愈、孟郊、黃庭堅、陳師道等，近體師承中晚唐，著有《硯樵山房詩集》、《秋懷唱和集》、《硯樵山房文稿》、《聲調四譜圖說》等，輯有《孟（浩然）詩補遺》。生平事蹟見王軒《董文煥行狀》（《顧齋遺集》下）等。

第四節　年代未詳的宋詩選本

一　分韻近體宋詩 *

　　佚名輯。刻本，不分卷，四十冊。無序跋、凡例，有姓名目錄。半頁十行，每行二十字，小字雙行同，單魚尾，白口，四周雙邊，版心署書名、韻部名及詩體，按七律、五律、七排、五排、七絕、五絕編次，共計姓名一冊、七律十冊、五律十冊、七排一冊、五排四冊、七絕十二冊、五絕二冊，諸體又按韻部順序編排。上圖藏。

二　舊鈔本江西詩派

　　不知撰人。此書僅見潘景鄭《著硯樓書跋》（上海市：上海古籍出版社，2006年版，頁325）著錄：「此《江西詩派》一卷，不著何人所為？踵紫微所作而糾正之。所錄山谷、後山、韓子蒼、徐師川、潘邠老、三洪、夏均父、二謝、二林、晁叔用、汪信民、李商老、三

僧、高子勉、江子之、李希聲、楊信祖、呂紫微，凡二十四家。總論紫微前作之先後失次，及去取之意，以紹前業，為無愧矣。其書世無傳本，而藏家未見著錄。此為嘉定戴機又先生手寫之本，亦未詳所從出，蓋其書久亦無傳矣。予昧於韻文之學，於江西派素所不習，無以闡明其業。然讀之以明指歸，庶或有一得耳！」查《清人室名別稱字型大小索引》，未知戴機為何人？亦不明是本編於何時？

三　南宋群賢詩六十家 *

九十九卷，清抄本，上圖藏，吳湖帆跋。吳湖帆（1894-1968）初名翼燕，後更名萬，又名倩、倩庵，字遹駿、東莊，別署醜簃，書畫署名湖帆，齋名梅景書屋。吳大澂孫。江蘇蘇州人。繪畫大師，書畫鑒定家。此選蓋與《南宋群賢小集》庶同。

四　全宋詩 *

佚名輯。抄本，九卷。半頁九行，每行十九字，無格，版心署詩人姓名和卷數。無序跋，有詩人小傳。卷一至卷四收王炎詩，卷五至卷九收孔平仲詩。上圖藏。

五　四宋人詩 *

不知撰者。舊抄本，十三卷。選錄張詠《張乖崖詩集》四卷、劉元承《劉左史詩集》一卷、石介《石徂徠詩集》四卷、韓駒《韓陵陽詩集》四卷，《「國家」圖書館善本書志初稿》著錄（集部第4冊，頁64-65），臺灣「中央」圖書館藏。

六　宋名家詩選 *

　　張景星等輯。《東北地區古籍線裝書聯合目錄》（頁3204）著錄，是集九卷。日本江戶書林青雲堂刻本，遼寧省圖書館藏。

七　宋人絕句選 * 二卷、補遺 * 一卷

　　佚名輯。抄本。半頁八行，每行二十字，無格，無序、凡例、目錄，有圈點、評語，卷一末跋曰：「右依吳孟舉先生《宋詩鈔》本錄出，凡七十三家，得詩二二四首，又附《天地間集》三家，詩三首。按《宋詩鈔》共集一百家，未刻者十七家，今除集中本無絕句，及有絕句而未入選者，共十家。再卷中所錄之詩，尚有遺珠，共補錄於後。至大家之詩，如東坡等集，吳本豈能全備。當再擇其尤者，並錄以成全璧。丙申四月十四日記于水明小榭。」有「逗雨亭」印。蘇州圖書館藏。

八　宋人詩稿七種 *

　　佚名輯。沈知方《粹芬閣珍藏善本書目》（《中國著名藏書家書目彙刊（近代卷）》，第36冊，頁115）著錄：「會稽徐氏鑄學齋藏書，烏絲欄舊抄本，一冊。」選錄朱繼芳《靜佳龍尋稿》一卷、《靜佳乙稿》一卷、林必復《山居存稿》一卷、林尚仁《端隱飲稿》一卷、姚鏞《雪蓬稿》一卷、劉翼《心遊摘稿》一卷、樂雷發《雪磯叢稿》四卷。蓋抄錄宋人小集。

九　宋人詩選 *

佚名輯。抄本，不分卷，湖南省圖書館藏。申屠青松《目錄》著錄。

十　宋人小集三種 *

湯淦選。抄本，六卷。半頁九行，每行二十一字，無格。選錄周文璞《方泉先生詩集》三卷、高似孫《疏寮小集》一卷、敖陶孫《臞翁詩集》兩卷。南開大學圖書館藏。湯淦生平不詳。

十一　宋詩鈔 *

佚名輯。稿本，無卷次，十冊。單魚尾，四周雙邊，版心題「抱影叢稿」，半頁九行，藍格稿紙謄抄，文中有詩人小傳及批註、圈點，無序跋、凡例，封面署「壬申抄」。分體編排，古體詩收四十九家，共七冊；近體詩收四十三家，共三冊。其中三十四家古、近體兼收，實收詩人五十八家。上圖藏。

十二　宋詩鈔精選 *

佚名輯，抄本，上圖藏。申屠青松《目錄》著錄。是書選宋代詩人四十九家，詩歌一○一一首，僅錄五律、七律、七絕三體，未分卷，以體分次。除陸游和范成大外，其他四十七家皆據《宋詩鈔》選錄，故名《宋詩鈔精選》。陸、范詩多有逸出《宋詩鈔》者，蓋參錄全集，收詩亦以二人為最多，其中陸游二六六首，范成大一九六首。

十三　宋詩鈔

　　林葆恆輯。上圖藏，抄本，上下兩卷。半頁八行，行二十字，四周單邊，無魚尾，雙黑口，下署「飛翠軒制」。首有目錄，詩人名下附以小傳。是鈔共選錄四十家四八一首，其中陳與義最多四十一首，歐陽脩、范成大各三十六首，陳師道三十一首，王安石二十三首，梅堯臣、劉克莊各二十二首，餘皆不足二十首。

十四　宋詩鈔精選 *

　　佚名輯。抄本，不分卷。半頁九行，無格。共二冊，上冊按五律、七排、七律、七絕、五絕分體編次，下冊按人編排，收有《范石湖詩鈔》、《陸放翁詩鈔》。有詩人小傳，紅筆圈點、批註，鈐「荊州太史」印。上圖藏。

十五　宋詩課本 *

　　佚名輯。清陳雪田抄本，七卷，湖南省圖書館藏。申屠青松《目錄》著錄。

十六　宋詩窺‧宋詩窺補 *

　　顧立功輯。國圖藏，二卷。半頁十行，每行二十一字，單魚尾，白口，左右雙邊，黃紙本。此為《詩窺》系列之一種，尚有唐、元、明、清《詩窺‧詩窺補》各二卷。《宿遷王氏池東書庫簡目》卷四（《中國著名藏書家書目彙刊（近代卷）》，第24冊，頁204）亦載云：「《詩窺》三卷，清顧立功編，一本。」顧立功，生平不詳，俟考。

南圖藏有顧立功輯《詩窺》，清刻本八冊，蘇軾、陸游詩後有跋識。

十七　宋詩略 *

　　李嘉績輯。李嘉績，字凝叔，號雲生，四川華陽人。官陝西韓城、富平知縣，光緒末卒于任。著有《代耕堂稿》、《江上草堂稿》、《李凝叔先生詩草》等。生平事蹟見《益州書畫錄》等。是集抄本，四卷，四川省圖書館藏。

十八　宋詩七言古選 *

　　韓應陛藏，封文權《韓氏讀有用書齋書目》（《中國著名藏書家書目彙刊（近代卷）》，第1冊，頁479）著錄：「一卷，舊抄本，翁石瓠舊藏。」

十九　宋詩三百首 *

　　不知撰人。南圖藏。清寫刻本。編撰、刊刻時代不詳，蓋道光之後。六卷，二冊。半頁八行，行二十一字，無行格，四周單欄，黑口，雙魚尾，版心題卷次和頁碼。無封面，首頁首行頂格題「宋詩三百首卷目」，下鈐「澤存書庫藏書」朱文方印，實為民國陳群舊物。次「宋詩作者姓氏」，諸詩人下有雙行小字小傳。又次每卷卷目。共選一百三十三人三百首詩。卷一五律七十首，卷二七律七十首，卷三五絕二十五首，卷四七絕七十五首，卷五五古二十五首，卷六七古三十五首。部分詩作後附以評語，多採於詩話、詩選，有方回、王士禎、吳之振、施閏章、紀昀、沈德潛、厲鶚等人。

二十　宋詩欣賞集

　　葉薰編。喻長霖、柯驊威等纂修《（民國）臺州府志》卷八十四《藝文略》二十一（《中國地方志集成・浙江府縣志輯》，第45冊，頁261）著錄：「宋詩欣賞集，國朝葉薰編。薰有《詩心印》，已著錄。是編見《臨海新志稿》，今未見。」

二十一　宋詩選 *

　　幔雲居士輯。《江西省圖書館古籍善本書目》（1982年版，頁62）著錄，稿本，四冊，江西省圖書館藏。又有《宋詩選二集》十四卷，乾隆丁亥三十二年（1767）幔雲居士抄本，四冊，《新昌胡氏問影樓藏書目錄初編》卷一著錄。

二十二　宋詩約 *

　　任文化撰。《中國古籍善本書目（集部）》（頁1388-1389）、《中國叢書廣錄》（上冊，頁746）著錄，任文化輯有《詩約》八卷，又名《宋金元詩約》，其中《宋詩約》四卷，《金詩約》一卷，《元詩約》三卷，抄本，半頁十一行，行二十二字，小字雙行同，無格，鄂圖藏。

二十三　宋詩徵 *

　　佚名輯。王紹曾《補訂海源閣書目五種》（濟南市：齊魯書社，2002年版，頁1126）著錄，抄本，四卷，山東省圖書館藏。

二十四　宋四家詩 *

不知撰者。抄本，四卷。選錄施樞《芸隱橫舟稿》一卷、徐集孫《竹所吟稿》一卷、林希逸《竹溪十一稿詩選》一卷、敖陶孫《臞翁詩集》一卷。《四庫全書總目》卷一九一《宋四家詩提要》（頁1736）曰：「不解何以取此四家，配為一集之意。殆偶得宋名賢小集之殘本，裝為一冊耳。」方功惠《碧琳瑯館書目》卷四（《中國著名藏書家書目彙刊（近代卷）》，第4冊，頁553）載云：「《宋四家詩》，無卷數，四本，一函。」

二十五　宋五家詩鈔 *

清刻本，吉林市圖書館藏，五卷，收錄朱熹《文公集鈔》、范成大《石湖詩鈔》、鄭俠《西塘詩鈔》、王令《廣陵詩鈔》、陳師道《後山詩鈔》各一卷。

二十六　永嘉四靈詩 *

八卷，抄本，孫詒讓跋，浙江大學圖書館藏，存甲至丁四卷。上圖所藏《永嘉四靈詩》蔣懋昭跋四卷抄本。國圖藏嘉慶七年（1802）焦循抄跋四卷本。國圖尚藏有清初毛綏校抄本《永嘉四靈詩》，亦存四卷，其中徐照三卷，徐璣一卷。

二十七　朱批宋詩選 *

佚名輯。抄本，國圖藏。是書僅收五、七律詩，其中五律三十二首，七律七十六首，有朱筆批語。封面雖題《朱批宋詩選》，但實亦

附金、元之詩，其中金詩十四首，元詩三十三首。是書為王懿榮藏
書，封面題有「王蓮生丈藏」，並鈐「翰林院編修福山王懿榮私印」、
「王懿榮印」等印。

主要參考文獻

《清史列傳》　清國史館原編　《清代傳記叢刊》影印本　臺北市
　　明文書局　1985年版

《國朝耆獻類徵初編》　李桓撰　《清代傳記叢刊》影印本　臺北市
　　明文書局　1985年版

《清碑傳集》　錢儀吉編　《清代傳記叢刊》影印本　臺北市　明文
　　書局1985年版

《廣清碑傳集》　錢仲聯主編　蘇州市　蘇州大學出版社　1999年版

《清史稿》　趙爾巽等撰　北京市　中華書局　1976年版

《兩浙輶軒錄》　阮元撰　《續修四庫全書》本

《四庫全書總目》　永瑢等撰　北京市　中華書局　1965年版

《古詩箋》　王士禎選，聞人倓箋　上海市　上海古籍出版社　1980
　　年版

《宋詩鈔》　吳之振等編　管庭芬、蔣光煦補編　北京市　中華書局
　　1986年版

《宋詩紀事》　厲鶚等編　上海市　上海古籍出版社　2008年版

《五七言今體詩鈔》　姚鼐編、曹光甫標點　上海市　上海古籍出版
　　社　1983年版

《蘇軾全集校注》　蘇軾著，張志烈、馬德富、周裕鍇主編　石家莊
　　市　河北人民出版社　2010年版

《黃庭堅詩集注》　黃庭堅著　劉尚榮校點　北京市　中華書局
　　2003年版

《錢謙益全集》　錢謙益著　上海市　上海古籍出版社　2003年版

《王士禎全集》　王士禎著　袁世碩主編　濟南市　齊魯書社　2007
　　年版

《復初齋詩集復初齋文集》　翁方綱撰　《續修四庫全書》本

《清詩話》　丁福保編　上海市　上海古籍出版社　1978年版

《清詩話續編》　郭紹虞編選、富壽蓀點校　上海市　上海古籍出版
　　社　1983年版

《清詩話三編》　張寅彭主編　上海市　上海古籍出版社　2014年版

《三百年來詩壇人物評點小傳匯錄》　程千帆、楊揚等輯校　鄭州市
　　中州古籍出版社　1986年版

《帶經堂詩話》　王士禎著　張宗柟纂集　戴鴻森校點　北京市　人
　　民文學出版社　2006年版

《晚晴簃詩匯》　徐世昌輯　傅卜棠編校　上海市　華東師範大學出
　　版社　2009年版

《廣陵詩事》　阮元撰　《叢書集成新編》本

《甌北詩話》　趙翼著　霍松林、胡主佑校點　北京市　人民文學出
　　版社　1963年版

《北江詩話》　洪亮吉著　陳邇冬校點　北京市　人民文學出版社
　　1983年版

《蒲褐山房詩話新編》　王昶著　周維德輯校　濟南市　齊魯書社
　　1988年版

《昭昧詹言》　方東樹撰　北京市　人民文學出版社　1961年版

《雪橋詩話全編》　楊鍾羲撰　雷恩海、姜朝暉校點　北京市　人民
　　文學出版社　2011年版

《清詩紀事》　錢仲聯主編　南京市　鳳凰出版社　2004年版

《中國叢書綜錄》　上海圖書館編　上海市　上海古籍出版社　1982
　　年版

《中國古籍善本書目（集部）》　上海市　上海古籍出版社　1996年版

《清人詩集敘錄》　袁行雲著　北京市　文化藝術出版社　1994年版

《清人別集總目》　李靈年、楊忠主編　合肥市　安徽教育出版社　2000年版

《清人詩文集總目提要》　柯愈春著　北京市　北京古籍出版社　2001年版

《中國著名藏書家書目彙刊（近代卷）》　林夕主編　商務印書館　2005年版

《宋詩史》　許總著　成都市　重慶出版社　1992年版

《清詩史》　嚴迪昌著　北京市　人民文學出版社　2011年版

《中國古代文學通論‧清代卷》　蔣寅主編　瀋陽市　遼寧人民出版社　2005年版

《夢苕盦論集》　錢仲聯著　北京市　中華書局　1993年版

《程千帆全集》　程千帆著　石家莊市　河北教育出版社　2001年版

《嚴迪昌自選論文集》　嚴迪昌著　北京市　中國書店　2005年版

《談藝錄》　錢鍾書著　北京市　生活‧讀書‧新知三聯書店　2007年版

《中國古代文學批評方法研究》　張伯偉著　北京市　中華書局　2002年版

《古典詩學的現代詮釋（增訂本）》　蔣寅著　北京市　中華書局　2009年版

《唐宋詩歌論集》　莫礪鋒著　南京市　鳳凰出版社　2007年版

《唐宋詩史論》　王友勝著　上海市　上海古籍出版社　2006年版

《宋集傳播考論》　鞏本棟師著　北京市　中華書局　2009年版

《清代文學論稿》　蔣寅著　南京市　鳳凰出版社　2009年版

《清代唐宋詩之爭流變史》　王英志主編　北京市　人民文學出版社　2012年版

《近代宋詩派詩論研究》　吳淑鈿著　臺北市　文津出版社　1996年版

《清代文化與浙派詩》　張仲謀著　北京市　東方出版社　1997年版

《清代詩學研究》　張健著　北京市　北京大學出版社　1999年版

《清代詩學史（第一卷）》　蔣寅著　北京市　中國社會科學出版社　2012年版

《蘇詩研究史稿（修訂版）》　王友勝著　北京市　中華書局　2010年版

《清代前中期黃庭堅詩接受史研究》　陳偉文著　北京市　中國人民大學出版社　2012年版

《王漁洋與康熙詩壇》　蔣寅著　南京市　鳳凰出版社　2013年版

《群體的選擇——唐宋人詞選與詞人群通論》　蕭鵬著　南京市　鳳凰出版社　2009年版

《清代唐詩選本研究》　賀嚴著　北京市　人民出版社　2007年版

《清人選清詩與清代詩學》　王兵著　北京市　中國社會科學出版社　2011年版

《清代揚州徽商與東南地區文學藝術研究——以揚州「二馬」為中心》　方盛良著　北京市　人民文學出版社　2008年版

《同光體派的宋詩學》　侯長生著　西安市　陝西人民出版社　2008年版

《古典詩歌的最後守望——清末民初宋詩派文人群體研究》　楊萌芽著　武漢市　武漢出版社　2011年版

《陸游詩傳播、閱讀研究》　張毅著　上海市　復旦大學出版社　2014年版

《清代宋詩學研究》　吳彩娥撰　臺灣政治大學1993年博士學位論文

《清代宋詩師承論》　張仲謀撰　蘇州大學1997年博士學位論文

《近代宋詩派研究》　賀國強撰　蘇州大學2006年博士學位論文

《錢鍾書與宋詩研究》　季品鋒撰　復旦大學2006年博士學位論文

《清初宋詩選本研究》　申屠青松撰　南京大學2008年博士學位論文

《清代宋詩選本研究》　高磊撰　蘇州大學2010年博士學位論文

《清代宋詩派及宋詩學的生成與發展》　張湘君撰　蘇州大學2005年
　　碩士學位論文

〈從宋詩出版看明代和清初詩風〉　陸湘懷撰　《古籍整理研究學
　　刊》1997年第5期

〈清人編撰的三部宋詩總集述評〉　王友勝撰　《湘潭師範學院學
　　報》1998年第4期

〈論明人整理宋集的成績〉　鞏本棟師撰　《江西師範大學學報》
　　2007年第4期

〈論清人整理宋人別集的貢獻〉　鞏本棟師撰　《中華文史論叢》
　　2009年第3期

〈論清初宋詩風的興起歷程〉　陳偉文撰　《中國詩學》第12輯　北
　　京市　人民文學出版社　2008年

〈清初宋詩選本與遺民思潮〉　申屠青松撰　《南京師範大學文學院
　　學報》2009年第4期

〈《宋詩鈔》編纂經過及其詩學史意義〉　蔣寅撰　《清代文學研究
　　集刊》第2輯　北京市　人民文學出版社　2009年

〈關於《宋詩鈔》編纂的兩個問題〉　鞏本棟師撰　《西南大學學
　　報》2015年第1期

〈《宋詩鈔》的編纂及其詩學史意義〉　鞏本棟師撰　《南京大學學
　　報》2015年第3期

〈王漁洋「神韻」的審美內涵及藝術精神〉　蔣寅撰　《中國社會科
　　學》2012年第3期

〈「神韻」與「性靈」的消長──康、乾之際詩學觀念嬗變之跡〉
　　蔣寅撰　《北京大學學報》2012年第3期

〈海內論詩有正宗，姬傳身在最高峰──姚鼐詩學品格與淵源芻論〉
　　蔣寅撰　《文藝理論研究》2015年第5期

後記

　　我對後記有格外的情感。除了致謝，後記還是人生的迴望，下一個征程的起點。讀研之前，我只是井岡山腳下一名普普通通的鄉村語文教師。走出大山，是我學習的最大動力。經過五年的全國自學考試和一年多的考研備戰，二〇〇四年九月我考入廣西師範大學，師從殷祝勝先生研習唐代文學。相比象牙塔中的天之驕子，我只讀過中師而沒上過大學，純屬門外漢，因此十分珍惜這箇來之不易的學習機會。殷師出於南京大學周勛初先生和莫礪鋒先生的門下，學殖深厚。在殷師的熏陶之下，我從研一起便打算報考南京大學的博士生。三年後，我如願以償，有幸師從鞏本棟先生研治唐宋文學。第一次師生見面會上，鞏師語重心長地將太老師程千帆先生的八字格言傳授給我們。「敬業、樂群、勤奮、謙虛」的程門庭訓與「誠樸、雄偉、勵學、敦行」的南大校訓相得益彰，至今我依然深深地感到「立雪程門」是今生莫大的幸事！

　　鞏師當時正承擔「宋代文學史料學」的研究項目，有篇關於「清人整理宋集」的文章對我啟發很大。我一直對清代頗感興趣，一年後鞏師便許我以「清代宋詩選本研究」作為博士論文選題。二〇一〇年六月我博士按期畢業，入職海南師範大學。二〇一一年以「清代宋詩選本與宋詩學研究」為題獲批了國家社科基金項目，二〇一四年順利結項。清代宋詩學，成了我這幾年來最關注的課題。學術研究上每次些微的進步，都歸功於我背後眾多師友的無私幫助！要感謝的人太多太多，只是這本拙劣的小書列舉一大堆人名並無太大意義，還不如自己踏踏實實做人、認認真真治學，更能報答師友恩情之萬一。

　　本書秉承詳人所略略人所詳、不求完整體系而力求解決問題的學術理念，主要圍繞清人宋詩選與文化政策、詩學思潮、士人交游、地域文化、宋詩學建構等維度來展開，在博士學位論文的研究基礎上修改補充。比如，清代文字獄酷烈，便以此為切入點，重點考察康熙、乾隆二帝對宋詩選編纂的干涉和箝制，望能深入探究清朝文治與詩選編纂背後的歷史圖景。他如，王士禛、姚鼐是清初中期對宋詩風影響較大的選家，故分別探討了二人極負盛名的詩選。同時，也訂正了一些訛誤。儘管孜孜矻矻，由於學識謭陋，錯漏定有不少，尚祈方家不吝賜教。

　　　　　　　　　　　　　　丁酉秋謝海林謹識於南海夢鴻軒

補記： 人世茫茫事本艱，十年海上損容顏。此生元在風塵裏，舒卷雲心亦未閒。庚子初秋，余舉家遷往榕城，調入福建師範大學。承蒙文學院院長李小榮教授青眼相加，囑我修訂書稿，轉成繁體字版，再付剞劂。災梨禍棗，本欲婉言謝絕，又不忍負小榮教授殷殷提攜之心。今略作掃葉之役，餘皆一仍其舊，權當讀博生涯之紀念。若有可取之處，實乃讀者別裁之功！責任編輯蘇軼不辭煩勞校勘原文，工作極其細心周到，謹向她致以誠摯的謝意。

　　　　　　　　　　　　　　庚子初夏謝海林識於倉山韡雅堂

作 者 簡 介

謝海林

　　一九七九年九月生，江西吉安人。二〇一〇年六月畢業於南京大學，獲文學博士學位。現為福建師範大學文學院教授、博士生導師，福建省「閩江學者」特聘教授，主要研究方向為詩學批評、清代詩文及文獻。著有《清代宋詩選本研究》、《張岳崧研究》、《郭曾炘論清詩絕句箋注》等，整理點校《張佩綸日記》、《郭曾炘集》，主持國家、省社會科學基金項目多項，曾獲省社會科學優秀成果一等獎，在《光明日報》、《文學遺產》、《文獻》、《中國典籍與文化》、《中國詩學》等刊物上發表論文五十餘篇。

本 書 簡 介

　　道咸以降，清人宗宋蔚然成風，所編宋詩選本相當可觀。本書作者本著不求完整體系、力求解決問題的原則，綜合考察有清一代宋詩選，擇取王朝文治、詩學思潮、地域文化、交游網絡及宋詩學建構等維度作了較為深入而細緻的探討。本書資料翔實，分析平允，將資料分析與理論闡述、宏觀敘述與微觀剖析相結合，具有較強的說服力，對於深化宋詩研究乃至清代詩學研究有一定的參考價值。

福建師範大學文學院百年學術論叢·第六輯 1702F09

清人宋詩選與清代文化論稿

作　　者　謝海林

總 策 畫　鄭家建　李建華

發 行 人　林慶彰

總 經 理　梁錦興

總 編 輯　張晏瑞

編 輯 所　萬卷樓圖書股份有限公司

　　　　　臺北市羅斯福路二段 41 號 6 樓之 3

　　　　　電話 (02)23216565

　　　　　傳真 (02)23218698

發　　行　萬卷樓圖書股份有限公司

　　　　　臺北市羅斯福路二段 41 號 6 樓之 3

　　　　　電話 (02)23216565

　　　　　傳真 (02)23218698

　　　　　電郵 SERVICE@WANJUAN.COM.TW

香港經銷　香港聯合書刊物流有限公司

　　　　　電話 (852)21502100

　　　　　傳真 (852)23560735

ISBN 978-986-478-474-5

2020 年 6 月初版

定價：新臺幣 480 元

如何購買本書：

1. 劃撥購書，請透過以下郵政劃撥帳號：

　　帳號：15624015

　　戶名：萬卷樓圖書股份有限公司

2. 轉帳購書，請透過以下帳戶

　　合作金庫銀行　古亭分行

　　戶名：萬卷樓圖書股份有限公司

　　帳號：0877717092596

3. 網路購書，請透過萬卷樓網站

　　網址 WWW.WANJUAN.COM.TW

大量購書，請直接聯繫我們，將有專人為您服務。客服：(02)23216565 分機 610

如有缺頁、破損或裝訂錯誤，請寄回更換

國家圖書館出版品預行編目資料

清人宋詩選與清代文化論稿 / 謝海林著.-- 初版.-- 臺北市：萬卷樓圖書股份有限公司, 2020.06

　　面；　公分.-- (福建師範大學文學院百年學術論叢. 第六輯；1702F09)

ISBN 978-986-478-474-5(平裝)

1.宋詩 2.詩評 3.清代

　　　　820.9105　　110007667